ULLSTEIN

Das Buch

Wenn die Liebe ein Virus wäre, dann ist Laurel Page immun. Sie hat sie erlebt, sie hat sie erlitten. Sie ist darüber hinweg. Alles, was sie jetzt will, ist ein ruhiges Leben. Die Leitung der altmodischen, etwas angestaubten Heiratsvermittlung Dovecote & Marsh scheint der perfekte Job zu sein: Laurel genießt es, sich nur noch mit den Beziehungsproblemen ihrer schrulligen Kunden zu befassen.

Doch dann schlendert Gabriel Jouet in ihr Büro – ein Traum von einem Mann! Und noch dazu so charmant, dass Laurel beinahe ihren Eid aufs Singledasein vergessen könnte. Aber nur beinahe. Denn ihre Wunden sind tief. Und Amor wäre schlecht beraten, auch nur einen seiner Pfeile an Laurel Page zu verschwenden. Oder?

Die Autorin

Zoë Barnes' Debütroman *Bumps* wurde ein internationaler Bestseller. Seither sind sechs Romane von ihr erschienen. Die begeisterte Sängerin übersetzt außerdem Romane aus dem Französischen. Sie wuchs in der Nähe von Liverpool auf und lebt heute in Cheltenham.

Von Zoë Barnes ist in unserem Hause bereits erschienen:

Ex-Appeal

Zoë Barnes

Voll erwischt

Roman

Aus dem Englischen von
Ulrike Bischoff

Ullstein

Besuchen Sie uns im Internet:
www.ullstein-taschenbuch.de

Umwelthinweis:
Dieses Buch wurde auf chlor- und säurefreiem Papier gedruckt.

Ullstein ist ein Verlag der Ullstein Buchverlage GmbH, Berlin.
1. Auflage Juli 2004
2. Auflage 2004

Titel der englischen Originalausgabe: *Love Bug* (Piatkus, London)
Übersetzung: Ulrike Bischoff
Umschlaggestaltung: Thomas Jarzina, Köln
Titelabbildung: Colin Thomas
Gesetzt aus der Sabon
Satz: Dörlemann Satz
Druck und Bindearbeiten: Ebner & Spiegel, Ulm
Printed in Germany
ISBN 3-548-25867-0

Für alle Prinzessinnen, die es leid sind,
Frösche zu küssen.

Prolog

Cheltenham an einem Montagmorgen im Frühling

Es ließ sich nicht länger hinausschieben.

Laurel Page stand als einsamer Fixpunkt auf dem St. Thaddeus Place inmitten eines Menschenstroms, der sich aus Omnibussen und Autos ergoss. Ihr zweitbestes Bürokostüm juckte fürchterlich; sämtliche Härchen des Wollstoffs hatten sich offenbar schon durch ihre Strumpfhose vorgearbeitet, dabei war es erst halb neun. Aber es war zu spät, um nach Hause zu gehen und sich umzuziehen.

Laurel stellte ihre Aktentasche ab, tastete in ihrer Jackentasche nach dem Schlüsselbund – nagelneue Schlüssel, die sich kalt und fremd anfühlten – und musterte eingehend das Messingschild an der Tür vor ihr: *Dovecote & Marsh Marriage Bureau (gegr. 1856);* Eheanbahnungsinstitut Dovecote & Marsh. Allein schon der Anblick der altmodischen Tür mit falscher Holzmaserung, eingezwängt zwischen den Neonfarben des One-Stop Copy Shop und der Kinderkrippe Happy Nappy, entlockte ihr ein Lächeln: Sie wirkte wie das Tor zu einer anderen, gemütlicheren Welt.

Überhaupt, welcher auch nur halbwegs vernünftige Mensch würde heutzutage noch ein Geschäft führen, das sich Eheanbahnungsinstitut nannte?

Ich, dachte sie, und fand die Idee verrückter denn je. Was zum Teufel machst du hier eigentlich, Laurel, fragte sie sich zum x-ten Mal. Ausgerechnet du leitest eine Heiratsvermittlung! Vermutlich konnte es ihr in diesem Job durchaus passieren, dass sie die Sorgentante für die seelischen Wracks des Ortes spielen musste, obwohl sie selbst eine solche gut hätte brauchen können, so wie sie sich im Augenblick fühlte. Nicht dass sie gewusst hätte, was sie ihr hätte erzählen sollen, falls eine wie ein Dschinn aus der Flasche vor ihr aufgetaucht wäre.

Sie stellte sich einen kratzenden Federkiel auf Pergamentpapier vor: *Liebe Tante Laurel, heute fange ich in meiner neuen Stelle an, ich Glückliche.* Nein, keinen billigen Sarkasmus. *Die Sache ist nur, dass alles so peinlich ist. Ich bin zweiunddreißig Jahre alt und fühle mich wie eine Vierjährige am ersten Tag im Kindergarten. Ständig frage ich mich, ob ich nicht einen Riesenfehler mache, du weißt schon, ob ich nicht auf den nächsten Reinfall zusteuere. Schließlich habe ich mir geschworen, nie wieder für etwas die Verantwortung zu übernehmen, nach ...* Bei der Erinnerung wurde ihr Mund trocken. Nach du-weißt-schon-was. *Aber hier geht es ja wohl kaum um einen mächtigen Multikonzern, oder? Es ist ja nur ein nettes, kleines, altmodisches Eheanbahnungsinstitut. Dieses Mal kann ja wohl nichts schief gehen.*

Sie schluckte. »Oder?«

Ein leiser Schauer lief ihr über den Rücken. Der Federkiel erreichte das Ende der Seite.

Hochachtungsvoll, Laurel Page, die alte Jungfer der Pfarrgemeinde.

»Na gut«, sagte sie laut und schob entschlossen den Schlüssel ins Schloss. Es war an der Zeit, sich ihnen zu stellen.

Kapitel 1

Laurel setzte sich in den quietschenden Ledersessel hinter ihrem imposanten Mahagonischreibtisch und schwelgte in ihrem prachtvollen neuen Büro. Als »neu« konnte man jedoch eigentlich nichts bei Dovecote & Marsh bezeichnen, wo selbst die Frankiermaschine Beine im Queen-Anne-Stil besaß: Es war wie in einem Charles-Dickens-Themenpark. Die elektrifizierten Gaslampen und das Eisblumenglas der Fenster vermittelten den Eindruck, als könnte jeden Augenblick eine Bande Straßenlümmel hinter der Schildblume hervorspringen und rufen: »Schau dich an!«

Das könnte mir schon gefallen, dachte sie und strahlte Miss Gemma Brodie an, ihre allererste Klientin. Die Heiratsvermittlerei erwies sich als wesentlich einfacher, als sie gedacht hätte; und es machte sogar Spaß. »Also, ich bin sicher, wir können Ihnen helfen«, erklärte sie munter und schob eine schulterlange, blonde Haarsträhne hinter ihr Ohr. »Wie heißt es doch in unserer Broschüre: Bei D&M findet jede den Richtigen.«

Miss Brodies imposante Brust wogte vor Freude und ließ den gigantischen Panda auf ihrem ziemlich knappen T-Shirt um einige Mahlzeiten wohlgenährter wirken. »Glauben Sie wirklich?«

Laurel strich nachdenklich mit dem Finger über den Rand ihrer Teetasse und ließ den Blick über die fünf offenen Aktenordner auf ihrem Schreibtisch gleiten. Computergestützte Partnersuche gab es hier nicht; bei D&M war offenbar alles in rosa Aktenmappen untergebracht und in einem Ablagesystem verwaltet, das sich mit einem Pappkarton sogar bis in den Waschraum verirrt hatte. Das war eindeutig eine Abwechslung zu dem Dot-com-Unternehmen, bei dem sie sich bislang um die Öffentlichkeitsarbeit gekümmert hatte. Aber das musste nicht unbedingt eine Verschlechterung bedeuten.

Laurels Blick blieb an einem speziellen Schnellhefter hängen. Sie lächelte. »Ja. Das glaube ich wirklich.«

»Ach, vielen Dank!«, sprudelte Gemma hervor und ergriff Laurels Hand. »Vielen, vielen Dank!«

Ein bisschen verlegen über diese Dankesbezeugung löste Laurel ihre Finger aus der Umklammerung. »Nicht der Rede wert. Dafür sind wir schließlich da.«

»Ja, ich weiß, aber der alte Mr. Case – wissen Sie, der vor Ihnen hier war –, also, er hat mich einfach nicht verstanden. Ich konnte reden und reden und reden, aber egal, was ich gesagt habe, er hat mich nur angestarrt.« Gemma beugte sich vor, dass ihre Brust sich alarmierend auf dem Schreibtisch ausbreitete. »Ich bin sicher, er war gar nicht richtig bei der Sache.«

Laurel konnte sich den Grund dafür durchaus vorstellen. »Ach, ich bin überzeugt, so war ... das nicht.« Innerlich wand sie sich über ihre Wortklauberei. »Entscheidend ist, dass Sie jetzt hier sind und wir Sie mit einer Menge geeigneter Kandidaten zusammenbringen. Ich glaube, ich habe vielleicht sogar schon den Richtigen für Sie hier.«

Das entsprach der Wahrheit. Laurel konnte sich kaum eine Frau vorstellen, für die sich ein Partner leichter finden ließe als für diese üppige Schmalspurvenus.

Miss Brodie riss begeistert die Augen auf. »O wie schön!«

»Wenn es Ihnen recht ist, möchte ich Sie gern mit jemandem bekannt machen, der gerade im Wartezimmer sitzt.«

Miss Brodie strahlte über das ganze Gesicht. »Wirklich? Das wäre herrlich.«

Innerlich rieb Laurel sich die Hände und hakte die Sache als erledigt ab. Dem netten Mr. Coxon stand ein echter Leckerbissen bevor.

Angeregt durch ihren Erfolg schlenderte Laurel mit den leeren Teetassen hinüber in das Büro ihrer Sekretärin. »So! Ist es bei allen so einfach?«

Connie Stanway hörte auf, mit einer Schere in ihrer antiquierten Schreibmaschine herumzustochern, und schaute auf. Ihre zerkauten Fingernägel waren schwarz vom Farbband und auf ihrer blassrosa Strickjacke prangte ein Tipp-Ex-Fleck. »Wie bitte?«

»Miss Brodie.« Laurel senkte die Stimme. »Die mit dem Busen.«

Connies Gesicht legte sich in zusätzliche Runzeln. Mit ihren dreiundvierzig Jahren hatte sie ein recht hübsches Gesicht, lächelte allerdings nicht annähernd so viel, wie sie sollte. »Ach, die Miss Brodie.«

»Also, sind alle so leicht an den Mann zu bringen?«

»An den Mann zu bringen?« Ein Anflug von Besorgnis zeigte sich in den wolkengrauen Augen. »Eigentlich wollte ich Ihnen schon sagen ...«

Laurel hörte gar nicht richtig zu: Sie war zu sehr damit beschäftigt, sich im Nachglanz ihres Erfolges zu sonnen. »Kinderleicht.« Mit einem Satz setzte sie sich auf die Schreibtischkante. »Als ich Mr. Coxons Akte sah, war mir klar, dass die beiden perfekt zueinander passen. Stellen Sie sich vor, dass sie ausgerechnet am selben Vormittag ins Büro spazieren!«

Connies Gesicht nahm die Farbe verrotteten Komposts an. »Miss Brodie?«

»Ja, das habe ich doch schon gesagt.«

»Mit Mr. Coxon?«

»Genau. Sie plaudern gerade im Wartezimmer. Wieso?«

»Weil ...« Connies Gesichts schlug in einen hässlichen Grünton um. »O Gott.«

»Connie?« Laurel war überzeugt, dass kein Gesicht eine solche Farbe haben sollte. »Alles in Ordnung?«

Aber Connie wiederholte nur immer wieder wie ein Mantra: »O GottoGottoGott«, strich sich mit den Tintenfingern durch ihre mausblonden Locken und hinterließ schwarze Streifen.

Es war entnervend. »Was ist denn los?«, fragte Laurel.

Connie schaute Laurel flehend an. »Sagen Sie mir bitte, dass Sie Gemma Brodie nicht mit ...«

Männliches Gebrüll unterbrach Connie. Mr.

Adrian Coxon betrat die Bühne von links, dicht gefolgt von einer aufgebrachten Gemma Brodie, die aussah, als hätte sie alles andere als Romantik im Sinn.

»O nein«, stöhnte Connie. »Sie haben es getan.«

Laurel ging in ihrem Büro auf und ab, gefolgt von Connie.

»Sie haben die beiden getrennt?«, fragte Laurel.

Connie nickte.

»Und beide sind okay?«

»Ja, aber ...«

»Und keiner von beiden verklagt uns?«

»Nein, aber ...«

»Gott sei Dank.«

»Es ist alles geregelt«, sagte Connie, blieb am Kamin stehen und rückte das Porträt des ersten Mr. Dovecote zurecht, das Laurel mit dem Ellbogen verschoben hatte.

»Mir ist es jedenfalls nicht zu verdanken«, erklärte Laurel und warf sich in den quietschenden Ledersessel. »Wie konnte ich bloß so blöd sein?«

»Sie konnten doch nicht wissen, dass die beiden zusammengelebt haben. Es war meine Schuld, ich hätte Sie vorwarnen müssen. Eigentlich wollte ich einen Vermerk in Miss Brodies Akte machen.« Connie blieb zwischen Schreibtisch und Tür stehen. »Die Sache ist nur ...«, setzte Connie an, brach aber ab und fummelte mit dem Klebefilmhalter herum.

Laurel befürchtete das Schlimmste. »Was? Was ist jetzt wieder passiert?«

»Nichts. Es ist nur ... also, Sie sollten deswegen nicht so in Panik geraten, das ist alles.«

»Nicht?«

»Bestimmt nicht. He, wir machen alle mal Fehler, oder?«

Zufällig fiel Laurels Blick auf ihr Spiegelbild in dem vergoldeten Spiegel neben der Tür. Sie hatte fast den gesamten Lippenstift von ihren Lippen geknabbert, ihre Nase glänzte und ihr Haar stand einseitig hoch wie ein honigblonder Hahnenkamm. »O nein, wie lange laufe ich schon so herum?«

»Ein Weilchen. Ich wollte nichts sagen.«

Laurel strich die unbändige Locke mühsam herunter. »Tausend Dank, Connie, ich sehe aus wie ein einohriger Koalabär!«

Ihre Blicke trafen sich. Nach einem kurzen verlegenen Schweigen brachen beide in Lachen aus.

»Essen Sie einen Keks«, drängte Connie. »Na los, unter den ganzen Butterkeksen gibt es auch einen Schokoladenkeks.«

»Ich weiß nicht, ob ich einen Schokokeks verdient habe«, sagte Laurel und biss grimmig hinein.

»Schon gut, das ist Medizin.« Connie schob ihren rosa Polyesterhintern kauend auf die Fensterbank. »Gehen Sie nicht so hart mit sich ins Gericht, jeder macht anfangs Fehler.« Sie kicherte. »Sie würden sich wundern, was hier manchmal für Leute auftauchen. Fragen Sie Bette mal nach der Geschichte, als sie Sir Marlon am Telefon hatte und glaubte, er wäre einer von diesen geilen Stöhnern.«

»Nein!«, staunte Laurel.

Connie wurde rot. »Und einmal war ich mit einem arabischen Scheich, der die zweiundfünfzigste Ehefrau suchte, auf dem Klo eingesperrt.«

Laurel verschluckte sich an einem Kekskrümel.

»Und wie haben Sie sich da wieder rausmanövriert?«

»Das ist eine lange Geschichte. Hätten wir keinen 24-Stunden-Schlüsseldienst gefunden, hätte die Angelegenheit durchaus zu diplomatischen Verwicklungen führen können. Sie sehen ja wohl ein, dass es eine völlig andere Liga ist, zwei Streithähne miteinander zu verkuppeln.«

»Na ja, wenn Sie es so sehen.« Laurel beschloss, sich genug zu vergeben, um sich eine Weinbrandbohne und zwei Feigenröllchen zu gönnen. Während sie knabberte, überlegte sie: »Wie es aussieht, werde ich Hilfe brauchen.«

»Kein Problem.« Connie wirkte nicht nur willig, sondern triefte geradezu vor Eifer, fand Laurel.

»Danke. Ich nehme an, Mr. Case hatte ein gewisses System, den Laden zu führen?« Nicht dass er sich die Mühe gemacht hätte, mir irgendwelche Notizen dazulassen, fügte Laurel im Stillen hinzu. Das wäre ja nun doch zu hilfreich gewesen.

»Ja, sicher. Ich weiß, die ganzen Pappkartons und die Büroeinrichtung aus der Zeit der Arche Noah sehen nicht danach aus, aber im Laufe der Jahre haben wir schon eine Art System entwickelt. Sie wissen schon, eine bestimmte Art, die Dinge zu regeln, Unterlagen abzulegen, damit sie nicht verloren gehen.«

»Ach, deshalb liegt der Ersatzschlüssel für den Safe bei der Eiercreme.« Laurel schluckte den Rest ihres Keks herunter, wischte sich die Hand am Rock ab und traf die einzig vernünftige Entscheidung. »Na gut, von jetzt an springe ich nicht mehr ins kalte Wasser. Ich wäre Ihnen wirklich dankbar, wenn Sie mir helfen könnten, mich allmählich einzuarbeiten und mir eine Vorstellung zu verschaffen, wie der Laden bisher geführt wurde. Und dann ...«

»Und dann?«, fragte Connie.

Laurel zwinkerte ihr zu. »Dann fangen wir mit den Veränderungen an.«

Summend ging Connie an diesem Nachmittag ihre Akten durch und stellte einen Überblick über eine typische Arbeitswoche von Mr. Case zusammen. So unsystematisch die Ablage bei Dovecote & Marsh auch sein mochte, waren Connies Akten doch so geordnet und professionell, wie rosa Schnellhefter es nur zuließen. Es war natürlich nicht sonderlich hilfreich gewesen, dass Mr. Case regelmäßig Akten mit nach Haus genommen, im Bus liegen gelassen oder von seinen Hunden angeknabbert und von vorn bis hinten mit Marmelade verschmiert zurückgebracht hatte. Aber Connie war für alle Katastrophen gerüstet: In ihrer Schreibtischschublade lag immer Klebefilm, ein feuchtes Tuch und die Telefonnummer der Busgesellschaft bereit.

Als sie auf ihrer antiquierten Schreibmaschine eine Liste zusammenhämmerte, sah sie aus den Augenwinkeln einen roten Lurex-Pulli aufblitzen. Sie schaute auf und bemerkte gerade noch Staceys drei Zoll hohe Stilettos, die schon zum fünften Mal an diesem Nachmittag an ihrer Tür vorbeihackelten.

»Stace?«

Da Stacey sie scheinbar nicht gehört hatte, brüllte Connie: »Stacey Biggs!«

Im Türrahmen tauchte eine ingwergelbe Pudeldauerwelle auf, die ein herzförmiges Gesicht mit großen Puppenaugen rahmte. »Hast du was gesagt?«

»Ehrlich, Stace, wo bist du eigentlich ständig mit deinen Gedanken?«

Die Puppenaugen zwinkerten. »Tut mir Leid.«

»Und glaub ja nicht, ich hätte nicht gemerkt, dass du zufällig alle fünf Minuten an meiner Tür vorbeigehst.«

Stacey wurde rot. »Ich war nur auf dem Weg zu ... ehm ...«

Connie hob scherzhaft einen Finger. »Es ist sinnlos, im Augenblick wirst du Miss Page nicht zu sehen kriegen, sie ist gegangen, um einen feuersicheren Aktenschrank zu kaufen.« Sie grinste über Staceys enttäuschte Miene. »Schon gut, sie ist ganz in Ordnung.«

Staceys Pudellöckchen bekamen neuen Schwung und ließen sie mehr denn je nach einer fünfundzwanzigjährigen Shirley Temple aussehen. »Wirklich?«

»Frischer Wind, wenn du mich fragst. Sie wird dir gefallen.« Sie deutete mit dem Kopf auf das Hauptbüro. »Na los, erzähl es den anderen, du kannst es ja gar nicht mehr abwarten.«

Erst als Stacey munter außer Hörweite gestöckelt war, fügte Connie verhalten hinzu: »O ja. Aus der lässt sich was machen.«

Nachdem Laurel einen Aktenschrank in knalligem Orange gekauft und dafür gesorgt hatte, dass er zu D&M geliefert wurde, trank sie eine Tasse Kaffee, plauderte mit ihren Mitarbeiterinnen über Büroklammern und beschloss gegen fünf Uhr nachmittags, nach Hause zu gehen. Schließlich war sie jetzt ihre eigene Chefin: Wer sollte es ihr verübeln, wenn sie hier und da fünf Minuten zu spät kam oder zu früh ging?

Außerdem war sie fix und fertig. Sie unterdrückte ein zufriedenes Gähnen, als sie von der London Road in die Oriel Gardens einbog und vor einem kastigen, cremeweißen Mietshaus in georgianischem Stil parkte, dessen Dach mit Fernsehantennen gespickt war wie ein Käse mit Cocktailpikern. Es schmückte sich mit dem Namen der Elfe Rivendell, obwohl die einzige entfernte Verbindung zum Elfenreich in einem Gartenzwerg bestand, der sinnlos seine Angelrute über dem Kies baumeln ließ.

Laurel nahm ihre Aktentasche vom Beifahrersitz und ging ins Haus. Der Hausflur lag in sanftem Regenbogenlicht, das durch die Buntglasscheiben schimmerte. Auf dem halbrunden Dielentisch lagen mehrere Stapel Post, einer für jede der sechs Mietwohnungen. Laurels enthielt eine Mahnung für die Fernsehgebühren, eine Werbesendung für Schönheitschirurgie und eine Postkarte mit dem Bild eines Cowboys, der einen Ochsen an einem Seil hielt.

Laurel ging die Treppe zu ihrer Wohnung im ersten Stock hinauf, schlängelte sich geradewegs zum Kühlschrank durch und trank einen halben Liter Orangensaft aus dem Karton. Dann schaltete sie den CD-Spieler ein, warf ihr kratziges Kostüm auf das Schlafsofa und ließ sich in die Tiefen ihres chintzbezogenen Lieblingssessels fallen, um die Postkarte zu lesen.

Liebe Laurel, genießen eine herrliche Zeit hier bei deinem Onkel Greg in Montana. Morgen geht's zum Rodeo, dein Dad droht, teilzunehmen!!! Wetter heiß, Nasen pellen sich, dir würde es gefallen. Alles Liebe, Mum und Dad. PS: Was macht das Liebesleben?

Laurel lächelte kopfschüttelnd. Liebesleben? Gott, Mum, du gibst wohl nie auf? Wie oft hatte Laurel ihrer Mutter nun schon erklärt, dass Männer für sie gestorben waren, Punktum. Vielleicht würde sie es eines Tages einsehen. Ja, und die Isle of Man würde die Weltmeisterschaft gewinnen.

Laurel hievte sich aus dem Sessel, ging zu der Kork-Pinnwand, die über dem Fernseher hing, und steckte die Postkarte ihrer Mutter zu den übrigen. Bislang gab es schon eine aus Tipperary, Kopenhagen, Reykjavik, Boston, Louisiana und Montana. Wer hätte gedacht, dass die Familie Page so weit verbreitet war oder dass Laurels Eltern es sich in den Kopf setzen würden, jeden einzelnen ihrer entfernten Verwandten zu besuchen? Ein Anflug von Gereiztheit störte Laurels Heiterkeit; es war ärgerlich, weniger weit gereist zu sein als die eigene Mutter, auch wenn sie keinen sonderlichen Drang verspürte, auf einem Lama durch die Anden zu zockeln.

Um sich zu beruhigen, atmete sie tief durch und streute etwas Fischfutter ins Aquarium. »Hi, Neil. Wie geht es meinem Lieblingsjungen heute?«

Lautlos antwortete Neil, ein kleines Stück der Tropen, das zu ihr gekommen war. Kein besonders interessantes Stück Tropen, zugegeben, aber Laurel bildete sich gern ein, durch Neils langweilig graubraune Schuppen bis in sein Innerstes schauen zu können.

»Nicht schlecht für den ersten Tag«, überlegte sie laut. »Okay, fast hätte ich in meinem Büro einen Mord erlebt, aber es hätte schlimmer kommen können.« Sie beugte sich vor und sah Neil ins Auge. »Was meinst du? Hast du ein paar weise Fischworte beizutragen?«

Aber Neil verduftete und versteckte sich zitternd hinter einer Plastikkoralle.

»Okay, wie du willst.« Sie streckte ihm die Zunge heraus. »Ich geh in den Pub.«

Kapitel 2

In aller Ruhe etwas trinken, genau das brauche ich jetzt, dachte Laurel, während ihre innere Fernsteuerung sie aus Rivendell hinaus über die Straße, vorbei am Eckladen in den Pub lotste. Ja, ein Weilchen mit einem Bier in der Ecke hocken und die Anspannung des Tages in den schweißgetränkten Plüschsitzen versickern lassen. Genau das Richtige.

Leider war das Ram nicht der geeignete Ort, diese Ruhe zu finden, jedenfalls nicht heute Abend. Die Hälfte der Tische und Stühle waren an einer Wand aufgetürmt, und in der Mitte einer improvisierten Bühne bedachte ein Mann mit paillettenbesetztem Stetson einen uralten Verstärker mit anschaulichen Flüchen. Mist, dachte Laurel; ich hatte völlig vergessen, dass Montag Country-und-Western-Abend ist.

Als sie hereinkam, drehten sämtliche Köpfe sich nach ihr um, stuften sie als Eine-aus-den-Mietwohnungen ein und wandten sich wieder dem interessanteren Spektakel zu, wie Burford Bill seinem Verstärker Leben einzuhauchen versuchte.

»Steck doch mal den Stecker rein«, riet jemand hilfreich. Alle lachten. Burford Bill antwortete mit einer unanständigen Geste.

»Nee, tritt mal dagegen.«

Er probierte es aus, was jedoch nur ein dumpfes Knacken erzeugte und ihm einen gestauchten Zeh eintrug. »Das Scheißding hat den Geist aufgegeben.«

Gott sei Dank, dachte Laurel, holte sich eine Flasche Becks Bier und verzog sich in die hinterste Ecke. Und könntest du bitte in deiner göttlichen Vorsehung dafür sorgen, dass er eine Halsentzündung kriegt, nur für heute Abend?

Sie streifte ihre Schuhe ab, setzte sich auf die schlecht kaschierte Kirchenbank, die sich Sofa nannte, trank einen Schluck aus der Flasche und dachte über den Tag nach, der hinter ihr lag.

Dovecote & Marsh. Allein schon der Name klang verstaubt. Die einzige Toilette hatte eine Eichentäfelung, einer der Schreibtische sah nach echtem Chippendale aus, und ein Stapel Broschüren, die sie im Schrank entdeckt hatte, führte sämtliche Preise noch in Guineen auf. Hätte jemand sie vor ein paar Wochen gefragt, ob es solche Büros noch gebe, sie hätte wahrscheinlich gelacht. Hätte ihr jemand gesagt, dass sie eines davon leiten würde, hätte sie dem Betreffenden eine psychiatrische Untersuchung empfohlen. Aber D&M war zumindest anders. Und genau das hatte sie ja schließlich gesucht, oder? Einen Ausweg aus der Dot-com-Hysterie, ein bisschen Zeit, um einzukaufen und an Blumen zu riechen, statt sie übers Internet zu verhökern.

Sie lächelte bei der Erinnerung an die große Vase auf ihrer Fensterbank. Fresien, eine riesige, duftende Wolke Fresien. Sie rochen himmlisch.

Und dann waren da noch die anderen Angestellten. Vier waren zu viel für ein so kleines Unternehmen, wäre es nicht so unglaublich altmodisch. Vermutlich ließe sich das gesamte Geschäft mit einem Computer und einem Handy abwickeln, aber darum ging es gar nicht. Und nach dem wenigen, was sie bisher von ihnen gesehen hatte, waren sie ziemlich normal. Jedenfalls hatte keine mehr als einen Kopf, und die Gerüchte über Pferdefüße waren maßlos übertrieben.

Aber der erste Eindruck konnte täuschen, vielleicht schätzte sie ihre Mitarbeiterinnen völlig falsch ein. Schließlich hatte sie sich in der Vergangenheit schon öfter geirrt. Manche würden behaupten, sie sei keine gute Menschenkennerin.

Ihre Hand krampfte sich um einen Bierdeckel, bis er zerbrach. Nicht über die Vergangenheit nachdenken, befahl sie sich. Die Vergangenheit kann dir nichts mehr anhaben. Wichtig ist nur, was du jetzt tust und mit welchen Menschen du es zu tun hast.

Die plusterige Stacey, die eifrige Connie, der lustige Ravi und Connies sachliche Schwester Bette. Schon jetzt hatte Laurel ihre Gesichter vor Augen und stellte vage Vermutungen über ihr Leben an; wie hoch standen die Chancen, dass sie in diesem Moment ebensolche Spekulationen über sie anstellten?

Der Gedanke war ihr unbehaglich.

Sobald Bette nach Hause auf das Gestüt Connelly kam, warf sie ihre Büroschuhe in den Fond des Land Rover und schlüpfte in die Gummistiefel, die immer unter dem Beifahrersitz lagen. Wenn man mit Pferden lebte, musste man sich entsprechend kleiden. Bette konnte sich an nicht eine glückliche Episode ihres Lebens erinnern, in der kein Pferd vorgekommen wäre.

»Wo ist Jack?«, fragte sie ein Mädchen, das auf dem Hof eine braune Stute striegelte.

»Auf der oberen Weide, Mrs. C.«

»Er ist doch nicht schon wieder bei diesem verdammten Esel?«

»Fürchte doch.«

Der Boden gluckste gemütlich unter ihren Füßen, als sie die Hände in die Taschen ihres allgegenwärtigen Anoraks schob und zur oberen Weide ging. Auf dem Weg über die morastige Abkürzung dachte sie jedoch nicht an ihren Mann und seinen albernen Eselsfimmel, sondern an die neue Geschäftsführerin von D&M, die sie abschätzte wie ein gutes Stück Vieh.

Gute Beine, präsentable Zähne, Mähne könnte einen Schnitt vertragen, aber Fell in passablem Zustand. Keine offensichtlichen Probleme mit Koliken oder Kollern, athletischer Körperbau und ein guter, solider Rumpf. Ach, aber das Entscheidende war das Temperament, da konnte man jeden Experten fragen. Wie würde das Fohlen sich unter Druck machen, wenn es an die Bande gedrängt würde und noch zwei Furlongs zu laufen hatte?

Als sie die obere Weide erreichte, wo ein schmuddelig grauer Riesenesel sich mit Möhren vollstopfte, winkte ein Mann in karierter Kappe und Barbour-Jacke ihr zu und rief: »Und, wie macht sie sich?«

»Gutes Fohlen. Hab aber noch nicht geprüft, wie sie in Form ist.«

Ja, nickte Bette vor sich hin, das war die entscheidende Frage. Hatte Laurel Page den Mumm, über die volle Distanz zu gehen, oder würde der gerissene alte Edwin Case sie am ersten Hindernis zu Fall bringen?

Der Fiesta setzte schwungvoll rückwärts in die Parklücke und verfehlte nur knapp das Büschel Ringelblumen, das er heute Morgen beim Wegfahren ausgerissen hatte. Es war nicht einfach, mit drei Zoll hohen Absätzen einzuparken, und Stacey war jedes Mal begeistert, wenn sie es beim ersten Versuch zwischen die Begrenzungslinien schaffte.

Aus Gewohnheit prüfte sie ihr Erscheinungsbild im Rückspiegel, bevor sie ihre Einkäufe nahm und zu dem Mietshaus aus den siebziger Jahren ging, in dem sie wohnte. Sie machte sich gern hübsch. Ihrer Ansicht nach hatte jede Frau die Pflicht, das Beste aus sich zu machen, selbst wenn sie von Natur aus ein bisschen graumäusig war und die besten Jahre hinter sich hatte. Mit einer Flasche Haarfärbemittel und einem Push-up-BH ließ sich eine Menge ausrichten, wie sie Connie ständig versicherte; allerdings hörte Connie selten lange genug auf zu arbeiten, um ihr zuzuhören. Und Bette, na ja, Bette hatte einfach kein Interesse.

Stacey wollte doch eigentlich nur die Welt ein bisschen schöner machen, voller Kätzchen, großer, roter Herzen und Menschen, die nett zueinander waren. Schade, dass nicht alle die Dinge so sahen wie sie.

Als sie die Treppe zu ihrer Wohnung hinaufstöckelte, fragte sie sich, ob Miss Page die Dinge wohl so sehen mochte. Bestimmt, sonst würde sie ja wohl kein Eheanbahnungsinstitut leiten. Warum sollte das jemand tun, wenn er nicht überzeugt war, dass Romantik die tollste, herrlichste und großartigste Sache der Welt war? Allerdings hatte Mr. Case, der bisherige Geschäftsführer von D&M, sich lediglich dafür interessiert, Frauen auf den Hintern zu klopfen, was Stacey ganz und gar nicht romantisch fand.

»Bin wieder zu Hause!«, rief sie, als sie die Wohnungstür hinter sich schloss.

»Bin in der Küche«, antwortete eine entfernte Stimme.

Stacey ging in die Küche und fand ihre Nichte bis zu den Ellbogen in Mehl und in Konzentration vertieft. »Hi, Alex. Hausaufgaben?«, keuchte sie und stellte ihre Einkaufstaschen auf einen Stuhl.

»Schon gemacht.«

Stacey wuschelte ihr das mehlbestäubte Haar. »Das glaube ich dir nicht.«

»Dann eben nicht. Wie ist die neue Chefin?«

Stacey überlegte einen Moment. »Entspannt. Nett, glaube ich. Aber ich sag dir was.«

Das Mädchen schaute auf. »Was?«

»Ich wüsste zu gern, wer ihr die Glanzlichter macht. Sie sind matt.«

Auf dem Schild an der Tür stand *Ravis Zimmer: Privat!* Ebenso gut hätte aber auch Picadilly Circus darauf stehen können, so wenig Notiz nahmen alle davon.

»Hau ab, Ash«, sagte Ravi, ein Auge auf das Fernsehgerät gerichtet, während er seine Krawatte abnahm und sie zu den anderen Sachen über die Stuhllehne hängte. »Ich bin fix und fertig.«

Sein jüngerer Bruder fasste das offenbar als Einladung auf, denn er kam herein und ließ sich auf das Fußende von Ravis Bett fallen. »Na und?«

»Und was?«

»Hast du sie schon eingeladen, mit dir auszugehen?«

Ravi wand sich innerlich. Es war schlimm genug, überhaupt einen jüngeren Bruder zu haben, auch ohne dass er sämtliche spärlichen Details seines so genannten Privatlebens ausspionierte. »Nein«, gab er zu.

»Du lässt dir also Zeit?«

»Was soll das heißen?«

»Komm schon, Kumpel, damals auf der Schule hast du die stellvertretende Direktorin zu einem Date eingeladen! Davon reden sie heute noch.«

»Ja, und ich musste dafür nachsitzen. Rück rüber.« Ravi zog ein zerknittertes Polohemd unter dem Hintern seines Bruders hervor.

»Ach, verstehe, du hast Muffensausen!« Ash wich einem Juventus-Kissen aus. »Und, wie ist sie?«

Ravi hob das Kissen vom Boden auf. »Wer?«

»Deine neue Chefin, du Blödmann. Wie heißt sie ... Holly Bush oder so?«

»Laurel Page.« Ravi zog sich das Polohemd über den Kopf und zwängte sich in seine zweitbeste schwarze Jeans. »Ich weiß nicht, dreißig, vielleicht höchstens fünfunddreißig. Blond, hübscher Hintern, nicht zu dünn.«

Ash grinste. »Reifere Frau, was? Klingt geil.«

Ravi zuckte die Achseln. »Wenn du auf so was stehst.«

Als Ash fragen wollte, ob Ravi auf so was stand, rief eine Stimme von unten gerade rechtzeitig: »Essen!«

In der Küche ihres Vaters, in der die Zeit seit einer Ewigkeit stehen geblieben war, drückte Connie den Spülschwamm und zählte bis zehn.

»Von diesem Fisch halte ich nicht viel«, rief er durch die offene Esszimmertür. »In Korea haben wir besser gegessen.«

»Dann geh doch zurück nach Korea«, knurrte Connie verhalten.

»Was? Sprich lauter, du murmelst immer so.«

»Ich habe gesagt: Beeil dich, Dad, deine Pastete wird kalt.« Dad schnaubte. Connie spülte angespannt zum vierten Mal denselben Teller, ahnte jedes kleinliche Gemecker voraus und hasste sich dafür. »Hattest du einen schönen Tag?«

»Nein.«

»Ich dachte, du wolltest zu deinen Veteranen gehen.«

»Wollte ich auch. Habe ich aber dann doch nicht gemacht.«

»Ach.« Versuch es noch einmal. »Ich habe eine neue Chefin.« Pause. Nichts. »Sie macht einen ganz netten Eindruck.« Immer noch nichts. »Ich glaube, sie wird den Laden ein bisschen modernisieren.«

»Dieser Fisch hat Gräten.«

»Ich habe dir doch gesagt, du sollst vorsichtig sein, Dad.« Connie atmete tief durch und wartete auf das Unausweichliche.

Es kam. »Wieso kannst du nicht so kochen wie deine Schwester? Deine Schwester kocht gut.«

»Weil ich nicht meine Schwester bin«, brummte sie zwischen den Zähnen und sagte laut mit erzwungener Freundlichkeit. »Das ist Schellfisch, Dad, den magst du doch gern. Ich habe ihn so gemacht wie Mum früher.«

Pause. Dann: »Deine Schwester macht Schellfisch jedenfalls besser als diese Fernsehköchin.«

Tränen brannten Connie in den Augen, als sie herumwirbelte und zur Esszimmertür ging. Als ob es noch nicht schlimm genug wäre, dass sie mit Bette zusammen arbeitete, musste sie sich ständig die Lobeshymnen ihres Vaters über ihre Schwester anhören, als sei es das ein und alles, reich zu sein und Kinder zu haben. »Meine vergötterte Schwester will nichts mit dir zu tun haben«, platzte sie heraus, »du wirst dich also mit meinem Schellfisch begnügen müssen.«

Dads kleine, rote Augen zogen sich in seinem verwitterten Kartoffelgesicht zu boshaften Schlitzen zusammen. »Sprich nicht so über sie! Bette ist ein liebes Mädchen, hat was aus sich gemacht. Nicht wie manche andere. So, jetzt nimm das weg, und bring mir meine Pastete.«

Man hätte nicht nur eine Nadel fallen hören, sondern sogar eine Schneeflocke auf Watte. So etwas hatte das Ram in zwölf Jahren Country-und-Western-Abenden noch nicht erlebt. Es ließ sich getrost behaupten, dass Burford Bill und die Burfodettes nicht sonderlich gut ankamen. Als die Stille in Johlen und Beschimpfungen umschlug, brach eine der Burfodettes in Tränen aus und bekam Schluckauf; der große Mann schnappte seine Gitarre und stürmte ins Herrenklo, sobald die ersten Bierdeckel flogen.

Der Wirt klopfte aufs Mikrophon, um Aufmerksamkeit zu erbitten. »Programmänderung, meine Damen und Herren: Alan packt seine große grüne Karaokemaschine aus.« Jubel brach aus. »So, und welche reizende Dame möchte den Anfang machen?«

Mit zwei Sätzen war Laurel zur Tür hinaus. Sie hatte für heute genug von den Menschen.

Kapitel 3

Am Dienstagmorgen wartete Connie schon mit einem kleinen Pappkarton an Laurels Schreibtisch. Hätte sie noch ein bisschen breiter gegrinst, wäre der obere Teil ihres Kopfes hinten heruntergefallen.

Gespannt hängte Laurel ihre Jacke an einen der Haken hinter der Tür. »Guten Morgen, Connie, was haben Sie ausgeheckt? Niemand sollte so früh am Morgen schon derart strahlen!«

»Ich habe Ihnen das hier mitgebracht.« Connie stellte den Karton so vorsichtig auf den Schreibtisch, als enthielte er frische Eier.

»Was ist das? Ein Haustier fürs Büro?« Laurels Fantasie ging mit ihr durch. »Doch wohl kein Hamster, oder? Ich habe Hamster schon immer gemocht.«

Connie lachte. »Meine Güte, nichts in der Art. Ich habe nur diese Woche an ein paar Ideen gearbeitet, das ist alles.«

Laurel runzelte die Stirn. »Ideen? Was für Ideen?«

»Meine. Die mir eingefallen sind. Sie haben doch gesagt, Sie wollten ein paar Veränderungen vornehmen.«

»Ja, das habe ich wohl gesagt. Wenn ich mich erst einmal eingearbeitet habe, weiß, wo ich stehe …«

»Da dachte ich, ich könnte mal ein paar von

meinen Ideen aufschreiben und sie Ihnen zeigen.« Connie schaute den Karton so eifrig an wie ein Schulmädchen, das seiner Lehrerin eine hübsch verpackte Schachtel Bonbons von Quality Street schenkt.

»Oh«, sagte Laurel leicht überrascht. Sie schob eine Fingerspitze unter eine Deckelklappe und spähte vorsichtig hinein. »Connie, da drin ist ja eine ganze Enzyklopädie!«

Connie strahlte wie eine tropische Sonne. »Ach, eigentlich nicht. Nur ein paar ... Sie wissen schon ... Gedanken.«

Laurel blätterte den dicken Papierstapel durch. »Die ganze Woche?«

»Mm-mm.« Die Tropensonne entwickelte sich zur Supernova. »Aber natürlich nur in meiner Freizeit.«

»Wow.« Laurel war wie vor den Kopf geschlagen. »Das ist sehr, ehm, einsatzfreudig.«

Connie wirkte, als würde sie vor Stolz gleich platzen. »Wenn Sie möchten, können Sie es gleich lesen.«

Laurel ließ den Deckel los, der zurück auf den Karton fiel. »Nicht sofort, Connie. Wissen Sie, im Moment habe ich zu viel zu tun.«

»Aber später lesen Sie es, ja?«

»Ja, sicher. Später bestimmt. Seien Sie ein Engel und bringen mir einen Kaffee? Ich habe in zehn Minuten einen Termin.«

Erst als Connie gegangen war, erlaubte Laurel sich einen Seufzer der Erleichterung. Sobald die Tür geschlossen war, holte sie den Papierstapel aus dem Karton, überflog die erste Seite und legte alles rasch mit unerklärlichem Herzklopfen wieder zurück. Sicher. Dovecote & Marsh konnte ein paar Veränderungen brauchen, zur gegebenen Zeit. Allerdings hatte sie eher daran gedacht, mit neuen Vorhängen anzufangen, nicht mit einem durchkalkulierten Fünfjahresplan! Schließlich machte es gerade den Reiz der Agentur aus, dass sie ihre Arbeitsweise anscheinend seit ihrer Gründung nicht verändert hatte. Nach allem, was Laurel erlebt hatte, war sie ungemein erleichtert, dass D&M eine Zuflucht vor dem einundzwanzigsten Jahrhundert bot. Sie wollte nur noch ihre Ruhe. Aber offenbar hatten ihre neuen Mitarbeiterinnen andere Vorstellungen.

»Verflucht, Connie«, flötete sie. »Du verlierst wahrhaftig keine Zeit, was?«

Bis Freitagnachmittag hatte Laurel sich schon einigermaßen eingelebt. Auf dem Regal in der Büroküche stand ihr eigener Becher, Bette hatte sie in die Tippgemeinschaft aufgenommen und Stacey drohte, ihr ein Paar rote Wadenwärmer zu stricken.

»So, Sie glauben also, dass Villa den Pokal gewinnt?«, fragte Laurel, während sie und Ravi einige uralte Akten aussortierten.

»Nee. Auf jeden Fall United.« Er schüttelte ein halbes Dutzend Spinnen aus dem obersten Ordner und nieste lautstark.

»Gesundheit. Was, obwohl fünf wegen Verletzungen ausfallen?«

»Das ist alles bloß ein Riesen-PR-Schwindel, das sage ich Ihnen. Ach du Schande, schauen Sie sich das an.« Er warf ein halbes, zwanzig Jahre altes Twix in den Papierkorb. »Sind Sie auch ein Fan?«

»Ab und an. Früher bin ich ins ...«

Sie bekam keine Gelegenheit zu sagen »Stadion Goodison Park gegangen«, denn aus unerfindlichen Gründen überfiel Ravi ein Krampfanfall am ganzen Körper, er sprang auf, als wären fünftausend Volt durch seinen Hosenboden geschossen.

»Ravi?« Sie starrte ihn an. »Ravi, wieso stehen Sie in Habachtstellung?« Sie drehte sich herum, um seinem Blick zu folgen, und schaute direkt über den Kopf eines kleinen Mannes mit langen Haaren hinweg.

Einsfünfundsechzig mit der Persönlichkeit eines Zwei-Meter-Mannes, das war Edwin Case. Von seiner Hundert-Dezibel-Stimme ganz zu schweigen.

»Kein Grund strammzustehen«, donnerte er, dass Laurels Trommelfelle vor diesem Angriff zurückwichen. »Meine Güte, entspann dich, Junge.«

»Ja, Colonel, vielen Dank, Colonel«, sagte Ravi, setzte sich kerzengerade hin und sah alles andere als entspannt aus.

»Und lass dir die Haare schneiden, sie hängen dir ja bis auf den Rücken.«

»Ja, Colonel.«

Laurel musterte Edwin Case fragend. »Colonel?« Als er geradewegs an ihr vorbei auf ihr Büro zusteuerte, ging sie aufgebracht hinterher. »Sie haben mir gar nicht gesagt, dass Sie Colonel waren.«

»Was?« Er musterte sie von oben bis unten, als hätte er sie gerade hinter der Kloschüssel entdeckt und überlege, mit welchem Insektenspray er sie am besten behandeln sollte. »Ach, das. Ich war eine Zeitlang bei den Guards, da braucht man keinen großen Wirbel drum machen, oder?« Er streifte seine Handschuhe ab und legte sie auf Laurels Schreibtisch. »Ich wollte nur mal sehen, wie Sie zurechtkommen.«

Sein Blick fiel auf Laurels ganzen Stolz: ihren brandneuen, hundertprozentig feuersicheren Aktenschrank.

»Meine Güte, was ist das denn?«

»Ein Aktenschrank.«

»Das sehe ich. Aber ...« Seine Stimme senkte sich zu einem entrüsteten Flüstern. »Aber das verdammte Ding ist orange!«

Laurel polierte die glänzende Oberfläche behutsam mit dem Ärmel ihrer Bluse. »Und?«

»Und? Und?« Edwins wütendes Geflüster wurde so schrill, dass die Hunde in einem Umkreis von fünf Meilen zu heulen anfingen. »Hören Sie mir mal gut zu, junge Frau.« Sein erhobener Zeigefinger wackelte vor ihrer Brust. »Ich habe Sie nicht eingestellt, damit Sie hingehen und orange Aktenschränke kaufen!«

»Nein«, bestätigte Laurel. »Sie haben mich eingestellt, damit ich diese Agentur leite.«

»Institut.«

»Gut, dieses Institut leite. Und genau das tue ich.«

»Falsch, Miss Page!« Inzwischen war Edwin so zorngeschwellt, dass er aussah wie ein Ochsenfrosch mit Blähungen. »Ich habe Sie eingestellt, damit Sie an den Prinzipien meiner Mutter festhalten. Bis. Zum. Letzten. Buchstaben. Genau das erwarte ich von Ihnen. Es wird keine radikalen Änderungen geben. Verstanden?«

Laurel manövrierte sich vor den Schreibtisch.

Dies war wohl kaum der geeignete Moment, Colonel Case einen Blick auf Connies Bericht werfen zu lassen. »Vollkommen, vielen Dank.«

»Denn wenn Sie dazu nicht bereit sind«, Edwins Augen verengten sich zu schmalen Schlitzen, »können Sie sich gleich eine neue Stelle suchen.«

Kapitel 4

»O je.« Mr. Graeme Lillee lächelte zaghaft und verschämt. »Ich hätte Sie wirklich vor dem Geruch warnen sollen.«

Laurel tauschte fragende Blicke mit Stacey, die heute an der Reihe war, Laurels Gespräche zu protokollieren. Stacey wirkte jedoch um nichts klüger. »Geruch?« Laurel schnupperte in die Luft. »Welcher Geruch?«

Dovecote & Marshs neuester Klient rutschte unbehaglich auf seinem Stuhl hin und her. Er gehörte zu jener Sorte von Männern, die immer aussahen, als ob ihre Anzüge sie trügen, nicht umgekehrt, fand Laurel. Und da er zudem blond war, wirkte er in seinem schwarzen Zweiteiler wie ein Glas Guinness.

»Mein Geruch. Ich kann mich waschen und umziehen, so oft ich will, er geht einfach nicht fort.«

Nun war Laurel völlig ratlos. Sie roch lediglich Seife und Rasierwasser. »Aber Sie riechen doch nicht.«

»Bitte, es besteht kein Grund, höflich zu sein.« Er beugte sich vor und sagte leise: »Ich weiß, das meine Kunden dazu neigen, ehm, Abstand von mir zu halten. Und sobald jemand erfährt, womit ich meinen Lebensunterhalt verdiene …«

Laurel warf einen Blick in den offenen Aktenordner auf ihrem Schreibtisch und verstand seine Paranoia auf Anhieb. »Ach.«

»Genau. Und deshalb bin ich zu Ihnen gekommen.« Mr Lillee fingerte verzagt am Ende seiner Krawatte herum. »Ich meine, ich möchte nicht, dass Sie unnötig Ihre Zeit mit mir vertun, wenn keine Chance besteht, ich dachte nur, dass es vielleicht irgendwo eine ... eine ...«

»Ein Frau ohne Geruchssinn gibt?«, fiel Laurel ihm ins Wort. Als sie Staceys fassungslose Miene bemerkte, fiel ihr auf, was sie gerade gesagt hatte, und schlug sich mit der Hand auf den Mund. »Ach je, Mr Lillee, entschuldigen Sie, ich kann gar nicht glauben, was ich da gerade gesagt habe.«

Es entstand ein kurzes, äußerst peinliches Schweigen, lediglich unterbrochen von Staceys Absatz, der auf das Parkett klopfte. Whoops. Innerlich schnitt Laurel eine Grimasse. Klasse, Loz, schon mal daran gedacht, eine diplomatische Laufbahn einzuschlagen? Der arme Mann war erst fünf Minuten da, und schon hatte sie ihn beleidigt.

Wie durch ein Wunder warf Mr. Lillee den Kopf in den Nacken und lachte schallend. »Kein Geruchssinn, das gefällt mir! Sie haben den Nagel auf den Kopf getroffen.«

Puh, dachte Laurel, während sich das Gespenst einer drohenden Klage verflüchtigte. »Wissen Sie, Mr. Lillee, Sie dürfen sich nicht selbst fertig machen.«

Er seufzte gutmütig. »Das ist leichter gesagt als getan.«

»Nicht wenn Sie sich immer wieder sagen, dass

Sie es wert sind. Sie müssen es versuchen und positiv denken, wissen Sie.«

Es klang so abgedroschen, doch als sie ihn sich zum ersten Mal richtig anschaute, fand sie, dass es vielleicht doch nicht so banal war. Er sah ganz passabel aus, war unter vierzig, einigermaßen blond, nett, höflich, humorvoll ... Meine Güte, er hatte sogar noch sein eigenes Haar, was ihn von mindestens dreißig Prozent der männlichen Klientel bei D&M positiv abhob. Gut, er war ein bisschen neurotisch, na wenn schon. Ausgerechnet sie durfte dazu ja wohl nichts sagen. Er war ein Bursche, der es wirklich verdiente, jemanden zu finden.

»Sie haben doch unser Motto gesehen, nicht wahr?« Sie deutete auf das gerahmte Poster an der Wand neben der Tür. »›Bei D&M gibt es für jeden jemanden‹!«

»Manchmal drängt sich mir der Gedanke auf, dass es für jeden außer mir jemanden gibt.«

In diesem Augenblick erlebte Laurel eine echte Offenbarung des Himmels. Mr. Graeme Lillee, schwor sie sich im Stillen, Sie werden jemanden finden. Jemand Besonderen. Ja, ich, Laurel Page, werde Ihr Leben in die Hand nehmen und von Grund auf für Sie ummodeln.

Und wenn das funktioniert, fügte ihr Unbewusstes hinzu, werde ich vielleicht sogar darüber nachdenken, mein eigenes Leben umzumodeln.

Vor Connies Büro blieb Laurel stehen. Durch die Tür war das furiose Hämmern einer antiquierten Schreibmaschine zu hören.

»Schießen Sie los.« Laurel schaute Stacey flehend an.

Die großen blauen Augen zwinkerten harmlos und verständnislos. »Womit?«

»Sagen Sie mir, dass ich es vermasselt habe.« Sie straffte die Schultern. »Es ist okay, seien Sie ruhig ehrlich, das halte ich aus.«

Laurel hielt den Atem an und wartete auf Staceys vernichtendes Urteil über ihren Umgang mit Mr. Lillee. Taktlos, ungeschickt, mehr versprechend als D&M halten konnte.

»Na ja, es ist Montag«, sagte Stacey munter.

»Mh?«

»Montags sind die Leute nie in Bestform, oder? Zumindest steht das in meiner Zeitschrift. Der Biorhythmus ist völlig daneben. Dienstagmorgens gegen elf ist die beste Zeit für soziale Interaktionen. Montagmorgens können Sie es gleich lassen.«

»Ach«, sagte Laurel. »Das werde ich mir merken.«

»Und eigentlich fand ich, dass Sie das ganz gut gemacht haben«, fügte Stacey hinzu.

»Für einen Montag?«

Stacey grinste. »Selbst für einen Freitag.«

»Obwohl ich ihn beleidigt habe?«

»Na ja, er schien ganz zufrieden, als er ging.«

»Entweder das, oder er war nur zu nett, um sich zu beschweren.«

»Wenn Sie etwas mehr Erfahrung haben, werden Sie noch viel besser. Außerdem sind wir ja auch noch da, um Ihnen zu helfen, wenn Sie in der Klemme sitzen«, erklärte Stacey ermutigend. »Leute beruhigen können wir gut, bei Mr. Case hatten wir viel Übung.«

Als Laurel den Mund aufmachte, um sich ausführlich über Edwin Case zu erkundigen, öffnete Connie ihre Bürotür und erschien mit einem ziegelsteindicken Stoß Briefumschläge, zusammengehalten von blauen Gummibändern.

»Hier, Chefin«, erklärte sie und hielt Laurel die Briefe vor die Brust.

Laurel nahm sie. »Was ist das?«

»Ihr Anteil an den Briefen vom Courant – Sie wissen schon, für den Kummerkasten.«

Laurel musterte den kräftigen Stapel. »Mein Anteil?«

»Stimmt. Jeder von uns nimmt einen Stoß und sucht die Besten heraus.«

»Sie meint, Briefschreiber, von denen wir glauben, dass wir ihnen helfen können«, stellte Stacey richtig.

»Und solche, die man drucken kann!«, fügte Connie hinzu.

»Dann denken wir uns gemeinsam Antworten aus. Mr. Case kennt den Herausgeber, wir machen das seit Jahren. Die Firma bekommt ein monatliches Honorar und Rabatte auf Anzeigen.« Stacey las den Absender, der in leuchtend grüner Tinte auf den obersten Umschlag gekritzelt war. »Ach, guck mal, da ist einer von dem Wilden aus Wolverhampton, darf ich ihn lesen, wenn Sie damit durch sind?«

»Und was soll ich jetzt eigentlich damit machen?«, fragte Laurel.

Connie zwinkerte ihr zu. »Dasselbe, was wir immer damit gemacht haben. Lesen, verdauen und gegen die Übelkeit ankämpfen, wenn Sie zu der Liebeskranken aus Leckhampton kommen.«

»Sie meinen, Sie haben sie schon gelesen?«

»O nein, aber die Liebeskranke schreibt regelmäßig.«

»Hmm.« Laurel zupfte an dem Gummiband. »Sei still mein pochend Herz.«

»Na ja, Sie haben doch gesagt, Sie wollen die Arbeitsroutine kennen lernen, bevor Sie Veränderungen vornehmen!«

Connie verschwand in ihrem Büro, kam aber wieder heraus, als Laurel sich zum Gehen wandte. »Ehm, wo wir von Veränderungen reden ...«

Laurel, die ihren Zusammenstoß mit Edwin Case noch frisch in Erinnerung hatte, verkrampfte sich. »Ja?«

»Ich habe nur überlegt, ob Sie meine Vorschläge vielleicht schon gelesen haben?«

Die Frage war völlig harmlos, aber ebenso gut hätte Connie auch in ein Hornissennest stoßen können.

»Nein, Connie!«, fuhr Laurel sie an und ließ Connie stehen, die sich fragte, was sie wohl falsch gemacht hatte.

An diesem Abend war Connie die Letzte, die nach Hause ging. Als sie die Bürotür hinter sich abschloss, sah sie Laurel, die im Hausflur auf Händen und Knien an ihrem neuen orange Aktenschrank herumwerkelte.

Vielmehr an ihrem halb orange Aktenschrank. Denn die obere Hälfte war bereits unter einer Schicht metallgrauer Farbe verschwunden.

Sie trat hinter Laurel. »Hallo.«

Schweigen.

»Wieso streichen Sie ihn grau?«

Laurels Pinsel hielt kurz inne, aber sie gab keine Antwort.

»Ich dachte, das Orange gefiele Ihnen.« Die Worte hallten eine Weile in der farbdunstschwangeren Luft nach, wirbelten dann scheinbar wie Rauch das Treppenhaus hinunter und durch die Tür auf St. Thaddeus Place hinaus. »Wegen meiner Vorschläge, ich dachte ...«

Dieses Mal schaute Laurel lange genug zu Connie auf, um zu sagen: »Ich habe zu tun.« Sofort konzentrierte sie sich wieder auf ihre kurzen, ungeduldigen Pinselstriche.

»Ach«, sagte Connie. »Dann gute Nacht.«

Auf halbem Weg die Treppe hinunter wartete sie auf Laurels Antwort. Vergebens.

Am Dienstagnachmittag war Laurel wesentlich besserer Laune. Sie summte fröhlich vor sich hin, während sie in ihrem Büro einen Strauß Blausterne arrangierte. Sie entschied sich für die künstlerische grüne Glasvase. Nicht einmal Case konnte etwas dagegen haben, wenn sie in ihrem Büro eine Vase aufstellte.

Es klopfte. Bevor sie sich zwischen »Herein« und »Verschwinde« entscheiden konnte, spazierte Connie herein.

»Ist was?«, fragte Laurel, leicht verärgert.

»Nein, nichts«, antwortete Connie. »Ich habe mich nur gefragt, ob Sie vielleicht schon dazu gekommen sind ...« Ihr Blick schweifte suchend durch den Raum, bis er den Pappkarton auf Laurels oberstem Regalbrett entdeckte. »Ach, da ist er ja!«

»Noch nicht.«

Connie blieb zappelig in der Tür stehen. »Ach. Und was schätzen Sie, wann Sie mal einen Blick darauf werfen können?«

»Was denken Sie?«, hauchte Laurel und schob Connie praktisch zur Fensterbank. »Soll die Vase in die Mitte oder nach links?«

Mittwochmittag gab es im ganzen Gebäude keinen sicheren Zufluchtsort mehr, nicht einmal die Toilette. Als Laurel die Kabinentür öffnete, lag Connie davor auf der Lauer.

»Ich habe mich nur gefragt«, setzte Connie an.

»Sie haben mich erst vor zehn Minuten gefragt«, protestierte Laurel.

»Ja, ich weiß, wahrscheinlich sind Sie noch nicht dazu gekommen, meine Vorschläge zu lesen?«

»Nein, bin ich nicht!« Laurel stapfte ans Waschbecken und fühlte sich zunehmend wie eine verfolgte Minderheit. »Und wenn Sie ständig nachfragen, geht es auch nicht schneller«, fügte sie hinzu und schaute Connie im Spiegel in die Augen. Bitte, geh weg, betete sie innerlich. Siehst du denn nicht, dass ich nicht darüber reden will? Welchen Sinn sollte es haben, über Connies umfangreiche Pläne für die Firma zu reden, wenn Case nicht einmal erlaubte, dass sie auch nur die Farbe der Briefumschläge änderte? Aber offensichtlich war das noch nicht durchgedrungen, denn Connie hopste immer noch auf und ab wie eine neurotische Bettfeder.

»Laurel ...«

Mit tropfenden Händen wirbelte sie herum und bespritzte Connie mit Seifenwasser. »Was!«, bellte sie.

»Sie haben Ihren Rock in die Unterhose gesteckt.«

Am nächsten Morgen war allen klar, dass etwas wahrhaft Gewichtiges passieren würde. Es stand Laurel ins Gesicht geschrieben, als sie energisch an Ravis Schreibtisch vorbei in Connies Büro stürmte, ohne auch nur zu sagen: »Hallo, war der Briefträger schon da?«

»Connie!« Sie schloss die Tür hinter sich. »Genau Sie habe ich gesucht.«

Das kam so überraschend, dass Connie versehentlich eine ganze Reihe nur X schrieb. »Mich?«

»Ja.« Laurel schob ihren Hintern bequem auf Connies Fensterbank und spürte, wie die Sonne durch die Fensterscheibe ihren Rücken wärmte. »Ich habe nachgedacht, Connie. Über das, was wir besprochen haben ... Sie wissen schon, über ein paar Veränderungen hier?«

»Wirklich?« Plötzlich strahlte Connie so sehr vor Freude, dass es ihr nicht einmal etwas ausmachte, als Laurel von der Fensterbank rutschte und sie an den Schultern packte.

»O ja. Und wissen Sie was? Sie hatten Recht.«

Es entstand eine lange, dramatische Pause. In Connies Kopf erscholl ein Trommelwirbel. Das war es: Der Augenblick, auf den sie all die Jahre gewartet hatte! Endlich würde Dovecote & Marsh die ersten wankenden Schritte ins zwanzigste Jahrhundert tun (auf das einundzwanzigste zu hoffen, hieß denn doch, ein bisschen zu viel erwarten).

Atemlos vor Begeisterung hauchte Laurel: »In Erwägung dessen, was Sie gesagt haben, habe ich etwas getan, was ich sofort hätte tun sollen, als ich bei D&M anfing.«

Ein Mac, fantasierte Connie. Lieber Gott, bitte mach, dass ich einen Mac bekomme. Es ist mir auch egal, ob er grau ist. Zum Teufel, es ist mir sogar egal, ob es ein Mac ist, so lange es ein Computer ist, der funktioniert.

»Bereit?«

Connie nickte eifrig.

Laurel griff in ihre Einkaufstasche und zog eine durchsichtige Plastiktüte voller Wasser heraus. »Sehen Sie? Ich habe uns einen Fisch gekauft!«

In stillem Staunen versammelten sich alle um das neue Aquarium. Alle bis auf Connie, die sich im Hintergrund hielt und finster etwas über Leute brummelte, die keine Ahnung hatten, wie man ein modernes Unternehmen führte, und verdienten, dass man ihnen sagte, wo sie sich ihren kostbaren Fisch hinstecken konnten.

Bette stieß ihrer Schwester kräftig mit dem Ellbogen in die Rippen. »Halt den Mund, Connie, der Fisch ist doch nett. Es ist zwar kein Rennpferd, aber man kann schließlich nicht alles haben.«

Connie schimpfte: »Ein paar schöne Computer und ein hübsches kleines Faxgerät wären erheblich nützlicher.« Verschwörerisch flüsterte sie: »All dieses Gerede, Leben in diese Bude zu bringen – alles nur Gerede! Sie ist ja noch viel schlimmer als der alte Case.«

Seufzend schob Bette die Hände in die Taschen ihrer karierten Weste. »Also, ich mag sie. Und den beiden da drüben geht es genauso.«

Wie auf ein Stichwort jubelten und klatschten Ravi und Stacey, als ein recht schöner schwarz-gelber Engelbarsch elegant in sein neues Heim tauchte. Connies Miene wurde noch wütender.

»Guckt doch mal!«, schwärmte Stacey, »er wackelt mit den Flossen. Ich glaube, er sagt Hallo.«

Ravi bedachte sie mit einem komischen Blick. »Hast du schon wieder die *Teletubbies* auf Video geschaut?«

»Wird es ihm da nicht zu einsam werden?«, erkundigte sich Bette und beobachtete, wie der Neuankömmling im leeren Aquarium herumschwamm.

»Überhaupt nicht«, antwortete Laurel. »Und wissen Sie warum? Weil ich ihm einen Freund gekauft habe!« Sie holte eine zweite Plastiktüte hervor. »Sehen Sie? Begrüßen Sie alle unseren Fisch Nummer zwei.«

Sie hielt die Tüte hoch, und alle musterten das kleine Lebewesen.

»Er ist ganz braun«, stellte Stacey enttäuscht fest. »Und langweilig.«

»Was ist das für eine Sorte?«, fragte Ravi.

»Ich glaube, es ist ein Colomesus«, antwortete Laurel, »aber der Verkäufer war sich nicht sicher.«

»Ein Pentium 4 ist es jedenfalls nicht«, knurrte Connie, leicht erbittert.

Laurel ignorierte die Spitze und reichte Ravi die Tüte. »Machen Sie doch unsere beiden Fischfreunde miteinander bekannt.«

Ravi öffnete behutsam die Tüte und leerte den Inhalt in das Aquarium. Der Neuankömmling zuckte mit der Schwanzflosse, drehte eine Runde, durchschwamm seine neue Umgebung – und ging geradewegs auf den Engelbarsch los wie ein Rottweiler, der das Bein eines Briefträgers roch.

»Aaah!«, kreischte Stacey kreidebleich und ließ ihre Kaffeetasse fallen. »Tu was, Ravi!«

»Scheiße«, sagte Ravi und hielt sich die Augen zu.

»Du boshaftes kleines Monster.« Laurel schnappte sich ein Netz und versuchte hektisch, den räuberischen Fisch einzufangen.

Connie schnaubte und verschränkte die Arme. »Seht ihr?«, sagte sie, obwohl niemand zuhörte. »Ich habe ja gleich gesagt, dass es keine gute Idee war.«

Der mysteriöse Killerfisch von Old Cheltenham Town schwamm eindeutig in glorreicher Einsamkeit in seinem Aquarium herum, einen fransigen Fetzen Engelbarschflosse zwischen den Kiemen. Er strahlte äußerste Selbstzufriedenheit aus, allerdings war er der einzig Zufriedene im ganzen Büro.

Der große, dunkle, gälisch wirkende junge Mann musterte unschlüssig die finsteren Mienen, als er die Tür zu Dovecote & Marsh öffnete und hereinkam.

»Hallo?«

Es waren drei Leute im Büro, aber keiner sagte etwas. Nicht einmal das Mädchen mit der ingwerblonden Dauerwelle, das aussah, als verschlüge es ihr selten die Sprache. Sie war vollauf damit beschäftigt, in eine Schachtel mit rosa Kleenex-Tüchern zu schluchzen.

»Komme ich ungelegen? Soll ich vielleicht später wiederkommen?«

Da er immer noch keine Antwort bekam, tippte er versuchsweise auf die nächstbeste Schulter, die zufällig Ravi gehörte. Der unwillentliche Komplize des Killerfischs schaute schuldbewusst auf. »Ja?«

»Hi.« Bei diesem zarten Lebenszeichen entspannte sich die Miene des Neuankömmlings ein bisschen. »Ich hatte gehofft, Sie könnten, Sie wissen schon, mir einen Termin geben, um ... ehm ...« Er wedelte unsicher mit den Händen und deutete eine vage Handbewegung in Richtung Herz an.

»Sich anzumelden, meinen Sie?«

»Ja. Anmelden, das ist es. Ich bin ziemlich neu in solchen Sachen. Kann ich den Chef sehen?«, fragte der Fremde.

Ravi stand schwerfällig auf. »Ja, klar. Kommen Sie, ich bringe Sie zu ihr.«

Ravi trottete mit gesenktem Kopf zu Laurels Büro, die Hände in den Hosentaschen. Als er die offene Tür erreichte und das Geschrei von drinnen hörte, blieb er abrupt stehen. »Sie, ehm, telefoniert gerade«, erklärte er und deutete auf einen Stuhl hinter der Tür. »Nehmen Sie Platz.« Er drängte den Fremden vor. »Ich nehme an, dass Sie gleich fertig ist.«

Bevor der Fremde Einwände erheben konnte, hatte sich die Tür bereits hinter ihm geschlossen.

Laurel wischte das Blut vom Telefonhörer und schrie hinein: »Was für ein Fisch ist das, zum Teufel? Ein balinesischer Passionsfisch! Sie haben nichts davon gesagt, dass er ein Verrückter ist, der Fische frisst!«

Am anderen Ende der Leitung antwortete eine undeutliche Stimme in gedämpftem, entschuldigendem Ton.

»Ach wirklich? Das reicht mir nicht«, antwortete Laurel, deren innere Gelassenheit ernstlich angegriffen war. »Das Scheißding hat mir fast die Finger abgebissen!«

Dieselbe Stimme murmelte etwas Albernes über Futter.

»Besonderes Futter? Machen Sie Witze? Was soll ich machen, ihm eine Kuh reinwerfen und auf sichere Entfernung gehen?«

Murmel, murmel, murmel.

Wütend knallte Laurel den Hörer auf. Als sie sich umdrehte, um sich ein neues Pflaster zu nehmen, sah sie sich nicht Ravi mit dem Erste-Hilfe-Kasten gegenüber, sondern einer Vision männlicher Vollkommenheit, die jeder Frau das Höschen feucht werden ließ. Der Mann war so groß, dunkel und gut aussehend, dass er direkt ihrem Unterbewussten entsprungen sein könnte. Der Mann sah genauso aus wie ...

»Jason?«, keuchte sie.

Kapitel 5

Bis es Laurel gelungen war, sich zusammenzureißen, war der Fremde schon zögernd ein paar Schritte vorgetreten. Unsicher blieb er mitten in ihrem Büro stehen wie jemand, der wünschte, lieber ganz woanders zu sein.

Laurel bemühte sich, die letzten Reste ihres Verstandes zusammenzukratzen. Mein Gott, dachte sie, als sie ihn anstarrte; eigentlich sieht er Jason gar nicht sonderlich ähnlich, aber in diesem Licht und im Profil ...

Sie verdrängte ihren betrügerischen Exfreund in den Hinterkopf. »Hallo.«

»Ja. Also.« Die blauen Augen des Fremden hoben sich strahlend gegen seine sonnengebräunte Haut ab. Seine Stimme war so tief, dass Laurel die Vibrationen praktisch als Schauer auf ihrem Rücken spürte; sein rauer Akzent prickelte wie Zuckerkristalle auf Sahne. Nein, er war ganz und gar nicht wie Jason. Er war tausendmal sexier. Sie mochte sich zwar geschworen haben, Männer aufzugeben, aber das hinderte sie keineswegs, einen Mann zu würdigen, der so ... na ja ... ästhetisch erfreulich war.

»Sie sind also Miss Page?«

»Nennen Sie mich Laurel.« Sie schaute zu ihm

auf wie ein ehrfürchtiger Teenager. »Bitte. Möchten Sie ... Ich meine, kann ich etwas für Sie tun?«

Er scharrte auf eine knurrig männliche Art mit den Füßen und starrte auf den Parkettboden. Eine Locke tief schwarzen Haares fiel ihm in die Stirn. »Ich – das heißt, ein Freund von mir ...«

Lauren lächelte verständnisvoll. »Ach, ich verstehe. Ihr Freund würde also gern eine ganz besondere Frau kennen lernen?«

Der Fremde wirkte verwirrt. »Freund? Nein. Er meinte nur, ich sollte – Sie wissen schon – ausgehen und Leute treffen. Es war seine Idee«, fügte er leicht vorwurfsvoll hinzu.

Laurel schaute in diese saphirblauen Augen und musste sich zusammenreißen, um nicht zu geifern. »Ach, na ja, ich bin sicher, dass wir Ihnen helfen können. Auf jeden Fall!« Sie trat einen Schritt vor und verfing sich mit dem Fuß im Papierkorb. Puterrot schüttelte sie den Korb ab, fing sich eine Laufmasche ein und schleuderte ihren Schuh quer über den Fußboden. »Verdammt.«

Völlig unbeirrt hob Prince Charming den Schuh auf. »Alles in Ordnung?«

»Ja, ja. Alles bestens«, brabbelte sie verlegen. »Ich komme schon klar, also wirklich, ich bin so ungeschickt, ein Wunder, dass ich nicht überall blaue Flecken habe. Wollen Sie nicht ... ich meine, wo war ich stehen geblieben? Ach ja. Wir haben im Laufe der Jahre unzähligen Menschen geholfen, möchten Sie einen Kaffee, Milch und Zucker?« Laurel bemühte sich, so diskret wie möglich wieder in ihren Schuh zu schlüpfen. »Tasse? Untertasse? Keks?« (Scheiße, ich klinge völlig dement.)

Er starrte sie mit offenem Mund an; sie spürte förmlich, wie sie dahinschmolz.

»Tut mir Leid.« Sie bedachte ihn mit einem Lächeln. Tief durchatmen und noch einmal von vorn anfangen. »Nehmen Sie doch Platz.« Als sie auf die beiden durchgesessenen Ledersessel vor dem echten Regency-Kamin deutete, bemerkte sie, dass der Besucher eingehend die beiden Porträts zu beiden Seiten des Kaminvorsprungs musterte. »Lassen Sie sich von ihnen nicht abschrecken«, lachte sie. »Das sind nur Mr. Dovecote und Mr. Marsh – sie glauben, ihnen gehört der Laden immer noch, stimmt's, Jungs?«

Über diesen Mangel an Förmlichkeit eindeutig schockiert, funkelten Mr. Dovecote und Mr. Marsh aus ihren Rahmen herab. Doch Laurel war viel zu sehr mit dem Fremden beschäftigt, um sich Sorgen über den bösen Blick zu machen. Hin und her gerissen zwischen dem verzweifelten Drang, zu fliehen, und dem noch verzweifelteren Wunsch, es nicht zu tun, blieb sie neben seinem Sessel stehen. »So«, sagte sie.

»Ja.«

»Ich, ehm ...«

»Ja«, stimmte er zu und fragte sich vermutlich, wieso Laurels Hintern unentschlossen eine Handspanne über dem Sitz des anderen Sessels schwebte.

So hätte es noch eine Weile weitergehen können, bis ihre Oberschenkelmuskeln aufgegeben hätten, da keiner von ihnen einen vernünftigen Satz herausbrachte. Aber vorher versagten Laurels Nerven. »Ich organisiere uns Kaffe, ja?«

»Tee wäre mir lieber, wenn Sie welchen haben.«

»Ja, Tee, sicher, entschuldigen Sie, ich hätte fragen sollen. Earl Grey oder Darjeeling – oder Kräutertee? Preiselbeere und Holunder? Ich glaube, davon haben wir irgendwo noch welchen, wenn er nicht aus ist.« O nein, sie plapperte schon wieder herum. Sie war völlig aus der Übung im Umgang mit Männern. Vor allem mit gut aussehenden Männern, die sie mit einem Blick weich in den Knien werden ließen. Sie konnte sich nicht erinnern, wann sie sich zum letzten Mal so zu einem Mann hingezogen gefühlt hatte. »Und wie wär's mit ein paar Keksen? Teegebäck? Schokowaffeln? Ich könnte Ravi schicken, dass er ein paar Hobnobs holt ...«

Bevor ihr Gast die Chance hatte, vor dieser Keksbesessenen zu flüchten, floh sie und überließ ihn einer höflichen Konversation mit Mr. Dovecote und Mr. Marsh. Vielleicht brachten sie ja etwas Vernünftiges hervor.

Als Laurel mit Schallgeschwindigkeit an Connies Schreibtisch rauschte, hörte die Sekretärin auf, über ihre eingetrocknete Flasche Tipp-Ex zu fluchen und verfiel in stummes Schmollen.

»Connie«, keuchte Laurel. »Kann ich Sie um einen Riesengefallen bitten?«

»Hab zu tun.« Ihre Miene sagte: »Hau ab, mit dir rede ich nicht, du bist nicht mehr meine Freundin.« Sie warf das Tipp-Ex in ihre Schreibtischschublade, als wäre es eine Handgranate. »Ich muss fünfzigmal den gleichen Brief abtippen, schon vergessen? Wenn wir natürlich eine hübschen kleinen Computer hätten ...«

Bitte, flehte Laurel innerlich, tu mir das nicht

an, nicht jetzt. »Ich wäre Ihnen wirklich sehr dankbar«, schmeichelte sie.

Connie stöhnte verärgert. »Was für einen Gefallen?«

»Nur etwas Tee.« Laurel hüpfte von einem Fuß auf den anderen. »Und vielleicht ein paar Kekse?«

Connie musterte sie von oben bis unten. »Was ist los?«

»Was soll los sein?«

»Sie sind ganz rot geworden. Und was ist mir Ihren Strümpfen?«

Laurel zupfte verlegen ihren Rock herunter. »Nichts ist los, alles in Ordnung. Da ist ein ... neuer Klient in meinem Büro und er hätte gern Tee, das ist alles.«

»Was für ein neuer Klient? Im Terminkalender steht nichts von einem neuen Klienten, erst am Montag um halb zehn. Sollte Stacey nicht besser zu Ihnen reinkommen?«

»Nein, seit Mittwoch arbeite ich solo, hat sie Ihnen das nicht erzählt? Ich dachte, ich mache mal die Feuertaufe.«

Ja, fügte Laurel innerlich hinzu, und es hat mir wahrhaftig die Augen geöffnet. Eigentlich hatte ich gedacht, sämtliche Kunden von D&M wären barsche alte Colonels oder komplette Versager. Und nun stellte sich heraus, dass sie ganz anders waren. Ganz normale Menschen. Menschen, die geliebt werden wollten. Menschen wie ich.

Connie stippte den Finger auf die jungfräulich weiße Seite des Terminkalenders. »Sehen Sie, nichts! Das ist doch wohl nicht der, den Ravi von der Straße geholt hat, oder? Wie heißt er noch?«

Verdutzt fiel Laurel auf, dass sie nicht daran gedacht hatte, ihn danach zu fragen. Sie kaschierte ihre Unzulänglichkeit, indem sie Connie anfuhr: »Machen Sie uns bitte Tee, ja? Tassen, keine Becher. Und vielleicht könnten wir auch diese hübschen Untertassen mit dem Blümchenmuster bekommen, oder sind sie zu mädchenhaft? Ach, ich weiß nicht. Aber sorgen Sie dafür, dass sie sauber sind. Ich bin mal eben auf dem Klo.«

Verkniffen schaute Connie Laurel nach, als sie hinter der Toilettentür verschwand. »Sorgen Sie dafür, dass sie sauber sind?« Selbst der Miniatur-Teddy auf ihrer Schubladenbox schaute erbost drein. »Meine Tassen sind immer sauber! Laurel Page, ich habe mich in dir getäuscht. Du erweist dich als völlige Platzverschwendung.«

Sie stolzierte in die Teeküche mit ihren silbernen Zuckerzangen und dem altmodischen Flötenkessel. Sie griff unter die Gastherme und holte eine betagte Keksdose hervor.

»Meine zweitbesten Kekse«, erklärte sie bestimmt. »Mehr kriegt sie nicht von mir.« Ihre Augen verengten sich zu schmalen Schlitzen. »Und ich wärme auch die Kanne nicht vor.«

Als Laurel wieder in ihr Büro ging, hatte sie sich ein bisschen erholt. Zum einen hatte sie Frisur und Lippen hergerichtet, was dringend nötig war, zum anderen wirkte der namenlose Bursche in ihrem Büro wesentlich entspannter, saß zurückgelehnt in seinem Sessel und knabberte Kekse.

Aha, ganz normale Butterkekse. Das war eine Erleichterung. Connie hatte gewöhnlich eine Vorliebe für diese grässlichen gefüllten Kekse, die an den Zähnen klebten – und verrutschte Zahnbrücken standen im Augenblick nicht ganz oben auf Laurels Wunschliste.

Vor der Tür hielt sie einen Moment inne, lockerte ihre Schultern, atmete tief durch und stürzte sich mit einem tausendkarätigen Strahlen ins Büro.

»Hallo, da bin ich wieder, entschuldigen Sie, dass ich Sie habe warten lassen.« Sie reichte ihm die Hand, die er mit männlich festem, testosteronstrotzendem Griff nahm.

»Miss Page.«

»Laurel«, erinnerte sie ihn. Als sie die Tür hinter sich schloss, prickelte ihr ganzer Körper vor Erregung, wie sie es nicht mehr erlebt hatte, seit sie sich in der zehnten Klasse mit dem Sohn des Schulleiters im Wandschrank eingeschlossen hatte. Seitdem habe ich mich sehr verändert, dachte sie mit einem Anflug von Nostalgie. Andererseits hat sich so vieles verändert. Milky Way schmeckt auch nicht mehr wie früher.

»Ich bin gut versorgt worden, danke.« Sein Akzent hatte die raue Note der nordenglischen Pennines und ließ wilde, wind zerzauste Moore, Yorkshire Pudding und den Schauspieler Sean Bean vor ihrem inneren Auge erstehen.

»Gut. Es lässt sich einfacher mit Menschen arbeiten, wenn sie sich bei uns wohl fühlen.« Laurel setzte sich in den Sessel ihm gegenüber und balancierte ein Klemmbrett und einen Kugelschreiber auf dem Schoß. »Was wissen Sie denn nun schon über uns?«

»Nicht viel«, gab Mr. Unwiderstehlich zu, nachdem er einen Schluck Tee hinuntergeschluckt hatte. Er beugte sich vertraulich vor. Seine blauen Augen funkelten wie ungeschliffene Edelsteine. »Ich will ehrlich sein, es war die Idee von meinem Freund Don. Er druckt irgendwas für Sie – Broschüren oder?«

»Ach, der Don.« Laurel erinnerte sich an ein kurzes Gespräch mit einem angenehmen Schotten, der fast die ganze Zeit Connie angestarrt hatte.

Laurel lachte ein bisschen zu verschwörerisch. Als sie die Augen niederschlug, fiel ihr auf, dass sie ziemlich viel Bein zeigte. Flittchen!, schimpfte sie sich und zupfte am Rocksaum. Du sollst mit diesem Kerl ein Gespräch führen, stattdessen flirtest du mit ihm. Reiß dich zusammen, du schamlose Kokotte. So bist du nicht mehr, schon vergessen?

»Also, wir vermitteln Bekanntschaften«, lächelte sie. »Unsere Aufgabe ist es, Menschen miteinander bekannt zu machen.«

»Draußen auf der Tür steht *Eheanbahnungsinstitut*«, warf er mit einem Anflug von Unbehagen in der Miene ein. »Ich dachte, hier tragen die Frauen noch Fischbeinkorsetts. Um ehrlich zu sein, ich bin mir nicht sicher, ob ich so weit vorausplane.«

»Ehe, Freundschaft, Brieffreundschaft, unverbindliche Rendezvous, ganz gleich, was Sie suchen, wir können es Ihnen besorgen«, versicherte Laurel ihm in jenem Singsang, der gewöhnlich Zehn-Sekunden-Werbespots im Lokalfunk vorbehalten ist. Junge, und ob ich es dir besorgen kann, fügte sie im Stillen hinzu. Probier's nur aus. »Allerdings halten wir uns zugute, dass wir unseren Klienten einen altmodisch persönlichen Service bieten.«

»Sie füttern also nicht bloß einen Computer mit

meinen Daten und schauen, was dabei rauskommt?«

»Auf keinen Fall! Die persönlichen Bekanntschaften eines jeden Klienten werden sorgfältig von einem erfahrenen Mitarbeiter ausgewählt. Sie haben Anspruch auf unbegrenzte Vermittlungsgespräche mit ihrem persönlichen Berater, der für Sie da ist, um ihnen bei jedem Schritt zu helfen. Und wir haben eine sehr hohe Kundenzufriedenheit«, fügte sie hinzu. Sie merkte, dass ihre Zunge über ihre Lippen fuhr und schloss abrupt den Mund.

»Hmm.« Er hörte zu, biss in einen Keks, nickte. »Klingt, als ob es genau das wäre, was ich suche.«

In Laurels Höschen tanzte etwas einen Jig. »Also, das ist ja wunderbar.« Sie griff nach Kugelschreiber und Klemmbrett. »So, dann will ich mir mal ein paar Sachen auszie – ich meine, aufschreiben.« Ein Muskel zuckte in ihrer Wange. »Vielleicht fangen wir mit Ihrem vollen Namen an.«

»Gabriel Jouet.«

Sie schaute auf. »Wie bitte?«

»Jouet. J-O-U-E-T. Das ist Französisch,« erklärte er leicht entschuldigend.

Das erklärte wohl auch sein dunkles Haar und die brütende Miene, überlegte Laurel. Ganz zu schweigen von dem ach-so-sexy Schmollmund. »Gott, wie romantisch.«

Er lachte. »Erklären Sie das mal einem Rotzjungen, dessen Freunde alle Sidebotham heißen.«

Sie machte weiter: »Beruf?«

»Maler.«

»Wow!« Laurel erinnerte sich, wie er die Porträts über dem Kamin gemustert hatte.

Es entstand eine Pause. »Wände.«

»Wände?«

»Wände.« Als er ihre enttäuschte Miene bemerkte, fügte er hinzu: »Manche Wände sind allerdings ziemlich groß.«

Es hatte keinen Sinn. Laurel konnte einfach nicht widerstehen, Gabriel bis an die Haustür zu begleiten.

»Schauen Sie einfach vorbei«, strahlte sie, als sie sich vor dem Copy Shop verabschiedeten. Ihre Hand blieb ein bisschen zu lang in seiner liegen. »Jederzeit.«

»Vielleicht mache ich das.«

»O ja, bitte. Ich – wir – können Ihnen dann sagen, wie weit wir damit gekommen sind, jemand ganz Besonderen für Sie zu finden.«

»Na ja, dann bis bald.«

»Das hoffe ich doch.«

Darauf kannst du wetten, sagte sie zu sich, als sie hinter ihm herschaute, bis er die Straße überquert hatte und um die Ecke in die Henrietta Street gebogen war. Sie schloss die Augen, lehnte sich an die Mauer und seufzte strahlend.

Beruhig dich, Mädchen, mahnte sie sich. Du weißt, du darfst das nicht.

Wieso nicht?, protestierte ihre andere Hälfte. Sandwichkauende Bürohengste gingen vorbei, ohne von ihrem inneren Aufruhr etwas zu ahnen. Die Glücklichen. Sie hätte wetten mögen, dass sie nie mit sich selbst in Streit gerieten, in wen sie sich nicht vergucken sollten und warum es eine ganz schlechte Idee war, sich überhaupt zu verlieben, zumindest für sie. Beziehungen waren nichts für sie.

Das war die Regel, nach der sie lebte und die ihr einen klaren Kopf bewahrte.

Und was ist mit einer netten platonischen Freundschaft? Nette platonische Freundschaften sind ja wohl okay, oder? Platonisch kann ich, kein Problem.

Platonisch? Wem wollte sie etwas vormachen? Die Gedanken, die Laurel durch den Kopf schossen, hatten durchaus nichts Platonisches.

Und warum kann ich nicht …?

Du weißt genau, warum nicht.

Aber wenn ich doch will?, argumentierte sie und drängte ihr puritanisches Ich in die Ecke. Was, wenn ich wirklich, wirklich, wirklich will?

Aber du darfst nicht. Und damit Schluss. Sieh zu, wie du damit fertig wirst.

Damit war die Sache erledigt. Als sie aber zehn Minuten später wieder an ihrem Schreibtisch saß, raste ihr Herz immer noch.

An diesem Nachmittag konnte Laurel sich einfach nicht auf ihre Arbeit konzentrieren.

Sie reckte sich, drehte sich mit ihrem Stuhl um und schaute aus dem Fenster. Die Maisonne hatte sich offenbar im Datum geirrt, denn unten auf der Straße schlenderten die Leute in Hemdsärmeln und T-Shirts herum, ohne dass eine Gänsehaut in Sicht gewesen wäre.

Sie schaute auf die Uhr. Halb vier. Freitagnachmittag. Ein weiterer Blick aus dem Fenster und ihr Entschluss stand fest. Der Nachmittag war viel zu schön, um drinnen zu sitzen, außerdem war sie jetzt praktisch ihr eigener Boss. Wer sagte denn, dass sie bis halb fünf bleiben musste?

Sie nahm ihre Jacke von der Stuhllehne und schnippte ein Bällchen Klebefilm an die gegenüberliegende Wand. Es blieb genau auf Mr. Dovecotes Nase kleben. Summend steckte sie den Kopf in Connies Büro. »Ich bin weg.«

Connie schaute über den Rand ihrer Lesebrille. »Weg? Wohin?«

»Nach Hause.«

Fassungslosigkeit kämpfte in Connies Miene mit Empörung und verlor. »Aber es ist doch erst ...«

»Halb vier, ich weiß.«

Connie schwang eine Hand voll rosa Schnellhefter. »Und was ist damit?«

»Die können sicher bis Montag warten. Tschüss, schönes Wochenende, und vergessen Sie nicht, abzuschließen, wenn Sie gehen.«

Sie gab Connie keine Gelegenheit, weitere Einwände zu erheben. Mit ein paar Sätzen war Laurel aus dem Büro, die Treppe hinunter und atmete in großen Zügen die süße Luft der Freiheit.

Das war das Leben. Sie kramte Kleingeld aus ihrer Handtasche, ging zum Kiosk, kaufte das größte Schokoladeneis, das sie finden konnte, und hopste mit schlenkernder Aktentasche die Straßen hinunter.

Wenn man ein ruhiges Leben suchte, gab es kaum einen besseren Ort als Rivendell an einem Freitagabend. Alle unter neunzig, die auch nur den Hauch eines geselligen Lebens hatten, waren ausgegangen, und der Rest ... na ja, der Rest bestand lediglich aus Laurel.

Nur ein leises Blubbern durchbrach die Stille, als Laurel den Deckel wieder auf das Aquarium legte, in die Knie ging und hineinschaute. Sicher, im Schatten lauerte eine kleine dunkle Gestalt, fast völlig versteckt hinter Wasserpflanzen. Fünf Wochen hatte sie Neil nun schon, fünf ganze Wochen lockte sie ihn mit Leckerbissen und Entspannungsmusik. Verflixt, sie hätte es bei ihm sogar mit Fußreflexzonenmassage versucht, wenn Fische Füße hätten. Aber nicht ein einziges Mal war es ihr gelungen, ihn aus seinem Grünzeug zu locken. Allmählich machte sie sich Sorgen.

»Komm schon, Neil«, drängte sie und vergaß nicht einmal, ein Lächeln in ihre Stimme zu legen. Natürlich hatte sie keine Ahnung, ob er den Unterschied merkte, aber schaden konnte es nicht. Schließlich erklärte sie ihren Mitarbeitern ständig, dass es bei der Arbeit mit Kunden am Telefon half. »Komm, sag Hallo.«

Der Fisch rührte sich nicht und sah aus wie ein kleines braunes Plastik-U-Boot, das aus einer Cornflakes-Packung entwischt war. Laurel ahmte einen Fisch im Wasser nach, indem sie den Mund öffnete und schloss, bis ihr Kiefer schmerzte. Neil ließ sich nicht erweichen.

Schließlich bekam sie einen Krampf in den Pobacken und musste aufstehen. Sie humpelte zum CD-Spieler. Offensichtlich hatten Fische nichts für Saint-Saëns übrig, und ehrlich gesagt, ging er auch Laurel allmählich auf die Nerven. Sie kratzte sich an der Nase und wechselte die CD. Sämtliche Zimmerpflanzen drückten sich an die Wand.

»Okay, Neil«, schrie sie, »wie ist es mit Sisters of Mercy?« Einen Versuch war es immerhin wert.

Die Küche sah aus wie ein Bombentrichter.

Normalerweise hielt Laurel die Küche recht gut in Ordnung, anders als ihr Schlafzimmer. Und sei es auch nur, weil sie selten etwas in der Küche tat, was Unordnung hätte schaffen können. Mit gebackenen Bohnen auf Toast ließ sich schwerlich ein Chaos veranstalten. Aber heute Abend lag alles voll. Eine geschlagene halbe Stunde hatte sie jeden Schrank auf links gedreht und von einer sechs Jahre alten Dose Frühstücksfleisch bis zu Duftsteinen alles mögliche ausgegraben, bevor sie endlich die Dose Kardamon fand, die sie suchte.

Triumphierend stellte sie sie zwischen das unübersichtliche Gewirr von Zutaten auf der Arbeitsplatte. Eine Zwiebel, nur ein bisschen gekeimt; drei Kartoffeln; ein halbes Pfund leicht überreifer Cheddar; zwei Dosen Kichererbsen; ein paar Tomaten und ein Glas Balti-Paste. Daraus müsste sich eigentlich etwas machen lassen, zumal, wenn sie das Paket Polenta fand. Wenn sie das im Fernsehen schafften, konnte es ja wohl nicht so schwer sein?

»Und jetzt auf *Channel Four*«, verkündete eine muntere Stimme aus dem Wohnzimmer, »jemand bekommt Besuch von der Polizei in *Hollyoaks.*«

Laurel schwankte, hin und her gerissen zwischen ihrem Vorsatz, ausnahmsweise mal etwas Richtiges zu kochen, und der Versuchung, sich vor dem Fernsehen zu lümmeln. »Mach schon Mädchen«, sagte sie sich. »Du hast das ganze Zeug rausgesucht, dann kannst du es jetzt auch kochen. Es ist bestimmt herrlich gemütlich. Außerdem kannst du dir *Hollyoaks* jederzeit angucken.«

Dann ging sie an den Kühlschrank, holte eine

halbe Flasche Rotwein und ein Bagel heraus und schlenzte vors Fernsehen.

Abends rekelte Laurel sich halb angezogen auf dem Bett und schaute zu, wie die Sonne Muster an die Decke warf. Draußen vor dem offenen Fenster zwitscherten Vögel und Blumendüfte vermischten sich mit dem fernen, tröstlichen Duft abgestandenen Biers. Zufrieden seufzend schloss sie die Augen und lauschte einer Amsel, die sich in einer Hecke die Seele aus dem Leib sang.

Himmlisch.

Nach einer Weile beruhigender Meditation sagte sie: »Ich will und werde mich nicht in ihn verlieben. Männer sind kindische, selbstsüchtige Idioten.«

Beruhigt über ihre Entschlossenheit grub sie ihren Kopf bequemer ins Kissen.

»Aber süß ist er doch.«

Kapitel 6

Es war herrlich warm, und Cheltenhams Cafégesellschaft hatte sich in die Straßencafés auf der Promenade hinausgewagt, trank unter bunten Sonnenschirmen Pernod und tat, als sei sie nicht gegen Europa.

Nicht jeder war jedoch glücklich. Anton zum Beispiel. Keine Frage, er war eindeutig nicht bei der Sache, und wenn Steph Mihailovic etwas hasste, dann war es, nicht im Zentrum der Aufmerksamkeit zu stehen. Schließlich war sie die Urgroßnichte eines serbischen Grafen, auch wenn sie in einer Sozialwohnung aufgewachsen war. Sie versetzte ihren flammroten Locken einen gereizten Stoß. Wenn frau einem Mann schon gnädig erlaubte, sie zum Mittagessen auszuführen, konnte er sich zumindest überschwänglich dankbar erweisen.

»Anton«, setzte sie zum x-ten Mal an.

Er starrte weiter ins Leere. »Anton, *Darling.*«

Sie schob ihren Rock noch ein Stück höher. Aber Anton blieb ungerührt. »Anton!« Dieses Mal fuhr sie ihn richtig an. Er wandte ihr den Kopf zu und bedachte sie mit einem vagen Lächeln.

»Was? Tut mir Leid.«

Steph wollte ihm gerade sagen, dass es ihm bald noch mehr Leid tun werde, als die Kellnerin mit zwei Vorspeisen und einem üppigen Busen erschien. »Melon Supreme, Sir?«, fragte sie und beugte sich in ihrem knappen, tief ausgeschnittenen T-Shirt über ihn.

Im Nu verwandelte Anton sich von einem schlaffen Kartoffelsack in Cary Grant. »Das Angebot kann ich nicht ablehnen!«, grinste er. Zu Stephs vollstem Abscheu kicherte das kleine Flittchen nicht nur, dass ihre Brust wie Götterspeise wackelte, sondern Anton zwinkerte ihr auch noch zu!

Das war der Tropfen, der das Fass zum Überlaufen brachte. Schließlich durfte eine Frau sich nicht alles gefallen lassen. Steph rückte ihre eigenen Vorzüge optimal zurecht, stand auf, beugte sich vor und schob sie direkt unter Antons Nase. Zu seiner Ehrenrettung reagierte er fast augenblicklich. Ein albernes Lächeln machte sich auf seinem Gesicht breit, und er murmelte knurrig: »O *Darling*!« Der arme Kerl, ihm hing praktisch die Zunge heraus.

Steph grinste zufrieden. Entweder frau hat es oder sie hat es nicht, sagte sie sich. Dann goss sie Anton die Tasse glühend heißer Consommé auf den Schoß und stolzierte über die Promenade davon.

Erst als sie schon halb bis zur High Street gekommen war, merkte sie, wie wütend sie war: auf sich, weil sie sich so über einen Kerl aufregen konnte, an dem jeder Armani verschwendet war. Als sie an einem Edeljuwelier vorbei kam und einen Blick ins Schaufenster warf, musste sie zugeben, dass die Suche nach Ehemann Nummer drei nicht sonderlich erfolgreich verlief.

Sie trat näher und mustere ihr Spiegelbild im Schaufenster. Nase zu groß? Nein, perfekt. Zeigte die Haut Anzeichen vorzeitiger Alterung? Nein, nicht ein Fältchen. Dank dieses netten Doktors und seiner Spritzen, hatte sie in ihrem ganzen Leben noch nie reizvoller ausgesehen. Und was ihre Figur anging ... na ja, die war so gut, dass sie sich glatt in sich selbst verlieben könnte, wenn sie keine Frau wäre. Was lief also schief?

Vielleicht war es an der Zeit, ihren Stolz zu überwinden und sich Hilfe zu suchen.

Stacey verfluchte ihre hohen Absätze, als sie nach der Mittagspause mit ihren Einkäufen die Treppe zu Dovecote & Marsh hinaufstöckelte: drei Schokoriegel, zwei Sherry Trifles, ein bisschen Kalbsleber, ein Becher Doppelrahm für das neue Jamie-Oliver-Rezept und ein Diät-Joghurt. Nicht dass sie auch nur im Traum daran gedacht hätte, ihre Stilettos gegen ein paar praktischere Schuhe einzutauschen. Ein Mädchen musste schließlich auf ihr Äußeres achten, besonders wenn sie in dicken Socken nur einsfünfundfünfzig groß war.

Schwungvoll meisterte sie die letzte Treppe und bemerkte überrascht, dass die oberste Stufe belegt war – nicht von einer Nachlieferung selbstklebender Briefumschläge, sondern von einem sehr kleinen Jungen mit sonnengebräunter Haut und blonden Engelslöckchen.

Stacey schmolz wie ein Schokoriegel in der Sonne. »Na du! Hallo!« Sie strahlte den Kleinen an. »Du bist aber süß.«

Das Kind musterte sie argwöhnisch, schlenkerte weiter mit den Fersen gegen die Treppenstufen und schwieg.

Nicht ohne Schwierigkeiten hockte Stacey sich vor den Jungen und hoffte, dass die Naht an ihrem knappen Rock nicht platzte. »Wie heißt du denn?«, fragte sie. »Ich heiße Stacey.« Sie deutete auf ihr goldenes Halskettchen mit ihrem Namenszug. »Siehst du? Stacey. Und du?«

Schweigen.

»Wo ist denn deine Mami? Wartest du hier auf sie?«

Als sie auch darauf keine Antwort bekam, versuchte sie es auf einem anderen Weg. »Du hast aber einen schönen blauen Pullover, so einen hätte ich auch gern. Mit schönen orangen Fröschen drauf.«

Der kleine Junge starrte weiter finster auf seine Füße, als könne nicht einmal ein blau-oranger Pullover die Härten des Lebens wettmachen. Stacey versuchte es mit Grimassenschneiden, aber auch das brachte nichts. »O je.« Sie kratzte sich am Kopf. »Wir können dich doch nicht einfach hier sitzen lassen wie bestellt und nicht abgeholt, oder?«

Zeit, Verstärkung zu holen.

»Ravi!«, rief sie. »Ravi, bist du da?«

Die Bürotür ging auf und ein Kopf erschien. »Was ist jetzt schon wieder? Wenn es ein großer Karton ist, ich habe mein neues Hemd an.«

»Nichts ist. Guck mal, Ravi!«, trällerte sie schrill. »Wir haben Besuch. Ist das nicht schön?«

»Hmm.« Ravi musterte den Kleinen von oben bis unten. »Beißt er?«

»Sei nicht albern. Hast du eine Ahnung, zu wem er gehören könnte? Er will mir seinen Namen nicht sagen.«

»Nee. Ich hab ihn noch nie gesehen.« Er klopfte

dem Jungen auf die Schulter. »Wenn du auf ein Date aus bist, komm in zwanzig Jahren wieder.«

Stacey lächelte das Kind ermutigend an. Er war ein niedlicher Kerl, auch wenn Staceys Maßstäbe eher anspruchslos waren. Allerdings hatte er etwas Ungewöhnliches an sich, das sie noch nicht recht ausmachen konnte. Und er wirkte sehr verloren, wie er da so ganz allein auf der Treppe saß.

Sie deutete mit einer Kopfbewegung ins Erdgeschoss. »Vielleicht ist er unten aus der Kinderkrippe.«

Ravi war skeptisch. »Dafür ist er wohl ein bisschen zu alt, oder? Wie alt mag er sein – fünf, sechs?«

»Keine Ahnung, er sagt ja nichts.« Stacey klimperte betörend mit ihren blonden Wimpern. Ravi seufzte.

»Na gut. Ich rufe unten an und frage nach. Sie können ja jemanden mit einem Schmetterlingsnetz raufschicken.« Er verschwand im Büro und machte die Tür vor Staceys missbilligendem Schmollmund zu.

»Hör gar nicht auf Onkel Ravi«, riet sie dem Kleinen. »Er ist ein dummer Kerl. Keine Sorge, wir finden deine Mami bald.«

Stacey setzte sich auf die oberste Treppenstufe und legte beschützend den Arm um den Jungen. Sie merkte, dass er erwartungsvoll ihre Einkaufstaschen musterte.

»Ach!«, rief sie. »Du hast bestimmt Hunger! Ich wette, ich weiß, was du magst.« Sie griff in eine der Plastiktüten.

Kathy aus dem Happy Nappy war zwar jung, aber krisenbewährt. Jedenfalls schien es sie nicht im geringsten aus der Ruhe zu bringen, wenn ein kleiner Junge in ihren Rock schniefte.

»Schon gut, Edward«, beruhigte sie ihn in ihrem weichen Gloucestershire-Akzent und strich ihm über die bebenden Locken. »Alles in Ordnung, du brauchst jetzt keine Angst mehr zu haben.«

Laurel war nicht sicher, wer dringender Trost brauchte, der kleine Junge oder Stacey. Als Kathy den Jungen in die Kinderkrippe zurückgebracht hatte und noch einmal wieder kam, war Staceys Stimme fast ein Schluchzen. »Was habe ich denn falsch gemacht? Ich wollte ihm doch nur einen Schokoriegel geben!«

Kathys Busen hob sich zu einem verständnisvollen Seufzen unter ihrem Tweenies-Emblem. »Ich weiß, es ist nur ... also, Sie konnten das ja nicht wissen, aber Edward hatte in letzter Zeit ein paar Probleme. Es war nicht die Schokolade, wissen Sie, es war der Anblick der rohen Leber.«

»Was hat denn Leber damit zu tun?«, erkundigte sich Laurel. Sie setzte sich neben Stacey auf die oberste Treppenstufe und reichte ihr ein Taschentuch.

Stacey putzte sich lautstark die Nase. »Ist er Vegetarier?«

»Nein, es ist wegen Jocasta«, erklärte Kathy. »Seine Stiefschwester. Sie hätte es wirklich besser wissen müssen, wo sie doch so viel älter ist als er, aber eines Tages hat sie den Gefrierschrank aufgemacht und ihm seine ... seine Plazenta gezeigt.«

Staceys blaue Augen wurden doppelt so groß wie sonst. »Seine was?«

»Genau. Seine Mutter hat sie seit seiner Geburt zwischen gefrorenen Erbsen und so aufgehoben. Und jetzt glaubt der arme Kerl, er käme von Bofrost. Ehrlich«, sie schüttelte traurig den Kopf, »Eltern gibt's.«

»Da haben Sie nicht ganz Unrecht«, stimmte Laurel ihr zu und wischte sich unwillkürlich die Hand, mit der sie die Packung Leber gestreift hatte, am Hosenboden ab. »Wenigstens hat seine Mutter sie nicht zum Abendessen mit Chicken Nuggets gebraten.«

Stacey sah aus, als würde sie sich jeden Augenblick übergeben. Kathy zögerte, warf dann ihren Kopf in den Nacken und lachte. »Chicken Nuggets, das gefällt mir. Sie ist ganz anders als Mr. Case, oder?«, sagte sie zu Stacey.

»Ein Unterschied wie Tag und Nacht«, bestätigte Stacey.

»Ist das gut oder schlecht?«, erkundigte Laurel sich.

Kathy schnitt eine Grimasse. »Das fragen Sie noch?« Dann sprang sie die Treppe hinunter. »Ich muss wieder runter«, warf sie über die Schulter zurück. »Wenn ich Tommy den Tiger nicht finde, ist der Teufel los.«

Laurel und Stacey saßen immer noch nebeneinander auf der schmalen Treppe.

»Eine Schande«, erklärte Stacey und wischte sich blaue Wimperntusche von der Wange.

»Eine Schande?« Laurel holte ein frisches Taschentuch heraus. »Kommen Sie, lassen Sie mich das machen, Sie machen es nur noch schlimmer. Was – das mit Edward meinen Sie?«

»Nein.« Stacey verdrehte die Augen, als Laurel ihr mit dem Taschentuch die Wangen rieb. »Ja, schon, aber eigentlich meinte ich Kathy.«

»Kathy? Was ist eine Schande mit ihr? Sie macht doch einen netten Eindruck.«

»Eben!«, nickte Stacey. »Sie ist auch nett, ein richtig netter Mensch, deshalb sollte sie ja wohl auch jemanden haben, oder?«

Laurel war verdutzt. »Sie meinen, Sie hat niemanden?«

Stacey schüttelte den Kopf. »Niemanden.«

»Aber sie ist nett, jung und attraktiv, und offensichtlich kann sie gut mit Kindern umgehen. Wie kommt's?«

Stacey zuckte die Achseln. »Keine Ahnung. Vermutlich ist das Leben eben manchmal so.«

Es ist einfach nicht richtig, sagte Laurel sich im Stillen. Ganz und gar nicht richtig.

In einer Ecke des Merry Hind herrschte gespannte Atmosphäre.

»Du hast es also gemacht?« Don hielt den Atem an. »Du hast es wirklich gemacht?«

Gabriel antwortete mit einem viel sagenden Achselzucken. Er war der Typ des starken Schweigers: Groß wie ein Scheunentor und kein großer Redner, aber gut aussehend. Don wünschte, er wäre nur halb so cool, aber das war nicht einfach mit einem Gesicht, das so einprägsam war wie Vanillepudding.

»Danke, Gabe, du bist ein echter Freund.« Don trank einen Schluck Bier und wischte sich nervös den Mund mit dem Handrücken ab. »Ich kann dir gar nicht sagen, wie viel mir das bedeutet«, plapperte er in seinem leichten Highland-Akzent. »Ich meine, ich bin verrückt nach Connie. Wir kennen uns seit einer Ewigkeit, aber ich habe nie den Mut aufgebracht, damit rauszurücken, dass ich ... du weißt schon ...« Plötzlich vergrub er schüchtern sein Gesicht im Glas.

Gabriel schob sein leeres Bierglas über den Tisch wie einen Eishockey-Puck. »Meine Güte, Don, wieso gehst du nicht einfach selbst hin? Oder noch besser, du fragst sie rundheraus, ob sie einen Freund hat?«

Don wand sich. »Ich hab's ja versucht, Mann, wirklich. Aber Connie hat so einen Blick, weißt du?« Er versuchte es nachzumachen, so dass seine sämtlichen Sommersprossen übereinander purzelten. »Schließlich kann ich nicht ständig hingehen, einen Katalog abgeben und versuchen, ein Gespräch mit ihr anzufangen. Und wenn du dich da anmeldest, hast du wenigstens einen Vorwand, hinzugehen. Vielleicht findest du ja für mich mehr über Connie raus. Legst ein gutes Wort für mich ein.«

Gabriel stöhnte. »Aber so läuft das nicht. Ist dir klar, dass ich kein Wort mit ihr geredet habe? Ich habe nur die Frau gesehen, die den Laden leitet. Laurel sowieso. Es war alles ziemlich peinlich.«

Damit löste er eine niedergeschlagene Miene aus, wie sie normalerweise mit einem zurückgewiesenen Heiratsantrag in einer Live-Sendung im Fernsehen einhergeht. »Du gehst also nicht wieder hin?«

Gabriel antwortete nicht, sondern fingerte an seinem leeren Glas herum, hielt es gegen das Licht und starrte bedeutungsvoll in den letzten Bodensatz. Ausnahmsweise begriff Don schnell.

»Ach ja, dein Glas ist leer.« Er nahm es. »Ich hol dir was. Noch mal dasselbe?« Als er aufstand, rutschte Gabriel unbehaglich auf seinem Stuhl hin und her. Don zögerte.

»Ich habe nicht gesagt, dass ich nicht wieder hingehe«, erklärte Gabriel bedächtig.

Dons Miene hellte sich auf wie die Straßenbeleuchtung von Blackpool. »Gabe, du bist ein echter Kumpel.«

»Aber erwarte nicht von mir, dass ich deine Connie ausquetsche, okay?«

»Wie du willst, Kumpel.« Zufrieden ging Don an die Bar, um noch zwei Bier zu holen.

Gabriel sah ihm nach, grinste in sich hinein und schüttelte den Kopf. Glaub mir, deine Connie ist die Letzte, an die ich denke.

»Connie«, zischte Laurel, »Wieso zum Teufel sitzt diese Frau in meinem Büro?«

Connie warf einen Blick in Laurels Büro, wo eine große, schicke Frau in grauem Kostüm saß, aus dem Fenster schaute und sich sichtlich bemühte, den geflüsterten Streit im Vorzimmer zu ignorieren.

»Sie heißt Janice Foster«, erklärte Connie. »Dr. Janice Foster – sie ist Computerberaterin.«

»Das weiß ich, Connie, aber ich habe Sie nicht gefragt, wer sie ist, sondern warum sie hier ist!« Laurel spürte, wie ihr das Blut in den Kopf schoss und wie ein Minigeysir auszubrechen drohte. »Wie sind Sie bloß auf die Idee gekommen …«

»Es war Ihre Idee«, fuhr Connie sie an.

»Meine!« Laurel hob warnend den Finger. »Bestimmt nicht.«

»Veränderungen. Sie haben eindeutig von Veränderungen gesprochen.«

Laurel packte Connies Ellbogen und bugsierte sie ans andere Endes des Vorzimmers, ein Stück außer Hörweite von Dr. Foster. »Ich habe gesagt, es könnte ein paar Veränderungen geben. Zu gegebener Zeit.«

»Was! Sie haben durchblicken lassen, dass es große Veränderungen geben wird. Und Computer! Sogar ein Netzwerk. Als die Broschüre von Dr. Fosters Beratungsfirma kam, dachte ich natürlich ...«

Laurel schimpfte: »Sie haben beschlossen, hinter meinem Rücken einen Termin zu machen, ohne mir ein Wort davon zu sagen, weil Sie genau wussten, dass ich nein sagen würde!«

»Unsinn!«

Sie waren beide so in ihre Auseinandersetzung vertieft, dass sie gar nicht merkten, wie Dr. Janice Foster aus Laurels Büro schlüpfte. Sie hatte den Eindruck gewonnen, dass Dovecote & Marsh ein Haufen Verrückter waren, und daher den durchaus nicht unvernünftigen Entschluss gefasst, sich aus dem Staub zu machen und im nächsten Pub zur Beruhigung ein paar Drinks zu nehmen.

Im Hauptbüro bemühten sich alle lächerlich eifrig, nicht zu bemerken, dass Laurel und Connie sich im Vorzimmer anknurrten wie zwei Pitbullterrier mit Halsentzündung. Vermutlich hatte auch niemand bemerkt, dass an der Tür eine sonnengebräunte, sehr elegante Rothaarige stand und sich das Schauspiel mit offenem Mund ansah.

Als Janice auf dem Weg in die Freiheit an ihr vorbeischoss, drückte sie der Rothaarigen flüchtig den

Arm. »Wenn ich Sie wäre, würde ich nicht hier bleiben. Wenn Sie mich fragen, sind hier alle verrückt.«

Kurz darauf stürmte Laurel aus Connies Büro und prallte auf die elegante Rothaarige.

Laurel trat einen Schritt zurück, musterte die Rothaarige von oben bis unten und wich noch zwei Schritte zurück.

Die Rothaarige strahlte und breitete beide Arme aus. »Lozzie! Du bist es tatsächlich! Gott, wie lang ist das her?« Immer noch strahlend nahm sie Laurel in die Arme wie ein Oktopus in Gucci und küsste sie auf beide Wangen.

»Mein Gott«, quietschte Laurel fast unhörbar. So viel zu ihrem Schwur, ihre Vergangenheit hinter sich zu lassen. Offenbar hatte ihre Vergangenheit anderes im Sinn.

»So, so, so!« Steph saß in Laurels Büro, trank eine Tasse Earl Grey (mit Zitrone ohne Zucker) und musterte Laurel sichtlich erfreut und überrascht. »Mein Gott, Loz, es ist Jahre her. Wie lange?«

Nicht lange genug, dachte Laurel und starrte die Frau an, die sie früher einmal für ihre beste Freundin gehalten hatte. Das heißt, bevor ihre beste Freundin und Laurels Verlobter sich erheblich zu nah gekommen waren. »Ich weiß nicht. Ein paar Jahre.«

»Was hast du so getrieben? Wie um alles in der Welt kommst du hierher?« Sie musterte erstaunt die Umgebung.

»Na ja, wie das eben so geht.«

»Aber – so ein Laden!«

Instinktiv hatte Laurel das Gefühl, die Firma verteidigen zu müssen. »Wie – so?«

Stephs perfekte Nase kräuselte sich. »Eben ... so! Altmodisch, komisch, überholt.«

Laurel zuckte die Achseln. »Es ist eine Firma, und sie brauchten eine Geschäftsführerin. Ich leite den Laden.«

Steph verzog enttäuscht ihren knallroten Mund. »Ach Lozzie, sag bloß nicht, du hast mir immer noch nicht verziehen? Nach all den Jahren? Schließlich habe ich dir doch auch verziehen.«

Aber Stephs eindringliche Miene lockte bei Laurel nicht die erwünschte Reaktion hervor. Laurel reagierte überhaupt nicht.

»Ach Lozzie«, seufzte Steph und stellte ihre Tasse auf Laurels Schreibtisch ab. »Ich weiß, wir haben uns im Streit getrennt, aber –«

»Nicht da drauf«, fiel Laurel ihr ins Wort und entfernte Stephs Teetasse von einem Stapel Klientenfotos. Dann schob sie die *Gloucestershire Today* unter die Tasse.

»Aber vorher waren wir doch jahrelang befreundet, oder? Zählt das denn gar nicht?« Steph musterte Laurels alles andere als strahlende Miene und musste die Möglichkeit in Betracht ziehen, dass es nicht zählte. »Du hast dich sehr verändert, Lozzie«, erklärte sie leise.

Damit entlockte sie Laurel zumindest ein zaghaftes Lächeln. Wenn Steph nur wüsste, wie sehr sie sich verändert hatte. »Wenigstens hast du dich nicht verändert«, entgegnete Laurel.

Steph nahm das als viel versprechendes Zeichen. »Ja, du kennst mich! Ich bin immer noch die Alte.«

Laurel kürzte die Sache ab. »So, und warum bist du nun hier?«

»Was glaubst du wohl?«, kicherte Steph. »Ich suche einen Mann.«

»Einen Mann!«, schnaubte Laurel. Das war so absurd, als würde ein Marmeladenglas per Annonce Fliegen suchen. »Steph, wenn du einen Mann suchst, brauchst du nur fünf Minuten über die Hauptstraße zu spazieren!« Als du *meinen* Mann wolltest, war es schließlich leicht genug für dich, fügte sie im Stillen hinzu.

»Ja, ich weiß«, erklärte Steph ohne den geringsten Anflug von Bescheidenheit, Stolz oder auch nur Verlegenheit über das, was mit Jason passiert war. »Aber ich will mir nicht die Mühe machen, alle auszufiltern, bis ich den Richtigen finde.«

Laurel ließ sich auf das quietschende Ledersofa fallen. »Den Richtigen? Du willst eine feste Bindung?« Fast hätte sie hinzugefügt: schon wieder, aber so biestig war sie nun auch wieder nicht. Außerdem hatte sie kein Recht, Stephs Liebesleben zu kritisieren. Oder das Liebesleben irgendeines Menschen.

»Eine feste Bindung. Ich bin zu dem Schluss gekommen, dass ich … das entsprechende Alter habe. Du weißt schon, in unserem Alter.«

»Du lieber Himmel.« Laurel schenkte sich eine Tasse Tee ein und schüttete sie hinunter wie ein Glas Wodka. »Okay, ich habe mich geirrt, du hast dich tatsächlich verändert.«

»Äußerlich vielleicht. Aber innerlich bin ich immer noch dieselbe«, beharrte Steph. »Weißt du noch, wie wir uns in die Disco der zehnten Klasse geschmuggelt haben und du –«

»Das war ich nicht! Das warst du, du hast mich angestachelt.«

»Na gut, wer hat sich denn auf Mr. Fletschers Abschiedsfest mit Pernod betrunken und ohne Höschen auf dem Tisch getanzt?«

Laurel errötete leicht bei der vagen Erinnerung und wechselte rasch das Thema. »Dann bist du hier, um dich anzumelden, nehme ich an?«

»Klar«, strahlte Steph. »Ich habe von der alten Schulclique gehört, dass du diese Vermittlung hier übernommen hast. Und da dachte ich, wenn Lozzie die Sache managt, bleibt es gewissermaßen in der Familie. Aber ich dachte, wir könnten zuerst etwas trinken gehen und ein bisschen über alte Zeiten plaudern?« Steph verzog ihren sexy Mund zu einem Lachen, als eine weitere Erinnerung hoch stieg. »Hm, weißt du noch, wie du ...?«

O ja, ich weiß noch sehr gut, dachte Laurel nüchtern, während Steph über Eskapaden aus Kindertagen plapperte. Ich weiß noch alles. Deine Mutter lag auf der Entbindungsstation im Bett neben dem meiner Mutter. Wie hättest du nicht meine erste, beste Freundin werden sollen? Die ganze Schulzeit hindurch waren wir unzertrennlich. Wir haben uns alles erzählt, uns mehr vertraut als unseren eigenen Schwestern. Und dann hast du mich betrogen, und es konnte nie wieder so werden wie früher.

»Es tut mir wirklich Leid«, sagte Laurel und stand auf, »aber ich bin spät dran. Ich meine, ich würde gern ein bisschen mit dir erzählen, aber ich muss um vier bei der Bank sein – du weißt ja, wie das ist, wenn man eine Firma leitet.« Sie drückte Steph einen Stapel Papiere in die Hand und schob sie zur Tür. »Anmeldeformulare. Wenn du die bitte ausfüllen würdest.«

Steph schaute enttäuscht drein. »Ach. Ist gut.«

Laurel öffnete die Tür und schob ihre Besucherin so geschickt und schnell hinaus, dass es wie ein Taschenspielertrick wirkte. »Keine Sorge, wir finden schon den Richtigen für dich«, versprach sie.

Steph drehte sich um und spielte ihren letzten Trumpf aus: »Bestimmt, Lozzie. Ich habe volles Vertrauen zu dir. Das hatte ich immer.«

Kapitel 7

Der Schwanz der katzenförmigen Uhr auf dem Kaminsims wackelte hin und her und zählte die Sekunden.

Es war Samstagmorgen, die Junisonne hatte sämtliche Wölkchen vom Himmel vertrieben und Seuss & Goldman veranstalteten einen ihrer Wohltätigkeitsempfänge für herrenlose Tiere. Laurel konnte förmlich hören, wie ihre Mutter sie drängte, ihren Hintern in Bewegung zu setzen und sich ein bisschen zu amüsieren. Stattdessen hockte sie im Schlafanzug vor dem Aquarium, ein vergilbtes Fotoalbum auf den Knien.

Als sie mit den Fingern über die Seiten glitt, knisterten sie wie geladen von der Wut und der Verbitterung zwischen ihr und Steph. Sie schloss die Augen, spürte aber immer noch die Spannung, die ihr den Rücken hinauf kroch. Sie drängte die Erinnerungen zurück.

Jason, der nach weißer Schokolade schmeckte. Der Geist seiner Hand, die ihre hielt. Die kalte, grausame Art, wie Steph sie zum Mittagessen eingeladen und ihr eröffnet hatte, dass Jason hinter ihrem Rücken mit ihrer besten Freundin gevögelt hatte.

Ich will mich nicht daran erinnern, zwang Laurel sich. Ich will nicht. Ihre Finger verkrallten sich und ihre Fingernägel schabten über die leere Stelle auf dem Papier, wo früher ein Foto geklebt hatte. Aber sie konnte ihren Erinnerungen nicht entrinnen. Sämtliche Fotos von Jason hatte sie schon lange verbrannt und vergessen. Jede Kleinigkeit, die er ihr geschenkt hatte, war Dank der zahllosen Secondhand-Läden von Wohltätigkeitsorganisationen längst in fremden Wohnungen verlegt. Aber ihre Bilder von Steph waren nach wie vor fast ehrfürchtig unberührt geblieben.

Bilder von zwei schlaksigen Mädchen in Schuluniformen und viel zu dick aufgetragenem Lippenstift. Bilder von zwei jungen Frauen, Arm in Arm, lachend an einem Sonderangebotsstrand am Mittelmeer. Bilder von Steph mit der albernen Trophäe, die sie beide in Butlin's Urlaubsparadies gewonnen hatten. Erinnerungen an eine Zeit, als sie und Steph gegen den Rest der Welt angetreten waren. Als alles noch in Ordnung war.

Eine dicke, große Träne rollte an Laurels Nase herunter und tropfte auf Steps Foto. »Ach Steph«, flüsterte sie, »es war nicht, dass Jason mich betrogen hat, obwohl es wehgetan hat. Es war deinetwegen ... Er war nur ein Mann. Aber du, Steph. Wie konntest du mich so hintergehen?«

Laurel schlug die Augen auf, wischte sich die Tränen von den Wangen und sah, dass Neil hinter seiner Plastikfestung hervorgekommen war. Er schwamm nicht einmal fort, als sie über das Glas des Aquariums strich.

»Du verstehst mich, nicht wahr?« Neil antwortete mit stummen Bewegungen des Mauls. »Sie war meine beste Freundin auf der ganzen Welt. Wie sollte ich je wieder einem Menschen trauen, nachdem sie mich betrogen hatte?«

Trotz der Turteltäubchen auf dem Briefkopf war bei Dovecote & Marsh keineswegs alles nur eitel Sonnenschein und Harmonie.

Zum einen hatte Laurel offenbar eine merkwürdige Verwandlung erfahren. Am Freitag war sie noch ganz normal – entspannt, freundlich und immer die Erste bei den Schokokeksen. Als sie am Montagmorgen ihrer vierten Arbeitswoche durch die Tür kam, war die Veränderung unverkennbar. Sie war nicht entspannt, sondern schlaff, nicht freundlich, sondern zerstreut.

»Ist Laurel krank?«, fragte Stacey am Montagnachmittag. »Guck mal, sie hat ihre Kekse nicht mal angerührt!« Zum Beweis zeigte sie eine Teetasse und einen Teller vor.

»Und sie ist den ganzen Tag kaum aus ihrem Büro gekommen«, fügte Ravi hinzu. »Was glaubst du, was mit ihr los ist?«

»Fragt mich nicht«, schnaubte Connie und ging mit einem riesigen Stapel rosaroter Schnellhefter zu Ravis Schreibtisch. »Ich bin nicht hier, um zu denken, schon vergessen? Das hat Madame ziemlich klar gemacht. Hier.« Sie knallte die Schnellhefter auf den Schreibtisch, dass Ravis Ablagekorb völlig darunter begraben war. »Sie sagt, die sind für dich. M bis Q, R bis V kommt noch.«

»Verdammt«, stöhnte Ravi. »Nicht noch mehr! Ich bin mit dem letzten Stapel noch nicht mal durch. Ich dachte, sie wollte diese Vermittlungen selbst übernehmen.«

Connie zuckte schlecht gelaunt die Achseln. »Pech. Jetzt sagt sie, du sollst es machen.«

»Aber –«

»Lass es bloß nicht an mir aus. Ich gebe nur die Anweisungen von oben weiter.« Sie deutete mit dem Kopf auf Laurels geschlossene Bürotür. »Wenn du was dagegen hast, beschwere dich bei ihr.«

»Schon gut, mach ich.« Ravi war schon halb aufgestanden, als Connie ihn aufhielt.

»Das kannst du nicht, sie sagt, sie will nicht gestört werden.«

Murrend sank Ravi wieder auf seinen Stuhl und schlug den ersten Schnellhefter auf. »Wer hat gesagt, alles würde besser, wenn Mr. Case erst mal einen neuen Geschäftsführer eingestellt hat?« Er schnippte mit den Fingern. »Ach ja, ich weiß, das warst du.«

Connie wurde rot. »Ja, schon, aber das war, bevor sie kam.«

»Der Laden wird auf Vordermann gebracht, das hast du gesagt. Technologie des Weltraumzeitalters. Weiches Klopapier.« Er musterte seinen schmierigen Kugelschreiber. »Hmm.«

»Das konnte ich doch nicht ahnen«, stammelte Connie.

Stacey versuchte auf die einzige Art, die ihr einfiel, die Wogen zu glätten. »Möchte jemand Dörrpflaumen?«, trällerte sie und schwenkte eine riesige Pappschachtel unter Ravis Nase. »Sie sind praktisch ohne Fett«, lockte sie, als er nicht reagierte.

»Igitt«, sagte Ravi. »Wie kannst du die bloß essen?«

Connie wich vor den blauen, matschigen Dingern zurück, die Stacey ihr anbot. Aber wenigstens gab diese Ablenkung ihr Gelegenheit, sich mit Würde aus der Affäre zu ziehen. »Hast du keine Arbeit?«, fragte sie. »Einige von uns schuften seit halb neun. Und eigentlich hätte ich heute Nachmittag frei.«

Connie hatte nicht vor, sich von dem Nicht-stören-Schild stören zu lassen.

Sie klopfte, öffnete die Tür, ohne eine Antwort abzuwarten, und ging in Laurels Büro. Die neue Geschäftsführerin von Dovecote & Marsh hing immer noch zusammengesackt an ihrem Schreibtisch, das Kinn auf ihre verschränkten Arme gestützt. Vor ihr stand eine ganze Galerie von Klientenfotos an Bücher und eine Vase mit geschmackvoll arrangierten Nelken gelehnt. Rebellische Gedanken brodelten in Connies Kopf. Typisch. Eine Firma leiten konnte diese Frau um ihr Leben nicht, aber wenn man ihr Blumen zu arrangieren gab, war sie im Himmel.

»Entschuldigung«, setzte Connie an.

Laurel antwortete nicht. Connies Ärger wuchs von einem Moment zu anderen.

»Ich habe Ravi die Akten gegeben, wie Sie gesagt haben.«

Immer noch keine Antwort.

»Er ist nicht sonderlich glücklich darüber.«

Schweigen. Allmählich wurde es wirklich ärgerlich.

»Sie sind doch wohl nicht immer noch böse wegen Dr. Foster, oder?«

Endlich hob Laurel den Kopf. Verwirrt sagte sie: »Was?«

»Dr. Foster. Die Computerberaterin.«

»Ach die. Doch. Bin ich. Schließlich haben Sie damit Ihre Kompetenzen so weit überschritten, dass Sie sich praktisch ins Aus manövriert haben.«

»Ach, kommen Sie, ich wollte doch nur –«

»Wer ist hier eigentlich der Chef, Sie oder ich?«

»Aber wir brauchen doch Computer!«, protestierte Connie.

Ihr war klar, dass sie das Falsche gesagt hatte, schon wieder, denn Laurel bedachte sie mit einem kalten, harten Blick. »Das ist dann wohl alles.«

Connie schwankte. »Können wir nicht darüber reden?«

»Das ist alles.«

Äußerst widerstrebend ging Connie hinaus. Sobald sich die Tür hinter ihr geschlossen hatte, richtete Laurel sich auf, seufzte erleichtert und musterte die drei Stapel Fotos vor ihr.

»Hmmm«, murmelte sie und wandte sich dem Stapel zu ihrer Rechten zu. »Das ist schwieriger, als ich dachte. Wenn ich dich mit einer von denen zusammenbringe, weißt du, dass ich dich veralbere.« Sie schob die Bilder der ausgeschiedenen Kandidatinnen beiseite und wandte sich dem linken Stapel zu und versuchte zu ignorieren, dass er auch Stephs Foto enthielt. »Ihr dagegen seid viel zu glamourös.« Sie schob auch diesen Stapel beiseite, womit nur noch der mittlere übrig blieb.

Sie nahm das oberste Foto, lehnte es gegen einen längst vergessenen Kaffeebecher, überlegte es sich anders und nahm das zweite Foto des Stapels in die Hand. Aha! Das war genau die Richtige! Nettes Lächeln. Einigermaßen hübsch und präsentabel, aber keine Anwärterin für die Titelseite von *Vogue*. Ja, diese würde gehen.

Sofort meldeten sich Gewissensbisse. Laurel legte Miss Überbiss voller Bedauern fort und suchte seufzend ein Foto aus dem Glamourstapel.

»Na gut, dann eben Gabriel und Miss Phelbs.« Sie betrachtete das Foto. Briony Phelbs lächelte süß mit leuchtenden Augen, schimmernden Lippen und platinblondem Bob. »Scheiße. Warum bin ich bloß mit einem Gewissen geschlagen?«

Im Merry Hind war es heute Abend ruhig. Don stellte sein Bierglas mitten auf den Bierdeckel und setzte sich. »Hab dich eine ganze Weile nicht gesehen«, sagte er.

»Ich hatte viel zu tun«, antwortete Gabriel.

Don wartete, aber Gabriel schwieg. Er machte schon in seinen besten Zeiten nicht viele Worte. »Du gehst doch Dovecote & Marsh nicht aus dem Weg?«

»Nein. Sie haben für morgen ein Treffen für mich vereinbart. Ich gehe später vorbei und lasse mir die näheren Einzelheiten geben.«

»He! Großartig.« Don hob sein Glas. »Freust du dich drauf?«

»Eigentlich nicht«, gestand Gabriel, »aber ich werde versuchen, das Beste draus zu machen.«

»Gut.«

Leise fügte Gabriel hinzu: »Unter uns gesagt: Wenn ich die Wahl hätte, würde ich lieber mit Laurel Page ausgehen.«

Don brauchte einige Schluck Bier, um diese überraschende Eröffnung zu verdauen. »Laurel Page? Du willst mich auf den Arm nehmen. Findest du nicht, dass sie ein bisschen ... seltsam ist?«

»Ist mir nicht aufgefallen.«

»Hmm, na ja, Geschmacksache. Jedenfalls ist sie Single, sagt Connie. Versuch es doch einfach mal bei ihr.« Plötzlich kam ihm eine Idee, die ihn aufmunterte. »He, wenn du mit ihr ausgingst, hättest du die besten Chancen, bei Connie ein gutes Wort für mich einzulegen.«

Gabriel wirkte skeptisch. »Hör mal, Mann. Wegen dieser Connie. Ich will dich ja nicht kränken, aber ...«

»Aber was?«

»Ich kann mir nicht helfen, aber ich finde, du könntest was Besseres finden.« Er kaute auf seinem Schweinegeschnetzelten. »Ich meine, attraktiv ist sie ja wohl, aber du könntest bestimmt eine finden, die merkt, dass du existierst.«

Dons Miene verfinsterte sich. »Ja, ich weiß.«

Gabriel hörte auf zu kauen. »Warum machst du das dann?«

»Keine Ahnung«, gestand Don. »Warum macht man überhaupt was? Ich weiß nur, dass ich Connie will und mich noch nicht geschlagen gebe.«

Die Uhr im Einkaufszentrum stand auf kurz vor eins, als Gabriel gedankenverloren heranschlenderte, die Hände tief in den Taschen.

Es war schon komisch mit Laurel Page. Sehr komisch. Er hatte entschieden den Eindruck gehabt, dass sie ihm heute in ihrem Büro nicht in die Augen hatte sehen können. Und dann war sie ständig rot geworden, was sicher ein gutes Zeichen war. Aber vielleicht hatte er sich auch geirrt, oder vielleicht gab es Dinge, die Don nicht über sie wusste.

Vielleicht war er einfach nicht ihr Typ.

Schade. Aber Briony Phelbs schien ein ganz ordentlicher Trostpreis zu sein. Er erkannte sie nach dem Foto sofort, als er sie dort warten sah – blond, nettes Lächeln, niedliche kleine Himmelfahrtsnase. Er reicht ihr die Hand.

»Hi. Ich bin Gabriel.«

Lächelnd nahm sie seine Hand. »Briony.« In ihren Augen lag etwas angenehm Verträumtes, Abwesendes. »Schön, Sie kennen zu lernen.«

Er deutete vage in Richtung der Restaurants. »Sollen wir?«

»Ja.«

Sie waren kaum fünf Meter gegangen, als Briony plötzlich ohnmächtig zu Gabriels Füßen sank.

Connie fühlte sich niedergedrückt von der Last der ganzen Welt auf ihren Schultern, als sie die kurze, hässliche Straße zu ihrer überfälligen Hausaufgabe für den Volkshochschulkurs und ihrem Haus entlangtrottete. Nein, nicht ihr Haus – das Haus ihres Vaters. Sie lebte nur dort.

Und sie putzte, kochte, versorgte den Garten, nähte und hatte sogar einmal bei tosendem Sturm an der Dachrinne gehangen und versucht, die Schieferplatten zu befestigen. Ach ja, wie freute sie sich, nach Hause zu kommen. Eine grauenhafte Woche lag hinter ihr, und die Aussicht auf ein Wochenende mit ihrem Vater machte es nicht besser.

So wie ihr Leben im Augenblick aussah, bezweifelte sie, ob es noch schlimmer kommen konnte. Andererseits wurde es gerade dann meist noch schlimmer, wenn man glaubte, dass es gar nicht noch deprimierender werden könnte.

Trotz Connies Entschlossenheit, in Selbstmitleid zu schwelgen, hob sich ihre Laune, je näher sie ihrem Zuhause kam. Ohne es zu merken, ging sie schneller. Heute hatte ihr Vater seinen Domino-Abend im Veteranenclub, sie hatte also das Haus für sich allein. Als sie an die Haustür kam, lief sie fast.

Im Flur warf sie Handtasche, Jacke und die unbequemen Schuhe von sich wie eine eilige Stripperin und lief die Treppe hinauf, immer zwei Stufen auf einmal, zu dem einzigen Ort, an dem sie jetzt sein wollte.

Es war das Gästezimmer, aber mehr noch war es ein Liebestempel. Die gestreifte Tapete war unter dem Mosaik der Postkarten und Fotos von Männern kaum noch zu sehen. Und mitten im Zimmer stand ein Rollwagen mit einem Computer. Sie schaltete ihn ein und ging ungeduldig auf und ab, während er hochfuhr. Als schließlich der Desktop mit dem Bild eines halb nackten Feuerwehrmannes erschien, klickte sie auf die Internetverbindung.

Erst als sie in ihrem kleinen Chat-Room war, überließ sie sich ganz dem Augenblick. »Komm schon, mein Gott«, betete sie. »Ein Mensch, nur ein einziger. Heute brauche ich wirklich, dass jemand da ist.«

Sie wartete und wagte kaum zu hoffen. Als sie

kurz vor dem Verzweifeln war, wurde ihr Gebet erhört.

Hi, ich bin Joe, erschien auf dem Monitor.

Erleichtert begann Connie zu tippen.

Kapitel 8

Laurel setzte sich neben Gabriel auf das kleine, zweisitzige Sofa im Wartezimmer von D&M. Sorgsam rückte sie so weit wie möglich von ihm ab, ohne auf einen der Sessel am Tisch auszuweichen.

Es dürfte nicht einfach werden. Es war sogar rundweg peinlich. Laurel schob ihre Kaffeetasse auf den Couchtisch vor sich, zupfte ihren Rocksaum herunter und zupfte ein verirrtes Haar ab. Sie wusste nicht recht, was sie sagen sollte. Auch wenn sie es sich selbst nur ungern eingestand, freute sie sich, dass Mr. Jouets Rendezvous mit Briony Phelbs katastrophal verlaufen war. Nein, sie freute sich nicht, sie war begeistert.

»Wegen Miss Phelbs«, setzte sie verlegen an.

»Ja, na ja.«

In Gabriels Augen lag eine tiefe, samtige Wärme. Das war ihr schon bei ihrer ersten Begegnung aufgefallen. Das und die Fältchen in seinen Augenwinkeln, wenn er lächelte. Sie bemühte sich, seinem Blick auszuweichen, aber ebenso gut hätte sie auch versuchen können, auf den letzten Löffel Häagen-Dazs-Eis im Becher zu verzichten. Innerlich klopfte sie sich auf die Finger. Klienten anzuschwärmen, war unmoralisch. Unkeusche Gedanken über sie zu hegen, war schlichtweg verboten.

Schließlich gelang es ihr, den Bann zu brechen und ein paar Worte über die Lippen zu bringen: »Es tut mir aufrichtig Leid, Mr. Jouet, ich hatte ja keine Ahnung ... Ich meine, Narkolepsie!« Sie lachte nervös. »Wer hätte das gedacht?«

»Tja.«

Angeheizt von mehreren Tassen starken Kaffees quollen die paar Worte zu einer wahren Sturzflut an. »Also, mir ist natürlich klar, dass ich gründlicher hätte recherchieren müssen, aber durch den Stromausfall am Mittwoch und den Termin, den meine Sekretärin bei der Fußpflegerin hatte oder war es beim Optiker – ja, genau, es war beim Optiker, und, na ja, ich meine, Narkolepsie, wow, möchten Sie noch eine Tasse Earl Grey oder einen Keks, ich könnte Connie schicken, dass sie noch welche holt?«

Gabriel zog sein männliches Kinn zurück und musterte sie seltsam. »Was?«

»Ach, tut mir Leid.« Laurel spürte, dass sie puterrot wurde. »Was ich da rede, ergibt überhaupt keinen Sinn, oder?«

»Keinen erkennbaren.«

Sie wusste, dass sie gleich weiter drauflos plappern würde. Jedes Mal, wenn sie in die Nähe von Gabriel Jouet kam, hatte er diese peinliche Wirkung auf sie und verwandelte sie in eine dumme Gans.

Laurel räusperte sich und kämpfte gegen das Rotwerden an. »Wissen Sie, ich bin noch nicht lange hier. Wahrscheinlich hätte ich mir die Akte genauer ansehen oder erst selbst ein Gespräch mit ihr führen sollen, aber Sie wissen ja, hinterher ist man immer klüger, und solche Dinge geben die Leute nicht immer an, und wie schon gesagt …«

Sie brach ab. Gabriel rückte sich auf dem Sofa zurecht und schaute ihr ins Gesicht. »Reden Sie weiter.«

»Ich –« Plötzlich fehlten ihr die Worte. Ohne recht zu wissen, was sie tat, wandte Laurel sich ihm zu. »Ich – ich meine. Wegen Miss Phelbs' … Behinderung. Sie … das heißt, ich …«

Sämtliche Worte waren in ihrem Kopf durcheinander geraten wie Tombolalose in einer Lostrommel. Sie kamen einfach nicht in der richtigen Reihenfolge heraus. Dass ihr der Fehlschlag mit Briony Phelbs kein bisschen Leid tat, war auch nicht gerade hilfreich. Ganz und gar nicht. Und ihr Gesicht war Gabriels so nahe. Es lenkte sie soooo ab …

Unwillkürlich öffnete sie die Lippen, befeuchtete sie mit der Zunge zu einem schimmernden Schmollmund. Aber sie brachte keinen Ton heraus. Und Gabriel sagte auch nichts. Anscheinend saß er in der gleichen Falle.

»Eigentlich habe ich mich gefragt …«, setzte er nach endlosem Schweigen an.

»Was gefragt?«

»Ob Sie …« Er brach ab.

»Ob ich was?«

Er räusperte sich und stürzte eine halbe Tasse Tee hinunter. »Ach, wissen Sie. Es ist nicht wichtig.«

In seinen großen grauen Augen lag etwas Flehendes.

»Offen gestanden«, hörte Laurel sich sagen, »habe ich überlegt, ob Sie … mmm …«

»Ja?«

Gerade noch rechtzeitig merkte Laurel, was sie da tat, schrie innerlich vor Panik auf und trat auf die Bremse. Na los!, schrie ihr feuchter Körper. Lade ihn zu einem Drink ein, du weißt doch, dass du es willst. Wage es ja nicht!, brüllte ihr Verstand zurück. Das ist eine Falle, hörst du, eine Falle! Deine blöden Hormone versuchen dich zu etwas zu überreden, was du entschieden nie wieder tun wolltest! Nie wieder. Auf keinen Fall!

Es sei denn …

Nein! Laurel sprang auf und klopfte Gabriel so herzlich auf den Rücken, dass er in die Bourbon-Sahnekekse hustete. (Was für ein breiter, starker Rücken; Muskeln aus gehärtetem Stahl wellten sich unter dem adrett weißen Hemd.)

»Au!« Er fuhr auf, als sei er rüde aus einer Trance geweckt worden. »Wofür war das denn?«

»Sie dürfen sich von diesem einen kleinen Fehlschlag mit Miss Phelbs nicht entmutigen lassen«, erklärte Laurel und setzte ein leicht manisches Lächeln auf. »Keine Sorge, Mr Jouet, wir werden die Richtige für Sie schon finden.«

Es war ein herrlicher Juniabend. Eine sanfte Brise wehte durch die Ahornbäume am Straßenrand. Aber im Ram fanden sich immer genügend Dartspieler ein, selbst an einem Montagabend.

Mit pochendem Herzen wartete Laurel, bis sie mit ihrem Wurf an der Reihe war. Ihr Herzklopfen hatte jedoch nichts damit zu tun, dass sie sich hatte überreden lassen, mit gegen die Feathers anzutreten, weil der erste, zweite und dritte Reservespieler zu dem großen Spiel am Mittwoch nach Turin geflogen waren. Selbst nach zwei halben Frimley's Old Irregular war sie noch voller Selbstzweifel. Hätte sie es tun sollen oder nicht? Hätte sie Gabriel Jouet zu einem Drink einladen sollen oder war es richtig, dass sie den Mund gehalten hatte? Hätte sie auf ihre Hormone hören sollen?

Die Stammgäste johlten, als der Dartpfeil des Wirtes ins Doppel-20-Feld ging.

Nein!, sagte sie sich immer wieder und stieß die Spitze ihres Dartpfeils in die Tischplatte. Lass dich nicht drauf ein, nie wieder. Schon vergessen? Ganz egal, wie umwerfend, knackig, grüblerisch, rücksichtsvoll und sexy dieser – sie suchte nach dem abwertendsten Wort ihres Vokabulars – dieser *Mann* ist, er ist nichts für dich, okay? Außerdem, was ist er schon, diese Kreuzung zwischen Froschschenkeln und Yorkshire Pudding? Ein Anstreicher und Dekorateur! Er streicht Wände an, um seinen Lebensunterhalt zu verdienen, und seine Konversation beschränkt sich auf drei Worte pro Minute.

Ach ja, schaltete sich der Teufel auf ihrer Schulter ein, aber du willst ihn doch nicht zum Reden, oder?

Jemand stieß ihr mit dem Ellbogen in die Rippen. »He, Dornröschen, du bist dran. Wir brauchen sechsundneunzig, um zu gewinnen.«

»Nicht dass da irgendein Druck wäre«, grinste der Kapitän des Feathers-Teams und legte seine mit Monogramm versehenen Pfeile zurück in die Schachtel.

Na toll, dachte Laurel. Das hat mir gerade noch gefehlt, dass das ganze Spiel von mir abhängt, wo ich überhaupt nicht in Stimmung bin.

Sie gab sich alle Mühe, wirklich. Fast hätte sie

das Doppel-14-Feld getroffen, nur traf der verflixte Pfeil das Metall, prallte ab und bohrte sich Luke von den Feathers in den rechten Arm.

Danach wäre alles nur noch schlimmer gekommen, wenn Laurel sich nicht mit rasenden Kopfschmerzen herausgeredet und die Feathers zugelassen hätten, dass der Wirt die letzten beiden Pfeile für sie warf.

Nachdem das Ram sich um Haaresbreite in die nächste Runde der Challenge Trophy geschmuggelt hätte, saß Laurel in wenig glanzvoller Isolation an der Theke.

Wenigstens hatte die Wirtin ein nettes Wort für sie übrig. »Deine Tage, was Schätzchen?«

»Ehm, ja.« Es war einfacher, als die Wahrheit zu sagen.

»Keine Sorge, ich habe mir schon gedacht, dass du was auf dem Herzen hast. Stress bringt die Schmerzen erst richtig raus. Ein Schluck Whisky und eine Wärmflasche, genau das brauchst du jetzt.«

Laurel nickte stumm. Etwas?, dachte sie. Nein, nicht etwas, sondern jemanden hatte sie auf dem Herzen.

Connie blieb zögernd im Flur stehen, eine Hand auf dem Treppengeländer, in der anderen ihre leere Müslischale. Nachdenklich schaute sie auf die Uhr über dem Telefontischchen. Es war Dienstagmorgen, sie musste also Dads offenes Bein verbinden, den Abfall hinausbringen, ganz zu schweigen von den Rundschreiben, die im Büro auf sie warteten. Aber vielleicht blieb ihr doch noch ein bisschen Zeit.

Aus der Küche polterte es: »Der Porridge ist klumpig.«

»Meine Güte«, knurrte sie verhalten. Dann brüllte sie, weil ihr Vater sicher sein Hörgerät noch nicht eingeschaltet hatte. Das tat er nur, wenn es ihm passte. »Schon gut, Dad, ich kümmere mich gleich darum.«

Sie sprang nach oben, verscheuchte Darcy von ihrem Stuhl und schaltete den Computer ein. Die blauschwarze Perserkatze stolzierte mit einem angewiderten Fauchen davon. Fast wäre Connie über sie gestolpert, als sie ins Badezimmer lief, um sich schnell die Zähne zu putzen, während der Computer hochfuhr.

Als sie die letzte Zahnpasta ausspuckte, war der Computer fertig. Hastig tippte sie eine Nachricht an Joe. »Sei da, bitte sei da!«, betete sie den blinkenden Cursor an.

Und er war da! *War die ganze Nacht auf*, schrieb er. *Muss den Entwurf für ein großes Bauprojekt fertig machen. Was hast du für eine Ausrede?*

Sie antwortete rasch. Fünfzehn Jahre Erfahrung an der Schreibmaschine waren nützlich, wenn man es eilig hatte. *Habe mich nur zu einem kurzen Chat eingeloggt. Muss zur Arbeit.*

Was hast du an?, lautete die Antwort.

Graues Kostüm, weiße Bluse, schwarze Schuhe.

Wie langweilig, hänselte er sie.

Nicht langweilig. Schick!

Wette, du siehst aus wie Miss Marple.

Obwohl es nur ein Scherz war, tat es weh. Ihre Finger zögerten über der Tastatur, während der Cursor erwartungsvoll blinkte. Sie überlegte kurz, bat um göttliche Vergebung und tippte: *So muss ich bei der Arbeit aussehen, aber ich wette, du rätst nicht, was ich drunter trage.*

Die Antwort kam blitzschnell: *Dann sag es mir.*

Die Mails jagten sich spielerisch auf dem Monitor. Der Cursor lud sie zum Spielen ein. Ein Schauer der Erregung lief ihr wie eine geschmeidige Spinne den Rücken hinauf. Sie vergaß ihre Arbeit und tippte.

Am Mittwochabend saß Laurel allein in ihrem Wohnzimmer und durchforschte ihr Adressbuch.

Jede Menge Leute, sagte sie sich. Ich kenne jede Menge Leute. Okay, vielleicht fallen sie mir im Moment nicht alle ein, aber ich bin mir fast sicher, dass ich viele kenne.

Sie spielte mit dem Gedanken, ihrer Schwester in Neuseeland eine Mail zu schicken, um mit ihr zu chatten, aber dann fiel ihr ein, dass es in Auckland jetzt mitten in der Nacht war. Außerdem war sie Jools Gerede über Reinlichkeitserziehung und ihre letzte Schwangerschaft ein bisschen Leid. Mum und Dad trieben sich im Regenwald am Amazonas herum, und selbst wenn ihre Mutter ihr Handy eingeschaltet hatte, würde sie Laurel nur nach ihrem nicht vorhandenen Liebesleben ausfragen. Und Laurel gingen allmählich die erfundenen Freunde aus.

Sobald Connie am nächsten Abend nach Hause kam, sprang sie nach oben und schickte Joe eine Nachricht. Dann wartete sie.

Sie wartete so lange, dass ihre Tasse Tee kalt

wurde. Sie wartete während des Abendessens, bei dem ihr Vater über seine neuen Tabletten schimpfte. Sie wartete während des Regenschauers, der ihre frisch gewaschene Wäsche auf der Leine durchnässte. Sie wartete immer noch, als Darcy es sich auf ihrer besten Kostümjacke bequem machte und einschlief. Connie wartete und wartete.

Und dann wartete sie noch ein bisschen.

Laurel schoss mit Hochgeschwindigkeit aus dem Kino in die warme Abendluft. Sie lehnte sich an das Geländer am Zebrastreifen und schaute zu, wie Autos in der Dunkelheit verschwanden, während lachende Teenager an ihr vorbeidrängten und Flaschen mit Bacardi Breezer schwenkten.

Der Film war nicht schlecht, eigentlich sogar ziemlich lustig. Ihr Sitz war alles andere als unbequem. Und das Popcorn war genau richtig.

Nur hatte sie in dem Moment, als das Licht im Saal anging, etwas bemerkt, was ihr ein tiefes Unbehagen bereitet hatte: Es war Freitagabend und sie war als einzige allein.

Und das stank ihr gewaltig.

Ausnahmsweise ließ Connie sich Zeit mit ihren samstäglichen Hausarbeiten.

Es war erstaunlich, wie viel es zu tun gab, wenn man sich die Mühe machte, danach Ausschau zu halten. Wichtige Dinge wie Kochbücher alphabetisch zu ordnen oder den Schminkkoffer so einzuräumen, dass alle Lippenstifte in dieselbe Richtung zeigten.

Nachdem sie den Schuppen aufgeräumt und den

Rasenmäher poliert hatte, schob sie einen köstlichen Eintopf in den Backofen und setzte sich hin, um Darcy zum ersten Mal seit Wochen zu bürsten. Das arme Tier bekam allmählich einen Afrolook. Sie versuchte sogar, sich mit ihrem Vater *The Bill* im Fernsehen anzuschauen, obwohl er den Ton laut genug gestellt hatte, dass die Eisbären in Alaska davon noch taub werden konnten.

Die ganze Zeit schweiften ihre Gedanken jedoch nach oben zu ihrem Computer. Mehrmals überlegte sie, nach oben zu gehen und ihn einzuschalten, hielt sich aber zurück. Welchen Sinn sollte es haben? Es war bestimmt nichts gekommen. Nicht von *ihm*. Außerdem hatte sie zu tun.

Die Katze protestierte und sprang von ihrem Schoß, als sie geistesabwesend an einem verfilzten Haarbüschel zerrte. Dad war in seinem Sessel eingeschlafen. Da Connie nichts mehr zu tun hatte, kämpfte sie gegen ihr drängendes Verlangen an – allerdings nicht lange.

»Na gut, vielleicht ein allerletzter Versuch.«

Die Strecke bis zum Computer legte sie in Rekordzeit zurück, schaltete ein und trommelte ungeduldig mit den Fingern, während das Modem lebendig wurde. »Na komm schon, komm schon.«

Zu ihrer Freude war eine neue Nachricht eingetroffen. Eine Nachricht von Joe. Sie öffnete sie mit pochendem Herzen.

Sie war kurz und prägnant. *Welche Farbe hat dein Höschen heute?*

Am Sonntagnachmittag war endlich eine Nachricht auf Laurels Anrufbeantworter. Am liebsten hätte sie eine Ehrenrunde gedreht, als sie ins Wohnzimmer kam und das kleine Lichtchen einladend blinken sah. Juhu, eine Nachricht!

Sie nahm Papier und Stift, setzte sich feierlich neben den Anrufbeantworter und drückte auf die Play-Taste.

Als das Band zwei Sekunden später abspielte, rutschte ihr Herz bis in ihre Sandaletten.

»Hi, Laurel!«

Mist, es war Steph.

»Ich hab gerade nichts zu tun, aber du bist offensichtlich nicht zu Hause!« Ein mädchenhaftes Kichern wurde laut. »Behalte nicht sämtliche Männer für dich, ruf mich an, dann gehen wir mal zusammen aus. Du kannst mir sämtliche heißen Läden zeigen. Bis bald, tschüssi!«

Die Nachricht endete mit einem ernüchternden Piepen. Laurel musterte schweigend den Anrufbeantworter. »Nein«, beschloss sie und warf den Stift auf den Tisch. »Ich mag zwar verzweifelt sein, aber so verzweifelt bin ich nun auch wieder nicht.«

Kapitel 9

Trotz Laurels Entschlossenheit nagte Stephs Anruf am Montagmorgen immer noch unterschwellig an ihr.

Als sie in Killers Aquarium starrte und das kleine Biest mit Blicken niederzumachen versuchte, merkte sie, dass sie über die raue Wirklichkeit ihres einsamen Daseins nachdachte – und über Killer, dem seine Einzelhaft nichts auszumachen schien. Es ging kein Weg daran vorbei: Sie hatte praktisch den Kontakt zu allen Menschen abgebrochen, die sie je gekannt und gemocht oder mit denen sie je etwas zu tun gehabt hatte. Das war keineswegs Zufall. Damals, nach der ganzen Geschichte mit Jason, hatte sie es richtig gefunden, einen Schlussstrich zu ziehen, ein völlig neues Leben anzufangen ...

In Ordnung, erwiderte ihr Spiegelbild, *aber was für ein Leben? Wenn du Klientin bei D&M wärst, würdest du dich im Handumdrehen als Trauerkloß einstufen.*

Sie war sicher, dass Killer sie hinter seiner Wand aus gehärtetem Glas angrinste.

»Ravi, du hast eine neue Frisur!«, trällerte Stacey, als er ins Büro kam. »Wie war das Wochenende?«

Ravi strich sich schwungvoll über seinen frisch rasierten Kopf. »Bisschen zu gut, wenn du weißt, was ich meine. Als ich gestern Morgen wach wurde, war ich ratzekahl und konnte mich an nichts erinnern. Tante Geeta ist durchgedreht, als sie mich gesehen hat – lass mich nie wieder einen Tropfen Alkohol anrühren, verstanden?«

»Vorsicht, ich könnte dich beim Wort nehmen«, kicherte Stacey. »Aber du kannst deiner Tante sagen, dass es dir steht. Wie war das Wochenende, Bette?«

Connies große Schwester Bette warf die *Racing Post* auf den Schreibtisch und zog sich ihren allgegenwärtigen Anorak aus. Offiziell arbeitete sie nur zwei halbe Tage pro Woche bei D&M und kümmerte sich um die Buchführung. Aber irgendwie war sie ständig da, teilte kernige Ratschläge aus und trank einen Kaffee nach dem anderen. Es war fast, als wolle sie nicht nach Hause gehen.

»Fabelhaft. Heute gebe ich den Kuchen aus. Drei Gewinner hintereinander in Kempton Park.«

Bei dem munteren Geplauder im Büro fühlte Laurel sich isolierter denn je. Aber das war wohl ihre eigene Schuld. Selbst Connie hatte offenbar ein angenehmes Wochenende hinter sich: Sie summte tatsächlich vor sich hin, während sie die Papierhandtücher nachfüllte

Niemand machte sich die Mühe, Laurel zu fragen, was sie am Wochenende unternommen hatte – falls überhaupt etwas. Und Connie fragte schon gar nicht. Zu allen war sie ausnehmend freundlich, nur nicht zu ihr. Die anderen glaubten wohl, sie klettere freitags nachmittags um halb fünf in ihren Sarg und käme erst am Montag bei Morgengrauen wieder heraus wie ein verdrehter Vampir.

Sie tauschte einen unverwandten Blick mit Killer. Vielleicht sollte ich wirklich von vorn anfangen, dachte Laurel und trommelte mit den Fingern an das Glas. Nur sollte ich es dieses Mal richtig machen. Vielleicht ist Gabriel Jouet ein guter Anfang. Ich bin sicher, er mag mich. Zumindest glaube ich es. Oder bilde ich mir das nur ein? Vielleicht wäre er entsetzt gewesen, wenn ich ihn tatsächlich zu einem Drink eingeladen hätte.

Sie wandte sich an den Aquariumsmörder: »Du bist doch ein Fisch von Welt. Was glaubst du?«

Killers einzige Antwort war ein verächtliches Schwanzzucken. Dann kehrte er Laurel den Rücken und schwamm davon, um einen Mehlwurm in Stücke zu reißen.

Laurel war den ganzen Montag und nahezu den ganzen Dienstag zerstreut. Bis zur Teezeit war sie so zerfranst, dass sie aus ihren Gedanken zwölf Dutzend Ponchos hätte stricken können.

Kuchen: das Allheilmittel. Diese große Wahrheit hatte Laurel schon als Teenager gelernt und sich seither immer daran gehalten. Zen und die Kunst des Kuchenbackens? Sie sollte ein Buch darüber schreiben: Zweifel, Ärger, Schulden? Sitzt du im Gefängnis, suchst du Trost, eine Eingebung oder hast du einfach nur Hunger? Dann brauchst du nur ein gutes, altmodisches Kochbuch und etwas Klebriges in Familiengröße.

So stand sie in ihrer Küche mit einer großen Schüssel Früchtekuchenteig, der so schwer und zäh war, dass ihr Holzlöffel sich durchbog, wenn sie darin zu rühren versuchte.

Eigentlich hätte sie den Stapel Anmeldungen durchsehen müssen, den sie mit nach Hause genommen hatte. Aber der Gedanke an die Probleme anderer erinnerte sie im Augenblick nur an ihre eigenen. Ihr fiel die letzte Klientin ein, mit der sie gesprochen hatte. Eine nette Dame, eine Witwe, die sich nach dem Tod ihre Mannes, mit dem sie dreiunddreißig Jahre verheiratet war, immer noch ein bisschen verloren fühlte. Nach einigen Tassen Earl Grey hatte sie ihr anvertraut, dass sie sogar eine Annonce in einer Rubrik für einsame Herzen geschaltet hatte, um Freunde zu finden. Aber *einsame Witwe sucht Gesellschaft* hatte nicht die Art von Gesellschaft angelockt, die sie suchte. Im Flüsterton hatte sie Laurel gestanden, dass sie sich nur ein bisschen Gesellschaft wünschte, vielleicht jemanden, mit dem sie ausgehen konnte – zum Essen oder ins Kino –, aber keinen S-E-X. Beruflich freute Laurel sich, dass sie Mrs. Perkins hatten helfen können, einen passenden Freund zu finden, aber persönlich hätte sie sie gern gefragt, ob sie die Adressen ihrer Bekanntschaften noch hatte.

Vielleicht sollte sie selbst eine Anzeige aufgeben.

»Aphrodite sucht Liebesgott mit großem Donnerkeil«, murmelte sie und leckte geistesabwesend den Kuchenteig von ihren Fingern. »Garnknäuel sucht Minotaurus.« Bei der Vorstellung, wie diese Anzeige in der Rubrik für einsame Herzen im *Courant* wirken mochte, kicherte sie in sich hinein. Oder wie wäre es mit: »Jung, frei und single sucht …?« Nein, wem wollte sie eigentlich etwas vormachen? Sie beschloss, realistisch zu sein: »Sie, gebraucht, missbraucht und leicht angeschlagen, sucht Ihn, nicht zu wählerisch, vorzugsweise kontinent und mit eigenen Zähnen.«

Ganz in ihr albernes Spiel vertieft, rührte sie den Teig um und merkte gar nicht, wie die Hälfte über den Schüsselrand schwappte und als klebriger Klecks auf der Arbeitsplatte landete.

Komm schon, schimpfte sie mit sich. Hör auf, dich runterzumachen, und gehe die Sache ordentlich an. Benutz den Fachjargon, bleib sachlich. »Sie, 32, blond …« Nein, besser nicht erwähnen, dass sie blond war, sonst glaubten sie noch, sie sei dumm, was vielleicht ja den Tatsachen entsprach; aber so etwas schrieb man einfach nicht in eine Anzeige, und außerdem war sie ohnehin blond gefärbt. »Sie, berufstätig, 32, single, Interessen: Musik, Bücher, Kuchen, windige Berge, sucht Ihn, vorzugsweise dunkel, künstlerisch, brütend …«

Nein. Gestrichen.

»Cathy sucht Heathcliff.«

Ein angenehmer Schauer rieselte Laurel über den Rücken. Sie schaute auf die Arbeitsplatte. Fast ohne es zu merken, hatte sie ein großes Herz in das verschüttete Mehl gemalt. Lächelnd fügte sie die Initialen L. und G. sowie einen Pfeil hinzu.

»Ich kann nicht!«, protestierte Ravi. Er klang mehr und mehr wie die Bauchredner-Ente Orville, als auch die letzten Zentimeter seiner Schreibtischplatte unter einem Aktenstapel verschwanden. »Ich kann unmöglich noch mehr Akten übernehmen!«

»Pech«, antwortete Connie, lud einen weiteren Arm voller Akten auf seinem Schreibtisch ab und stolzierte zurück zum Aktenschrank. »Sie sagt, du musst, und dann musst du eben.«

»Sie hat mich schon dazu gebracht, während der Mittagspause zu arbeiten! Was glaubt sie eigentlich, wer sie ist?«

»Deine Chefin«, erklärte Bette, praktisch wie immer. Ihre Füße lagen bequem auf ihrem Schreibtisch, ihr Stuhl balancierte auf den beiden Hinterbeinen. Sie schaute vom neuesten Rennsportführer auf. »Sie hat das Sagen, schon vergessen?«

»Weiß Gott wieso«, schnaubte Connie, bahnte sich mit den Ellbogen einen Weg an ihrer Schwester vorbei und brachte fast ihren Stuhl zum Umkippen. »Zu erwarten, dass Leute ein modernes Büro ohne Computer führen – das schaffen wir nie. Kein Wunder, dass sich der ganze Papierkram seit Monaten stapelt. Case hat doch alles nur in Kartons gestopft und vergessen, und Madame wird auch nicht gerade die Welt in Brand stecken, oder?«

»Psst«, warnte Stacey mit großen Augen. »Sonst hört Laurel dich noch!«

»Gut! Prima!« Mit funkelnden Augen schleuderte Connie den nächsten Aktenordner in Ravis Richtung, dass er rückwärts in das Aquarium taumelte.

»He, wieso kriege ich das schlechte Karma ganz allein ab?«, stöhnte er. »Was habe ich denn gemacht? Wieso landet die ganze Extraarbeit bei mir? Warum immer ich?«

»Keine Ahnung. Mach weiter und hör auf zu jammern, verdammt«, antwortete Connie. Beinahe wäre Stacey vor Verblüffung, dass Connie fluchen konnte, an einer Möhrenstange erstickt und hustete, bis sie puterrot anlief.

Der Vorwurf, zu jammern, machte die Sache für Ravi nur noch schlimmer. »Das ist bloß, weil ich hier der einzige Mann bin, oder? Wenn ihr mich fragt …«

»Ich habe dich nicht gefragt und werde es auch nicht tun.«

»Jemand hat es auf mich abgesehen.«

Aber Ravis Proteste prallten an Connies Dickschädel ab. Sie riss die untere Schublade des Aktenschranks auf. »Und noch was.« Sie wirbelte mit einem weiteren Arm voll Akten herum und verpasste nur knapp Staceys Kopf. »Wie viel Geld wirft sie für Blumen und diesen blöden Fisch zum Fenster raus? Sagt mir das mal.«

Niemand wagte es, Connie irgendetwas zu antworten.

»Hunderte, könnte ich wetten!«

»Sie hat uns allen heute Früchtekuchen mitgebracht«, wandte Stacey ein, die wie immer das Gute in jedem zu sehen suchte. »Selbst gebackenen Früchtekuchen«, fügte sie hinzu, als ob das entscheidend sei. »Mit Nüssen und allem drum und dran.«

»Pph!« Connie drehte sich um und stieß einen Finger auf Bettes Brust. Bette musterte ihn und schob ihn entschlossen beiseite, aber Connie schien es gar nicht zu bemerken. »Und den ganzen Tag fummelt sie an diesen Scheißblumen rum. Aber kriege ich etwa einen Computer, damit ich meine Arbeit ordentlich machen kann? Einen Scheiß krieg ich.«

»O neiiiin!«, heulte Ravi, als ein Aktenstapel umkippte und wie Dachschindeln auf den Boden rutschte. Er stürzte hinterher, schlug sich aber nur das Knie am Schreibtischbein an. »Vielen Dank,

Connie«, knurrte er zwischen zusammengebissenen Zähnen. »Vielen herzlichen Dank.«

»Bedank dich nicht bei mir, sondern bei unserer verfluchten Chefin«, antwortete Connie und verzog sich schmollend in ihr Büro.

»Connie ist schon den ganzen Tag so launisch«, sagte Ravi finster. »Mal auf, mal ab, mal manisch, mal einschüchternd. Selbst das Gesumme war besser als das.«

»Schon gut«, sagte Stacey und kniete sich neben Ravi auf den Boden. »Keine Sorge, ich helfe dir.« Sie drückte seine Hand und flüsterte ihm ins Ohr: »Ich helfe dir bei allem.«

Kleine, scharfe Zähne rissen das Seetang-Sushi mit viel Wasabisoße in Windeseile aus der silbernen Zuckerzange.

Laurel deckte das Aquarium schnell wieder ab und zog die extra dicken Arbeitshandschuhe aus Leder aus. Sie betete, dass die Zoohandlung bald ihr besonders verstärktes Isolieraquarium bekommen und ihr diesen verflixten balinesischen Passionsfisch abnehmen möge, bevor er nicht nur Sushi, sondern auch das Aquarium, das Büro und alle, die darin waren, verschlungen hatte.

»So. Wo waren wir stehen geblieben?« Sie drehte sich um und warf die Arbeitshandschuhe auf Ravis Schreibtisch. Nachdem sie Killer gefüttert hatte, hörte er wenigstens auf, mit dem Kopf gegen das Glas des Aquariums zu donnern. Vielleicht konnte sie jetzt die Besprechung fortsetzen und die wesentlich schwierigere Aufgabe in Angriff nehmen, ihre Truppe zu motivieren.

Alle schwiegen. Ravi fummelte an den Haarstoppeln auf seinem Kopf herum. Stacey strahlte entnervend munter. Connie und Bette standen steif und feindselig nebeneinander wie zwei Preisboxer, die sich anschickten ihre privaten Streitigkeiten hinter dem Gaswerk auszutragen.

Laurel seufzte. Trank einen Schluck lauwarmen Tee. Lächelte und klatschte in die Hände, um sich und die anderen zu ermuntern. »Also gut, wir sind eine Heiratsvermittlung, stimmt's?«

Das allgemeine, zustimmende Gemurmel grub noch tiefere Falten in Connies Stirn.

»Aber manchmal lassen sich Menschen nicht vermitteln, und was bedeutet das?«

Stille. Ravi schabte mit den Füßen. »Rückvergütung?«, schlug er zögernd vor.

»Ja, sicher, Rückvergütungen«, stimmte Laurel zu. »Manchmal. Und was noch? Also?«

Stille.

Laurel gab nach und beantwortete ihre Frage selbst. »Unglückliche Menschen, das bedeutet es. Und das möchten wir doch nicht, oder? Denn unglückliche Menschen erzählen es anderen weiter, und das bedeutet schlechte Publicity. Und was machen wir da?«

Das war ein Geschenk für Stacey. »Menschen glücklich machen?«

»Genau! Wir machen Menschen glücklich. Indem wir ihnen Partner vermitteln.« Laurel hockte sich auf Ravis Schreibtischkante und drohte, einen weiteren Erdrutsch auszulösen. »Die Frage ist, wie schaffen wir das? Wie verbessern wir unsere Vermittlungsraten?«

Zumindest lockte sie damit eine Reaktion hervor.

»Gar nicht«, erklärte Bette. »Manche Leute sind einfach nicht zu vermitteln.« Laurel hatte sich schon gefragt, ob die Arbeit in einer Heiratsvermittlung das Richtige für eine Zynikerin wie Bette sei. Als sie gerade antworten wollte, fuhr Connie ihre Schwester an:

»Was verstehst du denn schon von Menschen? Du kennst dich doch bloß mit Pferden aus!«

»Entschuldigung, Professor Freud.«

»Ich glaube nicht, dass es Menschen gibt, die nicht vermittelbar sind«, sagte Stacey. »Sie haben nur noch nicht den Richtigen gefunden, mit dem sie Hand in Hand den abenteuerlichen Weg durch ein erregendes Leben einschlagen können.«

Staceys wortgetreue Wiedergabe der schauderhaften Werbebroschüren von D&M war ebenso beeindruckend wie beunruhigend, fand Laurel. Sie mochte zwar kein Einstein sein, war aber völlig vom D&M-Ethos durchdrungen.

»Ich hätte es nicht besser sagen können«, log Laurel. »Okay, wenn sie also nicht die richtigen Menschen kennen lernen, wie können wir dafür sorgen, dass sie es tun?«

»Keine Ahnung«, sagte Bette. »Wenn ihr mich fragt, ist Keulen wahrscheinlich die freundlichste Lösung. Bolzenschussgerät, schnell und sauber. Das machen wir mit den unerwünschten Fohlen so.«

»Ein geselliger Abend!«, schlug Stacey vor und wackelte aufgeregt mit dem Hintern. »Wir könnten einen von unseren Kennenlern-Abenden veranstalten!«

Das löste einiges Seufzen und unterdrücktes Hohngelächter aus.

»Was ist gegen einen Kennenlern-Abend einzuwenden?«, fragte Laurel. »Ich finde die Idee gut.« Und Klientinnen wie der netten Mrs. Perkins dürfte es ebenfalls gefallen – es war eine Gelegenheit, ihren Bekanntenkreis zu erweitern.

Ravi seufzte. »Was dagegen einzuwenden ist? Es kommt ja doch kein Mensch.«

»Ach, wieso denn nicht?«, fragte Laurel.

»Sagen wir es mal so«, erklärte Connie. »Würden Sie kommen, wenn Mr. Case seine antiquierten Kumpel Jazz-Standards in einem zugigen Gemeindesaal spielen lässt?«

»Vermutlich nicht«, gab Laurel zu. »Und wenn wir stattdessen ein Essen in Abendgarderobe mit einer coolen Band in einem netten Hotel veranstalten? Oder in einer schicken Disco?«

»Sie würden trotzdem nicht kommen«, beharrte Ravi. »Zum einen ist da das Problem mit den Babysittern.«

Als Stacey Laurels verständnislose Miene sah, warf sie ein: »Ist Ihnen nicht aufgefallen, wie viele unserer Klienten allein erziehend sind?«

»Ja«, bestätigte Ravi. »Versuchen Sie mal, vierzig Babysitter für vierzig Leute in derselben Stadt am selben Abend zu kriegen!«

Zu aller Verwunderung brach Laurel in Lachen aus. »Also wenn das das einzige Problem ist, können wir es als gelöst betrachten.«

Als Laurel die Krabbelstube Happy Nappy betrat, kamen ihr Zweifel, ob sie nicht vielleicht ein bisschen zu zuversichtlich gewesen sein könnte. Schließlich hatte sie Kathy gegenüber diese Idee nicht einmal erwähnt, und sie ahnte, dass Connie sich diebisch freuen würde, wenn sie ins Büro zurückkäme und das Gesicht mit Ei beschmiert hätte.

Nicht nur mit Ei, auch mit Suppe, Schokolade, Orangensaft, Babyreis und beigefarbenem Brei in tausend verschiedenen Geschmacksrichtungen. Es war Mittagszeit in der Kinderkrippe. Als Laurel sich durch ein Minenfeld weggeworfener Teddybären vorarbeitete, fragte sie sich, ob es nicht klüger sei, umzukehren und später noch einmal wiederzukommen.

Aber es war zu spät. Kathy hatte sie schon gesehen.

»Hallo, lange nicht gesehen.« Sie löffelte etwas Breiiges in den offenen Mund eines ihrer Schutzbefohlenen, duckte sich und wich gekonnt dem Rückstrahl aus, als er alles mit einem Bäuerchen wieder ausspie.

»Oben ist es ziemlich hoch hergegangen. Was dagegen, wenn ich mich setze?«

»Gern – aber nicht hier!« Kathy zog geschickt den roten Plastikstuhl unter Laurels Hintern weg. »Tarquin hatte ein kleines Malheur.«

Laurel inspizierte einen riesigen Plastikpilz auf biologische Kontamination und setzte sich schwungvoll darauf wie eine übergroße Elfe. »Wir überlegen, einen Kennenlern-Abend zu veranstalten, wissen Sie, bei D&M.«

»Schön. Cindy, pass auf Leanne auf, sie versucht schon wieder, Jack ins Ohr zu beißen.« Ein weiterer Löffel Brei flog unbeirrt auf sein Ziel zu. »Braver Junge. Und was habe ich damit zu tun?«

»Aaalso, es ist so ...« Laurel hatte ihren Verkaufston gründlich geprobt, aber es war nicht einfach, überzeugend zu wirken, während sie sich bemühen musste, nicht von einem großen Plastikpilz zu rutschen. Sie erzählte von Staceys Idee und erklärte, dass sie nur funktionieren würde, wenn jemand – die gut ausgebildet, erfahren und professionell sein müsse wie Kathy – eine Betreuung für die Kinder organisierte. »Ich wäre wirklich wahnsinnig dankbar«, fügte sie hinzu und hoffte, dass das Mitleid siegen möge. »Sie würden mir sehr aus der Klemme helfen.«

Kathy wischte Orangenbrei von einem triefenden Mund. »Gut«, sagte sie achselzuckend.

»Wie bitte?«

»Gut. Das schaffen wir schon, kein Problem. Ein paar Leute zusätzlich aus der Krabbelstube in Swindon, vielleicht engagieren wir einen Alleinunterhalter – sagen Sie mir nur Bescheid, wann und wie viele.«

»So einfach ist das?«

Kathy lachte Laurel an. »Was haben Sie denn erwartet? Sie brauchen eine Kinderbetreuung, und genau das machen wir doch, oder?«

»He, toll!« Laurel entspannte sich sichtlich und fand beinahe Gefallen daran, ihre Trommelfelle von Tarquins Nachahmung eines Feuerwehrautos drangsalieren zu lassen. »He, wissen Sie was – suchen Sie doch eine andere, die sich darum kümmert, und kommen Sie auch zu dem Abend.«

Kathy Lachen sackte an den Mundwinkeln leicht ab. »Ich weiß nicht.«

»Es würde Ihnen gefallen, es kommen eine Menge Männer!«

»Nein danke.«

»Ach, kommen Sie, ich bin sicher, dass man hier ohne Sie klarkommt.«

Die Mundwinkel strafften sich. Eine gewisse Schärfe trat in ihren Ton. »Ich habe nein gesagt, okay?«

Laurel schaute sie verdutzt an. »Entschuldigung.«

Als Kathy ihr in die Augen sah, meinte Laurel für einen Moment fast so etwas wie Angst zu entdecken. »Nein, ich muss mich entschuldigen, ich hätte Sie nicht so anfahren dürfen. Vielleicht schaue ich mal für zehn Minuten rein, aber in erster Linie bin ich für die Kids zuständig. So, machen Sie sich nützlich und reichen Sie mir den Saft.«

Die Woche lief nicht ganz so schlecht, wie Ravi befürchtet hatte. Zum einen hatte Stacey ihm nicht nur sehr bei seiner Arbeit geholfen, sondern sich sogar eine volle halbe Stunde lang am Telefon von Briony Phelbs angehört, auf welchen Tiefstand ihr Selbstwertgefühl gesunken war, seit ihr Geheimnis gelüftet war. Zum anderen hatte Connie zwar die ganze Woche wegen eines Computers gejammert, war aber immer unerklärlich guter Laune gewesen, sobald Laurel nicht da war. Außerdem hatte er eine Karte für das Sonntagsspiel ergattert. Alles in allem konnte er sich also nicht beklagen.

An einem normalen Freitag war Ravi sonst immer der Erste, der um Punkt 17 Uhr das Büro verließ. Heute fühlte er sich der Welt so wohl gesonnen, dass er beschloss, noch etwas länger zu bleiben. Vielleicht würde er in den ruhigen Vorabendstunden noch einiges abarbeiten können.

Er schaffte etwas Platz auf dem Boden und legte sämtliche Fotos seiner neuen Klienten aus. Als er fertig war, stand er auf und ging um sie herum wie ein kampfgestählter General, der seine Truppen inspizierte. Gut, ein paar der Gesichter konnten nur einer Mutter gefallen, aber er liebte die Herausforderung. Und eines oder zwei waren durchaus präsentabel.

Dieses zum Beispiel. Die Abendsonne schien auf seine Glatze, als er sich bückte, das Foto aufhob und den Namen auf der Rückseite las: »Stephanie Mihailovic«. »Nett«, murmelte er und schlug ihre Akte auf, um mehr über sie zu erfahren. Rothaarig, sexy, nicht zu alt, interessante Vergangenheit.

Nachdenklich tippte er sich mit dem Foto ans Kinn, ließ sich die Fakten durch den Kopf gehen und wartete auf eine Eingebung. »Also, wenn ich mit dir ausgehen würde ...« Der Gedanke verebbte wehmütig. So ein Glück müsste er haben. »Wenn ich mit dir ausgehen würde, möchte ich aussehen wie ...« Er musterte prüfend die Fotogalerie auf dem Boden. »Ach.«

Er beugte sich vor und hob ein Foto auf. »Wie du.«

Kapitel 10

Formationstanz, Terry Wogan im Rathaus, eine Amateurtheateraufführung von *Carousel* und eine Macramé-Vorführung. Laurel zerknüllte den *Cheltenham Courant* und schleuderte ihn mit angewidertem Schnauben durch ihr Wohnzimmer. Nichts Lohnendes im Veranstaltungskalender, rein gar nichts – wenn man nicht gerade scheintot und senil war oder übers Wochenende seine Oma am Hals hatte.

Sie schlich zum Sofa, zog die Fernbedienung unter einem Kissen hervor und schaltete ein. Ein Mann jonglierte Melonen auf einem laufenden Förderband, während Leute in Hühnerkostümen ihn mit Eiern bewarfen. Mit *BBC2* war es eindeutig bergab gegangen, seit sie zuletzt an einem Freitagabend ferngesehen hatte. Sie zappte durch die Kanäle und fand AIDS auf *Channel 4*, Erdbeben auf *Channel 5*, Inzest auf *ITV*, Flutkatastrophen auf *BBC1* und nackte bolivianische Hausfrauen auf *Channel 6*.

»Das kannst du erst mal vergessen«, schimpfte sie mit sich, als ihre freie Hand instinktiv nach dem offenen Päckchen Jaffa-Kekse griff. »Dein Hintern ist dick genug. Was fällt dir überhaupt ein, dich zu langweilen?«

Das erinnerte sie jedoch nur an die strenge Ermahnung ihrer verstorbenen Oma, dass die hungernden Kinder in Afrika froh wären, wenn sie klumpigen Grießbrei bekämen. Einmal hatte Laurel sogar etwas Grießbrei in einen Briefumschlag gesteckt und versucht, ihn mit normaler Post nach Ouagadougou zu schicken. Drei Wochen später war der Brief zurückgekommen mit dem Vermerk *Unbekannt verzogen.*

Laurel war allergisch gegen gute Ratschläge, vor allem gegen ihre eigenen. »Wer hat dich überhaupt gefragt?«, fuhr sie sich an.

Aber ihr Unterbewusstsein ließ nicht locker. »He, geh doch ein bisschen spazieren. Oder mach dein Tai-Chi. Kein Wunder, dass du nicht in Form bist, wenn du den ganzen Tag zu Hause rumhängst und in Selbstmitleid schwelgst. Danach könntest du ja dann ... ehm«, ihre innere Stimme stockte, »das Badezimmer putzen.«

Das Badezimmer putzen? Fast hätte Laurel laut aufgelacht. »Gut, angenommen, ich putze wirklich das Badezimmer«, schnaubte sie. »Und was soll ich mit den restlichen 47 Stunden meines Wochenendes anfangen?«

Keine Antwort. Wenn Laurel nicht gerade nackt auf der Straße herumlaufen wollte, bis man sie verhaftete, blieb ihr anscheinend nichts anderes übrig, als sich wieder einmal ein Wochenende lang das leidenschaftliche Gestöhne von nebenan anzuhören.

Sie stand auf, ging im Zimmer auf und ab, nahm eine ihrer Lieblings-CDs und legte sie gleich wieder fort. Nichts reizte sie. Vielleicht sollte sie ein Buch lesen und sich bilden. Sie ließ sich auf den hübschen Chesterfield-Sessel fallen, auf dem nur selten jemand saß, und musterte den Stapel ungelesener Bücher auf ihrem echt marokkanischen Kaffeetisch. Eine Frühgeschichte Ägyptens (noch langweiliger, als es klang), *Kochen für Freunde* (schön, wenn man welche hatte), *Spaß mit Fischen* (ja, wahrhaftig), etwas über japanische Blumenarrangements, das sie mittlerweile auswendig kannte, zwei halb gelesene Krimis und *Das Große Buch der erotischen Literatur* (ein nicht sonderlich zarter Wink mit dem Zaunpfahl von ihrer unerschütterlich optimistischen Mutter).

Es hatte keinen Sinn, sie konnte nicht länger hier herumsitzen. Sie musste etwas unternehmen. Wenn es doch ein Geschäft gäbe, in dem man sich sofort ein geselliges Leben kaufen könnte. »Ich hätte gern vier gute Freunde, ein paar fantasievolle Liebhaber und zwei Dutzend gemischte Bekannte.« »Selbstverständlich, Madam, darf ich Sie auf unser Vielficker-Angebot aufmerksam machen?«

Ihr Blick wanderte zum Telefon. Es gab noch eine andere Möglichkeit. Und wenn sie Steph anriefe?

Vor Schreck sträubten sich ihre Nackenhaare. Nein, keine gute Idee, eine grauenhafte Vorstellung, der schlechteste Einfall, den sie je hatte. Und wenn ich mir die Nase abschneide, um mein Gesicht zu ärgern? hielt sie sich vor. Und wenn ...

Sie musterte das Telefon. Es starrte sie an und forderte ihre Willenskraft heraus. Unbehagen befiel sie am ganzen Körper. Vielleicht war es ja wirklich eine schlechte Idee, vielleicht auch nicht, überlegte sie. Wenn sie je einen Schlussstrich unter die Vergangenheit ziehen wollte, musste sie Steph verzeihen. Irgendwann in grauer Vorzeit waren sie einmal die besten Freundinnen gewesen, so unvorstellbar ihr das inzwischen auch erscheinen mochte. In Stephs Gesellschaft hatte sie sich an einem Freitagabend noch nie gelangweilt oder einsam gefühlt. Jason auch nicht.

Ohne dass sie eine Entscheidung traf, legte sich ihre Hand um den Hörer, hob ihn ab und hielt ihn an ihr Ohr. Als ihr Zeigefinger die Nummer wählte, fühlte sie sich wie ein mittelalterlicher Seemann, der ans Ende der Welt segelte und damit rechnete, jeden Augenblick hinunterzufallen.

Das Klingelzeichen zerrte an ihren Nerven.

»Hallo?«

Stephs Stimme ließ Laurel auffahren. Es verschlug ihr den Atem, und so verging eine endlose Weile schweigend.

»Hallo? Wer ist denn da?«

Laurel fand ihre Stimme weit weg wieder. »Steph? Ja, ich bin's. Hör mal, hast du morgen Abend schon was vor?«

Obwohl Laurel unzählige Bedenken kamen, kniff sie nicht. Am nächsten Abend überließ sie es Neil, die Wohnung zu hüten, und fuhr in die Stadt, um sich mit Steph zu treffen.

Laurel war noch nie in der Bar Pravda gewesen. Eine Bar, die nichts anderes anbot als vierzig verschiedene Wodkasorten, fand sie ein bisschen einfallslos. Als sie nun tief durchatmete und hineinging, sah sie sofort, dass es der perfekte Rahmen für Steph war: schick, teuer, wie gemacht zum Anbaggern und voller trauriger Mittdreißiger, die immer noch auf einen Urlaub in Ayia Napa abfuhren.

Eigentlich hatte sie erwartet, dass Steph, wie früher, eine halbe Stunde zu spät kommen würde. Sie hatte sogar fest damit gerechnet, um sich eine dunkle Ecke zu suchen, einen Drink zu kippen und ihre Gedanken zu ordnen. Als sie zur Bar ging, erstarrte sie.

Steph war schon da.

Offensichtlich hatte sie es sich schon gemütlich gemacht. Sie saß auf einem Barhocker, hatte etwas Eisblaues vor sich und sah mit ihren rot gefärbten Haaren, die sich verführerisch über ihren hoch geschobenen Brüsten kräuselten, aus wie eine Mischung aus Blondine und jüdischer Prinzessin. Der Bursche, dem sie das Bein streichelte, genoss offenbar, wie sie nach ihm geiferte.

Hatte sie sich bei Jason ebenso benommen?

Ein galliger Geschmack breitete sich Laurels Mund aus. Sie spürte, wie ihr Magen sich zu einer schmerzhaften Faust ballte. Es war ein Riesenfehler, dass sie hergekommen war.

Als sie gerade wieder hinausgehen wollte, entdeckte Steph sie. »Huhu, Lozzie! Hier bin ich!«

Eine Macht, gegen die Laurel nicht ankam, zog sie zur Bar hinüber.

»Hi, Lozzie, das ist ...« Steph bedachte ihn mit einem fragenden Blick.

Zwei Reihen perfekter Zähne blitzten in einer ganzjährigen Sonnenbräune auf. »Martin.«

»Martin, klar, wie dumm von mir. Setz dich, Lozzie, dein T-Shirt ist süß. Was möchtest du trinken?« Laurel gab keine Antwort. Stephs sprudelndes Geplapper versiegte. Sie musterte Laurel von der schwindelnden Höhe ihres Barhockers. »Stimmt was nicht?«

»Was soll denn nicht stimmen?« Ein trockenes Lachen blieb Laurel in der Kehle stecken. »Ich meine, du amüsierst dich offensichtlich prächtig, das ist doch die Hauptsache.« Sie bedachte Martin mit einem angewiderten Blick. »Bis dann.«

Ihr Gesicht brannte, als sie aus der Bar auf die Regent Street trat. Theaterbesucher auf dem Weg zur Samstagabendvorstellung im Everyman strömten an Laurel vorbei. Reglos stand sie allein da wie ein Kiesel in einem rauschenden Bach. Sie schloss die Augen und amtete tief durch. Gleich wäre alles wieder in Ordnung.

Hinter ihr rief eine Stimme: »Lozzie, was ist denn bloß los?«

Hartnäckig kehrte sie ihr den Rücken zu. »Solltest du nicht besser wieder reingehen, bevor dein Loverboy abkühlt?« Eine Hand legte sich auf Laurels Arm, aber sie riss sich los. »Fass mich nicht an!«

»Lozzie!« Steph ließ sich nicht abschütteln. Als Laurel sich weigerte, sie anzuschauen, stellte sie sich direkt in ihr Blickfeld. »Was ist los mit dir?«

»Mit mir?«, fuhr Laurel sie an. Mehr als drei Jahre aufgestauter Wut entluden sich. »Das ist gut. Ich bin doch nicht diejenige, die alles bumst, was weniger als vier Beine hat.«

Steph machte große Augen. »Was?«

»Wie lange kennst du ihn schon? Mindestens fünf Minuten. Und du hast ihm noch nicht mal die Hose ausgezogen. Meine Güte, deine Reize lassen doch hoffentlich nicht nach, was?«

»Du unverschämte Ziege.«

»Weißt du was?«, schrie Laurel ihr gekränkt ins Gesicht. »Früher habe ich mir gewünscht, du wärst tot. Jetzt tust du mir nur noch Leid.«

»Dir? Ich tue dir Leid?« Stephs perfekter Mund verzog sich zu einem ungläubigen Schnauben. »Laurel, die Asketin und Einsiedlerin der Gemeinde? Ich glaube es nicht.«

»Glaub es ruhig.«

»Verdammt, du hast dich ganz schön verändert.«

»Wie gesagt, du nicht.«

Sie starrten sich wütend an.

»Wenn du das so empfindest.«

»Allerdings.«

»Dann kannst du ja auch gleich wieder abhauen.«

»Keine Sorge. Ich würde keine Minute länger mit dir zusammenbleiben, und wenn dein Arsch in Flammen stände.«

Laurel stolzierte über die Straße und wagte erst wieder zu atmen, als sie sicher in die Menge eingetaucht war. Als sie sich verstohlen nach Steph umschaute, war sie nicht mehr zu sehen.

Es war bereits dunkel, als Laurels ziellose Wanderung sie in die Montpellier Gardens führte. Im bernsteingelben Schein der Straßenlaternen zeichnete sich der Musikpavillon des Parks klar und deutlich ab. Aber sie hätte ihn auch blind gefunden, so oft war sie schon hier gewesen.

Sie sah nur Stephs Rücken, erkannte sie aber sofort. Sie saß auf dem Eisengeländer, hatte die Schultern hochgezogen und ließ ihre Füße in den Prada-Schuhen baumeln wie ein Designer-Mobile.

»Hallo«, sagte Laurel und fühlte sich schlagartig wieder wie eine Sechsjährige.

»Hallo«, antwortete Steph, ohne sich umzudrehen.

»Ich habe gewusst, dass du hier bist.« Laurel ging die Treppe hinauf und schwang sich neben Steph auf das Geländer.

»Das ist mein Text.« Steph richtete sich auf und sah Laurel an. »Ich habe an damals gedacht, als wir Liam Anderson im Schlaf die Augenbrauen abrasiert haben. Mann, haben wir Ärger gekriegt.«

Laurels Mundwinkel zuckten. »Wir hatten ständig Ärger.«

»Und immer sind wir hier gelandet.«

»Das war unser Platz.« Sie strich über das vom Alter geglättete Geländer und spürte die Erinnerungen eines ganzen Lebens lebendig werden. »Ich schätze, das ist es immer noch.« Sie atmete tief durch. »Hör mal, wegen eben, ich wollte nur sagen, es ...«

»Mir auch.«

»Ich habe doch noch gar nichts gesagt.«

»Das brauchtest du auch nicht.« Steph schwang mit den Füßen vor und zurück, dass die Riemchensandalen an ihren manikürten Zehen baumelten. »Wir haben einiges zu klären, was?«

»Ja.«

»Das mit Jason tut mir wirklich Leid, weißt du.«

»Ach wirklich.«

»Ja, wirklich. Ich war wütend und ich ...« Ausnahmsweise fehlten Steph die Worte.

Auch Laurel wusste nicht, was sie sagen sollte. Schweigend saßen sie eine Weile da.

»Es war nicht allein meine Schuld«, sagte Steph.

Laurel fuhr auf. »Wer sagt das?«

»Ich meine, du hattest schließlich meinen Carlos gefeuert, stimmt's?«

Laurel Zorn flackerte wieder auf. »Und darum war es für dich in Ordnung, mit Jason zu schlafen?«

»Wenn du ihn nicht so vernachlässigt hättest …«

»Was!« Laurel sprang kampfbereit auf die Füße.

»Du hast ständig gearbeitet«, sagte Steph. »Hattest nie Zeit für ein bisschen Spaß. Hattest nie Zeit für ihn.«

»Aber du.«

Steph besaß den Anstand, die Augen niederzuschlagen. Plötzlich fühlte Laurel sich unendlich müde und setzte sich wieder hin.

»Ich wollte nicht …«

»Ach, spar dir den Atem, Steph.«

Laurels Herz tat weh wie ein Muskel, der nach jahrelanger Untätigkeit plötzlich wieder erwacht war. Es brannte vor Schmerz und Wut. Aber vor allem quälte sie der schreckliche Verdacht, dass Steph Recht haben könnte.

Nach langem, unbehaglichem Schweigen kicherte Steph in sich hinein, als sei ihr gerade die Pointe eines schmutzigen Witzes eingefallen.

»Worüber lachst du?«, fragte Laurel.

»Weißt du noch, wie wir das früher geregelt haben, wenn wir Streit hatten? Die Wahrheit sagen oder eine Flasche Cinzano von meiner Oma trinken?«

Laurel schauderte. »Erinnere mich nicht daran. Wie oft habe ich mich übergeben.«

»Es hat immer funktioniert.«

»Seitdem hat sich manches geändert.«

Ihre Blicke trafen sich in der bernsteingelb gefärbten Dunkelheit. »Um der alten Zeiten willen«, drängte Steph.

Und Laurel fiel kein guter Grund ein, es nicht zu tun.

»Und eine Orangenscheibe«, beharrte Steph.

Laurel stöhnte und aß sie mit Schale und allem Drum und Dran. »Du weißt, dass ich Cocktails hasse.«

Steph ließ sich nicht erweichen. »Und jetzt die Kirsche.«

Laurel beäugte das winzige leuchtende Ding am Ende ihres Cocktailpikers. »Schon gut, schon gut. Aber wenn ich kotze, bist du schuld.«

»Das gehört doch mit dazu.«

Saufspiele bei McSquiffy. Die Frage beantworten oder trinken – so grausam es auch sein mag. Welcher Teufel hatte Laurel bloß geritten, sich darauf einzulassen? Sie waren keine wilden Fünfzehnjährigen mehr, auch wenn Steph drauf bestand, sich so zu benehmen. Es gab Dinge, die ließen sich nicht regeln, indem man sich sinnlos betrank.

Die Kirsche glitt durch Laurels gut geölte Kehle und fiel in den alkoholischen Malstrom ihres Magens. Sie war schon ziemlich beschwipst, schüttelte sich, um Steph wieder klar zu sehen und bedachte sie mit einem trotzigen Blick. Steph hielt ihrem Blick stand – beide Stephs. Und als Laurel gerade rückwärts von ihrem Barhocker zu kippen drohte, blinzelte Steph.

Gott sei Dank, dachte Laurel und rieb sich ihre verschwommenen Augen. »Ha! Ich bin dran. Nenne mir ... o Gott, ich weiß nicht, die romantischste Stadt, in der du je warst.«

»Romantisch? Ich glaube, dein Job färbt allmählich auf dich ab. Früher hättest du mich nach der exotischsten Stadt gefragt, in der ich je Sex hatte.« Sie kicherte. »Oder etwas noch Gewagteres. Es ist übrigens Antananarivo. Auf beide Fragen.« Steph gähnte. »Ich bin einmal dahin geflogen. Damals hat dieser afrikanische Prinz mich gefragt, ob ich seine dreizehnte Frau werden möchte. Ich hatte ihn bei einem Flug kennen gelernt.«

»Ich hatte ganz vergessen, dass du Stewardess warst.«

»Flugbegleiterin!«

»Teewagendohle.«

»Ist ja egal. Jedenfalls habe ich gewonnen.«

»Scheiße.« Laurels Magen hüpfte. »Was zwingst du mir als nächstes auf?«

Steph musterte die Cocktailkarte. »Einen schönen großen Sellerie- und Mango-Daiquiri. Mit extra viel Pfefferminzlikör.«

Laurel hob die Hände. »Okay, Wahrheit. Ich ergebe mich. Das kann niemand trinken und überleben.«

Steph warf einen Cashewkern in die Luft und fing ihn mit den Zähnen auf. »Heißt das, ich darf dich fragen, was ich will?«

»Nur wenn ich dich zuerst fragen darf. Sag mir, was du getrieben hast, seit ich dich zum letzten Mal gesehen habe. Oder sollte ich besser fragen, mit wem?«

Um halb zehn an diesem Abend waren sie im Cap and Whistle gelandet und tranken Pfirsichschnaps.

»... jedenfalls, als ich die Bücher sah, dachte ich, eigentlich müsste ich mehr Geld auf dem Sparkonto haben«, erklärte Steph. Sie zuckte bedauernd die Achseln und hob ihr Glas. »Cheers, auf den betrügerischen Mistkerl.«

Laurel starrte sie verdutzt an. »Aber in der Schule warst du doch eine völlige Niete in Mathe!«

»Ich war in allem eine Niete, was nichts mit Sex oder Ärger zu tun hatte«, erinnerte Steph sie. »Aber Steuerklärungen sind nicht so schwer zu verstehen, wenn man es einmal kapiert hat – außerdem hatte Richard es nicht sonderlich gut vertuscht.«

»Mistkerl!«, flötet Laurel.

Steph leerte ihr Glas. »Blöder Mistkerl!«, korrigierte Steph sie. »Ich hätte es ihm fast verzeihen können, wenn er es halbwegs schlau angestellt hätte. Und wenn ich nicht mit ihm verheiratet gewesen wäre. Er kam ins Gefängnis, und ich bekam beide Häuser, letzten Endes ist also alles gut ausgegangen.«

»Vielleicht sollte ich dich meine Steuerklärungen machen lassen.«

Sie erntete einen entsetzten Blick. »Mein Gott, nein, Lozzie. Das könnte ich nicht! Das wäre ja, als würde ich in deiner getragenen Unterwäsche wühlen!«

»Das ist natürlich was anderes als meine gebrauchten Freunde«, knurrte Laurel, aber dieses Mal schaffte sie es zu lachen, und Steph lachte mit. Als Laurel nach der Flasche griff, fiel ihr Blick zufällig auf die andere Seite der Theke. Steph folgte ihrem Blick. Sofort winkten ihr drei Burschen zu.

»Ich. Habe. Nachgedacht«, sagte Laurel, bemüht, nicht zu nuscheln. Es fiel ihr schwer, den Nebel in ihrem Hirn zu lichten.

»Wie ungezogen.« Ein Finger wackelte vor ihrem Gesicht.

»Pst, hör zu. Ich habe mich gefragt, warum du zu mir gekommen bist.«

Mit unsicherer Hand schenkte Steph ihr nach. Es klang, als würde jemand Marimba spielen. »Das habe ich dir doch gesagt«, erklärte sie.

Laurel schüttelte den Kopf. »Nicht wirklich. Du hast gesagt, es war, weil du einen Mann willst. Aber du hast jede Menge Männer.« Mit einer ausholenden Geste deutete sie zur Theke hinüber und warf dabei eine Schale Chips um. »Überall! Schau sie dir an!«

»Jede Menge«, bestätigte Steph. »Viel zu viele. Und sie taugen alle nichts.« Sie seufzte. »Ich picke mir immer die Schlechten raus.«

Laurel schnaubte in ihren Schnaps.

»Was ist daran so komisch?«

Als sie Stephs verdutzte Miene sah, überfiel sie plötzlich eine tiefe Traurigkeit. »Wir picken uns alle die Schlechten raus. Warum sollte das bei dir anders sein?«

Steph wandte den Blick ab. »Na ja, vielleicht habe ich es verdient.«

Als sie im Jolly Hercules landeten, waren sie so hinüber, dass ihnen die fleckigen Bierdeckel, die klebrigen Sitzpolster und die Daniel-O'Donnell-Platte in der Jukebox gar nichts mehr ausmachten. Selbst das wässrige Ale war nur noch Mittel zum Zweck. Außerdem waren die Schleusen mittlerweile weit geöffnet und nichts hielt die Flut der Geständnisse auf, bis die Bewusstlosigkeit einsetzte.

»Lozzie?«, wiederholte Steph. Ihre Stimme klang, als käme sie von weit her. »Lozzie, ich weiß, ich habe Mist gebaut, aber er war doch bloß ein Kerl. Früher hast du die Kerle zum Frühstück vernascht. Was hat dich so verändert?«

Es war eine dumme Frage, aber sie war der Schlüssel zu allem.

Schließlich antwortete ein kleines Stimmchen: »Das war bestimmt der Zusammenbruch.« Laurel klang schlagartig wieder nüchtern.

Steph wurde blass. »Der was?«

»Zusammenbruch. Der Nerven ... zusammenbruch.« Sie bemühte sich, sachlich und abgebrüht zu klingen, als ginge es um nichts Ernsteres als eine Erkältung, aber ihre Unterlippe bebte. »Du weißt schon, wenn du das Gefühl hast, den Verstand zu verlieren.«

»Du hattest ...?«

»Nach Jason ...« Sie klammerte sich an die Theke. »Du musst dir klarmachen, ich hatte den Mann verloren, von dem ich gedacht hatte, ich würde den Rest meines Lebens mit ihm zusammenbleiben. Ich hatte meine beste Freundin verloren. Bei der Arbeit konnte ich mich nicht konzentrieren. Ich verlor den Job, weil ich nicht mehr damit fertig wurde und über die Gründe nicht reden konnte. Ich wurde krank.« Die letzten Reste an Bitterkeit verflüchtigten sich. Laurel ließ den Kopf sinken.

»Wie krank? Krankenhauskrank?«

Laurel nickte. »Drei Wochen mit dieser Angst erregenden Frau im Nebenzimmer, die ständig versuchte, sich Hakenkreuze in die Arme zu ritzen. Nachts konnte ich nicht schlafen und hörte durch die Wand, wie die Arme schrie.«

Steph war erschüttert. »Du meinst, du warst in einer ...?«

»Psychiatrischen Klinik? Ja. Aber ich bin freiwillig hineingegangen. Ich wusste, dass ich Hilfe brauchte. Leider ist es nicht so einfach, wieder rauszukommen. Wenn du erst mal drin bist, liegt die Entscheidung bei ihnen.«

Stephs Goldringe klickten gegen den Flaschenhals, als sie versuchte, ihr Glas nachzuschenken. »Meine Güte.«

»Und als sie endlich kapiert hatten, dass ich weder für mich noch für andere eine Gefahr war, ließen sie mich raus. Ich ging eine Weile zu einem Therapeuten. Das hat mir sehr geholfen. Es ist gut zu reden und so.« Laurel grinste freudlos.

»Warum hast du mir nichts davon gesagt? Warum hast du denn nichts gesagt?«

»Wir haben damals nicht mehr miteinander geredet, außerdem warst du ja ein Teil des Problems.«

»Touché«, sagte Steph.

»Und als du wieder aufgetaucht bist, so aus heiterem Himmel ... na ja, das ist nicht gerade ein angenehmes Thema. Jedenfalls war die Therapie nach einer Weile zu Ende. Und da habe ich beschlossen: keine Männer mehr, keine Liebe mehr, keine Nähe mehr.«

»Haben sie dir gesagt, dass du das so machen sollst?«

»Eigentlich nicht«, gab Laurel zu. In Wahrheit war ihr Therapeut alles andere als beeindruckt von ihrer radikalen Problemlösung. »Aber ich wusste, dass ich es so machen musste.« Und so dankbar sie ihrem Therapeuten auch für die Hilfe war, ihr Leben wieder in den Griff zu bekommen, musste sie ihren Sitzungen doch ein Ende setzen. Sie war es leid, über das Geschehene zu reden, sie wollte nur noch vergessen. Aber seine Telefonnummer hatte sie für alle Fälle immer noch in ihrer Brieftasche wie einen Talisman.

»Ach Lozzie.« Steph ließ den Kopf auf die Tischplatte sinken. Aber Laurel hatte die Träne gesehen, die auf das Mahagonifurnier gefallen war. »Mein Gott, ich hätte ja nie gedacht ... ich ... ich wollte doch nicht ... Es tut mir so Leid, ich wollte nie ...«

»Was wolltest du nie? Mich verrückt machen? Mich in den Wahnsinn treiben? Bilde dir ja nichts ein, das hast du auch nicht.« Laurel stockte, überlegte es sich anders. »Na ja, es war nicht nur ...«

Stephs Blick sprach schuldbewusste Bände. »Ach Lozzie, ich wusste doch nicht, ich hätte doch im Traum nie daran gedacht ... Was soll ich sagen? Was kann ich nur machen?«

»Nichts. Hier geht es nicht um dich Steph, es geht um mich, okay?«

Eine Weile musterte Laurel Stephs Gesicht seltsam losgelöst, als gehöre es einer völlig anderen Dimension an. Dann rissen die drei Jahre alten Narben auf, und ihre Gefühle brachen sich Bahn wie ein Schwall frischen roten Blutes.

Sie legte die Hand aufs Stephs bebende Schultern. »Hör zu, Steph, es war nicht nur wegen dir und Jason. Es kam vieles zusammen. Mir wuchs alles über den Kopf, vermutlich war einfach alles zu viel. Über so was reden die Leute nicht, aber es passiert öfter, als man denkt.«

»Aber doch nicht dir, Lozzie, dir doch nicht!«

»Menschen sind wie Gummi, okay? Und manchmal werden sie durch irgendwas überdehnt. He, komm schon, ich bin drüber weg«, log sie. Im tiefsten Inneren wusste sie, dass sie gerade eben erst angefangen hatte, die Vergangenheit zu verwinden. »Jetzt geht es mir gut, wirklich.«

»Wirklich?«

»Na ja, so gut es einem eben gehen kann.«

Steph grinste sie schief an. »Da bin ich aber froh.« Sie legte ihre Hand auf Laurels. »Es tut mir wirklich unheimlich Leid, weißt du.«

»Ich weiß.«

»Ich wollte nicht, dass du das alles durchmachen musst, und schon gar nicht ganz allein. Ich wünschte, ich hätte das damals nicht getan. Wenn ich es irgendwie wieder gutmachen kann …«

»Jetzt bist du ja da«, antwortete Laurel. Zu ihrer eigenen Verwunderung war es tatsächlich ein gutes Gefühl, Steph wieder in ihrem Leben zu wissen. Besonders, als sie Laurel nun umarmte, als sei es die letzte Umarmung im Universum.

Früh am Sonntagmorgen wankten zwei Gestalten unsicher, Arm in Arm, über den Strand.

»Ich würde es probieren«, riet Steph. »Bestimmt.«

»Meinst du wirklich, ich sollte es tun?«

»Ja, versuche es mit ihm, wie heißt er noch?« Steph beugte sich vor. »Wie heißt er denn eigentlich?

»Mm-mm«, warnte Laurel. »Das sage ich nicht.«

Laurel riss sich los und wirbelte um den nächsten Laternenpfahl, bis ihr so schwindelig war, dass sie sich daran festhalten musste.

Ein Lächeln huschte über Stephs Gesicht. »Sag mal, gibt es in diesem Nest eigentlich noch einen Brunnen?«

Verdutzt und atemlos nickte Laurel. »Ja, wieso?«

Steph kramte ein paar Münzen aus ihrer Handtasche und schüttelte sie unter Laurels Nase. »Als Glücksbringer. Sollen wir?«

Laurel strahlte. »Au jaa! Los.«

Sie gingen. Und dann liefen sie und wünschten sich etwas aus tiefstem Herzen.

Kapitel 11

Den ganzen Sonntag rührte Laurel sich so gut wie nicht von der Stelle. Sie hing in T-Shirt und Schlafanzughose zu Hause herum und löffelte Schokoladencreme aus dem Glas. Das war ihre altbewährte Methode, mit einem Kater fertig zu werden: Wenn der Zucker die Kopfschmerzen auch nicht vertrieb, machten die Endorphine sie doch so selig, dass sie sich unbekümmert den Schädel hätte aufbohren können.

Am Montagmorgen gegen halb drei, als die Julisonne gerade mit einem Auge verschlafen über die Hügelkuppe blinzelte, befiel Laurel ein Energieschub. Vielleicht lag es an der Schokocreme oder am Koffein in dem Sportdrink, von dem sie drei Liter in sich hineingeschüttet hatte. Vielleicht war es aber auch die Erleichterung, dass sie Steph ihr dunkelstes Geheimnis gestanden hatte und die Welt nicht untergegangen war. Jedenfalls platzte Laurel förmlich vor Energie. Sie wusste, dass sie sofort etwas unternehmen musste. Auf einen Telegrafenmast klettern und »Unterhose« schreien; auf der London Road einen Salto rückwärts nach dem anderen schlagen; eine Weide voller Schafe suchen und alle rot anmalen. Egal was, nur nicht mehr herumlümmeln.

Schließlich entschied sie sich für etwas Konstruktives: einen Wocheneinkauf in dem Supermarkt, der die ganze Nacht geöffnet hatte. Sie war stolz auf die Idee, bis sie dort ankam und ihr einfiel, dass er sonntags nachts geschlossen hatte. Kichernd wie ein beschwipster Teenager sprang sie wieder in ihr Auto, kurbelte die Fenster herunter und drehte das Radio so laut, wie sie nur wagte. Lauthals sang sie die Songs im Lokalradio mit und holte erst wieder Atem, als sie die bewaldete Anhöhe des Cleeve Hill erreicht hatte. Selbst da war sie noch so hyperaktiv, dass sie fünf Minuten lang auf der Stelle hüpfen und das morgendliche Vogelgezwitscher übertönen musste.

Eine halbe Stunde später war sie wieder in ihrem Wohnzimmer, nicht mehr so aufgekratzt, aber frisch geduscht. Während sie sich abtrocknete, tauschte sie mit Neil gewagte Vertraulichkeiten.

»Er ist einfach so ... unglaublich ..., das ist er wirklich«, sprudelte es aus ihr heraus, als sie sich über das Aquarium beugte und ins Wasser tropfte. »Groß, stark, schweigsam, einfach unwiderstehlich – die Sorte kennst du doch, komm schon, ganz bestimmt.«

Obwohl Neil kein Fisch der großen Worte war, schob er seinen Kopf ein paar Millimeter unter das Tor seiner Plastikburg und schien zu nicken, als ob er sie verstanden hätte.

»Ein Blick von diesem Mann, und ich bin völlig hinüber.« Laurel schloss die Augen und ließ das Badetuch sinnlich an ihren Seiten heruntergleiten. »Mich überläuft eine Gänsehaut.«

Neils einziger Kommentar bestand in einer Kette aus Luftbläschen.

»Ich bin sicher – also, fast sicher –, dass es ihm genauso geht. Er kommt sogar unter fadenscheinigen Vorwänden ins Büro, obwohl er ebenso gut hätte anrufen können. Das ist doch ein gutes Zeichen, oder? Findest du nicht?«

Neil schaute sie fragend an.

»Ja, ich weiß, ich habe gesagt: nie wieder«, gab Laurel zu. »Aber eine Frau kann ja auch mal ihre Meinung ändern, oder?«

Der Fisch zog sich nachdenklich in seine Burg zurück. Laurel setzte sich auf die Sofalehne und drückte ihre Nase an das Glas des Aquariums. »Ich habe das Gefühl, dass ich bereit bin, es wieder mit einer Beziehung zu versuchen. Ich sage dir, Neil, wenn er jetzt durch diese Tür käme und mich aus alledem weg holte …« Sie seufzte wohlig. »Was würde ich nicht dafür geben, mit Gabriel Jouet in einer Bettenausstellung eingeschlossen zu sein.«

Ga-bri-el. Jou-et. Sie ließ sich den Namen auf der Zunge zergehen wie eine frische Crème brulée. Ach ja. Allein schon der Klang seines Namens ließ Stellen an ihrem Körper feucht werden, die sie fast schon vergessen hatte.

Mit geschlossenen Augen legte sie sich das Badetuch um die Schultern wie ein Cape. »Ich spüre förmlich, wie er mich mit seinen kräftigen Armen auf seinen großen schwarzen Hengst hebt, mich über den Sattel wirft und mit mir in sein Schloss reitet. Ich würde mich natürlich ein bisschen wehren, nur der Form halber, aber er würde mich erbarmungslos küssen, mein Mieder aufschnüren und mit seiner Hand in mein …«

Wow, Mädchen. Sie schluckte, atmete tief durch und musterte ihr rotes Gesicht im Spiegel über dem Kamin. »All diese jahrelang aufgestaute Lust? Steph hat Recht. Du solltest es wenigstens probieren, bevor dir noch die Sicherung durchbrennt.«

Was hatte sie schon zu verlieren? Abgesehen von ihrem letzten Rest an Selbstachtung, falls Gabriel ihr ins Gesicht lachen sollte. Aber das würde er nicht tun, das war ketzerisches Gerede. Außerdem knisterte es vor sexueller Spannung, sobald sie beide zusammen in einem Raum waren. Die Frage war nur, wie sie es bewerkstelligen sollte. Was wäre ihm wohl lieber: das subtile Vorgehen oder der Frontalangriff? Sie trommelte mit den Fingern an ihr Kinn und dachte eine Weile nach.

Dann fiel es ihr ein: Don! Don war mit Gabriel befreundet. Es mochte ein recht pubertäres Vorgehen sein für eine Frau von Anfang dreißig, aber Laurel war sich vollauf bewusst, dass sie im Umgang mit dem anderen Geschlecht aus der Übung war. Unter den gegebenen Umständen schien Don ihr der ideale Ausgangspunkt zu sein.

Connie rannte mit der Panik einer Klosterschülerin und wagte kaum, auf die vorwurfsvollen Uhren im Schaufenster von Samuel's zu schauen. Sie keuchte. Viertel vor zehn, und sie hatte diese Woche Frühdienst! Sie konnte gar nicht fassen, dass sie so spät dran war – Laurel würde es ebenfalls nicht fassen können. Es war schlimm, sehr schlimm; geradezu ein Schwerverbrechen, angesichts der schlechten Stimmung, in der Laurel in den letzten Wochen war.

Und Connie hatte keine plausible Entschuldigung parat. Eigentlich konnte sie sich gleich vor den nächsten Bus werfen.

Atemlos schlängelte sie sich zwischen den Warteschlangen an der Bushaltestelle durch, sprang über eine verirrte Mülltonne und rutschte beinahe auf einer weggeworfenen Pizzaschachtel aus. Ihre Schuhe klapperten laut auf den Bürgersteigplatten. Sie verfluchte ihre dumme Eitelkeit, so albern hohe Absätze zu tragen, ganz zu schweigen von dem noch alberneren engen Rock, der sie geradezu hoppeln ließ. Verzweifelt raffte sie den Rock ein paar Zentimeter hoch, zog die Schuhe aus und rannte wie der Teufel.

Ach, die Prüfungen der Liebe, sagte sie sich. Sie hatte völlig die Zeit vergessen, als sie im Internet mit Joe chattete. Wenn Darcy nicht so ein Theater wegen seines leeren Futternapfs gemacht hätte, säße sie vermutlich immer noch mit sehnsüchtigem Blick vor dem Monitor.

Vielleicht war doch noch nicht alles verloren. Vielleicht war Laurel selbst später gekommen und sofort in ihr Büro gegangen, ohne zu merken, dass Connie noch nicht da war. Ja, und vielleicht war Chris Tarrants Sonnenbräune echt. Laurel hatte erst letzte Woche Ravi klipp und klar erklärt, dass sie keine Verspätungen duldete. Offenbar hielt sie Zuspätkommen für ebenso geschäftsschädigend wie flexible Arbeitszeiten (außer bei sich selbst, versteht sich) und alles andere, was modern, vernünftig und kosteneffektiv war. Da hätten sie auch gleich Edwin Case behalten und ihm Frauenkleider anziehen können. Es hat keinen Sinn, Connie, sagte sie sich erbittert. Sieh den Realitäten ins Auge, du bist so gut wie tot.

Am St. Thaddeus Place machte sie schleudernd eine Neunziggrad-Kehre, für die jeder Slalomläufer seine Oma verkauft hätte, raste die Treppe hinauf, stieß die Tür auf und stürmte ins Büro. Alle schauten verblüfft auf.

»Meine Güte«, sagte Bette und musterte die Gestalt mit dem roten Gesicht, der rutschenden Strumpfhose, dem zerzausten Haar und dem bis zum Po hoch geschobenen Rock. »Ist Punk wieder in Mode?«

Connie antwortete nicht. Sie hatte Bette nicht mal gehört. Fassungslos starrte sie auf Ravis Schreibtisch, an dem Laurel – ja, Laurel – mit verschränkten Armen saß und sie anschaute.

Schieße, Scheiße, Scheiße, dachte sie. Doch zu ihrer völligen Verwunderung lächelte Laurel.

»Beruhigen Sie sich, Connie!«, rief sie. »Sonst brechen Sie uns noch zusammen. Sie kennen Kathy, oder?«

Die junge Frau von unten winkte ihr freundlich zu.

»Ehm ...«, keuchte Connie.

»So, dann holen Sie mal ihren Terminkalender und sprechen Sie mit ihr über diesen Kennenlern-Abend, den wir veranstalten wollen«, hauchte Laurel. Sie legte den Kopf schief und musterte Connie eingehend. »Wissen Sie, Connie, Sie sind ganz rot im Gesicht. Ich glaube, ich sollte Ihnen besser eine Tasse Kamillentee aufbrühen.«

Als Laurel summend in die Teeküche ging, konnte Connie sich nicht entscheiden, ob sie vor

Schock oder vor Erleichterung in Ohnmacht fallen sollte.

Mr. Coxon hielt sich mit beiden Händen an seiner Teetasse fest, aber sie klapperte immer noch auf der Untertasse, bis er sie auf Laurels Schreibtisch abgestellt hatte.

»Das ist mir alles so peinlich«, platzte er heraus. »Die Sache ist die, ich und Miss Brodie ... also meine ehemalige ...«

»Richtige?«, half Laurel ihm aus.

»Genau. Ich meine, wir waren nie verheiratet oder so, aber zehn Jahre sind eine lange Zeit.«

Laurel nickte voller weitgehend echtem Mitgefühl. Die Beule auf Mr. Coxons Stirn war ein ausreichender Beleg, dass das Leben ihn nicht auf Rosen gebettet hatte. Aber Regeln waren Regeln.

»Mir ist völlig klar, dass es für Sie beide unangenehm war«, antwortete sie. »Aber Sie müssen auch verstehen, dass Dovecote & Marsh alles wissen muss, was die Eignung eines Klienten für die Vermittlung mit einem anderen betreffen könnte.«

Mr. Coxon schrumpfte sichtlich in seinem Sessel. »Ich habe sie gebeten, mich in Ruhe zu lassen, aber sie will nicht«, jammerte er. »Es geht um Macht. Sie sagt, wenn ich mir eine neue Freundin suche, macht sie mir das Leben zur Hölle.«

»Es geht mich natürlich nichts an«, erklärte Laurel, »aber soweit ich das sehe, haben Sie die blauen Flecken.«

Er sank noch etwas mehr in sich zusammen in seinem glänzenden Anzug. »Niemand glaubt mir. Nie.«

»Wieso denn nicht?«

Aber Mr. Coxon scharrte nur unbehaglich mit den Füßen. »Jedenfalls dachte ich, Sie sollten wissen, dass ich ein ernstes Wort mit ihr geredet habe.«

»Dann bleibt sie ja jetzt vielleicht auf Abstand.«

Er wirkte nicht sonderlich zuversichtlich. »Ich nehme an, Sie setzen mich vor die Tür?«

»Also, streng genommen müsste ich Ihre Mitgliedschaft auf der Stelle beenden. Wir haben Regeln für Mitglieder mit bestehenden Bindungen, wie Sie wissen. Auch wenn es sich um Bindungen handelt, die sie nicht mehr wollen.« Laurel schaute in seine Spaniel-Augen und spürte, wie ihre eiserne Entschlossenheit nachließ. Sie seufzte. »Aber ich nehme an, so lange in dieser Sache völlige Offenheit herrscht und etwaige Bekanntschaften, die wir vermitteln, über die Situation mit Miss Bodie Bescheid wissen ...«

Sie hatte erwartet, dass er erleichtert aussehen würde. Aber er zappelte mehr denn je und starrte gebannt auf etwas hinter ihrer linken Schulter. »Stimmt etwas nicht?«

»Entschuldigung, ich konnte nicht umhin, dieses Tier da drüben zu bemerken. Es ist ein bisschen ...«

Sie schwang herum und schaute geradewegs in ein offenes Maul, das mehr Zahnfleisch als Zähne aufwies. »Ach das«, lachte sie. Das einen Meter zwanzig große, ausgestopfte Ding stand auf mottenzerfressenen Hinterbeinen. »Das ist nur der alte, ausgestopfte Bär von Mr. Case. Grässlich, nicht wahr?« Das war auch eines der Dinge, die sie bei

D&M liebend gern geändert hätte, wenn sie nur eine Chance dazu gesehen hätte.

»Sind Sie sicher, dass alles in Ordnung ist?«? fragte Laurel besorgt.

Don hielt der Kellnerin seine Kaffeetasse hin, um nachschenken zu lassen. »Ja, bestens. Guter Kaffee hier, ich nehme noch einen.«

Laurel war wider Willen beeindruckt, als Don seine dritte Tasse doppelt starken amerikanischen Kaffee trank. Nach allen Regeln der Biochemie müsste er sich mittlerweile in einen koffeingetriebenen Amokläufer verwandelt haben, aber er war so ruhig, dass sie beinahe versucht war, ihm den Puls zu fühlen. Meine Güte, er war wahrhaftig ein komischer Kauz.

Sie schaute sich in dem Café mit den eckigen Retro-Sofas um. Zum Glück war es im Mean Bean an Werktagen vormittags ziemlich ruhig. Ihr war das nur recht, denn es hätte ihr nicht gefallen, wenn halb Cheltenham gehört hätte, was sie zu sagen hatte. Falls sie je den Mut aufbrachte, es überhaupt zu sagen. Es war alles furchtbar peinlich.

»Ehm ...«, setzte sie an. Es war kein sonderlich guter Anfang. Nun komm schon, drängte sie Don innerlich. Was ist los mit dir? Wieso fragst du mich nicht, verdammt noch mal? Jeder halbwegs normale Mensch hätte längst gefragt. Aber Don steckte lediglich die Hand in seine Jackentasche und holte eine kleine Papiertüte heraus.

»Eine Kaffeebohne mit Schokoüberzug? Sie schmecken ganz gut, wenn Sie vier auf einmal nehmen.«

Sie wehrte sie mit ihrem Amarettokeks ab. »Nein danke, ich bin schon nervös genug.«

Er schaute sie an wie jemand, der den Witz nicht verstanden hat. »Was?«

»Ach, nichts, achten Sie gar nicht darauf.« Sie rutschte unbehaglich auf ihrem Plastikstuhl herum und wünschte, sie hätte eine Strumpfhose angezogen, dann würden ihre Beine nicht so ein schrecklich saugendes Geräusch machen, sobald sie ihre Sitzposition änderte. »Fragen Sie sich gar nicht, warum ich Sie zum Kaffee eingeladen habe?«

»Eigentlich nicht.«

Er kaute in quälendem Zeitlupentempo. Es war, als ob sie zuschaute, wie eine Galapagos-Schildkröte in Winterschlaf fiel. »Die Sache ist die, Don, ich wollte Sie gewissermaßen – wissen Sie – nach etwas fragen.«

»Ach. Gut.«

»Etwas, wobei Sie mir vielleicht helfen könnten.«

»Ich?« Er zuckte überrascht, aber unbekümmert die Achseln. »Wenn ich Ihnen neue Werbebroschüren drucken soll, warten Sie besser ein paar Wochen, bis die neue Maschine kommt.«

»Nein, Don, es hat nichts mit Broschüren zu tun.« Laurel atmete tief durch und sprang ins kalte Wasser. »Sagen wir mal so – nur mal angenommen, da sind zwei Leute.« Sie nahm die Zuckerdose und den Schokostreuer und stellte sie vor Don hin.

»Leute.« Don beäugte die visuellen Hilfsmittel, dachte über das Konzept nach und kam zu dem Schluss, dass er damit klarkam. »Gut.«

»Nennen wir sie Mr. A und Miss B.«

»A und B, okay. Darin bin ich cool. Was ist wer?«

»Ach Gott, ich weiß es nicht, spielt das eine Rolle?« Sie sah an Dons Miene, dass es eine Rolle spielte. »Also gut: Miss B ist der Schokostreuer, gut?«

»Finden Sie nicht, dass die Zuckerdose, Sie wissen schon, weiblichere Formen hat?«

Da merkt man den Designer, dachte Laurel. Unter ihrem ruhigen Äußeren wuchs ihre Erregung. »Gut, klar, die Zuckerdose. Egal.«

»In Ordnung. Und was ist jetzt mit diesen beiden … Leuten?«

»Also, sagen wir, Miss B hat ein kleines Problem.« Laurel rückte den Schokostreuer vor, bemerkte Dons Blick und tauschte ihn gegen die Zuckerdose. »Sie möchte wissen, was Mr. A für sie empfindet.«

»Gu-u-ut.«

Laurel merkte, dass er schon jetzt nicht mehr ganz mitkam, machte aber unbeirrt weiter. »Aber sie weiß nicht, ob er das Gleiche für sie empfindet wie sie für ihn, und sie hat Angst, ihn direkt zu fragen.« Sie machte eine Atempause. »Kommen Sie soweit noch mit?«

Don sah verständnislos drein. Gott, kochte Laurel innerlich, noch offensichtlicher kann ich es ja wohl nicht machen.

Als sie gerade schon dachte, sie müsste Don eine Zeichnung machen, blitzte in Dons zerfurchtem Gesicht die Erleuchtung auf. »Ach – klar, kapiert. So ein Problem ist das.« Mit einem raschen Seitenblick nach rechts und links beugte er sich über den Tisch und flüsterte dramatisch in Laurels Ohr. »Diese Miss B …« Er nahm die Zuckerdose und schwenkte sie viel sagend. »Das ist nicht zufällig eine Freundin von Ihnen, oder?«

»Also, jetzt, wo Sie es sagen.« Laurel vertiefte sich in den braunen Zuckersatz ihrer Kaffeetasse. »Ich meine, wir müssen nicht genauer werden, oder? Wenn wir nicht wollen?«

Don tätschelte ihr den Handrücken. »Also, kommen Sie, Sie brauchen sich keine Gedanken zu machen.«

Erleichtert schaute sie ihn an. »Nicht?«

»Überhaupt nicht. Ich meine, kein Wunder, dass Connie keine Ahnung hat, was ich für sie empfinde, oder? Ich habe nie geschafft, es ihr zu sagen.«

Völlig aus der Bahn geworfen, schaltete Laurels Gehirn auf Leerlauf und setzte aus. »He?«

»Ich habe ja versucht, es ihr zu zeigen, aber na ja, ich war noch nie so ein Typ, der sein Herz auf der Zunge trägt, wenn Sie wissen, was ich meine.«

Don? Don und Connie? Du lieber Himmel, dachte Laurel, als ihr schlagartig klar wurde, in welche Richtung ihr Gespräch lief. Eigennützig versuchte sie verzweifelt, es wieder auf seinen ursprünglichen Kurs zu bringen. »Don, ich glaube, wir haben uns missverstanden.«

Eine weitere Handvoll Kaffeebohnen verschwand in Dons meditativem Mund. »Dieses Problem«, überlegte er und schaute nachdenklich auf ein gerahmtes Schwarzweißfoto von einem New Yorker Straßenverkäufer. »Meinen Sie, es könnte helfen, wenn ich vielleicht ein bisschen ... romantischer wäre? Ich meine, ich habe es oft genug versucht, aber Connie hat so eine Art, mich zu bremsen. Sie ist eine tolle Frau, wissen Sie, und wenn ich sie sehe, also, dann stolpere ich über meine eigene Zunge und ...«

»Don!«

»Es läuft alles schief.« Er hörte auf zu kauen, ließ das Kinn einen Moment schlaff hängen und kaute mit doppelter Geschwindigkeit weiter. »Vielleicht sollte ich was Drastisches unternehmen!« Sein Blick wanderte wieder zu Laurel. Er strahlte neuen Glauben aus. »Was glauben Sie, wie Connie es aufnehmen würde, wenn ich ihr einen Heiratsantrag mache?«

»Was!«, prustete Laurel und verschluckte sich an ihrem Kaffee.

»Einen Heiratsantrag, Sie wissen schon.«

Laurel bemühte sich entschlossen, die Antwort niederzuringen, die ihr in den Kopf schoss. Aber sie rutschte ihr doch heraus. »Ich weiß nicht, Don. Ich glaube, sie hat einen Freund.«

Scheiße! Sie kniff die Augen zu und wartete auf den unvermeidlichen Ausbruch. Als nichts geschah, öffnete sie nach einer Weile zuerst ein Auge, dann das zweite.

Don saß da, eine Kaffeebohne auf halbem Weg zu seinen Lippen und formte mit seinem Mund ein perfektes O.

»Freund?«, fragte er matt.

»Es tut mir Leid, Don. Ich glaube, er heißt Joe«, erklärte Laurel. Nachdem sie die Katze nun mal aus dem Sack gelassen hatte, gab es kein Zurück mehr. »Sie erzählt bei der Arbeit ständig von ihm.« Ohne ersichtlichen Grund fügte sie hinzu: »Es tut mir Leid.«

Nach einer Kunstpause erschlaffte Dons Mund

zu einem resignierten Lächeln. »Nichts ist jemals einfach, oder?«

Bette kämpfte sich durch den Perlenvorhang in das Small World Café, entdeckte die Person, die sie suchte, und marschierte geradewegs an den Tisch, wobei sie die Speisekarte wegstieß, die ein Junge ihr unter die Nase hielt.

Als sie ihr Ziel erreicht hatte, zog sie den nächst besten leeren Stuhl heran und setzte sich.

»Hau ab«, sagte Connie.

Statt zu gehen, zog Bette ihre Weste aus und hängte sie über die Stuhllehne. »Was machst du hier eigentlich, Connie? Hast du gesehen, wie spät es ist?«

»Na und?«

»Du müsstest seit einer Stunde wieder im Büro sein!« Bette wirbelte zu dem Jungen in rosa Schürze herum. »Bring mir eine große Tasse Tee, schön stark, und dann verzieh dich.« Sie wedelte mit dem Finger vor Connies Gesicht herum. »Du darfst deine Arbeit nicht weiter so vernachlässigen, das geht nicht, das weißt du ganz genau.«

Connie schob das Kinn vor. »Seit wann ist es dein Job, mir meinen zu erklären?«

»Seit du aufgehört hast, dich wie eine Erwachsene zu benehmen, und stattdessen das Geschäft ruinierst.«

Ihre jüngere Schwester sprühte Funken: »Komm mir nicht mit diesem Mist, das hat Laurel sich selbst zuzuschreiben.«

Bette lachte freudlos. »Wie drehst du das denn hin?«

»Wenn sie Computer fürs Büro anschaffen würde, müsste ich in der Mittagspause nicht in dieses beschissene Internet-Café gehen, oder?« Bei dem Wort »beschissen« knallte der Junge den Teebecher neben Bette auf den Tisch und verzog sich. »Weißt du was? Ich habe gehört, sie hat früher für eine dot-com-Firma gearbeitet. So eine Heuchlerin.«

Bette stieß eine Mischung aus Stöhnen, Knurren und Seufzen aus. »Was ist am Internet denn überhaupt so verdammt wichtig, dass es nicht bis nach der Arbeit warten kann?«

Connie warf in selbstgerechtem Stolz den Kopf in den Nacken. »Mein Joe!«

»Dein Joe!«, schnaubte Bette verächtlich. »Wenn du mich fragst, ist dein Joe so real wie Peter Pans Busfahrkarte.«

»Wie kannst du es wagen!«, schäumte Connie. »Natürlich ist er real.«

Bette verschränkte die Arme vor der Brust und nahm Connie beim Wort. »Na gut, wenn er so verdammt real ist, warum hat ihn dann noch niemand gesehen? Hmm?« Sie warf fünf Stück Zucker in ihren Tee und rührte geräuschvoll um. »Na los – ich möchte deinen Joe kennen lernen. Ich bestehe sogar darauf!«

Connies Augen verengten sich. »Welches Recht hast du denn schon, auf irgendwas zu bestehen?«

»Recht?« Bette schob ihr Gesicht bedrohlich nah an Connies. »Ich brauche kein Recht, Connie. Ich bin deine große Schwester. Ich prüfe deine sämtlichen Freunde auf Herz und Nieren, das habe ich immer getan, seit Ma gestorben ist.« Sie trank einen Schluck glühend heißen Tee. »Aber da gibt es ja wohl nichts zu prüfen, oder?«

»Du Biest!«

»Nein, Connie, ich bin kein Biest. Ich bin nur realistisch. Ich will lediglich, dass du dich deiner Verantwortung stellst.«

»Ach ja?« Connie lächelte giftig süß. »Du meinst so, wie du dich deiner Verantwortung Dad gegenüber stellst?«

Bette holte tief Atem. Vielleicht wurde sie auch rot, aber bei ihrem wettergegerbten Teint war das schwer zu erkennen. Sie schob ihren Stuhl zurück, stand auf und schnappte ihre Weste. »Bleib nicht zu lange, du wirst im Büro gebraucht.«

»Immer, wenn's brenzlig wird ...«, schrie Connie hinter ihr her, als der Perlenvorhang sich raschelnd schloss. »Dir werde ich's zeigen«, brummte sie verhalten, während ihre Finger über die Tastatur huschten. »Euch allen werde ich es zeigen, verdammt.«

Diese Beziehungskiste in Gang zu bringen war noch schwieriger, als Laurel es in Erinnerung hatte. Es war nicht gerade hilfreich, dass ihr Gespräch mit Don so vollständig in die Binsen gegangen war. Nachdem sie unbeabsichtigt die Bombe mit Joe hatte platzen lassen, hatte sie nicht mehr den Mut aufgebracht, ihn über Gabriel auszufragen. Diese kleine List hatte sie also keinen Schritt weiter gebracht.

Zweimal hätte sie beinahe Gabriels Akte nach Hinweisen durchforscht; zweimal hatte sie sich innerlich auf die Finger geklopft und erleichtert zur

Kenntnis genommen, dass die Akte sicher verschlossen in Ravis Aktenschrank lag.

Eine gute halbe Stunde hatte sie das Telefon auf ihrem Schreibtisch angestarrt. Sollte sie Gabriel einfach anrufen? Konnte sie das machen? Natürlich konnte sie, wieso denn nicht? Schließlich war sie kein Feigling. Außerdem setzte Steph große Erwartungen in sie. Aber sie konnte sich nicht durchringen, die Nummer zu wählen. Was, wenn er sie für allzu aufdringlich hielt? Was, wenn er aufdringliche Frauen nicht ausstehen konnte?

Erleichtert, einen Vorwand gefunden zu haben, dass sie nicht mutig sein musste, ging sie früher in die Mittagspause und schlenderte über die High Street, um vor sämtlichen Lokalen zu bummeln, die Gabriel besuchen könnte. Aber er ging nicht auf einen Auflauf und ein Bier ins Merry Hind und aß keine Sushi im Noodle Doodle – nicht dass sie das wirklich erwartet hätte. Das wäre nun doch allzu einfach gewesen. Sie hatte nur die leise Hoffnung gehegt, dass er es vielleicht tun könnte.

Laurel hatte sich die Nase an zahllosen Imbisstuben platt gedrückt, ihren Nasenabdruck auf den Schaufenstern sämtlicher Sandwich-Läden hinterlassen, doch als eine Stunde vergangen war und sie schon fürchtete, kurz vor einer Verhaftung wegen Prostitution zu stehen, gab sie auf und ging wieder ins Büro.

»Was Hübsches gekauft?«, fragte Stacey, als Laurel in ihr Büro ging und die Jacke auszog.

Sie blieb stehen und sah sich um. »Wie bitte?«

Stacey deutete auf Laurels kleinen Rucksack.

»Einkaufen. Sie waren eine Ewigkeit weg, haben Sie nicht das gefunden, wonach Sie gesucht haben?«

»Ehm ... nein. Nein, habe ich nicht.« Innerlich dachte sie, wenn du wüsstest.

»Bei Seuss & Goldmann gibt es ganz süße türkisfarbene Tops aus Samt mit Pailletten, haben Sie die gesehen? Bei ihren Farben würden sie Ihnen bestimmt gut stehen.« Stacey erwärmte sich für das Thema. »Ach. Und als ich neulich in dieser neuen französischen Boutique war ...«

»Entschuldigen Sie. Ich würde gern noch ein bisschen mit Ihnen plaudern, aber ich habe unglaublich viel zu tun«, log Laurel. »Keine Anrufe, wenn es nicht dringend ist, okay?«

Rastlos und benommen schloss sie die Bürotür hinter sich, lehnte den Kopf zurück und seufzte. Typisch. Nachdem sie sich nun endlich entschlossen hatte, etwas wegen dieses Mannes zu unternehmen, war er nirgendwo zu finden. Ach, Gabriel, stöhnte sie stumm; warum konntest du nicht zufällig da sein, wo ich zufällig war?

Das Telefon lockte. Na los, schien es zu sagen, du weißt doch, dass du es willst.

Vielleicht hätte Laurel sogar den Hörer genommen, wenn es nicht in diesem Moment an der Tür geklopft hätte.

»Ich habe zu tun.« Schnell schlüpfte sie hinter ihren Schreibtisch und öffnete aufs Geratewohl einen Aktenordner.

Die Tür ging auf, und Stacey steckte munter den Kopf durch den Spalt. »Entschuldigung, ich weiß, dass Sie nicht gestört werden möchten, aber das hier ist gerade per Eilboten gekommen, und ich dachte, es ist vielleicht wichtig.«

Als Stacey die Tür leise hinter sich geschlossen hatte, musterte Laurel argwöhnisch das Päckchen. Es war ein rechteckiger wattierter Umschlag, der praktisch nichts wog und offenbar eine Schachtel enthielt. Sie tastete ihn ab, aber weder quietschte er, noch explodierte er. Sie schüttelte ihn und lauschte auf das leise Rappeln. Mit Verspätung kam sie auf die Idee, den Absender zu lesen. Das Päckchen war von Steph.

Gespannt nahm Laurel die Briefklammern heraus und öffnete den Deckel der Schachtel. Es lag eine Tiara darin – ein atemberaubend kitschiges Gebilde. Es sah der Tiara zum Verwechseln ähnlich, über die sie mit neun Jahren heiße Tränen vergossen hatte, als sie sich beim irischen Volkstanz versehentlich darauf gesetzt hatte.

Auf einem Zettel stand:

Ein kleines Geschenk, das dir zeigen soll, dass ich an dich denke. Bis Samstag, alles Liebe Steph.

Auf Zehenspitzen schlich Laurel zur Tür und drehte den Schlüssel im Schloss. Anschließend balancierte sie die Tiara auf ihrem Kopf und kramte ihren Taschenspiegel heraus. Entzückt kicherte sie über ihr Spiegelbild. Pompös. Das war das einzig passende Wort. Jetzt brauchte sie nur noch eine rosa Federboa und ein paillettenbesetztes, rückenfreies Top um sich in die Barbie-Prinzessin ihrer Kinderträume zu verwandeln.

Schlagartig fiel ihr auf, dass sie die ganze Zeit sinnlos durch Cheltenham gelaufen war, um Gabriel über den Weg zu laufen. Dabei hätte sie gleich

Unterricht bei der Meisterin der Verführungskunst nehmen sollen. Es lag auf der Hand: Sie sollte Steph um Rat fragen. Wenn jemand wusste, wie man sich einen Kerl angelte, dann sie.

Kapitel 12

Ein weiterer Samstagabend, eine weitere Gallone Pimm's.

In der kurzen Zeit, seit Steph in Cheltenham aufgetaucht war, hatte Laurel mehr Pubs, Weinlokale und Lasterhöhlen besucht als in den letzten zwölf Monaten zusammen genommen. Sogar tausend Prozent mehr, wenn sie ehrlich sein sollte. Und nun saß sie im Toucon, einer Bar, von deren Existenz sie nicht einmal gewusst hatte, und war schon um halb zehn beschwipst. Allmählich entwickelte sich das wohl zur Gewohnheit. Nicht dass es unbedingt schlecht war. Steph wiederzuhaben, war wie in alten Zeiten – in den guten alten Zeiten, bevor Laurels Leben aus den Fugen geraten war. Und wenigstens kam sie aus dem Haus und unter Menschen, auch wenn ihre Leber es als Belastung empfinden mochte.

Steph zwinkerte ihr über einer riesigen Margarita hinweg zu. »Also, dein geheimnisvoller Typ.«

»Er ist nicht mein Typ«, protestierte sie. »Jedenfalls noch nicht.«

»So mag ich dich«, kicherte Steph anzüglich. »Geh ran – er wird nicht wissen, wie ihm geschieht.« Sie fuhr mit dem Finger über den Salzrand ihres Glases. »Erzählst du mir denn, wer er ist?«

»Nein.«

»Komm schon. Er ist noch ein Kind, oder?«, warf Steph als Köder aus. »Du hast ihn vor der Schule aufgegabelt und ihm angeboten, seine Hausarbeiten zu machen.«

Beinah hätte Laurel sich an einer Handvoll Salzgebäck verschluckt. »Was!«

»Na gut, er ist ein 49-jähriger Billionär und vererbt dir alles in seinem Testament.«

»Du redest vielleicht manchmal einen Mist zusammen.«

»Komm, du kannst es mir auch sofort sagen – irgendwann musst du ohnehin.«

»Du kannst ruhig warten, bis ich es geschafft habe, mich mit ihm zu verabreden.« Auch wenn es Jahrhunderte dauert, bis ich den Mut dazu aufbringe, dachte Laurel. Als sie das Glas auf den Untersetzer stellen wollte, rutschte sie mit dem Ellbogen von der Tischkante ab und stieß sich eine Salzstange ins Auge. »Au!«

»Ganz ruhig«, kicherte Steph. »Wir haben ja gerade erst mit dem Trinken angefangen!« Gekonnt angelte sie Laurels Tiara von ihrem Hals und setzte sie ihr wieder auf. »So, perfekt. Genau wie mein Gabriel!«

Laurels Gehirn brauchte ein paar Sekunden, um das zu verarbeiten. »Wer?«

»Gabriel.« Steph leckte sich lasziv die Lippen. »Gabriel Jouet, meine knackige neue Eroberung. Jetzt guck nicht so unschuldig, ich weiß doch, dass du die ganze Sache eingefädelt hast.«

Laurel blieb der Mund offen stehen. Schlagartig war ihr ungeheuer übel.

Falls Steph die plötzliche Veränderung in Laurels Miene aufgefallen sein sollte, ließ sie es sich nicht anmerken. Sie plapperte weiter über Gabriel. Ihren Gabriel.

»Ich meine, es stimmt schon, als dieser indische Junge aus deinem Büro mich anrief, hatte ich so meine Zweifel. Schließlich ist ein Anstreicher und Dekorateur wohl kaum mein Typ, aber vielleicht war genau das bisher mein Fehler. Immer nur mit reichen Männern auszugehen, obwohl ich eigentlich schon die ganze Zeit etwas ... Bodenständigeres gebraucht hätte. Und unser erstes Treffen war perfekt. Das war wirklich clever von dir!«

Laurels Gesicht fühlte sich an, als sei das gesamte Blut durch Eiswasser ersetzt. »Ach ja?«

»Klar, Lozzie! Es war ein Geniestreich, mich mit Gabriel zusammenzubringen. Alles läuft bestens, und ich weiß, dass du hinter der ganzen Sache steckst ...« Mit einiger Verspätung registrierte Steph Laurels schockierte Miene. »O je, du hast dir mit der Salzstange wohl wirklich wehgetan, was? Deine Augen tränen.«

»Nein. Nein, schon gut. Alles in Ordnung«, wehrte Laurel ab. In ihrem Kopf drehte sich alles, ihre rosaroten Wunschträume waren mit einem Schlag auf links gedreht wie eine leere Pyjamaverpackung. Sie konnte nicht fassen, dass Steph es schon wieder getan hatte: Sie hatte ihr den einzigen Mann genommen, den sie wirklich haben wollte.

»Aber ich bin sicher ...«

Laurel wehrte Stephs besorgte Hand ab. »Hör auf, so ein Theater um mich zu machen!«

Steph wich zurück. »Entschuldige, ich wollte dir nur helfen.«

Laurel schlug so fest mit der Hand auf den Tisch, dass alles wackelte. »Jetzt brauche ich einen Drink. Einen verdammt großen.«

Steph strahlte. »Das ist meine Lozzie! Lass uns feiern.«

Laurel schluckte und kämpfte gegen ihre Übelkeit an. »Ja. Los.«

»Ich glaube es nicht. Ich glaube es einfach nicht!« Laurel kämpfte gegen den Drang an, mit der Faust in den Spiegel der Damentoilette zu schlagen. »Du verwindest eine Trennung, denkst: nie wieder, dann triffst du einen anderen, und kaum hast du ein Auge auf ihn geworfen, kommt Steph daher spaziert und stiehlt ihn dir unter der Nase weg!«

Aufgebracht und wütend malte sie sich ihre bleichen Lippen mit zittriger Hand rot an. Steph sollte auf keinen Fall mitbekommen, dass es sie in Stücke riss, nicht wie bei Jason.

»Sieh den Dingen ins Auge, Laurel«, sagte sie ihrem Spiegelbild mit den rot unterlaufenen Augen, »so lange Steph in einem Umkreis von fünftausend Meilen in deinem Leben ist, kannst du getrost alle Männer vergessen.«

Nicht dass ihr das etwas ausgemacht hätte, natürlich nicht. Wieso auch? Hatte sie sich denn nicht entschlossen, sich nie wieder auf einen Mann einzulassen?

»Lozzie?« Eine Hand wedelte vor ihrem Gesicht herum. »Jemand zu Hause?«

Plötzlich schmeckte der Kir Royal schal.

Etwas Grässliches war mit Laurel passiert. Als sie gerade sicher war, dass alles bergauf ging, war ein riesiges kosmisches Klavier aus beträchtlicher Höhe auf sie herabgefallen und hatte sie zu einem kleinen Fleck auf dem Boden des Lokals reduziert. Steph hatte keine Ahnung, was eigentlich los war, wie sollte sie auch? Laurel konnte ihr schließlich nicht erzählen, warum sie sich von jetzt auf gleich von einer Partylöwin in eine gereizte Betrunkene verwandelt hatte.

Steph versuchte es noch einmal. »Alles in Ordnung?«

»Klar!«

»Habe ich was Falsches gesagt?«

Schweigen.

»Was habe ich denn gesagt?«

»Nichts.«

»Und worüber bist du sauer?«

»Ich habe dir doch gesagt, es ist nichts«, fuhr Laurel sie an und wich ihrem Blick aus. Aus reiner Bosheit und weil sie sich dann besser fühlte, knurrte sie: »Das kümmert dich doch einen Scheiß.«

Steph wich verdutzt zurück. »He, das ist unfair, ich habe doch nur gesagt ...«

»Du hast doch nur gesagt, du hast doch nur gesagt, verdammt«, Laurel funkelte Steph wütend an und bettelte fast darum, dass sie anbiss und sich mit ihr stritt. Aber Steph schaute sie nur verständnislos an. »Als ob sich alles immer nur um dich drehen müsste, als ob du der Nabel der Welt wärst. Wenn du vielleicht ein bisschen öfter mal dein großes Maul halten würdest ...«

»Ach«, sagte Steph, hin und her gerissen zwischen Verblüffung und Sorge. »Bist du sicher, dass mit dir alles in Ordnung ist? Ich meine, du musst keine Medikamente nehmen oder so?«

»Hör auf, um den heißen Brei herumzureden und sprich es aus! Tritt mir gleich Schaum vor den Mund und ich dreh durch? Nein, Steph; ich glaube, ich mache mir heute Abend nicht die Mühe, verrückt zu werden, wenn's recht ist. Ich glaube, ich gehe einfach nach Hause und schau mir die Nachrichten an, wenn es dir nichts ausmacht.«

Laurel rutschte vom Barhocker und schleuderte die lächerliche Tiara auf den Boden. Wie naiv sie doch war, dieses Ding für lustig zu halten, es war genauso lustig wie dieser katastrophale Abend. »Das war eine dumme Idee«, erklärte sie und trampelte auf der Tiara herum.

»Was – die Tiara? Tut mir Leid. Ich dachte, sie gefällt dir.«

»Nicht die blöde Tiara. Alles.«

Laurel schnappte ihre Handtasche, schob sich an Steph vorbei und ging zur Tür. Sie musste hier hinaus, sie musste unbedingt weg, bevor die lächerliche Wahrheit herauskäme und sie etwas täte, was sie bereuen würde.

»Warte mal, wo gehst du hin?«, rief Steph hinter ihr her. Laurel drehte sich nicht um.

»Ich weiß nicht.«

»Kann ich mitkommen?«

»Nein.«

»Aber ...«

Sie bedachte sie mit einem letzten, schmerzerfüllten Blick. »Ich habe nein gesagt, Steph. Bist taub? Lass mich verdammt noch mal in Ruhe.«

Der Samstagabend hatte schlecht geendet, und der Sonntagmorgen fing nicht wesentlich besser an. Beleidigt im eigenen Wohnzimmer zu schmollen war natürlich nicht gerade ein erwachsener Umgang mit einem Problem, insbesondere wenn dieses Problem ein Mann war. Nur ein gewöhnlicher, blöder Kerl. Es war ja nicht mal was passiert, was ihr Grund gäbe, sich aufzuregen. Das hatte Laurel sich immer wieder gesagt, aber es dauerte eine Weile, bis sie sich überzeugen konnte. Bei Morgengrauen saß sie immer noch an derselben Stelle und starrte stur auf den leeren Fernsehbildschirm. Fast den ganzen Tag blieb sie wie ein Häufchen Elend dort sitzen und rührte sich kaum, während eine blutrote Sonne aufging, über den Himmel wanderte und schließlich dankbar hinter den Hügeln im Westen verschwand.

»Egal«, sagte sie laut und krallte die Hände in ein schokoladenverschmiertes Sofakissen. »Du weißt, es ist egal.«

Neil lauerte vorsichtig unter seinen Plastikfallgittern hervor.

»Du kannst diesen Burschen nicht lieben – du kennst ihn ja gar nicht. Du regst dich bloß auf, weil Steph ihn hat.«

Ein Knoten zog ihren Magen zusammen. Ihr war klar, dass sie sich schon wieder belog. Sicher. Steph war ein Teil des Problems. Schließlich konnte sie jeden haben, den sie wollte, und dazu noch die meisten, die sie nicht wollte. Es war so unfair, dass sie ausgerechnet den Einen nahm, den Laurel gern für sich gehabt hätte. Besonders nach Jason. Aber es steckte noch mehr dahinter, viel mehr. Es war, als hätte sie zum ersten Mal nach langer Zeit gewagt, auch nur den Kopf über den Brustwall zu stecken, und jemand hätte ihn ihr abgeschossen. Vielleicht hatte Neil doch Recht. Pflanzen und Plastikburgen waren wesentlich weniger gefährlich als die reale Welt.

»Mein Gott, du wirst es verwinden, du dumme Kuh«, sagte sie laut. »Hör auf, dich in deinem Selbstmitleid zu suhlen.«

Die Mahnung hing in der Luft wie Rauch von einem verkohlten Sonntagsbraten.

»Du weißt genau, was deine Schwester dir sagen würde, wenn du sie jetzt anrufen solltest«, hielt sie sich vor. Sie stellte sich Jools wohlwollendes Lächeln am anderen Ende der Leitung vor. »Ich habe dir schon tausendmal gesagt, komm nach Neuseeland. Ich bringe dich in zehn Minuten mit einem Dutzend knackiger Schaffarmer zusammen. Du weißt doch, was Mum immer sagt: Es schwimmen noch viele Fische im Teich.«

Viele. Fische.

Und genau deshalb rief sie ihre Schwester nicht an. Es mochte zwar noch viele Fische geben, größere, bessere und schönere, aber Gabriel war der Fisch, den sie wollte, und hätte sie sich nicht so angestellt, als wäre sie schwer zu haben, würde er jetzt vielleicht sogar in ihrer Schüssel schwimmen, nicht in Stephs.

Sie warf das Kissen auf den Boden, dass Neil hinter einer Wasserpflanze in Deckung ging. »Und wenn ich von anderen Fischen gar nichts wissen will?«, fragte sie und fügte im Stillen hinzu: »Und wenn die anderen Fische von mir nichts wissen wollen?«

Ein selbstmitleidiges Schluchzen schüttelte sie. Komm schon, Laurel, mahnte sie sich streng: Du bist doch angeblich drüber weg, schon vergessen? Du bist erwachsen. Eigenständig. Vernünftig. Das haben wir doch vereinbart. Du warst doch dabei, realistisch zu werden und diesen ganzen Liebesmist aufzugeben. Sieh den Tatsachen ins Auge, Mädchen: Wer sagt denn, dass du je den Mut aufgebracht hättest, dich mit diesem Kerl zu verabreden, selbst wenn Steph ihn sich nicht zuerst geangelt hätte? Und selbst wenn ihr miteinander ausgegangen wärt, gab es doch keine Garantien, oder? Sieh dir an, wie es mit Jason war. Das Leben ist einfach ungerecht. Und jedes Mal, wenn du dir Hoffnungen machst, tut es nur umso mehr weh, wenn die große Faust der Ernüchterung kommt und dir ins Gesicht schlägt.

Ich bin einfach zum Scheitern verurteilt, sagte sie sich in einem Anfall masochistischer Genugtuung. Zur Verliererin in der Liebe verurteilt.

Am Montagmorgen, irgendwann zwischen einer Telekollegsendung über die Geschichte von Schiebefenstern und den Frühnachrichten, trank Laurel zwei Gläser Orangensaft, aß ein halbes Päckchen Jaffa-Kekse und rappelte sich auf. Es blieb ihr nichts anderes übrig, als die Gesellschaft anderer Menschen zu suchen, die so waren wie sie. Cheltenhams aufgeriebene Armee der Hoffnungsvollen und Hoffnungslosen in Sachen Liebe.

Ja, sie würde zur Arbeit gehen. Auch wenn es so früh am Morgen verrückt sein mochte: Genau dort wollte sie sein.

Als die Ormolu-Uhr neun Uhr schlug, füllte sich das Büro allmählich mit Menschen und Stimmen. Ärgerlich munteren, fröhlichen Stimmen.

»Jedenfalls, nachdem wir das Video geguckt hatten, sagte Alex: ›Lass uns Popcorn machen‹. Ich fand die Idee gut, nur übertrieb Alex ein bisschen.« Staceys Stimme wurde von gewinnendem Kichern untermalt. »Wir holen immer noch Popcorn mit dem Staubsauger hinter der Waschmaschine hervor!«

Ravi platzte förmlich vor Begeisterung. »... 14 verschiedene Burger-Soßen! Das glaubt ihr einfach nicht ...«

»Wie gesagt, es war nur das Hindernisjagdrennen für Jungstuten«, tönte Bette, »aber unsere Spearmint ist ein verdammt gutes Rennen gelaufen. Nächstes Wochenende fahren wir mit ihr runter nach Newmarket zum ...«

Laurel ballte die Fäuste und kämpfte gegen das dringende Bedürfnis an, von Bord zu gehen. Sie hatte gedacht, es sei eine gute Idee, zur Arbeit zu gehen. Aber nachdem die Welt nun aufgewacht war, stellte sich heraus, dass Laurel sie nicht ertragen konnte. Anscheinend hatten alle ein fantastisches Wochenende verbracht. Fast alle ...

Sie hielt durch, so lange sie konnte, und bemühte sich ernsthaft, sich in die Bilanz des vergangen Monats zu vertiefen. Aber ihre Augen schweiften immer wieder zu dem in Messing gerahmten Plakat aus den vierziger Jahren, das ihrem Schreibtisch gegenüber an der Wand hing: *Meine Damen! Lassen Sie Dovecote & Marsh den passenden Heiratskandidaten für Sie finden!*

Der Kloß in ihrem Hals verwandelte sich in einen Tennisball. Sie musste hier hinaus, so lange sie noch einen Rest Selbstbeherrschung übrig hatte. Sie nahm ihre Handtasche, stand auf und setzte ein Lächeln auf. Dann öffnete sie die Tür, trat in das Hauptbüro und ging geradewegs auf die Damentoilette zu.

Verdammt. Stacey kam mit einem Blatt Papier mit D&M-Briefkopf und rosa Täubchen auf sie zu. »Ach, Laurel, könnten Sie sich das eben mal anschauen?«

Laurel walzte einfach weiter wie ein Kampfpanzer und zwang Stacey, im letzten Augenblick beiseite zu springen, wenn sie nicht umgerannt werden wollte. »Jetzt nicht.« Das Gummi, das ihr aufgesetztes Lächeln hielt, drohte an den Enden auszufransen.

Staceys Löckchen welkten. »Es dauert doch nur einen Moment.«

»Später.«

Damit war sie verschwunden.

Laurel stand auf dem Friedhof hinter der High Street, eine große Tüte Rosinenbrötchen in der Hand. Leider verloren selbst die Tauben irgendwann das Interesse an dem Brot, das sie ihnen hinwarf, und stolzierten aufgeplustert davon.

Sie sollte sich zusammenreißen. Theoretisch war das auch eine hervorragende Idee. Genau wie Einsteins Relativitätstheorie, und die kapierte sie auch nicht. Aber ganz so blöd, wie es den Anschein hatte, war Laurel nun auch wieder nicht. Sie wusste genau, dass sie zurückgehen und die Verantwortung übernehmen musste, die sie sich aufgeladen hatte, aber mit jedem einsamen Schritt, der sie näher zu D&M brachte, wurde ihr Herz nur noch schwerer.

Nachdem sie die Treppe hinaufgegangen war, hatte sie kaum noch die Kraft, die Tür zu öffnen. Wenn sie nur durch das Büro gehen könnte, ohne dass jemand sie anspräche, wäre es ja schon gut.

Es funktionierte nicht. Ravi war ein Glückspilz und wollte, dass die ganze Welt es erfuhr.

»He, Laurel, kommen Sie und schauen Sie sich das an!« Er sprang zu ihr, packte ihren Arm und zog sie an seinen Schreibtisch. Dort prangte eine riesige Dankeskarte. »Haben Sie gesehen? Werde ich jetzt Angestellter-des-Monats wie bei McDonalds?« Als er ihre Miene sah, brach er ab.

Ravis breites Grinsen rann an seinem Kinn herunter und platschte auf den Boden, als er Laurels Blick bemerkte. Etwas Finsteres, Beängstigendes schlang seine Eingeweide zu einem festen Knoten und hinterließ das unangenehme Gefühl, in den Abgrund zu schauen.

Er schluckte nervös. »Ich habe eine Dankeskarte bekommen.« Er nahm sie von seinem Schreibtisch und versteckte sie hinter seinem Rücken. »Von Ihrer Freundin Miss Mihailovic. »Ich habe sie mit Mr. Jouet zusammengebracht. Sie ist ganz begeistert.«

Laurel musterte ihn lange wortlos. »Schön.« Damit wandte sie sich ab.

»Schön?« Ravi dachte an die ganze Arbeit, die er bewältigt hatte, an die Überstunden, in denen er Laurels Rückstände aufgearbeitet hatte, statt sich zu amüsieren, an seinen ganzen Einsatz für die

Firma. Und wozu? Plötzlich war er nicht mehr eingeschüchtert, sondern fühlte sich schlecht behandelt. »Schön?«, protestierte er. »Ist das alles, was Sie dazu sagen können?«

»Ganz ruhig, Junge«, beschwichtigte Bette ihn und legte ihm eine Hand auf die Schulter, als sei er ein nervöser Hengst. Aber Ravi ließ sich nicht mit einer Handvoll Rosskastanien besänftigen. Er schüttelte sie ab.

»Schön?«, kreischte er. »Ist das alles, was Sie sagen können?« Seine Nase war unbehaglich dicht vor Laurels Gesicht. Sie wandte sich ab. »Ich reiß mir den Arsch auf für Sie, halte den Laden hier in Gang, nehme Ihnen alles ab, verdammt. Und was kriege ich dafür? Ein ›Schön‹! Wissen Sie was? Das ist nicht schön. Das ist ganz und gar nicht schön!«

Langsam drehte Laurel sich wieder zu ihm um. Er sah, dass ihre Augen feucht glänzten. »Was wollen Sie, Ravi?«, fragte sie leise. Ohne Vorwarnung schrie sie: »Einen Orden?«

Ravi zuckte zusammen. »Das muss ich mir nicht gefallen lassen.«

Laurels armes, wundes Herz pochte in ihrer hohlen Brust. Mit dem Rest an Fassung, den sie aufzubringen vermochte, ging sie in ihr Büro. In der erschrockenen Stille war lediglich das endgültige Klicken ihrer Tür zu hören, mit der sie die Welt ausschloss.

»Sie weint«, raunte Stacey.

Vorwurfsvolle Blicke richteten sich auf Ravi. »Ach, es ist doch wahr!«, sagte er. »Das brauche ich mir nicht bieten zu lassen. Ich muss nicht hier bleiben, nur damit Madame weiter auf mir herumhacken kann.« Er warf sich seine Lederjacke über die Schultern und steckte seinen silbernen Lieblingskugelschreiber in die Brusttasche. »Dann seht mal zu, wie ihr ohne mich klarkommt.«

Damit stolzierte er hinaus.

Kapitel 13

Als Laurel am Dienstagmorgen aus der Dusche kam, klingelte das Telefon schon zum 27. Mal.

Sie blieb mit triefend nassem Haar in der Schlafzimmertür stehen. Eigentlich sollte sie es ignorieren. Es könnte natürlich ihre Mutter sein. Aber das war ein ebenso guter Grund, nicht abzuheben, wie alle anderen. Laurels Mutter hätte sich als Lügendetektor beim CIA verdingen können. Und im Augenblick hatte Laurel nicht die geringste Lust, sich aus dem kleinen Kokon der Unbekümmertheit schälen zu lassen, den sie sich das ganze Wochenende gesponnen hatte.

Es würde sicher gleich zu klingeln aufhören. Bald.

Aber es hörte nicht auf. Es klingelte weiter so unüberhörbar wie ein schreiendes Baby in einer Bibliothek. Entnervt hob Laurel den Hörer ab.

»Was ist?«

»Ich fasse es nicht, endlich bist du zu Hause!« Stephs Triumphschrei war so laut, dass Laurel den Hörer vom Ohr weg halten musste.

Scheiße, dachte Laurel. »Ach, du bist es.«

»Ja, ich! Deine Busenfreundin, erinnerst du dich? Wie geht es dir? Ich hoffe, deine Stimmung hat sich gebessert.« Laurel antwortete nicht. »Was hast du die ganze Zeit getrieben. Ich habe mir schon Sorgen gemacht.«

Wer es glaubt, wird selig, dachte Laurel verbittert. »Getrieben? Nichts.« Verfolgungswahn nagte an ihr. »Wer hat dir gesagt, dass ich was getrieben hätte?«

»Niemand. Mir sagt ja niemand was.« Steph zählte zwei und zwei zusammen und rechnete 500 hinzu. »Du heckst doch was aus, oder? Du Geheimniskrämerin. Steckt ein Mann dahinter?« Laurels Schweigen brachte sie zu einer freudigen Schlussfolgerung. »Ja, nicht wahr? Na los, mir kannst du es doch erzählen.«

Laurel ließ sich schwer auf eine Sessellehne plumpsen. »Es gibt nichts zu erzählen«, erklärte sie. Beinahe entsprach es der Wahrheit, denn sie wollte nichts erzählen. Und selbst wenn, wäre Steph die Letzte, der sie es erzählt hätte. »Ich habe mit Männern abgeschlossen, schon vergessen?«

»Komm mir nicht damit!«, schnaubte Steph. »Erst letzte Woche hast du gesagt, du wolltest dieses knackige Kerlchen zu einem Drink einladen!«

Mit einem schmerzlichen Stich krallte Laurel die Finger in die Sessellehne. »Na ja, das war letzte Woche.«

»Du meinst, er hat dich abblitzen lassen?«

»Nein, ich ... habe es mir nur anders überlegt. Und wie geht es dir?«

Sie hätte wissen müssen, dass Steph sich so leicht nicht ablenken ließ. »Wenn also kein Mann dahinter steckt, wo hast du dich dann so lange verkrochen? Sag jetzt nicht: ›nirgendwo‹.«

Zum Glück redete sie pausenlos weiter, ohne Laurel Gelegenheit zu einer Antwort zu geben.

Wenn Steph erfahren hätte, dass Laurel zu Hause herumgehangen und *Radiohead* gehört hatte, würde sie vermutlich mit noch mehr Fragen bei ihr aufkreuzen. Und das würde unweigerlich zu dem peinlichen Thema ihres »geheimnisvollen Mannes« – Gabriel Jouet – führen.

»Na los«, drängte Steph. »Ich will es ganz genau wissen.«

»Ich muss dich enttäuschen, aber es gibt wirklich nichts zu erzählen«, antwortete Laurel. »Hör zu, es geht mir gut, ich habe nichts Besonderes gemacht, nur rumgehangen.« Sie gab sich alle Mühe, ihren muntersten Ton anzuschlagen. »Genug von mir, was hast du so getrieben? Wie viele Kerle hast du seit Samstag verführt?«

Das war das Ass in Laurels Ärmel. Wenn es ein Thema gab, dem Steph noch nie hatte widerstehen können, so war es Sex. Wenn es zwei Themen gab, war das andere sie selbst. Laurel sah förmlich vor sich, wie Steph die Telefonschnur um den Finger wickelte und ihre Prada-Sandalette an den makellos lackierten Zehennägeln baumeln ließ. »Ach, ein oder zwei vielleicht«, antwortete Steph.

»Ein Dutzend meinst du wohl?«

»Hundert! Wer sagt denn überhaupt, dass ich sie verführt habe?«

Laurels Nackenmuskeln verspannten sich vor Anstrengung, sich Steph nicht mit Gabriel vorzustellen – es gelang ihr nicht. Sie hatte noch nie den Hang zur Hexenverbrennung verspürt, aber die Vorstellung, wie die beiden sich nackt auf schwarzen Satinlaken wälzten, weckte in ihr den Wunsch, sich in Stephs Schlafzimmer zu schleichen und ihr verdorbene Garnelen unter das Bett zu legen.

»Steph, das Verführen geht immer von dir aus, du kannst gar nicht anders. Du brauchst nur deinen Schmollmund aufzusetzen, schon sind sie Wachs in deinen Händen.«

Steph grinste schief am anderen Ende der Leitung, als sie daran dachte, dass Gabriel keineswegs Wachs in ihren Händen war. Nein Gabriel Jouet hatte nichts Weiches an sich, obwohl sie vermutete, dass er insgeheim unter der rätselhaft rauen Schale eine Vorliebe für Babys und flauschige Kätzchen hegte. Na ja, jeder hatte seine Schwächen.

Sie lümmelte sich auf ihrer vergoldeten Chaiselongue und ließ ihre Füße über die Kante baumeln. »Kann ich was dafür, dass ich unwiderstehlich bin?« Laurel antwortete nicht. »Dafür kann ich doch wohl nichts?«

»Dann war also deine zweite Verabredung mit ... ehm ...?«

»Gabriel.«

»Gabriel. Stimmt. Es lief ... also gut?«

Laurel klang ganz fremd, was Steph irritierte, aber sie ließ sich nichts anmerken. Vielleicht hatte sie einen schlechten Zeitpunkt erwischt.

»Schätzchen, es war himmlisch.« Steph wand sich wohlig in ihrem seidenen Morgenmantel. »Er ist so groß, schroff und umwerfend. Und dabei ein richtiger Gentleman – ich musste ihn praktisch zu einem Absacker in die Wohnung schleifen.«

»Ach ja?«

»Ist das nicht süß? Ich meine, wie viele Männer kennst du, die so sind?«

»Du vergisst, dass ich keine Männer kenne«, antwortete Laurel mit einem Anflug von Bitterkeit.

»Sicher kennst du Männer – solltest du jedenfalls. Bei all den Männern in deinen Akten, aus denen du dir nur einen auszusuchen bräuchtest, ist es eine Schande, dass du das Angebot nicht testest. Ach, habe ich dir übrigens erzählt, dass er mir Rosen mitgebracht hat?«

»Wie. Nett.« Es klang abgehackt, fast desinteressiert, aber Steph war in voller Fahrt.

»Und dann wollte er das Abendessen bezahlen! Er ist so ... so anders!« Steph fuhr sich mit der Hand durch ihr feuchtes Haar. »Ich muss unbedingt mit ihm einkaufen gehen und dafür sorgen, dass er aus diesen langweiligen Klamotten kommt. Kannst du ihn dir in schwarzem Leder vorstellen oder in einem von diesen Anzügen im King-Edward-Stil mit den langen Jacketts ...«

»Steph ...«, setzte Laurel an.

»Ich hatte wirklich vor, es ihm schwer zu machen, Lozzie, ehrlich! Aber dann dachte ich: Steph, was soll das? Das Leben ist zu kurz.«

»Es war schön, mit dir zu reden«, unterbrach Laurel sie, »aber ich habe heute unheimlich viel zu tun und habe noch nicht mal angefangen.«

Steph runzelte die Stirn. »Du hast doch gesagt, du hängst nur rum.«

»Ja, das ganze Wochenende und gestern auch noch. Deshalb habe ich so viel aufzuholen. Wir hören bald wieder voneinander«, sprudelte Laurel heraus, »viel Spaß. Tschüss.«

»Warte mal, ich bin noch nicht fertig!«

Aber Laurel hatte schon aufgelegt. Steph starrte

verwundert ihren Telefonhörer an. Sie war noch nie sonderlich einfühlsam, ein Ex-Liebhaber hatte ihr sogar einmal vorgeworfen, sie sei sensibel wie ein dreifach starkes Kondom, aber sie war nicht dumm. Selbst sie merkte, dass mit Laurel etwas nicht stimmte. Sie dachte nach und versuchte sich in Küchenpsychologie. Tränenausbrüche, in Pubs Streit anfangen, anderen aus dem Weg gehen – ja, da war eindeutig was im Busch. Die Frage war nur, was?

Sie hatte beschlossen, Laurels Auftritt in der Bar auf einen schlimmen Fall von PMS zu schieben. Das war allemal besser als einzugestehen, dass es etwas Ernstes sein könnte. Steph zog es vor, nicht allzu viel, wenn überhaupt, über das nachzudenken, was sie mittlerweile über Laurels Vergangenheit erfahren hatte. Diese Informationen hatte sie in einen abgelegenen Teil ihres Hinterkopfes verbannt. Nein, wenn mit Laurel etwas nicht stimmte, war Steph fest überzeugt, es mit einem gemeinsamen Einkaufsbummel oder einer Empfehlung an ihren Schönheitschirurgen lösen zu können.

»Ich frage mich …«, überlegte sie und kramte in ihrer Handtasche.

Ravis Kündigung hatte einige große Lücken bei Dovecote & Marsh hinterlassen. Wie die Kreidemarkierungen am Tatort eines Mordes zeugten verräterische Leerstellen von den Plätzen, die er bisher okkupiert hatte. Die Plastikfiguren aus der Fernsehserie *Thunderbirds* waren ebenso von seinem Aktenschrank verschwunden wie sein Kaffeebecher mit dem Werbeaufdruck von Mills & Boon und eine Schachtel gestreifter Büroklammern. Niemand würde mehr über den Roller stolpern, der ständig in der Küche geparkt war, oder über die abgegessenen Pommes-Schälchen in seinem Papierkorb stöhnen. Selbst das Aufzieh-Gebiss, dass alle unendlich genervt hatte, besaß rückblickend einen gewissen vulgären Reiz.

Am Mittwochmorgen traf seine offizielle Kündigung ein, nach der Stimmung im Büro zu urteilen, hätte es aber ebenso gut der Tag des jüngsten Gerichts sein können.

»Laurel«, setzte Stacey an und trat unbehaglich von einem Fuß auf den anderen.

»Ich bin beschäftigt, das habe ich doch gesagt.«

»Ich habe nur überlegt ...«

Mit rotem Kopf und schwitzend tauchte Laurel hinter dem riesigen Aktenstapel auf, den sie gerade sortierte. »Hören Sie mir nicht zu?«, fuhr sie Stacey an und schob ihr einen Stapel Akten in die ausgestreckten Arme. Sie wusste, dass es gemein von ihr war, aber sie konnte nicht dagegen an. »Hier, Vertragsverlängerungen und Mahnungen, M–Q. An die Arbeit, R–Z bekommen Sie morgen.«

Obwohl Stacey unter dem riesigen Stapel fast in die Knie ging, blieb sie standhaft. »Ich wollte nur fragen, wann Sie eine Annonce schalten wollen, um einen Ersatz für Ravi zu finden?«

»Annonce? Woher soll ich das wissen? Seit er uns von jetzt auf gleich im Stich gelassen hat, habe ich kaum noch Zeit zum Atmen gefunden. Meine Güte, Stacey, gehen Sie und machen Sie Ihre Arbeit.«

Stacey trat würdevoll den Rückzug an und wechselte einen verzweifelten Blick mit Bette, die gerade versuchte, ein heikles Telefongespräch mit einer der älteren Klientinnen zu führen, während sie sich gleichzeitig durch Ravis Akten von A–G kämpfte. Laurel kam mit einem Arm voller Akten zum Vorschein und stieß sich den Kopf an einem massiven Eichenregal. »Verdammte Scheiße.«

»Alles in Ordnung, meine Liebe?«, erkundigte Bette sich und legte die Hand über die Sprechmuschel.

»Was glauben Sie wohl?«

Schockiertes Schweigen senkte sich über das Büro.

»Nein, Mrs. Foyle«, sagte Bette, »es knackt furchtbar in der Leitung, das müssen Sie falsch verstanden haben.«

Die üblichen Hintergrundgeräusche setzten wieder ein. Laurel rappelte sich hoch und klopfte sich den Staub von ihrer besten schwarzen Hose. »Wir müssen das ganze Gebiet der Cotswolds bearbeiten, ganz zu schweigen vom internationalen Brieffreunde-Dienst und dem Kummerkasten des *Courant*. Und seit diese Agentur in Tewkesbury dicht gemacht hat, kommt alle Welt und deren entfernte Verwandtschaft zu uns. Wie sollen wir das bloß schaffen ohne Ravi?«

»Das sagen Sie mir. Mir ist das doch egal«, schimpfte Connie verhalten.

»Also, da gibt es nur eins.« Laurels Augen funkelten beunruhigend manisch. »Wir müssen alle schneller und härter arbeiten.«

Connie schnaubte verächtlich. »Toll. Großartig. Ich rufe sofort die Papyrusfabrik an.«

Bette hob eine Augenbraue. »Psst, Connie.«

»Und wo ich gerade dabei bin: Soll ich uns nicht

was von diesem neumodischen Zeug bestellen – wie heißt das noch gleich? Ach ja, Papier.«

Mitten in diese Ausbrüche und Anfälle platzte Don hinein. Anfangs dachte er, er sei versehentlich in eine Abteilung von Dantes Inferno geraten, aber bei näherem Hinsehen war dieses Büro selbst für die Hölle zu chaotisch.

Er stieg über eine umgekippte Schachtel Werbebroschüren. »Was ist denn hier los?«

Stacey lächelte ihn flüchtig an, eilte aber an ihm vorbei. Ihr Rock war so eng, dass sie ihn bis zum Po hochziehen musste, um über einen Aktenstapel auf dem Boden zu steigen.

Er wandte sich an Laurel, hatte aber kaum den Mund geöffnet, als sie ihn schon an den Schultern packte und entschlossen zur Seite schob wie einen Hutständer, der im Weg stand. »Jetzt nicht, Don, ich hab's schrecklich eilig.«

Er wagte kaum, sich von der Stelle zu rühren, an der sie ihn abgestellt hatte, und schaute sich um. Ach, Connie. Eine erotische Vision in sexy schwarzem T-Shirt, Rock und Nylonstrümpfen, die, wie er hoffte, in schwarzen Spitzenstrapsen mündeten. Er räusperte sich und winkte. »Connie, was ist hier los?«

»Mein Gott!«, zischte sie. »Kaum fehlt einer, da bricht der ganze Laden hier zusammen.« Wenn Blicke töten könnten, hätte Connie den Markt für Pestizide in Bedrängnis gebracht. »Ich schufte mich kaputt, und das Einzige, was ihr einfällt ...«, sie warf einen Laserblick in Laurels Richtung, »... ist, alle zur Schnecke zu machen und uns auf die Nerven zu fallen.« Sie schob ihn so unerwartet beiseite, dass er fast auf einer Hochglanzbroschüre ausgerutscht wäre. »Stehen Sie nicht so rum, Sie schottischer Klotz, Sie stehen mir im Licht.«

Er murmelte eine Entschuldigung, aber Connie war schon am anderen Ende des Büros.

»Es ist wegen Ravi«, erklärte Bette. Sie hatte die Ellbogen auf den Schreibtisch gestützt und das Kinn in die Hände gelegt. »Er hat gekündigt.«

Dankbar, eine Oase der Ruhe gefunden zu haben, ging Don zu ihr hinüber, um sich mit einem Menschen zu unterhalten, der nicht durchgedreht war. »Gekündigt?«

»Ja. Er fand, dass Laurel ihn zu hart rangenommen hat«, flüsterte sie vertraulich. »Das Problem ist, jetzt fehlt uns natürlich eine Kraft, und wir haben mehr zu tun denn je. Murphys Gesetz. Wir stecken also alle knietief im Dreck.«

Don schaute sich das Chaos im Büro an. Wenn das Geschäft bei Dovecote & Marsh florierte, konnte er sich nicht vorstellen, wieso. »Wie kommt es, dass Sie so viel zu tun haben?«

Bettes Blick schweifte zu Connie, die fluchend einem Papierkorb einen Tritt versetzte. »Keine Ahnung. Muss an dem freundlichen, gut gelaunten Personal liegen, das sich aufopfernd um unsere Klienten kümmert.« Schnaubend schaute sie Don an. »Gott steh ihnen bei.«

»Sie werden also nicht mit der Extraarbeit fertig?«

»Im Augenblick nicht, dabei könnten wir es eigentlich schaffen.« Sie funkelte Connie wütend an, aber ihre Schwester schien immun gegen alles, was in seiner Wirkung nicht an TNT heranreichte. Einige Dezibel lauter sagte Bette: »Wenn jeder das tun würde, was er tun soll, statt sich zu benehmen wie Godzilla mit PMS.«

»Ach. Klar«, nickte Don. Aber Bette hatte den Eindruck, dass seine Gedanken ganz woanders waren.

Wenn hier jemand PMS hat, bin ich es, dachte Laurel finster.

In den letzten Tagen reagierte sie auf alles gereizt: Menschen, Orte, Songs im Radio, Hängematten, Senf, sogar auf Neil, der ohnehin schon genug psychische Probleme hatte, auch wenn er nicht zur Zielscheibe irrationaler Wutanfälle wurde. Sie verwandelte sich allmählich in eine Art von Mensch, die sie eigentlich nicht ausstehen konnte. Kein Wunder, dass alle bei D&M einen großen Bogen um sie machten – abgesehen von Stacey, die viel zu nett war, um jemandem aus dem Weg zu gehen, und Laurel daher als Fußabstreifer diente.

So hatte Laurel beschlossen, dass es das einzig Vernünftige war, sich für ein paar Stunden rar zu machen, statt alle anzufahren und alles an Stacey auszulassen. Deshalb saß sie nun mit einer Miene, die in Sekundenschnelle ganze Tische leer fegen konnte, bei ihrem dritten Caffé latte im Mean Bean.

Zu ihrer Erleichterung hatte niemand es gewagt, sich in ihre Nähe zu setzen. Niemand außer einem hartnäckigen deutschen Studenten, der versucht hatte, sie anzubaggern, aber das würde er so bald nicht noch einmal versuchen.

Es herrschte ein Kommen und Gehen. Man trank Kaffee und aß Muffins. Ein leichter Nieselregen sprühte gegen die Fenster des Cafés. Laurels Gedanken schweiften ab. So sehr sie sich auch bemühen mochte, hart und pragmatisch zu sein, setzte die schlechte Stimmung im Büro ihr sehr zu, zumal sie gerechtfertigt war. Schließlich hatte Ravi nur seine Arbeit gemacht, und zwar gut. Woher hätte er denn wissen sollen, dass er das unsichtbare Messer in ihrem verwundeten Herzen herumdrehte? Woher hätte er wissen sollen, dass seine Chefin ein emotionales Wrack war?

Langsam rührte sie in ihrem Kaffee und sah zu, wie die heiße Milch und der dunkle Espresso sich vermengten. Wenn Menschen sich doch ebenso einfach versöhnen ließen. Sie wollte, dass er wieder im Büro arbeitete, aber sie hatte keine Ahnung, wie sie es anfangen sollte. Vielleicht würde es ohnehin nicht funktionieren.

»Einen Penny für Ihre Gedanken«, sagte eine ruhige Stimme neben ihr.

Laurel schaute auf und hatte schon eine schnippische Antwort parat, die ihr aber nicht über die Lippen kam. Der Mann kam ihr bekannt vor ... jünger, nahezu blond, fast attraktiv. Attraktiv? Errötend erwiderte Laurel sein Lächeln und wunderte sich über ihre eigene Reaktion. Ein bisschen kam sie sich vor wie eine Ehebrecherin.

»Hi. Sie haben hoffentlich nichts dagegen, wenn ich mich zu Ihnen setze.« Er schnüffelte an seiner Hand, bevor er sie ihr reichte. Schlagartig erinnerte Laurel sich.

»Mr. Lillee, nicht wahr?«

»Bitte. Nennen Sie mich Graeme.« Er setzte sich mit seinem kleinen Cappuccino und goss drei Tütchen Zucker hinein. »Irgendein Laster braucht jeder«, lachte er, als er ihren Blick bemerkte.

»Oh. Ja, vermutlich.« Laurel knabberte an einem Keks, weil es ihr passend erschien. »Das ist aber kein schlimmes Laster.«

Er tippte sich an die Nase. »Wer sagt denn, dass ich nur eins habe?«

»Aha.« Wider Willen erwärmte sie sich für sein Lächeln und das sanfte Strahlen in seinen graublauen Augen. »Dann kommt ja jetzt die Wahrheit ans Licht.«

Graeme Lillee trank einen Schluck Kaffee und musterte sie über den Brillenrand hinweg. »Wenn ich zu neugierig bin, können Sie mir gern sagen, dass es mich nichts angeht, aber ich kann mich des Eindrucks nicht erwehren, dass Sie bekümmert wirken«, sagte er.

»Bekümmert?« Sie versuchte es mit einem unbekümmerten Lachen, aber es blieb ihr im Hals stecken und verwandelte sich in ein Husten. »Nein, es geht mir gut. Wirklich.«

Eine Stimme in Laurels Kopf hätte am liebsten gesagt: Haben Sie jemals das Gefühl, ganz gleich, wo Sie sind, was Sie machen und wie gut Sie es machen, Sie sind am falschen Ort, tun das Falsche und machen sich selbst etwas vor? Doch irgendetwas hinderte sie, es auszusprechen. Stattdessen hörte sie sich fragen: »Und, was führt Sie in die Stadt?«

Graemes Augenbrauen zogen sich vor Verwunderung zu einem umgekehrten V zusammen. »Sie.«

»Ich? Wieso?«

»Sie haben mir doch einen Auftrag erteilt«, erinnerte er sie. »Ich soll mir Ihren ausgestopften Bären ansehen.« Er reichte ihr seine Visitenkarte: *GL Tierpräparationen.*

Laurel schlug sich mit der Hand auf den Mund. »Natürlich. Sie sind ja der Tierpräparator.«

Nun wurde Graeme rot. »Na ja. Es ist nicht gerade der romantischste Beruf, was?«

»Also … nein.«

»Ich restauriere auch alte Stücke.«

»Wie dumm von mir, ich habe einfach nicht zwei und zwei zusammengezählt, als ich in Ihrem Büro angerufen habe.« Sie trank den Rest Caffé latte aus, stand auf, und fühlte sich abgefüllt mit heißer Milch. »Dann gehen wir mal und schauen uns den Bären an.«

»Das ist ein Malaienbär«, erklärte Graeme Lillee und betrachtete das schwarze, pelzige Wesen eingehend.

»Woher wissen Sie das?«, fragte Laurel.

»Das sehe ich an seiner Größe und dem Fleck auf der Brust.« Er tätschelte liebevoll den Kopf des Bären. Ein Eckzahn fiel heraus. »Gute Arbeit. Da war ein Experte am Werk.«

»Aber die Zähne fallen aus!«, wandte Laurel ein.

»Das lässt sich schnell reparieren, der kleine Bursche sieht bald wieder aus wie neu.«

Laurel schaute enttäuscht drein. »Und was ist mit dem Gesundheits- und Sicherheitsaspekt? Er stellt doch bestimmt eine Gesundheitsgefahr dar, oder?«

»Nein.«

»Dann werde ich ihn also nicht los?«

»Dafür gibt es keinerlei Grund.«

»Mist!« Laurel setzte sich auf die Schreibtischkante und trat nach dem Bein des Bären, verpasste es aber.

Graeme schaute sie schief an. »Wieso habe ich den Eindruck, dass der Bär eigentlich nicht das Problem darstellt?«

Laurel wich seinem Blick aus. »Ich weiß nicht. Was glauben Sie?«

Er verschränkte die Arme und kratzte sich am Kinn. »Na ja, mal sehen ... Ich bin kein Psychologe, aber vielleicht brauchten Sie einen Vorwand, um mich unter die Lupe zu nehmen.«

»Sie unter die Lupe zu nehmen?«

»Um herauszufinden, wieso ich bei meinen Verabredungen so kläglich versagt habe.«

»Ach«, sagte Laurel, die mit dieser Wendung des Gesprächs nicht gerechnet hatte. »Ehm, das wusste ich gar nicht.«

Mr. Lillee hob warnend den Finger. »Sie sind eine ganz schlechte Lügnerin, Laurel Page. Also – wieso bin ich in Herzensdingen so ein Versager? Was ist der Grund? Sagen Sie es mir. Ich kann es verkraften.«

Normalerweise hätte sie ihm nun eine der Plattitüden sagen müssen, die D&M zur Beschwichtigung der Klienten auf Lager hatte. Denn in der Welt von D&M gab es niemanden, der nicht liebenswert war, und wenn jemand allein war, so lag es lediglich daran, dass er oder sie eben noch nicht den oder die Richtige gefunden hatte. Aber Laurel war äußerst niedergeschlagen. Über Unglück in der Liebe zu reden, erinnerte sie an sich selbst und Gabriel, und das trug eindeutig nicht zu einer positiven Grundeinstellung bei.

»Vielleicht ist es Schicksal«, erklärte sie trist. »Vielleicht sind manche Menschen einfach dazu bestimmt, niemanden zu haben, da kann man eben nichts machen.«

»Sie meinen, wir sind da machtlos? Und es lohnt sich gar nicht, es zu versuchen?«

Sie zuckte die Achseln. »Vielleicht.«

Für den Bruchteil einer Sekunde wirkte Graeme Lillee so niedergeschlagen, wie sie sich fühlte. Dann trat er einen Schritt zurück und strahlte. »Sie sind genial!«

Sie zwinkerte mit den Augen. »Was?«

»Genial! Das ist perfekt – umgekehrte Psychologie! Sie hören auf, mich aufzumuntern, sagen mir, dass ich doch nichts ändern kann, und bingo! Plötzlich fühle ich mich ..., ich weiß auch nicht ... erfrischt. Als ob ich losgehen und alles machen könnte, was ich will.«

»Wirklich?« Laurel war völlig verdutzt.

Er nahm ihre Hand und schüttelte sie kräftig. »Danke, Laurel, genau das habe ich gebraucht. Wissen Sie, was ich jetzt mache? Ich gehe zu Stacey und sage ihr, dass ich bereit bin für mein nächstes Rendezvous, wann immer sie es arrangiert – und es wird gut laufen!«

»Es freut mich, dass ich Ihnen helfen konnte«, murmelte Laurel, als Mr. Lillee sein Jackett über die Schulter warf und schwungvoll aus dem Büro ging. Der Malaienbär grinste ihm zahnlos hinterher.

Es war schon merkwürdig, dass ein paar unbedachte Worte eine so positive Wirkung hatten. Noch merkwürdiger war allerdings die Wirkung, die sie auf Laurel hatten.

Graeme Lillee war nicht der Einzige, der sein Bestes versuchen wollte.

Ravi war nachdenklich.

Er hockte gemütlich in seinem Lieblingscafé und wippte im Takt zu dem Mos-Def-Album, das auf seinem Walkman lief. Sein extra großer Bananenmilchshake hinterließ einen Schnurrbart aus gelblichem Schaum auf seiner Oberlippe, aber er war zu sehr in Gedanken, um es zu merken oder sich darum zu kümmern. Vor den Fenstern des Cafés färbten die letzten Sonnenstrahlen die Dämmerung orangerot.

Auf Ravis Schoß lag der *Evening Courant*, aufgeschlagen bei den Stellenanzeigen.

Er arbeitete sich der Reihe nach durch die Rubrik vor. Nachtclub-Türsteher: Toll für jemanden, der einsachtzig breit war und einen Stahlbetonkopf hatte. Briefträger (nur was für Schlaflose), Hundepfleger (den ganzen Tag Hundehaufen wegschaufeln), Lateinlehrer (perfekt, wenn man sich gern mit Toten unterhielt), Rettungsschwimmer ... Hmm, keine sonderlich große Auswahl.

Beiläufig überlegte er, zu fragen, ob er seine Stelle wieder antreten könnte – ein Gedanke, der ihn zum Kichern brachte. Welche Stelle? Hatte er auch nur eine seiner zahlreichen Arbeitsstellen unter glücklichen Umständen verlassen?

Dieser Gedanke traf ihn wie ein Schlag mit einem nassen Handtuch ins Gesicht. Das Kichern verstummte zu einer Stille, die lauter dröhnte als die Musik. Eine Stille, die ihm immer wieder das Gleiche ins Ohr brüllte, bis er schließlich nachgab und es laut aussprach: »Weißt du was, Ravi? Du bist ein Arsch.«

Ravi vertiefte sich in die Musik. So hätte er sitzen bleiben können, bis das Café schloss und man ihn hinauswarf, aber plötzlich bohrte sich etwas in seine Schulter. Erschrocken fuhr er auf, dass sein Stuhl mit ihm zur Seite kippte und er eine Plastikflasche Ketchup mitriss.

Erst als er sich aufgerappelt hatte und sämtliche Gäste im Café zu lachen aufhörten, sah er, wer ihn angestoßen hatte.

»Hallo«, sagte Stacey.

Er nahm seine Kopfhörer ab und stellte die Musik aus. »Was machst du denn hier?«

Sie wirkte verlegen. »Es tut mir so Leid, ich dachte, du hättest mich gesehen.«

»Schon gut, hab mir ja nichts gebrochen.« Ihm kam ein Gedanke. »Woher wusstest du, dass ich hier bin?«

»Dein Bruder hat gesagt, dass ich dich vielleicht hier finden könnte.«

Ein Kopf mit stacheligem blauem Haar tauchte hinter Staceys goldgelben Locken auf. »Ist er das?«

»Ja, das ist er. Ravi, das ist Alex, die Tochter meiner Schwester. Sie wohnt im Augenblick bei mir.«

»Hi, Alex.«

»Konnte keinen Babysitter kriegen«, erklärte Stacey.

»Ich brauche keinen Babysitter!«, protestierte Alex.

»Ich kann drauf verzichten, vor Gericht zu stehen, weil ich dich als Pflegemutter vernachlässige!«, antwortete Stacey. Sie nahm eine Fünf-Pfund-Note aus ihrem Portemonnaie und reichte sie Alex. »Hol uns was zu trinken, ja?«

»Kann ich einen Erdbeershake haben?«

»Ja, geh schon.«

Ravi und sie schauten sich verlegen an, ohne sich in die Augen zu sehen.

»Ist es okay, wenn wir uns zu dir setzen?«

Kapitel 14

Laurel trat einen Schritt zurück und zuckte zusammen, als der Hebel der altmodischen Guillotine ihr ins Hinterteil stach. Zehn Zentimeter weiter rechts würde die Aspidistra ihr ins Ohr stechen. Es war entnervend.

Sie rückte ein Stück von der Guillotine ab und stieß mit dem Knie an ein Stuhlbein. Es war, als wäre ihr Büro beim Waschen eingelaufen. Nein, wenn sie es sich recht überlegte, war es eher, als rücke ihr das Mobiliar Stück für Stück auf den Pelz, um sie mit seinen Schwalbenschwanzverbindungen zu kneifen. Sie war nur froh, dass ihr monolithischer Mahagonischreibtisch zwischen ihr und dem Hutständer stand. Er sah aus, als sei er ziemlich wendig in einem Kampf.

Rückblickend wünschte sie, sie hätte nicht beschlossen, Ravis Akten hinter ihren Möbeln zu verstecken, aber ein besserer Kompromiss war ihr nicht eingefallen. Wenigstens musste sie so nicht an seinem Schreibtisch sitzen, wenn sie etwas aufarbeiten wollte. Außerdem wirkte das Büro zwar beklemmend eng, aber einigermaßen aufgeräumt.

»Guckst du mich an?«, funkelte Laurel ihren Couchtisch an. Seinc täuschend lässige Miene überzeugte sie nicht. Mach dir klar, dass du mit Möbeln redest, sagte sie sich. Wahrscheinlich bist du nicht gerade geeignet, das Verhalten anderer zu beurteilen.

Laurel zwang sich, ihre Gedanken wieder auf die nächstliegenden Aufgaben zu richten. »Konzentriere dich!«

Sie schob ihren Stuhl so weit nach hinten, wie es nur ging, zog den Bauch bis ans Rückgrat ein und zwängte sich in die winzige Lücke zwischen Stuhl und Schreibtisch. Das Sofa tat, als hätte es nicht bemerkt, dass sie zum Brieföffner griff, aber ihr war klar, dass sie ihm Angst eingejagt hatte. Gut so. Genau das brauchte dieses Büro: ein bisschen Disziplin. Wahrscheinlich hatte sie selbst das Gleiche nötig.

Ein ganzer Mont Blanc ungeöffneter Post ragte majestätisch über dem Eingangskorb aus verblichenem Rattan auf. Der Briefstapel war ein Wunderwerk der Technik; hätte jemand gezielt versucht, so etwas aufzutürmen, hätte es wahrscheinlich anderthalb Jahre und ein Kunststipendium erfordert.

Als sie sich anschickte, die Post zu erledigen, atmete das Büro um sie her erleichtert auf. Die Briefe ordneten sich wie von selbst in drei Stapel: Zuerst die unvermeidlichen Rechnungen, Telefon, Strom, Gas, Broschüren, Blumen, frische Schweinekoteletts für Killer (wie viele!); dann kam ein kleinerer Stapel mit einem Brief von einem zufriedenen Kunden, einem von einem unzufriedenen Kunden, einem mit einem großen Scheck und einem mit einer noch größeren Überweisung.

Der bei weitem größte Stapel war schon zur Hälfte im Papierkorb gelandet. Summend sortierte

Laurel weiter: Müll, noch mehr Müll, teurer Müll, Müll, als Rechnungen getarnt, Müll, als Bankmitteilung getarnt.

Ziemlich unten in dem Stapel lag ein kleiner wattierter Umschlag. Gespannt hielt sie ihn ans Ohr, schüttelte, aber nichts raschelte. Für eine CD oder Computer-Diskette hatte der Umschlag das falsche Format – nicht dass Dovecote & Marsh viel Verwendung für solche Dinge gehabt hätte. Sie drehte den Umschlag um, aber er trug keinen Absender. Sie schnupperte sogar daran wie an einem Weihnachtsgeschenk, von dem man vermutet, dass es mal wieder Talkum-Puder von Oma enthält. Aber der kleine wattierte Umschlag verriet nichts. Schließlich tastete sie ihn gründlich ab und spürte, dass er in der Mitte leicht nachgab. Aha, Inspektor Page, ein wichtiger Hinweis.

Die Briefklammern öffneten sich mit einem satten Plopp, und als sie den Umschlag mit der Öffnung nach unten hielt, glitt ein Buch auf den Schreibtisch. Ein schwarzes, leicht abgegriffenes Büchlein, dessen Ledereinband vom jahrelangen Gebrauch in einer Handtasche glänzte. Laurel erkannte es sofort und wunderte sich, dass es nicht schon vor Jahren vor Altersschwäche auseinander gefallen war. Eine kleine schwarze Karte war mit herausgefallen, die Stephs schwungvolle Handschrift in silberner Tinte trug.

Es ist ein Anfang. S.

Laurel fielen fast die Augen aus dem Kopf. Stephs schwarzes Büchlein! Früher hatte sie es nicht einmal anrühren, geschweige denn einen Blick hineinwerfen dürfen. Mit einem verstohlenen Seitenblick nach rechts und links schlug sie es auf und spähte vorsichtig hinein, als könnte es eine Bombe enthalten. Die vergilbten Seiten waren eng mit Namen, Telefonnummern und Adressen beschrieben ... und mit Benotungen von eins bis fünf Sternen versehen! Sie blätterte es durch und stutzte. Meine Güte, elf Sterne und ein rotes Ausrufezeichen?

Laurel klappte das Buch zu. Widerlich. Als bekäme man ein Foto von seinen Eltern beim Sex gezeigt. Sie schnaubte wie eine prüde Klosterschülerin. Für wen hielt Steph sich eigentlich, dass sie ihr per Post ihre Secondhand-Pornographie schickte? Sie wollte ihr wohl durch die Blume zu verstehen geben, dass Laurel ihre abgelegten Liebhaber nötig hatte! Dabei konnte sie durchaus selbst Männer finden, vielen Dank.

Falls sie überhaupt einen wollte, was selbstverständlich nicht der Fall war. Jedenfalls nicht aus Stephs gebrauchtem Repertoire.

Knisternde Wut durchzuckte Laurel. Sie warf das Büchlein zu dem übrigen Müll in den Papierkorb.

Als Laurel Steph am folgenden Abend sah, war ihre Wut in ein gekränktes »Wie-kommst-du-dazu-mir-eine-Liste-deiner-abgelegten-Liebhaber-zu-schicken-du-dumme-Kuh« umgeschlagen.

Sie war geladen genug, Steph so richtig Bescheid zu geben. Als sie durch die surfboardförmige Tür ins Sydney Vodka House trat, merkte sie jedoch enttäuscht, dass Steph gar nicht da war. Typisch.

Schlecht gelaunt schob sie sich auf einen der Barhocker und ärgerte sich über ihre knallenge Hose und das grässliche Jucken unter ihrem T-Shirt. Sie war schon so lange nicht mehr auf Männerjagd gegangen, dass sie völlig vergessen hatte, wie mühsam es war, ohne BH die Illusion straffer Brüste aufrechtzuerhalten. Vielleicht war Paketklebeband keine so gute Idee gewesen.

»Tag!« Eine Doppelreihe opalisierender Zähne kam ins Blickfeld, als der Barmann aus der Hocke aufstand, wo er das Abtropfbrett abgeräumt hatte. Auf dem Namensschild an seiner Brust stand: Brent. »Was darf es sein? Wodka on the rocks, oder einen schönen kalten Obstsaft?«

»Ach. Hi.« Obwohl sie fest entschlossen war, nicht Stephs albern pubertäres Spielchen mitzuspielen, stellte Laurel fest, dass sie den Barmann innerlich auf einer Punkteskala von eins bis zehn einstufte. Na gut, die sonnengebleichte Ansatzdauerwelle und der blonde Dreitagebart waren total achtziger Jahre, und bei den Zähnen rechnete sie fast damit, dass sie jeden Moment aufleuchten und *Tie Me Kangoroo Down, Sport* spielen würden. Als Plus schlug zu Buche, dass er lebendig, männlich und mit knackigen Brustmuskeln ausgestattet war.

»Haben Sie unsere Cocktailkarte gesehen? Barbie on the Beach kann ich empfehlen.«

Die dauerhaft gebräunten Muskeln spannten sich appetitlich, als er sich vorbeugte und ihr die Vorzüge seines lindgrünen Netzhemds demonstrierte.

»Wirklich?« Laurel überflog die laminierte Karte. »Na gut, wie wäre es mit ...« Sie kicherte verlegen, schlug die Füße unter und wäre fast vom Barhocker gefallen. Verdammt, sie war wirklich aus der Übung. »One Night Stand? Oder mit ... ehm ...« Sie spürte, dass ihre Wangen brannten. »Screaming Orgasm?«

Er beugte sich noch ein bisschen weiter vor und

überwältigte sie mit dem Geruch frischen Männerschweißes und delphinfreundlichen Tunfischs. »Also, wenn es das ist, was Sie suchen, die Mädels sagen, ich mache einen sehr schönen Long Slow Poke.«

In diesem Moment hüstelte – vielleicht glücklicherweise – hinter ihr Steph wie die Königin in einer Schultheatergruppe. »Na, na, Lozzie. Wie ich sehe, hast du schon ohne mich angefangen, du Böse.« Sie legte ihre paillettenbesetzte Handtasche auf die Theke und zeigte einen halben Kilometer Bein, als sie auf den Barhocker neben Laurel glitt. »Einen trockenen Martini, Brent«, bestellte sie. »Die Olive kannst du behalten, aber ich nehme einen Schuss Vegemite dazu.«

Der blonde Barmann war entsetzt. »Vegemite?«

»Glaub mir, es schmeckt besser, als es sich anhört.«

»Das hoffe ich doch, denn es klingt nach einem Brechmittel«, warf Laurel ein und entschied sich für einen Barrier Reef, aber ohne Garnelen.

Als der Barmann außer Hörweite war, zog Steph Laurel am Träger ihres Tops zu sich und hätte sie dabei fast erwürgt. »Man lernt doch jeden Tag dazu, Lozzie. Ich hätte dich nie für eine Femme fatale gehalten.«

Laurel befreite ihre Luftröhre. »Wie bitte?«

»Du und er.« Steph deutete mit dem Kopf auf den Rücken des Barmanns. »Noch fünf Minuten und du hättest ihm die Hose mit den Zähnen vom Leib gerissen.«

»Nun übertreib mal nicht!«

»Wer übertreibt denn hier?« Steph warf sich eine

Macadamia-Nuss in den Mund. »Du sprichst mit einer Expertin, vergiss das nicht.« Sie verschränkte die Arme und wackelte halb scherzhaft, halb vorwurfsvoll mit dem Finger. »Ich weiß nicht, da lasse ich dich fünf Minuten allein, und du machst dem Surfer Boy schöne Augen. Gott steh uns bei, Lozzie, hast du denn gar keinen Geschmack?«

Mehr als du, dachte Laurel. »Machst du mir Vorwürfe, weil ich flirte?«

»Allerdings«, grinste Steph.

»Du hast vielleicht Nerven! Besonders, wo du mich doch erst darauf gebracht hast.«

»Ich?«, fragte Steph harmlos.

»Du – und dein verdammtes Büchlein. Leuten Flausen in den Kopf zu setzen.«

»Ach ja, mein kleines schwarzes Buch.« Steph stocherte mit dem Finger in den sonnengetrockneten Eukalyptus-Chips herum. »Vielleicht möchte ich es ja zurückhaben.«

»Vielleicht?« Laurel empfand beinahe Gewissensbisse. Als ihr Cocktail kam, trank sie einen großen Schluck der türkisfarbenen Flüssigkeit durch den silbernen Strohhalm. »Ich dachte, du hättest es mir geschickt, damit …«

»Stimmt, Loz, ich habe es dir geschickt, damit ich … du weißt schon … auf dem rechten Pfad bleibe.«

Der Strohhalm rutschte aus Laurels Lippen. Sie hatte Stephs kleines Geschenk doch wohl nicht falsch verstanden? »Damit du auf dem rechten Pfad bleibst?«

»Mmm, warum denn sonst? Ich meine, ich wusste, dass es in sicheren Händen ist, wenn ich es dir schicke. Ich muss mich von der Versuchung fern halten.« Sie seufzte. »Aber um die Wahrheit zu sagen ...« Sie trommelte mit den Fingern auf die Theke. »Lozzie ...«

»Hmm?« Laurel wusste nicht recht, ob sie es beleidigender finden sollte, dass Steph sie zwar nicht für einen hoffnungslosen Fall, dafür aber für einen sicheren Hort hielt.

»Wenn du Gabriel wärst, hättest du mich doch bestimmt inzwischen schon nach allen Regeln der Kunst durchgevögelt, oder?«

Laurels Kinn klappte auf und zu, während sie nach einer passenden Antwort suchte.

»Ja, klar hättest du das gemacht.« Steph warf eine imaginäre Haarsträhne zurück und musterte sich in den dreißig Spiegeln hinter der Bar. »Falls ich dich gelassen hätte.«

»Falls!«, schnaubte Laurel.

Steph bedachte sie mit einem prüden Blick. »Ja, ja, schon gut, vielleicht gebe ich manchmal ein bisschen zu schnell nach. Aber jedenfalls hättest du es doch probiert, oder?«

Laurel machte große Augen. »Du meinst, er hat es nicht probiert?«

Steph sackte unglücklich in das Knabberzeug auf der Theke. »Geheimnisvoll ist großartig, unnahbar ist fabelhaft, rätselhaft ist zum Umfallen sexy, aber – Gabriel? Weißt du, was sein Problem ist? Er ist einfach zu geheimnisvoll!«

»Wirklich?« Laurel bemühte sich vergeblich, einen Anfall von Schadenfreude zu unterdrücken. »Du meinst, zwischen euch läuft doch nicht alles perfekt?«

Steph beugte sich zu ihr, damit Brent sie nicht hören konnte. »Soll ich dir was sagen? Mit meinem Luffa-Schwamm habe ich mehr Spaß. Ach Lozzie ...« Ihr Kopf sank bis auf die Theke herunter. »Habe ich dieses Mal alles falsch verstanden?«

So abgeschlafft hatte Laurel Steph noch nie erlebt. Sie wirkte wie eine aufblasbare Puppe, der die Luft halb herausgelassen war. »Ich verstehe dich nicht. Was sollst du falsch verstanden haben?«

»Du weißt doch, Loz, alles was mit ...«

In diesem Augenblick tauchte Brent mit einem Martini auf einem Tablett auf. »Sorry, Ladies, Vegemite ist uns ausgegangen. Kann es auch gekörnte Hühnerbrühe sein?«

Steph überlegte kurz. »Was soll's. Warum nicht.« Sie nahm das Cocktailglas, streute den braunen Suppenextrakt darüber und rührte um. Laurel wusste nicht recht, ob sie lachen oder sich übergeben sollte.

»Was wolltest du sagen?«, fragte Laurel. Aber der Vorhang war schon wieder gefallen. Steph winkte ab.

»Nichts, hör gar nicht auf mich, ich rede Unsinn.« Sie rutschte auf ihrem Barhocker hin und her. »Hör zu, Lozzie, du musst mir helfen.«

»Dir helfen? Wie denn?«

»Ich möchte, dass du mir Gabriels Akte aus deinem Büro besorgst. Damit ich meine Hausarbeiten machen kann.«

»Das geht nicht!«, kreischte Laurel. Als alle in der Bar sich nach ihr umdrehten, sagte sie leiser: »Das ist vertraulich.«

»Aber ich bin doch deine Freundin«, schmollte

Steph. »Deine allerbeste Freundin auf der ganzen Welt, schon vergessen?«

»Wenn du es sagst.« Trotz ihrer stillschweigenden Vereinbarung, nicht mehr über die Vergangenheit zu reden, hätte Laurel fast darauf hingewiesen, dass Steph sich mit ihrem Verhalten den Status der besten Freundin verscherzt hatte. »Und Freundinnen helfen sich doch gegenseitig, oder? Du hast gesagt, du hilfst mir, den Mann meiner Träume zu finden. Du hast es versprochen.«

Laurel mochte eine ausgemachte Idiotin sein, aber darauf fiel sie nicht herein. »Mm, tut mir Leid: Nein. Du musst Gabriel schon auf dem altmodischen Weg besser kennen lernen.«

»Wie denn?«

»Indem du mit ihm redest! Wenn du etwas wissen willst, dann frage ihn danach.«

»Das kann ich doch nicht machen! Das ist unwürdig.« Steph schmollte ausgiebig. »Du hast gesagt, du hilfst mir.«

»Ja, das tue ich auch, aber nicht so.«

»Na gut, du kannst mir auch anders helfen. Indem du zu einer Verabredung kommst.«

Laurel musterte Steph von oben bis unten. »Einen Dreier mit dir und Gabriel? Ziemlich unwahrscheinlich.«

»Sei nicht albern! Ich meinte eine Verabredung zu viert – ich und Gabriel und du und dein neuer Typ, wie immer er heißen mag.«

»Steph, ich habe keinen Typen, schon vergessen?«

»Aber als wir das letzte Mal zusammen aus waren, hattest du einen in Aussicht! Du warst ganz wild auf ihn. Hast du ihn noch nicht gefragt, ob er mit dir ausgehen will?«

Laurel wand sich innerlich. Es war ihr zu peinlich, die Wahrheit zu sagen. Sie starrte auf die Theke. »Ich habe es mir anders überlegt.«

Es trat eine lange, viel sagende Stille ein. Als Steph wieder aufsah, war ihre Miene nicht mehr ungläubig, sondern halb spöttisch. »Anders überlegt! Komm mir nicht damit, du warst doch ganz wild auf ihn.«

»So?« Halt doch den Mund, dachte Laurel innerlich. »Vielleicht habe ich gemerkt, dass ich ihn doch nicht mag.«

Steph knallte ihr Glas auf die Theke. »Laurel Guinevere Page, du Feigling! Das bist du nämlich, weißt du das? Komm, schau mir in die Augen und sage mir, dass du nicht feige bist.«

Laurel konnte Steph nicht in die Augen sehen, aber nicht weil sie feige war. Oder weil Steph der ganzen Welt verkündet hatte, dass sie mit zweitem Vornamen Guinevere hieß. »St-e-e-ph.«

»Das fasse ich nicht! Glaubst du das, Brent? Meine Freundin Lozzie hat zu viel Schiss, einen Kerl einzuladen, den sie mag!«

»Ich habe keinen Schiss!«, fuhr Laurel sie an.

»Okay, dann beweise es!«

»Ich will nicht.«

Brent beugte sich über die Theke und musterte Laurel eingehend. »Für mich sieht das nach Schiss aus.«

»Für mich auch!«, pflichtete Steph ihm bei. »Gib es zu, Laurel, du machst dir vor Angst in die Hosen. Du hast völlig den Anschluss verloren.«

Das war selbst für einen Wurm zu viel, der getreten wurde. Laurel nahm ihren Drink, warf den Strohhalm beiseite, kippte das ganze Zeug mitsamt Kirsche und allem Drum und Dran in einem Zug herunter und knallte das leere Glas auf die Theke. »Na gut, dann beweise ich es eben!«

Steph strahlte. »Du lädst ihn ein?«

»Also ... vielleicht nicht ihn, aber einen anderen.«

»Prima! Ich wusste, du würdest mich nicht im Stich lassen – nicht meine allerbeste Freundin auf der ganzen weiten Welt.« Sie hob ihr Glas. »Auf unsere Doppelverabredung! Sagen wir: nächsten Freitag?«

Scheiße, dachte Laurel und bestellte sich noch einen Drink.

Und dann noch einen ...

Es war völlig verdreht. Als Laurel weit nach ein Uhr morgens nach Hause kam, hätte sie eigentlich zum Umfallen müde sein müssen, aber sie konnte einfach nicht einschlafen.

Nach dem Abend, der hinter ihr lag, hätte sie zu betrunken sein müssen, um sich ihr Nachthemd richtig anzuziehen, zu aufgekratzt, um still zu liegen, oder zu deprimiert, um den Kopf vom Teppich zu heben. Aber sie war nichts von alledem. Sie hatte auch keine bösen Vorahnungen wegen der Sackgasse, in die sie sich hatte manövrieren lassen. Sie schaute nur ihr kuschelig weiches Bett an und beschloss, dass sie noch keine Lust zu schlafen hatte.

Nachdem sie fünf Minuten mit ihrer Mutter am Telefon über Lammrezepte geplaudert hatte, kuschelte sie sich mit einem Stapel Jaffa-Keksen aufs Sofa, vertiefte sich in einen schnulzigen mexikanischen Roman und wartete vergeblich darauf, dass ihr die Augen zufielen. Als auch das nicht funktionierte, schaltete sie im Radio die Nachtsendung des Lokalfunks ein, in der Hörer anrufen konnten.

»Was soll ich denn jetzt machen?«, sagte Cheryl aus Tewkesbury gequält. »Ich bin wahnsinnig verliebt in Ricky, aber meine große Schwester Danni war zuerst da, wie immer, die blöde Kuh, und ich weiß einfach nicht (schnief), wie ich jemals über ihn wegkommen soll.«

Na toll, genau das hatte ihr gefehlt. Laurel schaltete aus und gähnte versuchsweise, aber auch das wirkte nicht. Zwei Kapitel und ein halbes Paket Kekse später, schaltete sie das Fernsehen ein und wagte sich an den Softporno auf *Channel 6*.

Aber vierzig Minuten anzüglichen Brustgewackels erinnerten sie lediglich an das Klebeband, das ihren Busen immer noch in Hab-Acht-Stellung hielt. Sie pellte es ab, rieb Salbe auf die wunden Stellen, machte sich im Mixer einen riesigen Milchshake, trank ihn, ging dreimal zur Toilette ... und kam endlich zu dem Schluss, dass sie immer noch hellwach war.

Es half alles nichts. Da konnte sie auch ebenso gut Neil füttern und zur Arbeit gehen.

Und dabei blieb es.

Irgendwann in der Dämmerung am Montagmorgen sagte sie sich stöhnend, dass sie völlig verrückt sei. Sie hatte sich nicht nur auf eine Doppelverabredung mit ihrer besten Freundin und deren Freund eingelassen, dessen dunkle Reize sie in sämtlichen Wachträumen verfolgten: schlimmer, sie hatte sogar eingewilligt, ihren bislang noch nicht vorhandenen Freund mitzubringen.

Das war eine Komplikation zu viel. Ihr Gehirn fraß sich fest wie ein 20 Jahre altes Auto beim ersten Wintereinbruch. Unweigerlich wurde sie mit einem Schlag müde. Sie legte den Kopf auf die verschränkten Arme und ließ ihren Blick träge durch ihr Büro schweifen.

Moment mal.

Mit einem Ruck fuhr sie auf. Die Antwort lag vor ihrer Nase. Ihr Büro war voll gestopft mit rosa Aktenordnern; und in diesen Aktenordnern gab es Hunderte Männer! Sie konnte ganz einfach …

Nein, sie konnte nicht.

Warum denn nicht? Laurel rührte in ihrem fast kalten Tee, schob ihren Stuhl etwas näher ans Fenster und ließ sich das Gesicht von der Morgensonne wärmen. Du kannst, sagte sie sich. Mach schon, du weißt doch, dass du es willst.

Dieses Mal hatte sie sich beinahe überzeugt, aber im letzten Augenblick griff ihre Vernunft ein, packte sie an der Kehle und schrie ihr ins Gesicht. Das darfst du nicht! Du darfst nicht die Büroakten plündern, um einen präsentablen Mann für eine Verabredung zu finden. Schon gar nicht, nachdem du Steph gegenüber die Moralische herausgekehrt hast.

Sie richtete sie mühsam auf wie Jeanne d'Arc auf dem Scheiterhaufen und fasste den Entschluss, diese unwürdige Idee aus ihrem Kopf zu verbannen. Nein, ihr blieb nur die Rubrik für einsame Herzen in der Tageszeitung oder der wöchentliche Single-Club im Pfarrsaal von Pittville. Sie schluckte. Ach Steph, stöhnte sie, warum bringst du mich immer in Schwierigkeiten? Du brauchst dir nicht mal Mühe zu geben, du brauchst einfach nur in mein ruhiges, gemütliches kleines Leben zu spazieren und schlagartig ist alles auf den Kopf gestellt.

Es hatte keinen Zweck, zu jammern, sie musste sich den Tatsachen stellen. Ihr blieb nichts anderes übrig, als Stephs schwarzes Büchlein zu konsultieren. Schließlich hatte Steph es trotz ihrer Probleme mit Gabriel noch nicht zurückgefordert.

Gott sei Dank hatte sie den Papierkorb in ihrem Büro noch nicht geleert – nicht dass Gott damit etwas zu tun gehabt hätte.

Kapitel 15

Darcy wand sich silbern in seiner persischen Hochnäsigkeit um Connies nackte Beine, was sich gerade noch als Zeichen der Zuneigung deuten ließ. Seine Frühstückszeit war längst vorbei, der Service in diesem Haus ließ in letzter Zeit sehr zu wünschen übrig.

Connie spürte einen wohligen Schauer, als sein seidiges Fell ihre Haut streifte. Es war der gleiche Schauer, der sie überlief, wenn sie Joe eine Nachricht schrieb. Sie nahm die Katze ansonsten gar nicht wahr und hatte sogar den Speck für ihren Vater vergessen. Er brutzelte lautstark unten in der Küche. Sie war nicht einmal geduscht und angezogen, sondern saß im Schlafanzug vor dem Computer und bettelte innerlich, dass Joe ja sagen möge.

Ihre Finger ratterten über die Tastaur. *Bitte ruf mich an.*

Der Cursor blinkte ein paar Mal, dann: *Tut mir Leid, geht nicht.*

Dann schick mir wenigstens ein Foto? ☺

Die gleiche Antwort: *Sorry* ☹

Aber warum nicht? Warum willst du nicht?

Dieses Mal antwortete er gar nicht. Connie biss sich auf die Lippe und versuchte, sich nicht zu ärgern. Er musste einen guten Grund haben, bestimmt. Er würde sie nicht an der Nase herumführen und mit ihr spielen, nicht ihr Joe. Ihr süßer Joe. Das konnte er einfach nicht. Oder?

»Wo ist mein Schinkenbrot?«, kam eine fordernde Stimme von unten. »Es ist nicht gut für meine Gesundheit, hier herumzusitzen, das weißt du doch.«

»Schon gut, Dad, gleich.« Nervös trommelte sie mit den Fingern neben der Tastatur. Bitte antworte, bitte.

»Ich bin seit einer halben Stunde auf und gewaschen, und es ist nicht mal eine Tasse Tee in der Kanne. Wenn deine Schwester hier wäre …«

»Mein Gott, halt den Mund«, knurrte sie. »Sonst stopfe ich ihn dir.« Laut sagte sie: »Ich habe dir doch gesagt, ich komme gleich runter.« Als sie gerade schon die Hoffnung aufgeben wollte, Joe jemals eine vernünftige Antwort zu entlocken, kam eine weitere Nachricht.

Ich könnte dich besuchen, wenn du magst.

Zuerst konnte sie gar nicht fassen, was sie sah. Sie musste die Worte dreimal lesen, um sicher zu sein. Wenn sie mochte?

Ja! Wann?!!

Unten löste der verkohlte Speck Rauchalarm aus. Ihr Vater brüllte etwas von Leuten, die nicht nur stinkfaul, sondern auch noch strohdumm seien. Aber Connie hörte nichts von alledem. Frustriert stibitzte Darcy sich eine Scheibe Brot mit Butter und schleppte sie hinter das Fernsehgerät, um sie zu töten und zu fressen. Connie lehnte sich auf ihr Bett und schlang strahlend die Arme um ihren Körper, bis sie es nicht mehr aushielt und einen Freudenschrei ausstieß.

Am Mittwochnachmittag steckte Stacey ihren unverkennbaren Blondschopf durch Laurels Bürotür.

»Probleme?«, fragte Laurel.

»Eigentlich nicht. Ich habe Stroud erledigt und bin halbwegs mit Forest of Dean durch, und Bette schreibt die Antworten für den *Courant*. Soll ich jetzt mal runter gehen und mit Kathy über den geselligen Abend reden?«

Laurel schaute auf die Uhr. »Mist, das habe ich völlig vergessen. Ja, machen Sie das. Sagen Sie mir Bescheid, wie Sie vorankommen.«

Stacey schloss die Tür, ging beschwingt durchs Büro, vermied aber die dunkle Stelle, an der Ravis Papierkorb gestanden hatte. Im Treppenhaus atmete sie tief aus und griff nach dem Geländer. Sie fühlte sich wie beschwipst, obwohl sie die ganze Woche nichts Stärkeres als Preiselbeersaft angerührt hatte. Los, Stacey, befahl sie sich: Kinderbetreuung, daran sollst du jetzt denken, nicht an andere Dinge, von denen Laurel nichts wissen soll.

Unten öffnete sie die Tür zum Happy Nappy. Ausnahmsweise wirkte die Kinderkrippe gegen den regen Straßenverkehr wie eine Oase der Ruhe.

»Wo sind denn alle?«, fragte Stacey und musterte verwundert die einzigen vier Kleinkinder, die brav mit Duplo-Steinen spielten, und die schlafenden Babys in ihren Bettchen.

Kathy stand vom ihrem Platz an einem Kindertisch auf und zupfte sich ein Gummibärchen aus den Haaren. »Ausflug zum Zoo mit Frieda und Jaz«, erklärte sie. »Edwards Mutter hat was gegen Zoos, die Zwillinge sind allergisch, und Poppy hat Schnupfen.« Sie strubbelte Edwards Locken. »Schade, dass wir die Eisbären verpassen, aber wir haben auch so unseren Spaß, stimmt's?«

Edward schaute mit leuchtenden Augen auf. »Wir haben heute blauen Schlamm und Dinosaurier gekriegt«, verkündete er.

Kathy übersetzte grinsend: »Blaubeer-Jogurt und Dinosaurier-Kekse.«

»Da habt ihr aber Glück gehabt!«, begeisterte Stacey sich. »Ich hatte nur eine Banane und Abführmittel.«

Kathy musterte Stacey eingehend. »Alles okay mit dir?«

Stacey fühlte sich ins Scheinwerferlicht gerückt und zappelte unbehaglich. »Klar.«

»Bestimmt?«

Stacey lenkte das Gespräch geschickt in eine andere Richtung, bevor Kathy anfing, Fragen zu stellen, die sie lieber nicht beantworten wollte. »Laurel schickt mich. Um wegen der Kinderbetreuung zu fragen. Du weißt schon, an dem Abend, an dem wir unsere große D&M-Gesellschaft geben.«

»Alles geregelt«, antwortete Kathy. »Ich habe mit meiner Regionalleiterin gesprochen. Sie ist cool. Sie schicken zwei Helferinnen von der Krippe in Oxford rüber und eine Kindergärtnerin aus Swindon. Da ich ja auch hier bin, sind wir Personal genug.«

»Es ist also okay, wenn wir eure Räume hier benutzen?«

»Ja, sie sagt, wenn hinterher alles wieder aufgeräumt wird, damit die Kids am nächsten Tag kommen können, ist das kein Problem. Nebenan richten wir ein Schlafzimmer mit Betten her und so. Ach, ihr müsst mir aber Bescheid sagen, falls mehr Kinder kommen, damit wir noch eine Helferin besorgen.«

»Toll.« Stacey setzte sich auf die breite Fensterbank und nahm eine rot-gelbe Stoffkatze. »Danke.«

»Ich habe mir überlegt, dass wir einen Menschen fressenden Tiger engagieren könnten, dem wir die Kinder vorwerfen, wenn sie sich nicht benehmen«, erwiderte Kathy.

»Klar, klingt gut.«

»Und ich male mich grün an und spiele eine Frühlingszwiebel.«

»Ja? Wie du willst.«

Seufzend schüttelte Kathy den Kopf. »Hallo, aufwachen, Stacey. Sag mir, was los ist.«

Stacey schaute auf. »Was?«

»Irgendwas stimmt doch nicht, also schaffe es dir von der Seele, und erzähl es Tante Kathy. Es ist doch wohl nichts mit Alex' Mutter? Oder mit Alex?«

»Nein. Nein, mit Alex ist alles in Ordnung. Sie macht sich gut in der Schule und alles.«

»Was ist es denn dann?«

Stacey wollte schon sagen »nichts«, aber sie kannte Kathy gut genug, um zu wissen, dass sie sich so leicht wohl nicht würde abspeisen lassen. Außerdem gab es einen großen Teil in ihr, der über alles reden wollte.

Sie spielte mit dem Schwanz der Stoffkatze. »Ich überlege, was zu unternehmen.«

»Gut.«

»Ich bin nur nicht sicher, was daraus wird.

Und ...« Sie schaute Kathy fragend an. »Findest du, man sollte etwas tun, wenn man glaubt, dass man es hinterher bereuen könnte?«

Unbewusst legte Kathy den Arm um Edwards Schultern. »Ich finde, du solltest es versuchen.«

»Wirklich?«

»Ja.« Kathy klang seltsam abwesend. »Sonst könnte es passieren, dass noch während du überlegst, ob du es machen sollst, deine Chance, es herauszufinden, zur Tür heraus spaziert und nie wiederkommt.«

Es war ein recht angenehmes Hotelzimmer, aber eben ein Hotelzimmer. Bette saß am Frisiertisch, frischte ihr Make-up auf, und wünschte, sie könnte das ganz bequem zu Hause erledigen. Wie sie Jack kannte, würde er ohnehin nichts merken. Nicht, so lange sie sich nicht als Eselin verkleidete.

»So, wie läuft es im Geschäft?« Edwin Case fixierte ihren Hinterkopf mit stählernem Blick. Bette begegnete seinem Blick im Spiegel. Seinen Konkurrenten mochte er Angst einjagen, aber sie ließ sich von ihm nicht einschüchtern. Wenn er nur mit Brille im Bett saß, wirkte er außerdem eher überaltert als übermenschlich.

Bette zuckte die Achseln. »Das habe ich dir doch schon gesagt – sehr gut. Alles bestens.«

Einen Augenblick glaubte sie, damit durchzukommen, aber Edwin kannte sie zu gut. Er verschränkte die Arme vor der stark grau behaarten Brust. »Es ist also wahr.«

Sie warf ihm einen Blick über die Schulter zu. »Wahr?«

»Was ich gehört habe.«

»Ich weiß nicht, wovon du redest.« Bette steckte ihr Make-up ein, zog den Reißverschluss der Tasche zu und nahm ihre Haarbürste. Sie ärgerte sich, dass sie auf seine Spielchen einging, aber sie konnte dem Köder nicht widerstehen. »Was hast du gehört? Von wem?«

»Von ... Leuten. Quellen. Du weißt, dass ich meine Ohren gern überall habe.«

Bette sagte nichts. Aber sie wusste es.

»Also?«, hakte Edwin nach.

»Ich habe dir doch schon gesagt, alles ist bestens. Deine kostbare Agentur hält so borniert an albernen Traditionen fest wie eh und je.« Sie schwang auf dem kleinen, rosa Schemel herum und funkelte ihn nun ebenfalls wütend an. »Und das freut dich ungemein, wie ich dich kenne.«

Zu ihrer Genugtuung wandte Edwin den Blick ab.

»Du weißt, dass die Agentur meiner Urgroßmutter gehört hat«, erinnerte er sie. »Ich werde nicht zulassen, dass auch nur eine Kleinigkeit verändert wird, wenn ich es verhindern kann.«

Seufzend packte Bette ihre Sachen in ihre geräumige Handtasche und stand auf. »Als ob Miss Page das je vergessen könnte. Arme Frau.«

»Jetzt warte aber mal«, protestierte Edwin, »seit wann bin ich der Staatsfeind Nummer eins? Das Mädchen kannte die Bedingungen.«

»Ach ja?«

»Und sie hat sie voll und ganz akzeptiert.«

»Hmm.«

»Ich weiß wirklich nicht, was ich falsch gemacht

haben soll. Es lag alles offen auf dem Tisch, wie du weißt.«

»Wenn du es sagst.«

»Sei doch nicht böse auf mich, Bette«, schmeichelte Edwin. »Komm schon.« Er klopfte auf eine immer noch warme Mulde in den zerknitterten Bettlaken. »Komm doch wieder ins Bett, und wir versöhnen uns wieder.«

Bette nahm ihre Handtasche. »Jetzt nicht. Jack wartet auf sein Abendessen, und eine der Stuten braucht eine Wurmkur.«

Bei der Erwähnung von Bettes besserer Hälfte runzelte Edwin die Stirn. »Aber ...«, protestierte er.

»Nichts aber, Ende der Diskussion.« Sie griff nach der Türklinke. »Wir sehen uns in einem Monat, Edwin. Wenn ich Lust habe.«

Energisch trat sie auf den Flur und schloss die Tür mit entschiedenem Knall hinter sich.

Wie die Dinge liefen, dürfte Cheryl aus Tewkesbury bald zum landesweiten Thema werden, grübelte Laurel.

Auf der Straße vor ihrem offenen Schlafzimmerfenster unterhielten sich zwei Taxifahrer angeregt.

»Ja, aber das ist doch ihre Schuld oder etwa nicht?«

»Ihre Schuld? Ihre Schwester hat jeden Mann gekriegt, auf den sie je ein Auge geworfen hat! Das arme Kind muss doch verrückt werden.«

»Das ist immer noch kein Grund, dass sie versucht, ihr diesen Burschen wieder zu stehlen, oder?«

Na ja, dachte Laurel, wenigstens bin ich nicht allein. Ihr fiel auf, dass es in der Welt wahrscheinlich nur eine begrenzte Menge an Problemen gab. Vermutlich lebten in ganz Großbritannien im Augenblick Hunderte Menschen, die dasselbe Problem hatten wie sie. Sogar Tausende. Aber das war kein sonderlicher Trost für sie. Es hatte schon etwas für sich, einmalig zu sein. Außerdem schafften diese Tausenden anderen Menschen es wahrscheinlich wesentlich besser, mit ihren Sorgen fertig zu werden.

Laurel setzte sich an ihre Frisierkommode, richtete sich gerade auf und zwang sich zum ersten Mal seit drei Jahren, sich gründlich im Spiegel zu betrachten. Aufrichtig überrascht stellte sie fest, dass die Person, die sie aus dem Spiegel anschaute, ziemlich normal wirkte. Gut, manche mochten sagen, die Nase sei ein bisschen zu groß, aber immerhin hielt sie den Regen von ihrem Kinn ab. Ihr neuer, fransiger Haarschnitt passte außerdem gut zu ihrem herzförmigen Gesicht. Und ihre Grübchen waren fast niedlich. Alles in allem schnitt sie recht gut ab.

Sie stellte die Träger ihres neuen BHs von sanfte Neigung auf Tal der tiefen Spalte und staunte über die ungeahnten Ausmaße ihres Dekolletés. Nach so langer Zeit war es ein komisches Gefühl, ihre bequeme Jeans gegen hautenge Klamotten und Absätze einzutauschen, die Löcher im Beton hinterließen. So viel Mühe hatte sie sich nicht mehr gegeben, seit ... na ja, seitdem.

Sie nahm Stephs schwarzes Büchlein und ließ die Seiten vorsorglich durch ihre Finger gleiten. Wenigstens siehst du jetzt präsentabel aus, sagte sie sich. Hoffen wir, dass Stephs Glanz ein bisschen auf dich abfärbt. Gekniffen wird nicht, verstanden? Du hast dir geschworen, dass du dich aus dieser Klemme herausholst. Und Steph hast du gesagt, dass du mit einem sensationellen Typen erscheinen wirst. Die Adresskartei der Agentur plünderst du auf keinen Fall. Der Gedanke, am Freitag mit einem von Stephs Ex-Lovern aufzutauchen, entbehrte nicht einer gewissen Ironie. Jetzt brauchte sie nur noch den Mut aufzubringen, einen wildfremden Menschen anzurufen.

Kapitel 16

So etwas hatte das L'Escargot Endormi nicht mehr erlebt, seit ein Konkurrent Ohrwürmer in die Bouillabaisse geschmuggelt hatte.

»Kein Interesse, auch wenn er dreißig Zentimeter lang wäre!«, schrie Laurel und stürmte hinaus in den Vorraum des Lokals. Köpfe drehten sich mit offenen Mündern, und in der Ecke neben dem baumgroßen Farn fluchte ein Zahnarzt, weil er sich eine Füllung auf einem Olivenkern zerbissen hatte.

Crispin kam hinter Laurel her. Seine weiße Damastserviette steckte noch in seinem Hosenbund und flatterte wie eine Fahne auf Halbmast zur Kapitulation. Am Bassin mit den lebenden Austern blieb er stehen und breitete die von Goldschmuck starrenden Arme weit aus. »Laurel«, schmeichelte er. »Bay-bee!«

»Sag bloß nicht ›Baby‹ zu mir, du Reptil!« Laurel war nicht sicher, was sie abstoßender fand: seine Gesprächsthemen oder seine Krawatte. Jedes Mal, wenn er einatmete, ließ die holographische Tänzerin auf seiner Brust das Oberteil ihres goldenen Bikinis fallen. Laurel schnappte eine Iris aus einer riesigen Vase und schleuderte sie auf ihn wie einen Wurfspieß.

Crispin heulte auf, als sie ihn ins Auge traf. »Womit habe ich das verdient?«

»Guter Wurf, Madame«, kommentierte eine Stimme hinter ihr. Sie drehte sich um und stolperte beinahe über den Maître, der so groß, dünn und gleichmäßig gebräunt war, dass er durchaus als sein eigenes Stangenweißbrot hätte durchgehen können. Er hob sardonisch eine Augenbraue und hoffte sicher, dass es so cool aussehen möge wie in seinem Badezimmerspiegel.

»Danke.«

»Taxi?«, fragte er, als Crispin durch die Eingangshalle hoppelte und sich immer noch das Auge hielt. »Anwalt? Oder vielleicht den dicken Tony mit seinem Schmiedehammer und ein paar von seinen Jungs?«

Wider Willen musste Laurel grinsen. »Taxi bitte.« Sie warf einen Blick auf Crispin. »Könnten Sie vielleicht ...«

»Mit Vergnügen, Madame.«

»He!«, protestierte Crispin, als er verächtlich am Kragen gepackt und auf den Suffolk Square hinaus befördert wurde. »Das könnt ihr doch nicht machen!«

»Er hat es gerade getan«, antwortete Laurel.

»Aber du hast doch mich angerufen, du Verrückte!«

Sein abschließendes Urteil über Lesben verhallte in der Nacht. Laurel sank auf eines der Plüschsofas in der Eingangshalle, seufzte erleichtert und wollte ihre Kreditkarte aus der Handtasche holen. Dabei stieß sie auf Stephs schwarzes Büchlein.

Sie blätterte die Seite mit Crispins Eintrag auf

und starrte stumm auf die fünf Sterne. Na ja, auf Intelligenz konnten sie sich nicht beziehen, ebenso wenig auf sein Aussehen und auf Charme ganz gewiss nicht. Es drängte sich die Frage auf, womit ein Mann sich einen Stern in Stephs Buch verdiente?

Bette hatte viel zu tun.

Sie hatte wahrhaftig nicht die Zeit, sich ihre kleine Schwester vorzuknöpfen und ihr die Meinung zu sagen. Außerdem hatte sie nicht die geringste Lust auf einen weiteren Streit. Sie ärgerte sich nicht einmal so sehr, dass Connie ihre Chefin bei Bettes Lover angeschwärzt hatte, obwohl Bette Laurel ganz gut leiden mochte.

Nein, da brauchte es schon ein bisschen mehr, um Bettes Vulkan zum Ausbruch zu bringen. In diesem Fall kam verschiedenes zusammen: Es war nur noch ein Marmeladenkeks in der Packung, Connie kam viel zu spät und pfiff dabei auch noch musikalisch wie eine rostige Bettfeder *Love Changes Everything*.

Das war mehr als ein Mensch ertragen konnte. Als Connie an ihr vorbei kam, streckte Bette eine Hand aus und zog von hinten an ihrem Pulli.

»Du hast also beschlossen, uns doch noch mit deiner Anwesenheit zu beehren?«

Connie versuchte, sich loszumachen wie eine Viertklässlerin, die vom Schulrüpel bedrängt wird. »He, lass meinen Pulli los, du bringst mir den Halsausschnitt aus der Form.«

Bette bleckte die Zähne. »Du kannst von Glück sagen, dass ich dir nicht den Hals aus der Form bringe, Fräulein!«

Connie blinzelte. »Hast du heute Morgen vergessen, deine Hormontabletten zu nehmen?«

Ihre ältere Schwester fletschte die Zähne. »Halt den Mund und komm mit.« Bette schob ihr Gesicht dicht vor Connies und erzielte die gewünschte Wirkung. Jedenfalls ließ Connie sich ohne Widerstand unter den verblüfften Augen von Stacey und Killer durch das Büro schieben. Sie blieb sogar unerklärlich heiter, was Bette noch mehr fuchste.

»Siehst du das?« Bette hob etwas in die Höhe.

»Das ist eine Broschüre«, half Connie ihr auf die Sprünge.

»Falsch. Es ist die letzte Broschüre.« Bette wedelte mit der Hand in dem leeren Karton herum. »Und wieso ist es die letzte Broschüre?«

»Weil du alle aufgebraucht hast?«

»Weil du keine neuen beim Drucker bestellt hast! Du hattest wochenlang Zeit dazu, das ist schließlich deine Aufgabe. Und hast du es gemacht?«

Connie zuckte die Achseln, aber ihr Lächeln schwand nicht. »Du weißt doch, wie das ist.«

»Ja, allerdings«, knurrte Bette.

Die nächste Station war die Frankiermaschine, die mit ihren 15 Jahren zu den modernen technischen Neuerungen bei D&M gehörte. »Wessen Aufgabe ist es, das Guthaben für diese Maschine zu erneuern?«

»Ehm ... meine?«

»Die Kandidatin hat 99 Punkte. Wieso muss Stacey dann ständig an den Briefmarkenautomaten gehen und ein Zehnerheftchen Marken ziehen?«

»Ach, das muss ich wohl vergessen haben.«

»Seit Fünf Wochen? Dann ist es ja nur gut, dass

ich dich daran erinnere.« Bette schob ihre Schwester vor den halben Meter hohen Papierstapel auf dem Aktenschrank. »Siehst du das?«

»Natürlich sehe ich das!«

»Warum hast du dann noch nichts dagegen unternommen? Und wo wir gerade beim Thema Papier sind: Wer hat dafür zu sorgen, dass im Putzschrank immer ein ausreichender Vorrat Klopapier liegt?«

Connie kicherte. »Ach ja. Klopapier. Ich wusste doch, dass da noch was war.«

»Ach ja, das wusstest du?« Es lief durchaus nicht so, wie Bette geplant hatte. Wo war die läuternde Wirkung, die sie sich davon versprochen hatte, ihrer Schwester die Hölle heiß zu machen. Sie packte Connie an den Schultern und setzte sie mit Gewalt auf die unterste Sprosse der georgianischen Bibliotheksleiter. »Und du hast genau gewusst, was Laurel macht! Also hast du einfach mal zum Telefon gegriffen und dem verflixten Edwin Case alles erzählt! So war es doch, du kleine Schnüfflerin?«

Connie antwortete nicht.

»Obwohl du genau weißt, dass der Mistkerl nur darauf wartet, dass die arme Frau was falsch macht.«

Connie lächelte einfach weiter, selbst als Bette sie schüttelte, dass ihre Zähne klapperten.

»Was zum Teufel ist eigentlich mit dir los?«, wütete Bette.

»Nichts«, antwortete Connie. Bei einem Menschen, der so breit grinste, wirkte diese Antwort nicht einmal unvernünftig.

»Warum wehrst du dich nicht? Warum beleidigst und beschimpfst du mich nicht, wie du es sonst immer machst?« Ein furchtbarer Gedanke schoss Bette in den Sinn. »O nein, du bist doch nicht irgendeiner bekloppten Sekte beigetreten? Makrobiotischer Reis und freie Liebe.«

Connie brach in Lachen aus. »Sei nicht albern!«

»Irgendwas stimmt jedenfalls nicht mit dir«, erklärte Bette. »Sonst würdest du dir das alles nicht von mir gefallen lassen. Und du bist den ganzen Tag noch nicht wegen Dad über mich hergefallen.« Ihre Augen verengten sich. »Komm, raus damit. Was verheimlichst du vor mir?«

Connie öffnete den Mund.

»Und sag jetzt bloß nicht ›nichts‹, sonst vergesse ich mich.«

Selbst diese beängstigende Aussicht ließ Connie nur noch breiter grinsen. »Schon gut«, erklärte sie, »wenn du es unbedingt wissen willst, Joe kommt mich besuchen.«

»Was!«

»Du hast mich schon verstanden.« Connie strahlte am ganzen Körper Selbstgefälligkeit aus. »Joe. Mein Joe. Der Joe, von dem du behauptet hast, dass es ihn gar nicht gibt. Er kommt mich besuchen und wird Dad kennen lernen. Dann sind alle zufrieden. Und du kannst Dad nicht mehr in ein Heim stecken.«

»Ach, Connie, du weißt genau, dass er da am besten aufgehoben wäre. Außerdem macht er dir das Leben zur Hölle.«

Connie schlängelte sich hoch wie eine Kobra. »Wir haben Mum versprochen, uns um ihn zu kümmern, und einige von uns glauben daran, dass man sein Versprechen halten muss.«

Für eine volle halbe Sekunde verschlug es Bette die Sprache. Dann schoss die Nadelspitze mitten in ihren wunden Punkt, und sie spie Gift und Galle. »Weißt du, was du bist, Connie? Du bist nicht nur starrköpfig, du bist sogar noch viel dümmer, als ich dachte. Du und dein so genannter Freund!«

»Du bist doch nur eifersüchtig! Weil dein Jack so aufregend ist wie ein Pfund Schmalz.«

»Eifersüchtig?«, konterte Bette. »Auf eine alberne, leichtgläubige Gans, die sich einbildet, dass ein Mann sie liebt, nur weil er in ihr Höschen will?«

Connie bekam große, runde Augen, aber dieses Mal fehlten ihr die Worte.

»Mein liebes Kind, du glaubst wirklich, dass er kommt? Soll ich dir mal was über deinen tollen Joe sagen? Soll ich?« Speichel netzte ihre Lippe. »Er ist ein Mann.«

Diese Offenbarung verdutzte Connie. »Natürlich ist er ein Mann.«

»Ein dreckiger, stinkender, betrügerischer, gemeiner Mann!«

»Mein Joe ist nicht so!« Connie zog den Kopf ein wie eine Schildkröte, als Bette in voller Fahrt auf sie zu schoss.

»Sie sind alle so, du Idiotin. Männer sind Schleimer. Versprechen dir das Blaue vom Himmel, aber das Einzige, was du von ihnen kriegst, sind Dehnungsstreifen und Alkoholprobleme.«

»Nur weil dein Mann ein völliger Versager ist und deine Kinder zu beschäftigt sind mit Geldverdienen, um dich anzurufen, müssen ja noch nicht alle so sein.«

Bette war nicht in Stimmung für Diskussionen. Wütend flüsterte sie: »Und dieses tolle Exemplar besitzt nicht mal den Anstand, sein Gesicht zu zeigen.«

Connie starrte ihre Schwester fassungslos an. »Aber er kommt mich doch besuchen und ...«

»Den Teufel wird er tun.«

»Doch!«

»Lass es.« Bette atmete tief durch, um ihr Herzrasen zu beruhigen. »Glaube mir ausnahmsweise mal.« Damit machte sie kehrt und ging an ihren Schreibtisch.

Laurel hatte gründlich nachzudenken.

Sie war – nicht ganz unbegründet – von der Annahme ausgegangen, dass fünf Sterne in Stephs schwarzem Büchlein eine gute Bewertung waren und kein Stern ein vernichtendes Urteil bedeutete. Allmählich kam ihr der Verdacht, dass es sich in Wahrheit genau umgekehrt verhalten könnte. Schließlich bezog Steph ihre Vorstellungen von einem perfekten Mann zum großen Teil aus erotischen Romanen. Vielleicht waren also gerade die Kandidaten ohne Stern die wahren Vertreter altmodischer Romantik, also nach Stephs Maßstäben totes Holz. Zumindest bestand bei ihnen wohl die Gewähr, dass sie einer Frau nicht vor dem Dessert die Zunge in den Hals steckten.

Außerdem hatte sie Steph die Doppelverabredung versprochen und konnte sie nur vorübergehend verschieben.

Solche Überlegungen führten zu Laurels großem Fehler des heutigen Abends.

Dieser große Fehler hieß Huw. Er hatte große, rote Hände, große pralle Muskeln, ein großes, schnelles Auto und einen großen, dicken Hals, der aus dem Kragen seines glänzenden Anzugs ragte. Dieser Hals mündete in einen kugelrunden Kopf, dessen flaumige Glatze verkündete: »Ich bin nicht wirklich glatzköpfig, das ist nur ein modischer Haarschnitt. Ehrlich.«

»Wha-hey!«, brüllte er und wirbelte den Schläger um seinen Kopf. Die Wände hallten wider unter dem Gegröle »Wer ist der Daddy?«, als ein weiterer Handelsvertreter ins Gras biss und Huw über den Squash-Platz stolzierte wie ein Hahn auf Viagra. Er schaute zu Laurel hinüber, winkte und hob beide Daumen.

Laurel lächelte krampfhaft, winkte aus Höflichkeit zurück und sank noch etwas tiefer in die Schweißlache, in der sie saß, seit Huw sie vernichtend geschlagen und sich lohnenderen Opfern zugewandt hatte. Der Handelsvertreter schlurfte auf dem Weg zur Dusche an ihr vorbei, warf ihr einen mitleidigen Blick und ihm ein verhaltenes »Wichser« zu.

Genau, dachte Laurel. Kein Stern bedeutete offensichtlich selbst in Stephs Buch, dass ein Mann ein Null war.

Connie saß an ihrem Schreibtisch, kaute an ihrem Stift und bemühte sich, nicht über die Fragen zu grübeln, die ihr nicht aus dem Kopf gingen.

Vier Tage waren vergangen, seit Bette mit ihr gesprochen hatte wie nie zuvor. Es sah Bette gar nicht ähnlich. Ausbrüche, die sich als annähernd leidenschaftlich bezeichnen ließen, kannte sie von ihr nur beim Pferderennen zum Gold Cup. Vielleicht hatten ihre Äußerungen deshalb einen nagenden Zweifel bei Connie gesät.

Zumal Joe ihr in einer Mail geschrieben hatte, es täte ihm wirklich Leid, aber ihm sei etwas dazwischen gekommen, er könne sie nun doch nicht besuchen.

Mit jedem Tag sah Connie sich mehr gezwungen einzugestehen, dass Bettes Vorwürfe ein Körnchen Wahrheit enthielten. Ja, es war ihre Schuld, dass ihnen die Broschüren ausgegangen waren. Ja, es war ihre Aufgabe, das Guthaben für die Frankiermaschine aufzustocken. Ja, seit Wochen hatte sie das Teegeld nicht mehr eingesammelt, und versteckt unter ihrem Schreibtisch lag ein Stapel ungeöffneter Post, der schon so alt war, dass sie ihn kaum anzuschauen wagte. Bette hatte Recht: Sie hatte ihre Arbeit seit einer Ewigkeit vernachlässigt. Allmählich merkten es sogar schon die Klienten und riefen an, um sich zu beschweren. Bald würden sie zur Konkurrenz gehen, die vermutlich schon Freudenfeste feierte.

Und plötzlich und unerwartet machte es ihr etwas aus.

Sie klopfte mit ihrem Stift auf der Schreibtischplatte den Takt zu ihren bleiernen Gedanken. Wenn Bette in Bezug auf ihre Arbeit Recht hatte, war das vielleicht – nur vielleicht – nicht das Einzige, worin sie Recht hatte.

Auf Zehenspitzen schlich Connie ans Bürofenster und steckte den Kopf hinaus. Auf dem kleinen Parkplatz rührte sich nichts. Auf dem Rückweg schaute sie in den Waschraum und lauschte auf Lebenszeichen. Nichts. Schließlich trat sie ins Treppenhaus und horchte einige Minuten angespannt. Nur das leise Rauschen des Verkehrs war zu hören.

Allein. Endlich!

Erleichtert zog sie ihre Schuhe aus, wackelte mit den Zehen, öffnete den Kragen ihrer schicken Bluse, zog ihr unbequemes Jackett aus und schleuderte es quer durchs Büro. Es landete auf der Topfpflanze und drapierte sich darüber wie ein Lampenschirm. Sie drehte zwei Pirouetten und schlüpfte in Laurels Büro.

Der Anblick, der sich ihr bot, ließ sie zurückprallen. So hoch sich die Akten im Hauptbüro schon türmten, hier waren die Stapel mindestens doppelt so groß. Ein Wolkenkratzer aus rosa Ordnern ragte hinter einem der chintzbezogenen Sessel in luftige Höhen; Klientenfotos lagen in alphabetisch geordneten Stapeln auf dem Teppich; überquellende Kartons führten wie Riesentrittsteine vom Sofatisch zu Oma Cases antikem Rollschrank.

Connie atmete tief durch und hatte ein schlechtes Gewissen. Da Bette nicht da war, um ihr den Hintern zu versohlen, konnte sie ihre Abwehrhaltung aufgeben und sich die bittere Wahrheit eingestehen. In den letzten Wochen und Monaten hatte sie wahrhaftig nicht ihr Bestes gegeben, und das ließ sich kaum wieder gutmachen, indem sie lediglich eine gute Schachtel Kekse für die Büroküche spendierte.

Langsam ging sie durch das Büro und ließ die

Hand über riesige Briefstapel und Klientenprofile gleiten. Ihr Herz schlug schneller. Ob sie wohl etwas davon abarbeiten könnte, ohne dass Laurel es merkte?

Ihr Blick fiel auf etwas, was ihr seltsam bekannt vorkam. Sie erkannte das blaue Deckblatt sofort, obwohl es fast völlig unter Haftnotizen, Büroklammern und hingekritzelten Bemerkungen verschwand.

Es war das Dossier, das sie angefertigt und das Laurel so begeistert aufgenommen hatte wie eine Pestepidemie.

Fieberhaft blätterte sie die zerlesenen Seiten durch und versuchte, Laurels flüchtige Randbemerkungen zu entziffern. Geht nicht. Noch nicht. Schön wär's. Das lässt Case nicht zu. Mmm? Sie las den Satz noch einmal laut: »Das lässt Case ...«

»Haben Sie etwas verloren?«

Connie sprang auf wie ein Frosch auf einer heißen Herdplatte. Ertappt fuhr sie herum. Laurel stand in der Tür, feucht und halb angezogen in einem glänzenden schulterfreien Abendtop. »Ich wollte nur ... ehm ... nein, eigentlich nicht«, gab sie kleinlaut zu. »Ich dachte, Sie wären schon weg.«

Laurels Miene war undurchdringlich. »Das sehe ich.«

Die Wahrheit zu sagen, fiel schwer, aber alles andere schien zwecklos. Nachdem es nun schon mal so weit gekommen war, konnte sie auch alles auf eine Karte setzen. »Miss Page, ich ...«

Laurels rechtes Auge zuckte warnend. Connie hielt es für besser, noch einmal von vorn anzufangen.

»Laurel?« Das Auge hörte auf zu zucken. »Laurel, ich wollte sagen ... die Sache ist, es tut mir wirklich Leid.«

Einen Moment lang wirkte Laurel völlig verdutzt. Dann machte es anscheinend Klick. »Ich bin in einer Stunde verabredet«, erklärte sie, »aber ich wette, bis dahin könnten wir beide einiges schaffen, wenn wir uns Mühe geben.«

»Okay, versuchen wir es«, sagte Connie. Und lächelte.

Kapitel 17

Wenn Laurel etwas in die Hand nahm, machte sie kein großes Federlesen. Diese Seite lernte Connie allmählich an ihrer Chefin kennen.

Sie hatte zwar gesagt, sie wolle nur eine Stunde bleiben, aber es vergingen annähernd zwei, bevor Laurel das Büro verließ. Auf dem Weg hinunter in die milde Abendluft, legte sie noch Lippenstift auf. Nach weiteren zwei Stunden schmerzten Connies Arme vom vielen Tippen. Eigentlich hatte sie schon viel früher gehen wollen, aber es erschien ihr nicht richtig, nachdem Laurel sie so nett behandelt hatte.

Eines sprach eindeutig für Schreibmaschinen, überlegte Connie, als sie sich erschöpft auf das Sofa fallen ließ: Wenigstens verhinderten sie schlaffe Oberarme. Im ausgesprochen fortgeschrittenen Alter von 43 Jahren hatte Connie allmählich das Gefühl, dass sie jede Hilfe brauchen konnte, um in Form zu bleiben.

Als sie zusah, wie der Himmel in ein dunkles Blau überging, dachte sie darüber nach, wie alles sich verändert hatte. Zuerst hatte Bette ihr die Leviten gelesen, und nun hatte Laurel sich so nett und hilfsbereit gezeigt, nachdem sie sich von Connie all diese Gemeinheiten hatte gefallen lassen müssen. Ganz zu schweigen von Joe, der immer noch nicht wie ein Dschinn aus der Flasche auftauchte, um allen zu beweisen, dass sie im Unrecht waren.

Mit einem Mal schien ihr vieles nicht mehr so klar und eindeutig wie bisher.

Connie hätte die ganze Nacht dasitzen können, wenn das entfernte Heulen einer Sirene sie nicht aus ihren Träumereien gerissen hätte. Mist – Dad! Er hätte längst sein Abendessen bekommen müssen. Wenn sie nicht bald nach Hause kam und ihm sein Essen brachte, würde er sich wieder ans Telefon hängen und sie beim Sozialamt verpetzen.

Als sie das Büro abschloss, schwor sie sich, das Chaos der unerledigten Arbeiten nicht länger unerledigt zu lassen. Gleich morgen früh würde sie sich an die Arbeit machen und aufräumen.

Sie schaltete die Alarmanlage ein, schloss ab und steckte den Schlüssel in ihre Handtasche. Und sobald ich das Büro auf Vordermann gebracht habe, ist es an der Zeit, etwas wegen Joe zu unternehmen.

Es war Freitagabend. Schon! In einer Woche musste Laurel zu dieser verflixten Doppelverabredung erscheinen. Und das war verdammt schwierig, wenn sie bis dahin keinen präsentablen Begleiter auftrieb. Sie wünschte inbrünstig, sie könnte sich aus der Affäre ziehen, aber Steph bestand auf der Einhaltung ihrer Zusage. Außerdem musste es in einer Stadt von der Größe Cheltenhams ja wohl von passenden Kandidaten wimmeln!

Marcus zum Beispiel. Obwohl sie ihn in Stephs schwarzem Büchlein gefunden hatte, machte er einen viel versprechenden Eindruck. Noch bevor Laurel ihn kennen lernte, ahnte sie, dass er Geschmack besaß: Eat the Tulips war eines der nobelsten Restaurants von Cheltenham. Sanftes Licht, Chopin-Präludien auf dem Klavier, makellose Kellner, die geisterhaft von Tisch zu Tisch schwebten … Ja, die Wahl des Restaurants sprach für ihn, ganz zu schweigen von der Tatsache, dass er geduldig lächelnd auf sie wartete, als sie fast eine ganze Stunde zu spät kam.

Als er das Wildbärsauté mit frischer Trüffelsoße und eine Flasche hervorragenden Claret bestellte, sah Laurel dieser Verabredung mit wachsendem Optimismus entgegen. Abgesehen von seiner flüchtigen Ähnlichkeit mit George Clooney besaß er eine ansehnliche Haarfülle (die aber weder aus Ohren, Nase oder Handrücken wuchs), einwandfreie Tischmanieren, einen zurückhaltenden Kleidergeschmack und eine vornehme, aber noch nicht gestelzte Sprache.

Zugegeben, Marcus war nicht gerade der unterhaltsamste Gesprächspartner. Laurel hatte noch nie sonderliches Interesse für die Feinheiten der Hundezucht von englischen Springerspaniels aufgebracht. Andererseits hatte sie in den letzten Tagen nicht gut geschlafen, und er machte keinen besonders gekränkten Eindruck, als ihr bei der Garnelen-Puttanesca die Augen zufielen.

Leider bekam Laurel keine rechte Gelegenheit, herauszufinden, ob Marcus sich als Kandidat für die Doppelverabredung eignete. Als sie beim Dessert einschlief, ließ er die Rechnung neben ihrem Kopf liegen und verschwand.

In einem weniger noblen Esslokal von Cheltenham wurde eine extra große knusprige Fleischbombe mit dem Messer übel zugerichtet. Dazu spielte eine verkratzte CD *Arrividerci Roma*.

»Du verlangst ganz schön viel von mir, weißt du«, grummelte Ravi und riss sich noch ein Stück Knoblauchbrot ab.

Stacey knabberte an ihrer Pizzaecke. »Aber nicht mehr, als ich selbst bereit bin zu tun«, entgegnete sie und schaute ihm tief in die Augen.

Ravi wand sich ein bisschen. Im Licht der schwindenden Kerze, die in einer leeren Flasche Mateus Rosé steckte, wirkten Staceys sonst sanfte blaue Augen hart und glitzernd wie Metallklumpen.

»Denk dran«, erinnerte sie ihn, »es geht nicht nur um dich, es geht um uns beide. Zusammen.«

Obwohl Stacey ihre Füße unter dem Tisch völlig ruhig hielt, hätte Ravi schwören können, dass er sie ungeduldig mit dem Fuß tappen hörte, während sie auf seine Antwort wartete. Es hatte keinen Zweck, sich zu winden, es gab nur eine Möglichkeit.

»Na gut«, kapitulierte er und steckte Stacey das letzte Stück Peperoni in den Mund. »Wir machen es.«

Am nächsten Montagabend war Laurel bei ihrer mittlerweile üblichen Routine.

Mist, fluchte sie, als sie vergeblich mit dem Verschluss des geliehenen Kleides rang. Sie hatte gewusst, dass es ein bisschen zu ambitioniert war, das Kleid mit den vielen Häkchen, Ösen und Stangen auszusuchen, aber sie war fest überzeugt gewesen, dass sie damit zurechtkommen würde. Ob sie wohl noch genug Zeit hatte, nach Hause zu fahren, ihr einziges schickes Kleid aus dem Wäschekorb zu kramen und den Suppenfleck zu kaschieren?

Sie fragte sich gerade, ob eine winzige Korsage wohl auch genügen würde, als die Tür aufging und Connie unter einem Stapel Archivkartons hereinwankte. Als sie sah, wie ihre Chefin sich offenbar als Schlangenmensch versuchte, glitt ihr der Schlüsselbund aus dem Mund, prallte auf dem obersten Karton ab und schnellte in die Aspidistra.

»O«, sagte Laurel, und wurde roter als ihr Lippenstift. »Sie sind es. Ich dachte, Sie wären schon nach Hause gegangen.«

»War ich auch«, sagte Connie. »Ich bin zurückgekommen, um das hier zu holen.« Ihre Mundwinkel zuckten. »Sie sehen sehr ... ehm ...«

»Blöd?«, schlug Laurel vor.

»Ich wollte sagen dramatisch aus. Tolles Kleid. Haben Sie was Besonderes vor?«

»Hätte ich, wenn mir eine Möglichkeit einfiele, das Kleid im Rücken zu schließen, ohne mir die Arme zu verrenken«, antwortete Laurel. Sie verdrehte den Kopf und versuchte vergeblich, die Häkchen zu erreichen. »Ich wusste, ich hätte vernünftig sein und das Langweilige mit dem Reißverschluss nehmen sollen.«

Connie setzte ihre Kartons ab und zog die Jacke aus. »Soll ich Ihnen helfen?«

Vor ein paar Tagen hätte Laurel dieses Angebot noch überrascht. Inzwischen herrschte zwischen ihr und Connie aber eindeutig Tauwetter. »Danke, das wäre wunderbar. Ich soll um halb da sein und kann ja wohl kaum so auftauchen!«

»Kein Problem.« Connie musterte die Herausforderung. »Ich frage mich, ob ich unten oder oben anfangen soll.«

»Wie wäre es mit der Mitte«

»Die müsste ich erst mal finden! Haben Sie eine Ahnung, wie viele Häkchen das sind?«

Sie plauderten munter, während Connie mit den winzigen Häkchen und Ösen kämpfte und das Mieder so straff spannte, dass Laurel Sternchen sah. Plötzlich wurde Connie schweigsam.

Laurel verdrehte den Kopf, um sie anzuschauen. »Stimmt was nicht?«

»Eigentlich nicht.« Sie stockte. »Ich habe nur gerade überlegt. Darf ich Sie was fragen?«

»Sicher, wieso nicht?«

»Warum versucht Edwin Case zu verhindern, dass Sie was verändern? Was spielt es für eine Rolle, was er denkt? Sie leiten doch jetzt den Laden, nicht er.«

»Ich bin nur die Geschäftsführerin«, erklärte Laurel. Erst jetzt fiel ihr auf, was Connie gesagt hatte. »Woher wissen Sie das eigentlich?«

Es war an der Zeit, Geständnisse abzulegen. »Ich habe mein Dossier gesehen«, gab Connie zu. »Sie hatten es auf Ihrem Schreibtisch liegen lassen. Ja, ich weiß, ich hätte nicht hineinschauen dürfen, ich wollte nur sehen, was Sie dazu geschrieben hatten. Ich hatte nämlich wirklich hart daran gearbeitet«, fügte sie hinzu, als Laurel nicht antwortete.

»Das weiß ich«, seufzte Laurel. Sie rieb sich ihr Kinn und versuchte, zu einem Entschluss zu kommen. War es besser, alles offen auf den Tisch zu legen und auf die Konsequenzen zu pfeifen? »Connie, können Sie ein Geheimnis für sich behalten?«

»Was für ein Geheimnis?«

»Sagen wir mal so: Wenn Sie auch nur ein Wort zu jemanden sagen, verspeise ich Ihre Innereien am Sonntag zum Mittagessen.«

»Ach, so ein Geheimnis. Ja, natürlich kann ich es für mich behalten.«

»Schwören Sie es?«

»Ich schwöre.« Connie zeichnete ein großes X auf ihre Brust. »Aber wieso?«

»Wenn alles gut geht, bekomme ich vielleicht die Chance, D&M so zu leiten, wie ich es will, deshalb. Aber es soll noch niemand wissen.«

Connie furchte die Stirn. »Das kapiere ich nicht.«

»Als ich die Stelle übernahm, bestand Mr. Case auf einer Sonderklausel in meinem Vertrag. Wenn ich Dovecote & Marsh ein ganzes Jahr lang genau so leite wie er, verkauft er mir die Agentur.«

»Sie meinen, Sie wollen D&M kaufen? Sie sind verrückt!«

»Vermutlich.«

»Aber wenn Case ohnehin vorhat zu verkaufen, warum besteht er dann darauf, dass Sie nichts verändern?«

Laurel zuckte die Achseln. »Sagen Sie es mir. Aber so war es ausgemacht. Entweder ich leite den Laden in seinem Stil weiter, oder wir kommen nicht ins Geschäft.«

»Leiten?«, schnaubte Connie. »Ja, in den Ruin treiben! Wie sollen Sie denn den Laden schmeißen, wenn er Ihnen ständig im Nacken sitzt? Von Profit gar nicht zu reden!«

»Na ja, anfangs dachte ich, er würde mir ein bisschen Spielraum lassen, aber da habe ich mich offensichtlich geirrt.«

Connie überlegte eine Weile. »Ihnen ist doch wohl klar, was passieren wird, oder? Sie leiten den Laden ein Jahr lang für einen Hungerlohn, rackern sich ab und am Ende versetzt er Ihnen ein Tritt und sagt, er hat es sich anders überlegt.«

Laurel schnitt eine Grimasse. Diese Möglichkeit war ihr zwar auch schon in den Sinn gekommen, aber sie wollte nicht gern daran erinnert werden.

»Ja, schon, aber ich hoffe, dass nicht mal Edwin Case so dumm ist.«

Laurel war froh, dass sie sich für ihre Verabredung mit Richard so viel Mühe mit ihrem Aussehen gemacht hatte. Nachdem sie in letzter Zeit so häufig im Restaurant gegessen hatte, saß ihr geliehenes Kleid zwar so eng wie eine Zwangsjacke, aber sie wusste, dass sie gut aussah. Und Richard war so elegant gekleidet, dass alles andere einer Beleidigung gleich gekommen wäre.

An diesem Montagabend war es ruhig im ultracoolen Balti Banzai (Cheltenhams erstem indischen Sushi-Restaurant). So hatten sie Gelegenheit, über alles Mögliche zu plaudern, von der Weltpolitik bis hin zum Preis eines ordentlichen Luftbefeuchters. Eine prickelnde Erregung befiel Laurel, als er unaufgefordert ihr Weinglas nachschenkte, in makellosem Renaissance-Französisch ein Ronsard-Sonett zitierte, und ihr Komplimente machte, wie gut ihr Kleid die Farbe ihrer graugrünen Augen unterstreiche. Innerlich ballte sie triumphierend die Faust in der Luft und vollführte einen kleinen Freudentanz. Er war der Richtige! Endlich hatte sie in Stephs Büchlein einen Mann entdeckt, der genau richtig für ihre Doppelverabredung war. Was für ein Spaß, Stephs Miene zu sehen, wenn Laurel mit einem von ihren Ex-Lovern auftauchte ...

Nur eine Frage blieb noch unbeantwortet. »So, jetzt habe ich Ihnen alles über mich erzählt. Und wie ist es mit Ihnen? Womit verdienen Sie Ihren Lebensunterhalt?«

Richard schaute ihr tief in die Augen, nahm ihre Hand und presste sie an seine Lippen. »Normalerweise nehme ich tausend für die ganze Nacht«, sagte er. »Aber weil Sie so schöne Brüste haben, bekommen Sie mich für die Hälfte. Aber wenn Sie was Versautes wollen, kostet es extra.«

Kapitel 18

Am nächsten Tag schmuggelte Connie ihren Laptop mit ins Büro, um ihre Mails abzurufen. Werbung, Werbung, Barry-Manilow-Fanclub, Werbung ... und eine Nachricht von Joe! So wie sie ihm beim letzten Mal zugesetzt hatte, hatte sie kaum zu hoffen gewagt, dass er noch einmal schreiben würde.

Ob er angebissen hatte?

Mit zittrigen Fingern öffnete sie die Nachricht. Ja! Sie hatten eine Verabredung! Und dieses Mal würde er bestimmt kommen, versprach er. Sie war so damit beschäftigt, vor Aufregung nicht herumzuhüpfen, dass sie beinahe Graeme Lillee übersehen hätte, der mit einem ausgestopften Bären auf Laurels Bürotür zuging.

Gerade noch rechtzeitig schoss Connie durch den Raum und packte ihn am Arm. »Entschuldigung, Mr Lillee.« Sie zog ihn von der Tür fort. »Sie müssen einen Moment hier warten, sie hat gerade eine Klientin bei sich.«

Glenda Bates saß Laurel gegenüber und spielte nervös mit ihrem Teelöffel.

»Stimmt etwas nicht?«, erkundigte sich Laurel behutsam.

Glenda legte den Löffel beiseite und schob sich eine ergrauende Haarsträhne hinter das Ohr. »Nein, eigentlich nicht«, sagte sie. »Es ist nur, dass ich noch nie ... Sie wissen schon, in so einem Büro war.« Sie schaute sich verstohlen in Laurels Büro um, als rechne sie damit, dass die Sittenpolizei es jeden Moment stürmen würde.

Laurel lächelte. »Schon gut«, versicherte sie ihrer neuesten Klientin. »Zuerst ist jeder etwas nervös, aber Sie brauchen sich wirklich keine Sorgen zu machen. Wir sind hier, um zu helfen.«

»Ich komme einfach nicht gegen das Gefühl an, völlig versagt zu haben. Wissen Sie, ich denke ständig, ich müsste doch einen Partner finden, ohne dafür zu bezahlen, dass jemand einen für mich sucht.« Ihre braunen Augen suchten Bestätigung in Laurels Miene. »Finden Sie, dass ich eine Versagerin bin? Das sagt nämlich mein Ex.«

Laurel verspürte den dringenden Wunsch, ein ernstes Wort mit Glendas Ex zu reden. »Natürlich nicht! Oder wenn Sie es sind, dann gilt das für die Hälfte der Einwohner von Cheltenham. Zu uns kommen alle möglichen Leute. Wir helfen ihnen nur, mehr Menschen kennen zu lernen, die ihnen gefallen könnten, das ist alles.«

Glenda entspannte sich ein bisschen und trank einen Schluck Tee. »Ist das alles?«

»Also, das wären erst einmal ihre persönlichen Angaben für die Akten«, antwortete Laurel. »Als Nächstes weise ich Ihnen Ihren persönlichen Berater zu, der sämtliche Herren in unserer Kartei durchgeht, um genau den Richtigen für Sie zu finden.«

Glenda Bates knabberte einen Keks. »Sie achten aber darauf, dass er nicht komisch ist, oder?«

»Komisch?«, fragte Laurel.

Glenda scharrte mit den Füßen. »Ich habe Ihnen doch erzählt, dass ich mit meinem Ex ein paar Probleme hatte?«

Laurel schaute auf das Formular. »Sie sagten, es hätte da einige Unstimmigkeiten gegeben, ja. Wenn Sie nähere Angaben dazu machen könnten, würde es uns helfen, ähnliche Probleme zu vermeiden.«

Glenda zermalmte zwei weitere Keks mit einem einzigen Bissen, schaute Laurel an und erklärte: »Ich esse immer wie ein Schwein, wenn ich nervös bin, Entschuldigung.«

»Sie brauchen sich nicht zu entschuldigen, mir geht es genauso. Erzählen Sie weiter.«

»Es fing mit dem Summen an, wissen Sie.«

»Summen?«

Glenda beugte sich vertraulich vor. »Mögen Sie *Star Wars*?«

»Wie bitte?«

»*Star Wars*. Die Filme?«

Laurel tappte im Dunkeln. »Also, ich finde sie ganz in Ordnung. Abgesehen von dem Zweiten.«

»Ach, aber stellen Sie sich mal vor, Sie sind mit Ihrem Mann im Bett und, na ja, in einem intimen Moment, wenn Sie denken, dass Sie gerade kurz vor dem Höhepunkt sind, fängt er an, die verdammte Titelmelodie von *Star Wars* zu summen!«

Laurel unterdrückte ein unangebrachtes Kichern, indem sie einen Schluck Earl Grey trank. »Nein!«

»O doch. Jedes Mal. Und dann dieses Verkleiden. Ich meine, Rollenspiele sind ja gut und schön. Mir ist ja klar, dass viele Männer Fantasien von Prinzessin Leia haben, aber ich hatte das Gefühl, dass ich

Carrier Fisher spiele! Ich habe genug von komischen Männern.«

»Das verstehe ich«, sagte Laurel mitfühlend. »Wir können Ihnen natürlich nicht versprechen, den idealen Partner für Sie zu finden, aber ich versichere Ihnen, dass wir alle Herren in einem ausführlichen Gespräch auf Herz und Nieren überprüfen, bevor wir sie bei D&M aufnehmen.« Im Gegensatz zu Steph, dachte Laurel und erinnerte sich an den grässlichen Richard. Inzwischen bereute sie es aus tiefstem Herzen, in die trüben Tiefen von Stephs schwarzem Büchlein vorgedrungen zu sein. »Und viele unserer früheren Klienten leben mittlerweile in einer festen Beziehung. Erst letzte Woche hat ein ganz reizendes Paar aus Tewkesbury geheiratet.«

Glenda lehnte sich zurück und entspannte ihr Gesicht zu einem Lächeln. »Ihre Sekretärin hat es mir erzählt. Ein altmodisches Unternehmen mit altmodischen Werten – genau das wollen die Leute heutzutage haben, nicht wahr?«

»Tatsächlich?«

»O ja, deshalb bin ich ja hergekommen. Computer und all das Zeug können Sie vergessen. Computer können nicht bewerkstelligen, dass Menschen sich verlieben, oder?«

»Hmmm, nein, wahrscheinlich nicht.«

»Jedenfalls, was ich jetzt suche, ist ein netter, ganz normaler, langweiliger Mann, der sackige Doppelrippunterhosen mit Eingriff trägt und einen Ewok für einen Topf hält, in dem man asiatische Gerichte zubereitet.«

»Gut, ich werde es mir merken«, sagte Laurel.

Es klopfte an der Tür, und Connie steckte den

Kopf ins Zimmer. »Laurel? Mr. Lillee ist hier, Sie hatten einen Termin mit ihm. Er hat das Sie-wissen-schon mitgebracht.«

Glenda hob fragend die Augenbrauen. »Das Sie-wissen-schon?«

Laurel grinste. »Fragen Sie nicht.«

Laurel bot Mr. Lillee einen Platz an. »War das nicht Glenda Bates?«, erkundigte er sich.

»Kennen Sie sie?«

»Ich habe mal ein paar Frettchen für ihren Bruder ausgestopft. Ist sie nicht mit diesem Terry Soundso verheiratet? Der so verrückt nach Science-fiction ist?«

»Tut mir Leid«, lächelte Laurel. »Über Klienten darf ich nicht sprechen – Sie wissen doch, vertraulich.«

»Ach, ja, natürlich, wie dumm von mir. Sie brauchen nicht mehr zu sagen.« Er hob die Hand, um das Gespräch abzubrechen. »Themenwechsel – ich habe Ihren Bären wieder mitgebracht. Er ist so gut wie neu.«

»Wie schön«, sagte Laurel und hoffte, dass ihre Begeisterung einigermaßen echt klang.

»Er hat jetzt wieder alle Zähne, aber zwei Eckzähne musste ich durch falsche ersetzen. Die Alten waren stark verfärbt. Ich hoffe, Ihr Mr. Case hat nichts dagegen, aber ich möchte, dass meine Klienten sozusagen so gut aussehen wie möglich.«

Laurel unterdrückte ein Kichern.

Graeme wirkte aus der Bahn geworfen. »Was habe ich gesagt?«

»Entschuldigen Sie, aber Sie haben sich gerade

angehört wie einer von diesen Leichenbestattern aus Hollywood«, lachte Laurel. »Sie wissen schon, diese Leute, die Leichen mit Perücken und Make-up herrichten.«

Er kicherte. »Da gibt es wohl ein paar Ähnlichkeiten. Allerdings halte ich meine Kunst gern für etwas dauerhafter.«

»Ja, sicher«, stimmte Laurel zu. »Sie müssen entschuldigen, ich habe eine sehr seltsame Woche hinter mir.«

»Ja, aber ich wette, Sie haben nicht einem Wollmammut den Rumpf zusammengeleimt oder versucht, eine Wespe auszustopfen«, antwortete Graeme. »Glauben Sie mir, Sie können sich gar nicht vorstellen, was es alles Seltsames gibt, wenn Sie kein Tierpräparator sind. Das können die wenigsten.«

In diesem Augenblick klopfte es laut an der Tür. Connie kam mit einem Teetablett herein. »Tut mir Leid, es gibt nur noch Bourbon-Kekse«, erklärte sie, räumte die leeren Tassen fort und wischte die Krümel von Laurels Schreibtisch. »Jemand hat sämtliche Hobnobs aufgegessen.«

Bevor sie die Tür wieder hinter sich schloss, hörten sie nebenan Bette ins Telefon poltern: »Nicht Sprotten, Karotten, Sie Dummkopf! Was soll ich denn mit Sprotten? Ich habe ein Gestüt, keine Fischhandlung!«

Laurel starrte aus dem Fenster. Aber sie sah die große alte Kastanie gar nicht, die sich majestätisch im Sommerwind wiegte, sie sah nur Stephs Gesicht vor sich, wenn sie ohne Mann im Schlepptau zu ihrer Verabredung auftauchen würde. Wieso hatte sie sich in diese heikle Lage bringen lassen? Wieso war sie nicht einfach dabeigeblieben, andere zu verkuppeln? Zumindest darin war sie mittlerweile einigermaßen gut.

»Soll ich einschenken?«, fragte Graeme und hielt die Teekanne schon über Laurels Tasse.

Sie fuhr auf. »Was? Ach ja, bitte. Entschuldigung, ich war ganz in Gedanken.«

Er schenkte gekonnt den Tee ein, ohne einen Tropfen zu verschütten, obwohl die Tülle angeschlagen war. »Alles in Ordnung?«, erkundigte er sich.

Sie sah ihn an. In seinen Augen lag echte Sorge, was sie etwas aus der Fassung brachte. Es gab Zeiten, da wollte sie nicht, dass jemand sich um sie sorgte; am liebsten hätte sie gehabt, wenn niemand sie auch nur wahrnähme. »Ja, sicher.« Sie nahm ihren Keks, zögerte, tunkte ihn dann aber doch in ihren Tee.

»Sind Sie sicher? Ich meine, ich weiß, dass es mich nichts angeht, aber Sie wirken sehr zerstreut.«

Ein Stück ihres Kekses brach ab und sank auf den Grund ihrer Teetasse. Sie versuchte, es mit dem Finger zu angeln, aber der Tee war zu heiß.

»Hier – nehmen Sie meinen Löffel.«

»Danke.« Sie kratzte den Keksbrei aus ihrer Tasse und legte ihn auf den Unterteller. »Sie haben Recht, ich bin furchtbar zerstreut«, kapitulierte sie.

Mr. Lillee nahm einen Keks vom Teller, biss hinein und wischte die Krümel von seinem Knie. »Entschuldigung, ich sollte nicht so neugierig sein.«

»Die Sache ist nur, dass ich am Freitagabend eine Doppelverabredung mit meiner Freundin Steph und ihrem Freund habe, aber bis jetzt habe ich noch niemanden, der mitgeht«, platzte sie heraus.

»Ist das Ihr Ernst?« Er wirkte verwundert, was recht tröstlich war. »Ich hätte gedacht, die Männer würden Schlange stehen, um mit Ihnen auszugehen.«

»Das tun sie keineswegs. Jedenfalls keine netten.«

Laurel bot Mr. Lillee noch einen Bourbon-Keks an und freute sich, dass er weder den ganzen Keks auf einmal in den Mund stopfte, noch beide Hälften auseinander nahm und die Cremefüllung ableckte. Übrigens schlürfte er auch seinen Tee nicht, sabberte nicht und konnte sich in vollständigen Sätzen unterhalten.

Vielleicht. Möglicherweise …

»Mr. Lillee«, setzte sie an. »Graeme. Darf ich Sie etwas fragen?«

»Ja, sicher.«

»Ich habe nur gerade überlegt. Haben Sie am Freitagabend schon was vor?«

In der Gaststube des Merry Hind waren Don und Gabriel in ein Gespräch vertieft. Vielmehr war Don in einen Monolog vertieft, aber im Augenblick brauchte er keine Geist sprühenden Dialoge, sondern guten Rat.

Er starrte in die bernsteingelben Tiefen seines Malt Whiskey. »Ich kann mich einfach nicht entscheiden«, sagte er gequält. »Soll ich volles Rohr rangehen oder weiter um sie herumschleichen? Die Frau treibt mich zum Wahnsinn, Gabriel.«

Gabriel wischte sich den Schaum von der Oberlippe. »Ja.«

»Aber dieses Mal glaube ich wirklich, dass ich es schaffe.« Don kippte seinen feurigen Whisky hinunter. »Ich habe einen Plan, verstehst du. Der ist wirklich narrensicher.«

Er schaute Gabriel an, um männliche Unterstützung zu finden, aber dieser kaute nur auf seinem Schweinegeschnetzelten herum.

»Also, was hältst du davon, Kumpel?«, drängte Don.

Langsam und bedächtig stellte Gabriel sein Bierglas ab, hörte auf zu kauen und musterte einen älteren Bierfleck auf der Theke. »Ich finde, du bist ein verdammter Narr, Mann.«

Tief verletzt, verteidigte Don seine angebetete Connie. »He, komm schon, ich weiß, dass sie keine Stephanie ist, aber sie ist ...« Gabriel machte eine finstere Miene, die Dons Elan auf den Klippen der Neugier auflaufen ließ. »Stimmt was nicht, Mann? Ist das Bier schlecht oder was?«

Die finstere Miene schlug in Unrast um. Gabriel brummte in sein Glas: »Das Bier ist in Ordnung.«

»Aber du hast irgendein Problem, oder? Sag mal, du hast doch wohl keinen Ärger mit der Frau?«

Gabriels männliche Schultern zogen sich hoch. »Gewissermaßen. Sie macht ständig Andeutungen, ich soll sie mit zu mir nehmen.«

Die Tatsache, dass jemand daraus ein Problem machen konnte, ging über Dons Begriffsvermögen. »Sie will, dass du sie mit zu dir nach Hause nimmst?«

»Ja.«

»Dann tu es doch! Du magst sie doch? Oder bist du immer noch scharf auf diese Laurel?«

»Nein, ich mag Steph.« Gabriel stützte die Ellbogen auf die Theke und legte das Kinn auf die Hände. »Es ist nur ... schwierig.«

»Schwierig? Wieso ist das schwierig?« Don kratzte sich am Kopf. Schlagartig fiel ihm auf, wie wenig er über Gabriel wusste, obwohl er sich seit einem Jahr regelmäßig dreimal wöchentlich mit ihm in der Kneipe traf.

»Weil ich nicht alleine lebe. Ich wohne mit jemandem zusammen.«

Don zuckte die Achseln. »Ach, ich bin sicher, ihm macht das nichts aus.«

Gabriel erwiderte finster Dons Blick. »Ich bin aber ziemlich sicher, dass es ihr was ausmacht.«

Bette beäugte die Tür zur Teeküche, die am anderen Ende des Büros lockte. Hatte sie Durst oder nicht? Oder vielmehr, hatte sie genügend Durst, um den gefährlichen Weg von ihrem Schreibtisch zum Wasserkessel zu wagen?

Connie raste mit Höchstgeschwindigkeit hin und her und schleppte immer größere Aktenstapel von einer Ecke in die andere. Auch Laurel hetzte im Büro hin und her, erledigte Telefonate, führte Kundengespräche, schaffte Unmengen Arbeit und flitzte hinter Connie her wie ein Jack Russell hinter einer Ratte.

Diese ganze Hektik war verflixt ärgerlich und störend, wenn man versuchte, die Monatsbilanz zu erstellen. Aber die Schuld konnte Bette nur bei sich suchen. Schließlich hatte sie Connie gesagt, sie solle ihren Hintern in Bewegung setzen und ihre Arbeit machen. Hmmm. Konnte sie zum Wasserkessel gehen, sich einen Kaffee aufbrühen und wieder an ihren Schreibtisch kommen, ohne als Verkehrsopfer auf dem Teppichboden von Dovecote & Marsh zu enden? Sie war sich nicht sicher, ob sich die Mühe lohnte.

Inmitten dieses Chaos gab es eine Oase der Ruhe. Und diese Oase war zurzeit Stacey, die als Einzige normal geblieben war. Zumindest wirkte sie normal, heiter und gelassen wie immer. Gähnend stand Bette auf und schlenderte zu Stacey hinüber.

Als sie den Hals reckte, um Stacey über die Schulter zu schauen, warf sie einen Schatten auf das Löschblatt. Unwillkürlich fuhr Stacey auf.

»Meine Güte«, sagte Bette. »Ist das das, wofür ich es halte?«

Stacey wurde puterrot und nahm die Arme vom Schreibtisch.

Aber Bette grinste nur und tippte sich an die Nase. »Gut für dich, Kindchen. Keine Sorge – Mami hält den Mund.«

Kapitel 19

»Kein Tisch? Was soll das heißen: kein Tisch frei?« Stephs Busen wogte vor Verärgerung. »Ich habe vor drei Tagen reserviert, Henriette, daran müssen Sie sich doch erinnern – ein Tisch für vier Personen in meiner Lieblingsecke beim Jazzquintett!«

Die Bedienung der Blue Nose Brasserie schüttelte müde den Kopf. »Leider ist Madames üblicher Tisch heute Abend nicht frei.«

»Schon gut«, schaltete Laurel sich ein, um Handgreiflichkeiten zu verhindern. »Dann nehmen wir eben einen anderen Tisch, nicht wahr, Steph?«

»Ich fürchte, unsere Tische sind unerwartet alle besetzt. Wir sind heute Abend ausgebucht.«

Gabriel ragte imposant über der zierlichen Französin in ihrem maßgeschneiderten Hosenanzug auf. »Was ist das denn da?« Er deutete mit dem Kopf auf einen leeren Tisch mit frischer weißer Decke und glänzendem Silberbesteck.

»Dieser Tisch ist ebenfalls reserviert, Sir. Eine Reservierung in letzter Minute.«

Graeme zuckte phlegmatisch die Achseln. »Na gut. Es gibt noch genügend andere Restaurants. Ich bin ohnehin nicht sonderlich wählerisch.«

Aber Stephs Augen funkelten. So schnell gab sie sich nicht geschlagen. »Was soll das heißen, Reservierung in letzter Minute? Ich habe schon vor einer Ewigkeit reserviert, und Sie lassen einfach jemanden hereinspazieren und meinen Tisch stehlen?«

Henriette gab eine leere Floskel von sich, wich aber keinen Millimeter zur Seite, um sie vorbeizulassen.

»Nennen Sie das Service?«, fragte Steph aufgebracht. »Ich bin hier Stammgast, das wissen Sie ja wohl!«

»Ja, Madame.«

»Lass es sein, Steph«, drängte Laurel. Steph schüttelte sie ab und ging drohend auf die ungerührte Henriette zu.

»Na gut. Dann sagen Sie mir, wer so verdammt wichtig ist, dass er mir einfach meine Reservierung wegnehmen kann.«

Das entlockte Henriette ein müdes Seufzen. »Leute, Madame.«

»Leute?«

Sie tippte sich viel sagend an die Nase. »Die richtigen Leute.«

»Ach«, sagte Gabriel. »Sie meint reiche Knacker.«

»Ich bin auch reich!«, protestierte Steph ohne einen Funken Ironie.

Laurel durfte das nicht länger mit ansehen, wahrhaftig nicht. So unterhaltsam es auch sein mochte, zuzusehen, wie Steph sich zum Narren machte. Schade, dass sie keinen Fotoapparat mitgebracht hatte. Sie zog Steph fort und schaltete sich als Schiedsrichterin ein.

»Keine Sorge, Steph, ich bin sicher, dass Sie es

wieder gutmachen.« Ihr Blick war so durchdringend, dass er schon als intravenös gelten musste. »Nicht wahr?« Henriette hielt dem Blick ungerührt stand.

»Den Teufel werden sie tun«, schimpfte Steph.

»Ich bin sicher, dass sie es tun werden«, lächelte Laurel. »Schließlich rühren wir uns nicht von der Stelle, bis sie es tun.«

Nachdem Laurel Henriette volle fünf Minuten lang angestarrt hatte, hätte sie wahrscheinlich ihre Haut abgepellt und zu einer Handtasche verarbeitet, wenn Laurel es ihr befohlen hätte. Doch selbst nachdem man ihnen ein kostenloses Abendessen versprochen hatte, war Steph noch nicht zufrieden.

»Da kommst du dreimal in der Woche her, gibst nie weniger als ein paar Hundert aus, und was passiert?« Die Tür des Restaurants knallte hinter ihr zu. »Im Handumdrehen geben sie einem dahergelaufenen Vordrängler deinen Tisch, so ist das.« Sie bedachte Gabriel mit einem mürrischen Blick. »Ich habe dir gleich gesagt, du sollst den schicken schwarzen Anzug anziehen, den ich dir gekauft habe.«

Gabriel straffte abwehrend die Schultern. »Entweder sie nehmen mich, wie ich bin, oder sie lassen es bleiben.«

»Gib endlich Ruhe, Steph«, drängte Laurel, die Gabriel in seiner Lederjacke äußerst schick fand. »Das ist doch kein Weltuntergang.«

Graeme schlug seinen Kragen hoch und musterte argwöhnisch den Himmel. Dunkle Wolken zogen auf, und ein feiner Nieselregen drohte in einen

Schauer überzugehen. »Findet ihr nicht, wir sollten weitergehen?«

»Allerdings«, nickte Gabriel weise.

Steph versetzte dem kunstvoll beschnittenen Bäumchen vor dem Eingang des Restaurants einen Tritt. Der Absatz ihrer Manolo-Blahnik-Pumps verhakte sich in dem filigranen Übertopf, und fast wäre sie hingefallen. »Ich habe Hunger«, schimpfte sie, zog ihren Schuh aus dem Topf und schob ihren Fuß hinein. »Scheißding. Alles Scheiße.«

»Na dann.« Laurel schaute die anderen an und wartete auf eine Eingebung. »Wo gehen wir hin?«

»Es hat nicht viel Sinn, hier herumzustehen und nass zu werden«, erklärte Graeme, als unmittelbar über ihren Köpfen eine schwarze Wolke ihre Schleusen öffnete. »Vielleicht sollten wir uns ein anderes Esslokal suchen.«

Steph wirbelte herum und funkelte Graeme wütend an. Dann schnappte sie Gabriels Arm und zerrte ihn die Straße hinunter. »Steht doch nicht so rum. Kommt schon!«

In einer niedergeschlagenen Prozession machten die Vier sich auf den nassen Weg und versuchten, dem Spritzwasser vorüberfahrender BMWs auszuweichen.

»Wohin sollen wir denn gehen?«, fragte Laurel. Zu spät bemerkte sie das Funkeln in Stephs Augen.

»Lasst uns doch ...« Ärgerlich schwang sie den Arm und verpasste nur knapp Graemes Nase. »Ach, was weiß ich, lasst uns im ersten Lokal essen, an dem wir vorbei kommen.«

»Was – hier?«, fragte Laurel zwei Minuten später. »Bist du sicher?«

Nur Elfenzauber hatte ihnen dieses fröhliche Neonschild in den Weg schmuggeln können, dachte Laurel, als sie zu der grellroten Schrift aufsah: *ELF BURGER: Fantasie Fast Food für den Fun Vegetarier!*

Die Vier schauten zu dem Schild hinauf, wechselten fragende Blicke und sahen wieder auf das Schild. Keiner sagte ein Wort. Laurel überlegte, ob sie sich zum eingefleischten Fleischfresser erklären sollte, weil sie Gemüse verabscheue. Aber Stephs Magen knurrte so laut, dass es sich anhörte wie ein Laster voller Steine.

»Guckt, hier gibt es was zu essen«, erklärte sie und deutete auf das Fenster.

»Das ist kein Essen«, wandte Gabriel ein.

»Sei nicht albern, so schlecht kann es gar nicht sein«, beharrte Steph, eine Hand schon an der Türklinke. »Komm, Gabriel, wir gehen rein.«

Als sie die Tür öffnete, stürmte ein pubertierendes Mädchen laut fluchend heraus, gefolgt von einem kleineren Jungen mit grünen Haaren, der etwas Weiches, Wabbeliges schwang. Das Mädchen duckte sich, und das wabbelige Ding flog durch die Luft.

»Pass auf, Steph«, riet Graeme etwas verspätet. »Er hat eine …«

Platsch!

»Wasserbombe.«

Zu spät, Stephs beste Abendhose war ruiniert und hing am Hinterteil nass und halb durchsichtig herunter.

»Ihr kleinen Kröten!«, schric sie. Aber die Kids waren schon ein gutes Stück weiter, schnitten Grimassen und schrien Obszönitäten aus sicherer Entfernung.

»Meine Güte, du hast ja gar keinen Slip an«, sagte Laurel.

»Vielen Dank, Lozzie, das ist mir auch schon aufgefallen.« Sie schnippte mit den Fingern. »Deine Jacke, Gabriel, sofort.«

»Moment mal.«

»Willst du, dass ich der ganzen Stadt meinen Hintern präsentiere?«

Widerstrebend zog Gabriel seine Jacke aus und reichte sie Steph, die sie prompt um ihre Taille schlang und das Leder vermutlich bis zur Unkenntlichkeit verknitterte.

»Lasst uns nach Hause gehen«, drängte Laurel. »Ich habe noch Minipizzas in der Tiefkühltruhe.«

»Klingt gut«, sagte Graeme und rieb sich die Hände.

Sie warteten alle, dass Steph zur Vernunft käme und dieser lächerlichen Episode ein Ende setzte. Aber sie hatten nicht mit ihrer Entschlossenheit gerechnet.

»Ihr könnt ja machen, was ihr wollt«, verkündete sie. »Aber ich gehe hier rein.« Was sie prompt auch tat.

»Na ja, es ist zumindest mal was anderes«, erklärte Graeme.

»Es ist doch ganz in Ordnung.« Steph ließ sich platschend auf einem Korbstuhl nieder. Im Hintergrund sang jemand im Elfenkostüm ein endloses Lied über waldige Täler und die Freuden des Recyclings. Ein seltsamer Geruch nach gegrillten Socken hing über dem Salatbüfett, wo gefüllte Rote Beete appetitlich auf einem Löwenzahnbett angerichtet waren.

Gabriel saugte nachdenklich an seinem trollgroßen, milchfreien Papayashake. »Wie hast du das eben in dem Restaurant eigentlich geschafft?«

Laurel wachte aus ihrer himmlischen, heiteren Trance auf, in die der Anblick von Gabriels linker Schulter sie versetzt hatte. »Wie bitte?«

»Dieser einschüchternde Blick.« Er nahm seine Kappe ab. »Verdammt beeindruckend.«

Laurel lächelte. »Ach das. Sagen wir mal, ein guter Manager muss gewisse psychologische Fähigkeiten besitzen.« Sie setzte ihre strengste Miene auf und schaute sie der Reihe nach an. Es war lustig. »Ihr benehmt euch also besser.«

Tief im dunklen Tann regte sich etwas.

Und dieses Etwas war eine Horde kleiner Kinder, die entschlossen über den Tisch schwärmten, als gäbe es die vier Gäste und ihr Essen gar nicht.

»Also entschuldigt mal bitte«, sagte Graeme und zog seinen zerdrückten Burger unter einem Kinderknie hervor. »Könnt ihr nicht woanders lang gehen. Wir essen doch hier?«

»Aber wir müssen hier lang!«, protestierte der Anführer. »Das gehört mit zur Schnitzeljagd!«

»Welcher Schnitzeljagd?«

»Der verzauberte Baumstumpf«, flötete der kleinere Bruder des Anführers und schwenkte ein Platzdeckchen aus Papier vor Graemes Nase. »Siehst du? Über den verzauberten Baumstumpf zur Zauberbrücke, das Seeungeheuer ausmalen und du kriegst einen Johannisbrotlutscher.«

Graeme war viel zu anständig, um ein Kind um seinen Lutscher zu bringen. Er zupfte die Stückchen der Wachsmalkreide aus seinem Burger und aß weiter, als wenn nichts geschehen wäre. Die Kinder verschwanden, um vermutlich anderen Gästen auf ihrem Essen herumzutrampeln.

»Erzähl weiter«, drängte Steph und kaute auf einem blauen Geleekobold.

»Ach ja, wo war ich stehen geblieben?« Er schluckte. »Also ich sagte: ›Ich glaube, ich stehe drauf!‹«

»Was? Mein Gott!« Laurel und Steph brachen vor Lachen fast zusammen, und mit einer oder zwei Sekunden Verspätung fiel auch Gabriel ein.

Steph stupste Laurel in die Rippen. »Er ist zum Schreien. Wo hast du ihn bloß gefunden?«

Graeme errötete. »Findet ihr das wirklich komisch? Ich habe die Geschichte noch nie erzählt.«

»Warum denn nicht?«, fragte Steph.

Graeme scharrte mit den Füßen. »Nur so.« Als habe er Angst vor Komplimenten, wechselte er unvermittelt das Thema. »So, jetzt haben wir gegessen. Und was machen wir mit dem angebrochenen Abend?«

»Wir suchen ein Hosengeschäft, das die ganze Nacht geöffnet hat«, sagte Steph und wischte sich den Mund mit einem Lilienblatt aus Papier ab. »Und dann betrinken wir uns sinnlos.«

»Egal«, sagte Gabriel und starrte versonnen in die Tiefen seiner leeren Tasse.

»Mmm?«, sagte Laurel, die zu sehr damit beschäftigt war, Gabriels Aftershave zu schnuppern, um dem Gespräch zuzuhören.

»Wie wäre es mit einem Film?«, schlug Graeme vor.

Alle stöhnten.

»Ich will mich betrinken!«, protestierte Steph.

»Gut, Steph, Schere-Papier-Stein«, schlug Graeme vor und versteckte die Hand hinter dem Rücken. »Ha! Tut mir Leid, Stein schleift Schere. Ich habe gewonnen. Also gehen wir ins Kino.«

»Langweilig«, schnaubte Steph.

»In der Spätvorstellung gibt es *Verrückt nach Mary*, und wie ich gehört habe, gibt es auch eine Bar«, lockte er.

Alle jubelten.

Als sie vor dem Elf Burger auf das Taxi warteten, bemerkte Laurel, dass Graeme jeden Passanten ängstlich beäugte.

»Schon gut«, flüsterte sie ihm ins Ohr. »Du riechst nicht.«

»Wirklich?«

»Ganz wirklich. Du riechst nie. Vielmehr, du riechst nur nach Seife.«

Graeme entspannte sich am ganzen Körper, als habe jemand Luft aus einem zu prall aufgepumpten Reifen gelassen. »Gott sei Dank, ich habe den ganzen Abend an mir geschnüffelt. Die Leute müssen glauben, ich habe Heuschnupfen.«

Laurel erwiderte sein Lächeln. »So ist es besser«, sagte sie. »Weißt du, dass du richtig witzig sein kannst, wenn du locker bist.«

»Ich? Witzig? Ich glaube, das hat mir noch nie jemand vorgeworfen.«

»Schon okay, bis heute habe ich auch noch nie Linsencurry gegessen. Es gibt für alles ein erstes Mal.«

Als sie sich ins Taxi zwängten und zum Multiplex fuhren, warf Laurel einen verstohlenen Seitenblick auf Graeme und war froh, dass sie ihn heute Abend mitgenommen hatte. Er ist ein netter Kerl, sagte sie sich, außerdem tut es ihm gut, das kann also für heute als meine gute Tat gelten. Eigentlich ...

Doch dann fiel ihr Blick auf Gabriel, und irgendwie verflüchtigte sich Laurels Gedanke.

Als sie in ihrer allzu schicken Abendaufmachung ins Kinofoyer trotteten und sich in die Schlange stellten, um vier Cola und eine Familienpackung Popcorn zu kaufen, wirkten sie, als kämen sie einige Jahre zu spät zur Premiere.

Anerkennende Pfiffe wurden laut, als Steph sich bückte, um ein Zehn-Pence-Stück aufzuheben. Sie wurden allerdings rasch unterdrückt, weil den Jungs einfiel, dass sie mit ihren Freundinnen hier waren. Selbst mit feuchtem, durchsichtigem Hosenboden lächelte Steph ihren Bewunderern noch voller Grazie zu, innerlich war sie jedoch alles andere als glücklich.

Gabriel stand – wie weit? – eine, zwei Hand breit von ihr entfernt. Zwei volle Hand breit. Wieso hing er nicht an ihr wie eine Klette und musste mit halbherzigen Klapsen abgewehrt werden? Es war schlichtweg unnatürlich und trieb sie geradezu zum Wahnsinn. Wenn überhaupt, dann stand er näher bei Laurel als bei ihr.

Daraus ließ sich nur ein Schluss ziehen: Irgendetwas stimmte nicht mit dieser Beziehung.

Kapitel 20

Es war eine schöne Gurke: Genau wie eine Schlangengurke sein sollte. Groß, glatt, lang, prall, stoßfest ...

Hastig legte Laurel sie zurück zu den anderen und schob ihren Einkaufswagen zu den Fertiggerichten. Sie würde sie wohl kaum an Gabriel Jouet erinnern. Doch selbst als sie Glutamat in 17 verschiedenen Geschmacksrichtungen gegeneinander abwog, erschien sein Gesicht auf jedem Etikett, von der Tütensuppe bis zu den Fertignudeln.

Begleitet von dem Song *Can't Get You Out of My Head* ging Laurel durch den Supermarkt und ermahnte sich, dass sie keineswegs scharf auf Stephs Freund sei, es nie gewesen sei und nie sein werde. Und angenommen – nur mal angenommen –, sie hätte zufällig den einen oder anderen lüsternen Gedanken, dann würde sie keinesfalls danach handeln. Vorausgesetzt Gabriel wäre auch nur im Mindesten an ihren lüsternen Gedanken interessiert. Was er selbstverständlich nicht wäre.

Anderen den Freund auszuspannen, war jedenfalls Stephs Metier, nicht ihres. Selbstgerecht lächelnd, reckte sie sich nach einer Tüte Tagliatelle. War das biestig von ihr? Und ob.

Laurel trudelte an den Zuckererbsen vorbei und

dachte zurück an jenen Tag vor drei Jahren, als ihr Leben mit einem Schlag aus den Fugen geraten war; der Tag, an dem sie Steph eröffnen musste, dass die damalige Liebe ihres Lebens, Carlos, in seinem Job eine völlige Niete war. Eine solche Niete, dass Laurel ihn entweder feuern oder mit der Kündigung der gesamten Marketing-Abteilung rechnen musste. Wäre Steph nur ein wenig vernünftiger gewesen und hätte sich eingestanden, dass ihre neueste Eroberung im Bett besser war als bei den Absatzzahlen, hätte alles gut gehen können. Aber nein, Steph musste es ja als Herausforderung auffassen, geradewegs loszuziehen und ihren Jason zu verführen. Na ja, dachte Laurel, Rache mag zwar süß sein, aber das ist noch lange keine Entschuldigung, es ihr gleichzutun.

Obwohl der Gedanke durchaus verlockend war …

Nein, sie hatte sich entschieden: Jason gehörte ebenso der Vergangenheit an wie diese alberne Doppelverabredung. Nicht mehr an Gabriel denken, nicht mehr davon träumen, wie erregend es war, im dunklen Kino so dicht neben ihm zu sitzen und sich vorzustellen, dass seine Hand versehentlich ihren Schenkel streifte, wenn er nach dem Popcorn griff. Sie nahm Milch, Fischfutter, Schokokekse, eine Flasche Shampoo und ein Mars und ging zur Kasse. Es war an der Zeit, erwachsen zu werden und ihn sich aus dem Kopf zu schlagen.

Das schaffte sie ganze dreieinhalb Sekunden, bis sie um die Ecke des Tierfutterregals bog und ihr Einkaufswagen mit einem entgegenkommenden zusammenstieß.

Murphys Gesetz wollte es, dass Gabriel ihn schob, und Murphys Gesetz hatte Recht.

Connie stand in ihrem Schlafzimmer mitten im Chaos ihres ausgeräumten Kleiderschranks. Das Richtige war einfach nicht dabei. Sie besaß 14 Oberteile in allen Rosaschattierungen vom blassen Apfelblütenrosa bis zum dunklen Pink, aber keines eignete sich für ihre Verabredung mit Joe. Sie brauchte etwas, worin sie anders aussähe.

Völlig anders.

Ihre Hände schwitzten, ihr Kopf schmerzte, ihre Hausarbeit für den Volkshochschulkurs war zehn Tage überfällig, und am Schlafzimmerboden spürte sie, wie das ganze Haus bebte, als ihr Vater das Fernsehen auf eine ohrenbetäubende Lautstärke drehte. An manchen Abenden gab es einfach kein Entrinnen. Es wäre schön, ein bisschen spazieren zu gehen, irgendwo etwas zu trinken oder ähnliches, aber sie hatte sich jegliches gesellige Leben abgewöhnt, und wenn sie ihren Vater längere Zeit allein ließ, bestand stets die Gefahr, dass er das Haus niederbrannte, nur um sie zu ärgern.

Connie ließ sich auf das Fußende ihres Bettes fallen, mitten zwischen ihre ausgebreiteten Kleider. Alle hatten ihr gefallen, als sie sie gekauft hatte, aber jetzt mochte sie keines mehr. Eigentlich war sie sich nicht einmal sicher, ob sie sich selbst noch mochte.

Sie war völlig aufgewühlt. Vor allem wegen der Dinge, die Bette über Männer im Allgemeinen und über Joe im Besonderen gesagt hatte. Selbst wenn sie berücksichtigte, dass Bettes Ehe sich im Endstadium befand, musste sie zugeben, dass sie nicht ganz Unrecht hatte. Außerdem war Connie nicht ganz ehrlich zu Joe gewesen.

Sie hatte ihn nicht wirklich belogen, es war mehr eine Frage des Überlebens gewesen. Schließlich war er 24, kam gerade vom College, und sie war 43, lebte mit ihrem alten Vater zusammen und besaß die Frische einer alten Zwiebel. Hätte er sich wohl für sie interessiert, wenn sie ihr wahres Alter zugegeben und ihm ein aktuelles Foto geschickt hätte? Damals fand sie die Idee gut, ihm zehn Jahre alte Fotos zu mailen, jetzt fragte sie sich jedoch, ob sie Joe je würde in die Augen schauen können, wenn er sie sähe, wie sie heute war, und da half ein neues sexy Outfit auch nicht viel.

Der Abend war stickig und drückend. Sie schwang mit den Füßen gegen das Fußende des Bettes. Unten malträtierte ihr Vater das Fernsehgerät. Draußen auf der Straße nahmen ein paar gelangweilte Kids halbherzig das Buswartehäuschen auseinander. Connie besaß nicht einmal die Energie, hinauszugehen und ihnen zu sagen, sie sollten damit aufhören.

Auf dem Monitor ihres Computers winkte der Cursor. Los, Connie, du weißt doch, dass du es willst.

Was sie wollte und was sie gleich tun würde, waren zwei völlig verschiedene Dinge. Sie zwinkerte etwas fort, was ebenso gut eine Träne wie ein Schweißtropfen sein konnte, setzte sich an den Computer und hämmerte auf die Tastatur ein, bevor sie es sich anders überlegen konnte.

Sorry, Joe, muss die Sache verschieben, kann nicht kommen. Ein anderes Mal, C.

Es passierte immer wieder.

Zuerst die peinliche Begegnung im Supermarkt, dann stießen sie buchstäblich an der Tankstelle in der London Road zusammen und vor fünf Minuten entdeckte sie ihn gerade noch rechtzeitig, um ein ungeplantes Rendezvous am See im Pittville Park zu vermeiden. Plötzlich schien ganz Cheltenham voll von Gabriel Jouet zu sein.

Laurel huschte hinter einen passend geparkten Eiswagen, lauerte um die Ecke und sah halb erleichtert, halb enttäuscht, dass er mit den Händen in den Taschen am Hundeklo vorbei davonschlenderte.

Der Sonntagnachmittag war schwül, es waren zu viele Leute im Park und zu viele davon waren Gabriel Jouet. In letzter Zeit waren er und sie scheinbar mit einem unsichtbaren Gummiband verbunden, das jedes Mal zurückschnellte, wenn sie in unterschiedliche Richtungen gingen. Nun ja, überlegte sie, wenn sie sich schon in dieser Schlange versteckte, konnte sie sich auch das große Eis holen, das sie sich versprochen hatte.

Ihr Handy klingelte, als sie gerade das Wechselgeld einsteckte.

»Ja?«, sagte sie, den Mund voller Mr. Whippy.

»Hi, Lozzie, ich bin's!«

Laurels Herz glich einem Aufzug, der stecken blieb und dann den Schacht hinunter raste. »Ach, Steph, hi.«

»Es war lustig, nicht?«

»Was?«

»Unsere Doppelverabredung, Dummchen!«

Laurel dachte darüber nach. Nerven aufreibend, ja. Peinlich, ja. Sexuell frustrierend, eindeutig. Aber lustig? »Ich fand, du wirktest ein bisschen verkniffen, als ob du dich kein bisschen amüsiert hättest. Schließlich hattest du die Hose nass.« Einige Leute in Hörweite, drehten sich nach Laurel um. Sie streckte ihnen die Zunge heraus und zog sich mit ihrem Eis hinter einen Baum zurück.

»Sicher habe ich mich amüsiert, es war toll!« Stephs Stimme klang so strahlend und begeistert, dass Laurel sich fragte, ob sie ihr etwas vormachte. Und wenn ja, warum. »Weißt du, ich habe überlegt – wir sollten bald mal wieder was zu viert unternehmen?«

Laurel verschluckte sich an einem Schokoraspel. Sie hustete, bis ihre Augen tränten. »Noch mal?«

»Wieso nicht? Ich dachte, dieses Mal könnten wir zusammen am Wochenende wegfahren. Vielleicht in ein nettes Landhotel oder so.«

»Du machst Witze!«, antwortete Laurel. Sie stellte sich lebhaft den Aufruhr vor, in den ein ganzes Wochenende im Dunstkreis von Gabriel Jouets Pheromonen sie stürzen würde. »Kommt nicht in Frage.«

»Wieso denn nicht? Du kannst diesen netten Graeme mitbringen, das wird super.«

»Nein, das mache ich nicht.«

»Ihr zwei seid ein so hübsches Paar.«

»Sind wir nicht! Ich habe dir doch gesagt, Graeme ist bloß ein Freund, und außerdem ...«

»Aber Loz ...

»Kein Aber! Ich habe gesagt, ich mache das einmal, um dir einen Gefallen zu tun. Das habe ich getan, es war grässlich und damit Schluss. Woher kommt überhaupt dieses plötzliche Interesse an gemütlichen Abenden zu viert?« Etwas regte sich in ihrem Herzen. »So scharf wie du auf ihn warst, hätte ich gedacht, du hättest Gabriel lieber ganz für dich allein, damit du deine Spielchen mit ihm treiben kannst.«

Es entstand eine kurze, aber viel sagende Stille. Als Steph wieder sprach, hatte ihre Fröhlichkeit sich verflüchtigt. »Was hältst du eigentlich von Gabriel?«

»Er ist ... ganz in Ordnung.«

»Du magst ihn doch, oder?«

Es kroch Laurel kalt den Rücken hinauf. »Wie meinst du das?«

»Du glaubst doch nicht, dass er, du weißt schon, irgendwie komisch ist?«

»Komisch?«

»Ich meine, ich weiß, er ist ziemlich still und so, aber es heißt ja, stille Wasser sind tief, oder? Und dass er nicht viel sagt, bedeutet ja nicht, dass er keine, du weißt schon, normalen Bedürfnisse hat. Oder?«

Sprich mich bloß nicht auf Bedürfnisse an, dachte Laurel. »Was soll das alles, Steph?«

Steph seufzte. »Kann ich ehrlich zu dir sein?«

Laurel war versucht zu antworten, das sei mal eine Abwechslung, aber sie verkniff es sich. »Klar.«

»Die Wahrheit ist, ich mache mir Sorgen wegen Gabriel – na ja, wegen Gabriel und mir. Du und Graeme, ihr habt euch anscheinend gut mit ihm verstanden, als wir zusammen aus waren, und ich dachte, wenn wir vier ein bisschen mehr zusammen unternehmen würden, könntest du ihn vielleicht aus der Reserve locken.«

»Steph«, erklärte Laurel bestimmt, »ich spiele nicht Sigmund Freud bei Gabriel. Ich habe dir schon mal gesagt: Warum fragst du ihn nicht einfach, wenn du etwas über ihn erfahren willst?«

Stephs Antwort klang ein bisschen verloren. »Das ist mir noch nie passiert. Ich weiß einfach nicht, wie ich es anstellen soll. Bitte tu mir den Gefallen, Laurel, nur dieses eine Mal.«

Laurel stählte sich. »Steph, es tut mir Leid, wirklich, aber es bleibt bei einem entschiedenen Nein.«

»Bitte, bitte, bitte.«

»Na gut, vielleicht.«

Als Laurel am nächsten Morgen zur Arbeit kam, glaubte sie, die Erste zu sein. Mit dem üblichen Stapel an Müll in der Post ging sie in ihr Büro, doch da saß bereits jemand auf ihrem Stuhl – und Goldlöckchen war es eindeutig nicht.

»Es ist fast halb neun«, knurrte Edwin Case mit einem Kopfnicken auf die Ormolu-Uhr.

»Ja, ich weiß«, antwortete Laurel, ohne ihren Ärger zu zeigen. »Ich dachte, ich komme heute mal etwas früher.«

»Früher! Als meine verwitwete Mutter dieses Unternehmen noch führte, kam sie immer um sieben und arbeitete ohne Mittagspause durch. Nicht einmal Weihnachten hat sie sich einen Tag frei genommen.«

Und in ihrer Freizeit hat sie 46 Kinder groß gezogen und den automatisch hoch springenden Toaster erfunden, dachte Laurel. Und dabei hat sie sich einen Arm auf den Rücken gebunden. Laurel war versucht, ihre eigenen Nachteinsätze zu erwähnen, fand es aber nicht der Mühe wert. »Wollten Sie etwas Bestimmtes mit mir besprechen?«, fragte sie zuckersüß.

Edwin Case' buschige graue Augenbrauen fuhren

zusammen wie zwei kämpfende Raupen. »Ich habe ein Hühnchen mit Ihnen zu rupfen, junge Dame.«

Laurel legte den Stapel Post auf den Schreibtisch. Sie überlegte, ob sie sich in einen der Sessel setzen sollte, wollte aber den Höhenvorteil nicht aufgeben. »Ach ja?«

»In unserer Vereinbarung war klipp und klar festgelegt, dass nichts verändert wird.«

Laurel seufzte. »Ich habe den Aktenschrank grau lackiert, wie Sie es mir gesagt haben.«

»Ich rede nicht von Aktenschränken, Miss Page. Ich rede von geschätzten Mitarbeitern. Wer hat Ihnen erlaubt, auf Mr. Da Silvas Dienste zu verzichten?«

»Ravi?« Scheiße, dachte Laurel. »Das habe ich gar nicht. Er hat gekündigt.«

Die Raupen versuchten, sich gegenseitig zu verschlingen. »Gekündigt! Warum sollte er so etwas tun?«

»Ich weiß es nicht genau.« Sie schlug mit etwas zurück, was nicht ganz gelogen war. »Ich glaube, er war nicht sonderlich glücklich mit der Art, wie die Agentur geführt wird.«

»Mit der Art, wie Sie die Agentur führen, meinen Sie wohl? So lange ich hier die Leitung hatte, hat er nie Unzufriedenheit geäußert.«

Laurel gab den Versuch psychologischer Spielchen auf und setzte sich. »Es ist sehr schade, dass Ravi meinte, kündigen zu müssen«, gab sie zu, »aber wir hatten ohnehin zu viel Personal.«

Es war ein mutiger Versuch, der aber bei Case nicht durchdrang. »Keine Veränderungen, Miss Page; war unsere Vereinbarung klar oder nicht?«

»Ich denke schon. Aber wenn wir nur einen einzigen Compu-«

»Es mag Unternehmen geben, in denen Computer angebracht sind. Bei Dovecote & Marsh sind sie es nicht.« Edwin Case erhob sich vierschrötig und boshaft in seinem marineblauen Nadelstreifenanzug. Er war vermutlich der Einzige in Cheltenham, der am heißesten Tag des Jahres einen Dreiteiler trug. »Sie kennen meine Bedingungen, Miss Page. Sie sind nicht verhandelbar. Wenn Sie sich nicht in der Lage sehen, meinen hohen Ansprüchen zu genügen, gibt es sicher andere, die es nur zu gern tun.«

Damit rauschte er hinaus und hinterließ einen schalen Zigarrengeruch. Laurel stand eine Weile da, starrte auf die Tür und ließ sich sämtliche schlagfertigen Antworten durch den Kopf gehen, die sie ihm hätte geben können, wenn sie ihr nur eingefallen wären.

Case' Bedingungen waren also nicht verhandelbar? Was für eine Überraschung, dachte Laurel, meine auch nicht. Allmählich habe ich nämlich genug von diesem ganzen Mist.

Ich suche mir einen richtigen Job. Aber wenn ich ohnehin verliere, egal was ich mache, will ich mit fliegenden Fahnen untergehen. Und das heißt, dass ich Dovecote & Marsh einen ordentlichen Tritt in den Hintern versetze.

Den ganzen Tag klingelte das Telefon. Ab und an tauchte Laurel aus ihrem Büro auf, aber niemand hatte Zeit, über Schokoladeneclairs oder die Vermehrung von Zwergazaleen zu plaudern. Connie war als dunkelrosa Farbtupfer hinter Archivkisten verschanzt. Stacey und Bette ertranken in Telefongesprächen. Eigentlich war es zum Totlachen: Edwin Case wollte, dass alles altmodisch und persönlich zuginge, aber im Augenblick hatten sie so viel Arbeit, dass sie kaum mehr tun konnten, als Formulare auszufüllen.

Mit einem Anflug von Bedauern musste sie zugeben, dass Case in einem Punkt Recht hatte: Es war eine Schande, dass Ravi nicht mehr da war. Er hatte seine Arbeit gut gemacht, er war lustig und es war im Grunde ihre Schuld, dass er gekündigt hatte. Aber wenn sie eines gelernt hatte, dann dass es niemandem nützte, Vergangenem nachzutrauern.

Als sie wieder in ihr Büro ging, klingelte ihr Telefon. Automatisch hob sie ab. »Dovecote & Marsh, was kann ich für Sie tun?«

»Laurel? Bist du es?«

Die Stimme klang, als käme sie aus einem Brotkasten aus Edelstahl, war aber sofort zu erkennen. Ihre eigene Stimme klang gleich um ein Vielfaches fröhlicher. »Graeme!«

»Es tut mir wirklich Leid, dass ich mich nicht schon früher gemeldet habe«, sagte er. »Aber ich bin in Durham.«

»Durham? Wieso?«

»Arbeit, leider. Also, eigentlich ist es ja gut, nehme ich an, aber es bedeutet wahrscheinlich, dass ich wochenlang nicht nach Cheltenham zurückkommen kann.«

»Ach«, sagte Laurel.

»Ich bin im Museum«, erklärte er. »Ob du es glaubst oder nicht, ihrem Blauwal ist das Hinterteil abgefallen, und es ist mühsame Arbeit, es wieder zusammenzuflicken.«

»Mist«, sagte Laurel.

»Ich konnte unmöglich ablehnen.«

»Nein. Natürlich nicht.«

»Ist alles in Ordnung bei dir?« Graeme klang besorgt. »Du bist so still.«

»Alles in Ordnung«, sagte sie. »Steph hat nur vorgeschlagen, wir sollten noch mal einen Abend mit ihr und Gabriel ausgehen. Aber wahrscheinlich hättest du sowieso keine Lust gehabt, mitzukommen.«

»Doch, doch«, protestierte Graeme. »Es tut mir Leid, dass ich nicht kann.«

Zu ihrer Verwunderung merkte Laurel, dass es ihr ebenfalls Leid tat.

Kapitel 21

Stacey blieb wie erstarrt vor Laurels Bürotür stehen. Sie hatte gerade anklopfen und hineingehen wollen, als sie Edwin Cases Stimme durch die fünf Zentimeter dicke Mahagonitür dringen hörte.

Na gut, bislang hatte sie gezögert, aber jetzt nicht mehr. Zu hören, wie Mr. Case Laurel wegen lächerlicher Kleinigkeiten zur Schnecke machte, hätte jedem genügt, sich zu entscheiden. All dieses Gerede, nichts zu verändern, obwohl Veränderungen dringend nötig waren, all diese geballte Miesepetrigkeit – so wie die Dinge liefen, war er doch derjenige, der Dovecote & Marsh zum Teufel schickte, nicht Laurel.

Mit blonden Locken, die schlagartig ihre Spannkraft verloren hatten, machte Stacey auf dem Absatz kehrt und schlich sich davon. Alles in allem war es nur gut, dass sie einen Plan B hatte. Vielleicht war jetzt der richtige Zeitpunkt gekommen, ihn umzusetzen.

Gabriel aus dem Weg zu gehen, war wie ein Überlebenstraining, bei dem man mitten in einer fremden Stadt mit 50 Pence in der Tasche und ohne Hose ausgesetzt wurde. In den letzten Tagen hatte Laurel sich geradezu lächerlich bemüht, Mr. Jouet nicht über den Weg zu laufen.

Ein Beispiel war das süße Weißbrot mit Nüssen. Laurel kaufte sonst immer in dem schönen Supermarkt auf der Tewkesbury Road ein, vor allem um sich für die ganze Woche mit Backwaren einzudecken. Sie mochte das süße Nussweißbrot mit dem klebrigen Zuckerguss und den Mandelblättchen zu gern. Aber da sie nun wusste, dass Gabriel dort einkaufen ging, war sie dazu übergegangen, einmal in der Woche in den trostlosen Supermarkt am anderen Ende der Stadt zu fahren, der die ganze Nacht geöffnet hatte. Sämtliche Verkäuferinnen hatten die schlimmste Akne, und das Weißbrot war eindeutig minderwertig. Doch selbst hier stockte ihr jedes Mal der Atem, wenn sie am Ende eines Ganges um ein Regal bog, weil sie fest überzeugt war, gleich auf Gabriel zu stoßen, der die Preise von Wäschestärke verglich.

Das war noch nicht alles. Ohne es recht zu merken, ging sie nicht mehr in den Park, ins Kino (außer wenn sie wusste, dass er mit Steph verabredet war) und in die Videothek, sie gab ihren Lieblingsimbiss auf und duckte sich in Hauseingänge, sobald sie einen weißen Anstreicherwagen vorbeifahren sah.

Allmählich nahm es wirklich lächerliche Formen an. Warum hatte sie Angst, Stephs Freund zu begegnen? Schließlich lief doch nichts zwischen ihnen.

Mit dieser Einstellung schaute Laurel aus ihrem Bürofenster, sah die Augustsonne auf den cremeweißen Fassaden der gegenüberliegenden Häuser und beschloss, auszugehen – Gabriel hin oder her.

Cheltenham wirkte in der Sommersonne fast kontinental mit seinen bonbonfarben gestrichenen Häusern, den Hängepflanzen und den dicken, aufgeplusterten Tauben, die um den Brunnen stolzierten. Es war heißer, als es von drinnen den Anschein hatte. In den Straßen brütete jene typisch englische Hitze, die rote Nasen und riechende Achselhöhlen produzierte. Vor dem Kaufhaus lag der Wolfshund eines Marktschreiers hechelnd auf dem Boden und hatte ein rot gepunktetes Taschentuch auf dem Kopf.

Du hast Recht, dachte Laurel, es ist viel zu heiß. Dankbar bog sie von der Hauptstraße in die relativ kühle Regent Arcade, um etwas Kaltes zu trinken, geriet aber sofort in ein dichtes Gedränge von Müttern mit Babys in Buggys.

»Hallo, Laurel«, sagte eine Stimme neben ihr, als sie sich nach vorn drängte, um zu sehen, was los war.

Laurel zuckte zusammen. Als sie sich umdrehte, erkannte sie Kathy aus dem Happy Nappy. »Ach Sie sind es! Sie haben mich zu Tode erschreckt.«

Kathy befand sich offenbar in einer höheren Ebene der Ekstase. Sie deutete mit dem Kopf auf ein halbes Dutzend Kinder, die zu schriller Akkordeonbegleitung einen wackeligen Tanz vorführten. »Sind sie nicht süß? Schauen Sie sich die niedlichen Glöckchen an ihren Hosen an.«

Laurel bemühte sich, die Szene mit Kathys Augen zu sehen, aber sie war noch nie ein Kindertyp. Sie hatte zwar nichts gegen Kinder, das würde sie angesichts der Nichten und Neffen, die ihre Schwester produzierte, nicht wagen. Sie hatte nur nie den richtigen Zugang zu den unverständlichen Geräuschen und unerwarteten Gerüchen gefunden.

»Sie sind sehr ... ehm ... ja«, stimmte sie zu.

»Sehen Sie den kleinen Blonden, der ständig seinen Stock fallen lässt?« Laurel nickte. »Das ist Eric. Er ist einer von meinen.«

»Ich wusste gar nicht, dass Sie Kinder haben.«

Kathy lachte ein bisschen zu gewollt, fand Laurel. »Habe ich auch nicht, ich meinte, er ist bei mir im Kindergarten.«

»Ach so.«

»Er kommt fünf Tage in der Woche, seit er sechs Wochen alt ist, der Arme. Sein Vater hat ihn und seine Mutter wegen einer anderen Frau verlassen, und seine Mutter arbeitet den ganzen Tag, um die beiden durchzubringen.« Kathy schüttelte wütend den Kopf. »Leute gibt's. So was müsste verboten werden.«

Eine Weile schauten sie zu, wie die Kinder mit konzentrierten Mienen ihre Tanzschritte absolvierten. Laurel musste zugeben, dass es niedlich aussah.

»Kathy.«

»Mm?«

»Müssen Sie gleich wieder zurück?«

»Eigentlich nicht, ich habe Mittagspause.«

»Sehen Sie die Eisdiele da drüben? Ich hätte jetzt große Lust auf einen Eisbecher mit Karamellsoße und einer Extraportion Gummibärchen.«

Kathy grinste. »Ich nehme einen Doppelten.«

»Sie mögen Kinder?«, stellte Laurel fest, als sie die Karamellsoße von ihrem Löffel leckte.

»Sie sind mein Leben«, antwortete Kathy schlicht.

»Möchten Sie mal eigene Kinder haben?«

Kathy musterte die Haselnuss auf ihrer Sahne. »Noch nicht. Später vielleicht ...«

Laurel hatte das Gefühl, versehentlich den wunden Punkt getroffen zu haben. »Entschuldigen Sie, ich wollte nicht neugierig sein.«

»Waren Sie gar nicht.« Kathy stibitzte ein Gummibärchen aus Laurels Eisbecher. »Sonst hätte ich Ihnen gesagt, dass es Sie nichts angeht.« Sie kaute energisch. »Es ist nur, na ja, ich habe noch keinen Mann getroffen, zu dem ich genug Vertrauen gehabt hätte, um mit ihm Kinder zu bekommen. Das ist alles.«

Laurel musterte Kathy schräg von der Seite. Einerseits ging sie ganz in rosa Teddybären und Patchwork-Hosen auf, andererseits besaß sie aber auch eine dunklere, tiefere Seite.

»Sie trauen Männern nicht?«

»Ich habe Männer aufgegeben. Die meisten sind Scheißkerle.«

Laurel wusste, dass sie den Mund halten und es dabei belassen sollte, aber Kathy faszinierte sie, und sie spürte eine gewisse Seelenverwandtschaft mit ihr. »Sie haben also eine schlimme Beziehung hinter sich?«

Kathy lachte laut auf. »Ein paar mehr als nur eine!« Sie stieß ihren Eislöffel bis auf den Grund des Bechers und angelte eine Erdbeere in klebriger Soße heraus. »Vermutlich lag es nicht nur an den Männern, aber sie haben es einfach nicht verstanden. Das tun sie wohl nie, oder?«

»Was?«

»Kinder. Meine Einstellung zu Kindern.« Sie schluckte die Erdbeere. »Kinder sind doch vollkommen abhängig von dir, oder? Sie vertrauen darauf, dass du das Richtige für sie tust und sie vor Schlechtem bewahrst.«

»Ja, das ist wohl so. Ich weiß, dass meine Schwester das bei ihren beiden so empfindet, von ihrem Baby ganz zu schweigen.«

»Natürlich tut sie das, weil sie eine richtige Mutter ist.« Sie senkte die Augenlider. »Nicht wie meine.«

Ach, dachte Laurel. Daher weht der Wind. »Wenn es Ihnen lieber ist, wechseln wir das Thema ...«, schlug sie vor, war sich aber nicht ganz sicher, ob es Rücksicht oder Feigheit von ihr war. In den letzten Jahren hatte sie viele Gespräche über schlechte Erfahrungen hinter sich gebracht.

Kathy richtete sich auf. »Nein, nein, schon gut. Das macht mir jetzt nichts mehr aus. Meine Mutter hat sich tot gesoffen, und mein Vater war zu beschäftigt damit, mich windelweich zu prügeln, um es zu merken. Die übliche Geschichte. Es ist nur so, wenn man sie selbst erlebt hat, will man verhindern, dass es anderen Kindern ebenso ergeht.«

Ihre Blicke trafen sich.

»Nicht alle Männer sind hoffnungslose Fälle«, sagte Laurel. In diesem Augenblick wurde ihr klar, wie weit sie gekommen sein musste, um das zu sagen – und ehrlich zu meinen.

»Das weiß ich.«

»Manche sind fast schon menschlich.«

Ihre Bemerkung erntete ein Kichern. »Das geht ja wohl ein bisschen weit.«

Laurel wollte noch weiter gehen, weil es ihr irgendwie wichtig erschien. »Wissen Sie, Sie könnten doch wirklich zu dem geselligen Abend von D&M kommen. Es ist auch ohne Sie genug Personal da, das sich um die Kinder kümmern kann.«

Kathy spielte mit ihrem Löffel und wich Laurels Blick aus. »Ja, na ja, ich habe ja gesagt, dass ich vielleicht mal für eine Stunde hereinschaue. Wenn wir nicht zu viel zu tun haben.«

»Das ist doch nur eine andere Art zu sagen, dass Sie nicht die geringste Absicht haben zu kommen!« Sie hob Kathys Kinn an und schnitt eine Grimasse. »Wir haben Mittel und Wege Sie zum Reden zu bringen.«

Kathys unbehagliches Stirnrunzeln löste sich in einem Kichern auf. Sie nahm mit ihrem Löffel etwas Erdbeersoße und zielte damit mitten auf Laurels Stirn. »Lebendig kriegen Sie mich nie.«

»Heißt das, Sie kommen?«

Kathy senkte den Löffel und schob ihn in Laurels offenen Mund. »Na gut. Aber nur, wenn ich mich nach Strich und Faden betrinken kann.«

Samstage hatten etwas Hinterhältiges, vor allem wenn das sonnige Wetter förmlich nach einem Picknick schrie. Da machte man Pläne, entschied sich, etwas wirklich Schönes mit dem Tag anzufangen – und dann warf das grausame Schicksal einem Knüppel zwischen die Beine.

Heute war dieser Knüppel die Toilette. Na ja, dachte Laurel, als sie in seine düsteren Tiefen starrte; immerhin schafft es nicht jede, den Siphon mit einem Turnschuh Größe 38 zu verstopfen. Der Klempner dürfte seinen Spaß haben – wenn er denn je käme.

Es ging immer schief, wenn Laurel sich als Heimwerkerin versuchte, trotzdem lernte sie es nie, die Finger davon zu lassen. Sie hatte schon Nägel in Sicherungskästen geschlagen, Gasleitungen mit Teppichklammern durchlöchert, Waschküchen überschwemmt und den Hamster von nebenan mit der Tapete an die Wand geklebt. Na gut, vielleicht hätte sie sich nicht auf den Toilettensitz stellen sollen, um das Badezimmerschränkchen aufzuhängen, aber hinterher war man immer klüger.

Als sie Mr. Radley zum dritten Mal anrufen wollte, klingelte es an der Tür. Sie warf einen Blick auf die Uhr und ging an die Gegensprechanlage. Wenn er sich beeilte, blieb vielleicht noch Zeit, zum Mittagessen in einen netten Pub auf dem Land zu fahren.

»Wieso hat das so lange gedauert?«, fragte sie. »Sie haben doch gesagt, spätestens um elf.«

»Was?«, antwortete eine Stimme, die definitiv nicht Mr. Radley gehörte. »Laurel, bist du da?«

»Scheiße«, sagte Laurel. Es war nicht Mr. Radley, sondern Gabriel Jouet.

Gabriel stand mitten in Laurels Wohnzimmer wie Heathcliff in einer Pariser Lingerie. »Das habe ich im Taxi gefunden«, sagte er und reichte es ihr. »Ich habe drüben in Leckhampton zu tun, und da hat Steph gesagt, ich soll es unterwegs bei dir abgeben. Es ist ein Ohrring.«

Laurel nahm ihn. »Ach, danke. Er muss herausgefallen sein, als wir zu viert waren. Du weißt schon.«

»Im Kino, ja. War ein schöner Abend.«

»Ganz nett, ja.«

Gabriel scharrte mit dem Fuß. Laurel versuchte, nicht auf seine erogeneren Zonen zu starren.

»Möchtest du ... ehm ... irgendwas?«

In seinem Augenwinkel zuckte ein Muskel. »Wie bitte?«

»Tee. Möchtest du?«

»Besser nicht. Ich muss nach, ehm, du weißt schon.«

»Leckhampton.«

»Ja. Leckhampton.«

Es entstand eine so gellende Stille, dass Laurel sich wunderte, wieso die Fensterscheiben nicht klirrten. Schließlich sagte sie das Erstbeste, was ihr in den Sinn kam.

»Meine Toilette ist verstopft.«

»Ach.«

»Ich dachte, du wärst der Klempner.«

»Ach so.« Gabriel schaute ihr tief in die Augen und murmelte die Worte, die jede Frau hören will: »Ich könnte ja versuchen, sie wieder frei zu kriegen, wenn du möchtest.«

O Gott, dachte Laurel, er sieht himmlisch aus und jetzt sagt er mir auch noch, dass er verstopfte Rohre reparieren kann. Das ist mehr als ein Mensch ertragen kann. »O nein, das kann ich wirklich nicht von dir verlangen.«

»Schon okay, ich habe ja meine Arbeitshose an. Außerdem fummele ich gern ein bisschen rum. Hast du eine Saugglocke?«

Als er »Saugglocke« sagte, begegneten sich ihre Blicke und ein eiskalter Schauer durchzuckte Laurel von den Fußsohlen bis in die Haarspitzen. Vergiss die Toilette und fummele an mir herum, bettelte sie innerlich.

»Na gut, wenn du sicher bist.«

»Klar bin ich sicher.«

Ich auch, dachte Laurel. Als seine Lippen sich ihren näherten, kam sie nicht einmal auf die Idee, sich zu wehren, was das Anständigere gewesen wäre. Welchen Sinn hatte es, gegen etwas anzukämpfen, das einfach sein sollte.

Und dann klingelte es an der Tür.

Kapitel 22

Laurel ließ sich auf den Klositz fallen und sagte zu ihrer blauen Keramikente, die auf einer Ecke der Badewanne saß:

»Ich kann nicht fassen, dass ich das gemacht habe.«

Korrigiere.

»Ich kann nicht fassen, dass ich das beinah gemacht hätte.«

Die Ente sagte zwar nichts, aber ihre verkniffene Miene war eindeutig missbilligend. Laurel machte ihr keinen Vorwurf daraus. Ob beinah oder wirklich, machte keinen sonderlich großen Unterschied. Tatsache war, wenn Mr. Radley nicht gerade im kritischen Augenblick mit seiner Rohrzange aufgetaucht wäre, hätten sie und Gabriel ... egal, was sie nun eigentlich gemacht hätten, sie ging jede Wette ein, dass sie dabei nicht viele Kleider angehabt hätten.

Schau der Wahrheit ins Gesicht, sagte Laurel sich: Du bist eine sexhungrige Schlampe. Und du bist nicht mal gut darin. Saugglocke! Deine erotischen Fantasien sind überdreht wie schlechte Pornofilme der siebziger Jahre.

Sie stand auf und tastete in ihrer Jeanstasche nach dem Ohrring. Sie zog ihn heraus und rollte ihn auf ihrer Handfläche hin und her. Wenn ich eine Schlampe bin, was ist dann Gabriel, überlegte sie. Ich könnte schwören, dass er mich genauso gern geküsst hätte wie ich ihn. Sie hätte sich gern eingeredet, dass das bei ihm etwas völlig anderes sei, dass ihn einfach eine edle, unwiderstehliche Leidenschaft überfallen habe – aber das war natürlich Blödsinn. Es hatte nichts Edles, beinah die Freundin seiner Freundin zu knutschen.

Die Keramikente machte ein böses Gesicht. Oder den Freund deiner Freundin.

Das Schreckliche war nur ihr Gefühl, wenn Gabriel jetzt wieder auftauchen sollte, würde sie genau da weiter machen wollen, wo sie aufgehört hatten.

»Was ist mit meinem Regenschirm?«, fragte Connies Vater und verkeilte sich verstockt im Türrahmen. »Es könnte regnen.«

»Nein, Dad, du brauchst deinen Schirm nicht. Auch keinen Mantel.« Bestimmter als üblich drängte Connie ihn praktisch zur Tür hinaus. »Draußen ist es 32 Grad heiß. Selbst die Ameisen haben sich mit Sonnenöl eingerieben.«

Er schloss den Reißverschluss seiner Golfjacke und zog sich die Mütze über die Ohren. »Wenn ich mich erkälte und sterbe ...«

»Tust du nicht.«

»Da draußen bläst ein stürmischer Wind.« Irgendwo in der Stille des Gartens fiel ein einzelnes Blütenblatt von einer Rose und segelte friedlich zu Boden. »Deine Schwester würde einen alten Mann nicht ohne Mantel nach draußen schicken.«

Connies Mandeln schmerzten vor Anstrengung, nicht vor Wut zu schäumen. Sie schnappte einen Schal vom Dielentisch. »Hier. Wenn dir kalt wird, legst du den um. Und jetzt geh, Dad, sonst verpasst du noch den Anfang des Dominospiels.«

»Ich will mein Abendessen um Punkt halb, und sieh zu, dass keine Sehnen in meinem Hackfleisch sind.«

Selbst nachdem Connie ihren Vater um die Ecke hatte biegen sehen, meinte sie noch, sein Genörgel über Nylonsocken, Haftpulver und die tausend Sachen zu hören, in denen Bette besser war, als Connie es je sein würde.

Eine Weile stand sie in der Diele, atmete tief durch und ermahnte sich, dass sein musste, was eben sein musste. Sie hatte sich entschieden, da gab es kein Zurück mehr.

Langsam und widerstrebend schlich sie den abgenutzten grünen Treppenläufer hinauf, der noch Spuren aus jener Zeit trug, als sie und Bette bei dem Versuch, sich gegenseitig umzubringen, die Treppe hinuntergefallen waren. Der Teppich ist nicht das Einzige, was sich in den letzten dreißig Jahren nicht verändert hat, dachte sie und öffnete ihre Schlafzimmertür.

Joes ausgedruckte Mails lagen ordentlich in einer Plastikhülle in dem Fach unter der Computertastatur. Sie holte sie heraus und las sie zum x-ten Mal.

Ich mag dich wirklich, Connie, ich habe noch nie jemanden wie dich getroffen, noch nie. Ja, dachte Connie, aber eigentlich hast du mich überhaupt nicht getroffen, oder? Und wenn …

Sie drehte die Seiten um. *Dir kann ich Dinge sa-*

gen, die ich sonst niemandem sagen würde. Niemandem. Ich kann es gar nicht abwarten, dich zu treffen, zu umarmen, ich weiß einfach, dass es toll wird …

Ihr Blick verschwamm, als sie die Finger über die riesigen Küsse gleiten ließ, die er unter seine letzte Nachricht gesetzt hatte. *Wir sehen uns sehr bald, tausend Küsse überall, Joe. PS.: Keine Angst, ich werde dich nie enttäuschen, niemals.*

Sie schluchzte voller Selbstmitleid auf. Dann schaltete sie den PC ein, ging ins Internet und mailte Joe, er solle ihr nie wieder schreiben.

Niemals.

Bis Mittwochmittag hatte Laurel ihre schlimmsten Gewissensbisse einigermaßen überwunden. Okay, als sie am Montagabend mit Steph etwas trinken gegangen war, hatte sie sich ein bisschen mulmig gefühlt, aber sie war überzeugt, dass Steph nichts gemerkt hatte. So lange sie Gabriel aus dem Weg gehen könnte – oder vermeiden könnte, mit ihm zu reden –, würde alles gut gehen. Wirklich schwierig dürfte es nur werden, wenn Steph auf dieser zweiten Doppelverabredung bestand.

Aber Gabriel und Steph waren nebensächlich. Es gab Wichtigeres zu regeln, zum Beispiel Edwin Case und die Zukunft von Dovecote & Marsh.

Umgeben von leeren Kaffeetassen, aß sie im Mean Bean ein Panini mit vier verschiedenen Käsesorten und versuchte, ihre Gedanken auf einer Papierserviette zu skizzieren. In der Mitte stand ein einziges Wort, schwungvoll eingekreist: *Ravi.* Von dort führten Linien wie Radspeichen zu anderen Worten, aus denen wachsende Verzweiflung sprach: *Kundenschwund, Überlastung mit Papierkram, antiquiert, Case, Bankrott,* und dreimal unterstrichen: *KONSOLIDIERUNG!*

Allmählich wurde sie hysterisch. Laurel strich das Ganze durch und trank einen Schluck Kaffee. Sie musste aufhören, wie ein frustrierter Teenager zu denken und sich von Case irremachen zu lassen. Sie musste wieder anfangen wie eine Managerin zu denken. Der Schlüssel dazu war Ravi. Bevor er gekündigt hatte, waren sie zwar personell überbesetzt, aber sie waren zurechtgekommen und hatten sogar einen kleinen Gewinn erwirtschaftet. Die Leute mochten ihn; er arbeitete selbst dann noch schwer, wenn er aussah, als ob er gar nichts täte. Und er hatte für die altmodische persönliche Note gesorgt, für die Dovecote & Marsh angeblich stand.

Aber so, wie die Dinge liefen, würde D&M bald nur noch für Ineffizienz stehen. Zu viele Klienten, zu viel Papierkram, nicht genug Personal, um den exklusiven, persönlichen Service zu bieten, für den die Leute bezahlten. Folglich waren die Kunden verärgert und liefen ihnen weg – und wenn sich erst einmal herumgesprochen hätte, dass D&M den Bach runterging, würden die restlichen Kunden zwangsläufig auch noch gehen.

Was ließ sich dagegen unternehmen? Einen Androide-Ravi bauen mit Interface für persönliche Kundenkontakte? Wenn das nur ginge. Jemand Neuen einstellen? Es war sinnlos, Ravi ersetzen zu wollen. Selbst wenn sie eine gute Kraft fände, die bereit wäre, für das geringe Gehalt zu arbeiten, das Edwin

Case zahlte, würde es zu lange dauern, sie einzuarbeiten. Bette oder Connie überreden, ganze Tage zu arbeiten? Nein, das würde auch nichts bringen. Bette würde die Kunden eher abschrecken, und Connie hatte auch so schon genug am Hals.

Laurel tippte mit ihrer Kugelschreiberspitze auf die Tischplatte. Nein, sie brauchte keinen neuen Ravi, sondern etwas wesentlich Radikaleres. Etwas, was Edwin Case auf jeden Fall hundertprozentig verabscheuen würde.

Technologie.

Sie warf einen verstohlenen Blick auf eine Frau, die die Zeitschrift *Business Computing* las. Solche Leute würden sie anlocken, wenn sie online wären: junge Singles, die kaum Gelegenheiten hatten, Unverheiratete des anderen Geschlechts kennen zu lernen. Ja, D&M online, das klang gut; sie war sicher, dass es funktionieren würde. Aber D&M online war nicht D&M. Es war auch nicht die Art von Arbeit, die Laurel sich erhofft hatte, als sie die Stelle als Geschäftsführerin annahm – und schon gar nicht die Art von Unternehmen, die sie nach Edwin Cases ausdrücklichem Wunsch führen sollte. Wenn sie ein dot-com-Unternehmen leiten wollte, hätte sie auch gleich in ihrem Cyber-Blumenladen bleiben und mit tödlicher Langeweile gutes Geld verdienen können.

Sie starrte auf das Gekritzel auf ihrer Serviette. Wieso führten anscheinend alle Wege ins Internet? Es musste doch noch eine andere Möglichkeit geben, eine Möglichkeit, die effizient war, aber Menschen dennoch wie Menschen behandelte? Einen besseren Weg, Menschen glücklich zu machen?

Vielleicht war es die verzögerte Wirkung des Koffeins, aber plötzlich kam Laurel eine Idee, und sie schnippte so laut mit den Fingern, dass die Leute sich nach ihr umsahen.

Technologie. Menschen. Technologie und Menschen. Es musste einen Weg geben, beides so zu verbinden, dass man die Maschinen optimal nutzte, ohne den Kontakt zu den Menschen zu verlieren. Sie war sicher, dass es diesen Weg geben musste. Mittlerweile war ihr klar, dass die Menschen eine wichtige Rolle spielten. Nach und nach waren ihr die albernen rosa Täubchen und alle, die unter ihren Fittichen Schutz suchten, ans Herz gewachsen.

Jeder verdiente es schließlich, seine andere Hälfte zu finden, oder? Und Dovecote & Marsh besaß ein echtes Geschick, Träume wahr werden zu lassen. Laurel dachte zurück an all die Erfolgsgeschichten, die sie in den Akten gelesen hatte. Das blinde Paar aus Winchcombe; Sid und Nellie, die beiden Achtzigjährigen, die sich nach mehr als sechzig Jahren wiedergefunden hatten; die einsamen Alleinerziehenden, die nicht mehr einsam waren. Und wer könnte die Miene dieser netten Mary Brooks' vergessen, als sie ins Büro kam, um fünf Jahre nach dem schrecklichen Verkehrsunfall, der sie ihres ersten Mannes beraubt hatte, Einladungen zu ihrer Hochzeit abzugeben? Ja, D&M gab den Menschen mehr als Romantik, es gab ihnen Hoffnung.

Laurel lehnte sich zurück, trank ihre Tasse leer und entspannte ihre Schultern. Es war ein gutes Gefühl, endlich eine Entscheidung gefällt zu haben, auch wenn sie tollkühn war.

Das war geklärt. Edwin Case hin oder her, sie

hatte sich entschieden, was sie mit Dovecote & Marsh machen wollte.

Am Donnerstagabend regnete es – ein passender Hintergrund für Staceys Stimmung.

»Alles in Ordnung, Tante Stacey?«, fragte Alex, als sie die Vorhänge zuzog und sich neben ihre Tante an den Küchentisch setzte.

»Nein«, seufzte Stacey und legte ihrer Nichte den Arm um die Schultern. »Nichts ist in Ordnung.«

Alex warf einen Blick auf das Blatt, das zwischen zerknüllten Papierbällchen lag. »Versuchst du immer noch, diesen Brief zu schreiben?«

Stacey nickte verloren. »Ich wünschte, ich müsste es nicht tun.«

»Warum musst du denn?«

»Weil ... ach, darum.«

»Aber ich dachte, du arbeitest gern in der Agentur.«

Stacey legte den Stift beiseite. »Ja. Bis jetzt jedenfalls. Aber ich habe dir doch erzählt, dass Mr. Case grässlich zu Laurel ist und sie nichts modernisieren lässt. Und jetzt, wo Ravi fort ist, habe ich das Gefühl, dass der ganze Laden den Bach runtergeht. Du siehst also, ich muss kündigen.«

»Aber dann hast du doch keine Arbeit mehr«, wandte Alex ein.

»Doch«, antwortete Stacey. »Ravi und ich machen eine eigene Agentur auf.« Sie lächelte Alex beruhigend an. »Ravi kann gut mit Computern umgehen, ich bin sicher, es wird gut laufen.«

Es muss klappen, dachte sie im Stillen. Alex hatte es ohnehin schon schwer genug gehabt, seit ihre

Mutter im Gefängnis saß, weil sie ihren gewalttätigen Vater umgebracht hatte, und der Rest der Familie nichts mehr mit ihnen zu haben wollte. Auch wenn Stacey von Natur aus ein sonniges Gemüt besaß, nahm sie ihre Verantwortung überaus ernst. Aber es war für sie beide besser, wenn sie das sinkende Schiff jetzt verließe, statt abzuwarten, bis sie auf der Straße säße.

Alex überlegte ein Weilchen. »Wirst du Ravi heiraten?«, fragte sie.

Stacey wurde puterrot unter ihren strohblonden Locken. »Alex!«

»Wenn ja, dann musst du ihm sagen, er soll sich wieder die Haare wachsen lassen. Er hat nämlich eine komische Beule am Hinterkopf.« Alex beugte sich vor und gab Stacey einen Kuss auf die Wange. »Na los, Tante Stacey. Unterschreib den Brief und steck ihn in einen Umschlag.«

»Und wenn es falsch ist?«

Alex grinste. »Du bist meine Lieblingstante, du machst nie was falsch.«

Gegen zehn Uhr abends war Steph mit ihrem Essen bei DiBorgia's fertig (Seezunge mit Kammmuscheln auf Spinatbett und dazu einen ganz netten Rotwein). Nachdem sie bezahlt hatte, trat sie hinaus auf die Prestbury Parade. Manchmal ging sie gern allein essen. Es machte Spaß, sich zu verwöhnen und Zeit zum Nachdenken zu haben, ohne für eine gegenwärtige oder zukünftige Eroberung eine Schau abziehen zu müssen. Manchmal genoss sie es, einfach Steph zu sein.

Das letzte Tageslicht schwand dahin, und die

Straßenlaternen glimmten in der feuchten, diesigen Luft. Steph streckte die Hand aus, um zu fühlen, ob es regnete. Lohnte es sich, wieder zurückzugehen und ein Taxi zu bestellen, oder sollte sie ihren neuen Designerschirm ausprobieren? Er war ziemlich schick mit seinen Tigerstreifen und dem Griff aus echtem Tigerauge.

Grinsend öffnete Steph den Schirm. Sie hatte immer schon das Gefühl gehabt, dass in jedem etwas von einem wilden Tier schlummerte, und ihr fiel mindestens einer ein, der es jedes Mal in ihr weckte. Wenn ihr nur einfallen würde, wie sie es in ihm wecken konnte.

Auf der anderen Straßenseite war ein Pub, dessen Tür sich öffnete, als sie gerade aus dem Eingang des Restaurants auf den Bürgersteig treten wollte. Gabriel kam heraus, gefolgt von einer Frau.

Eigentlich war es weniger eine Frau, als eine grässlich deformierte aufblasbare Sexpuppe, fand Steph später: Anthea Turner mit falschen Titten und das ganze in hautenges Leder gequetscht. Als ob das noch nicht schlimm genug wäre, lachten die beiden auch noch, und die Frau kniff Gabriel lüstern in den Hintern.

Als der Himmel seine Schleusen öffnete und ein Blitz am Himmel zuckte, der die Szene mit sadistischer Klarheit beleuchtete, liefen sie kichernd über den Parkplatz, wo Anthea Gabriel auf den Beifahrersitz eines schwarzen Audi schob.

Mit röhrendem Motor verschwanden die beiden in der Nacht.

Kapitel 23

Laurel suchte gerade eine passende Partie für einen Mann mit großen Ohren und einer Eidechse als Haustier, als die Tür ihres Büros aufgerissen wurde.

»Steph!«, rief sie und stieß eine halbe Dose Limonade um, die ihren Inhalt über ihre Akten ergoss. »Verdammt.«

Atemlos erschien Connie hinter Stephs linker Schulter im Türrahmen. »Entschuldigen Sie, Laurel. Ich habe ihr gesagt, dass Sie zu tun haben, aber sie meinte, es sei ein Notfall.«

»Das ist ein Notfall!«, beharrte Steph.

Laurel zog ein Papiertuch aus der Schachtel, die sie für ungeliebte Einzelkinder parat hielt, und wischte an der klebrig nassen Lache herum. »Das hoffe ich für dich«, sagte sie. »Wir sind nämlich nicht alle untätige Damen, weißt du, einige von uns haben zu arbeiten.«

»Ja, ja, das weiß ich. Hör zu, kann ich mich setzen? Es ist dringend.« Ohne Laurels Antwort abzuwarten, ließ sie sich in einem Sessel nieder. »Könnten Sie mir vielleicht zwei Kopfschmerztabletten bringen, Schätzchen?«, versuchte sie Connie zu betören. »Ich glaube, ich kriege meine Migräne. Ach, und einen großen Brandy, wenn Sie haben.«

»Tee genügt«, sagte Laurel, als sie den Blick ihrer Sekretärin bemerkte. »Danke, Connie, Sie sind ein Ass.«

Connie verzog sich pflichtschuldig, ließ aber die Tür einen Spalt offen stehen. Prompt sprang Steph auf, warf einen Blick nach draußen und schloss die Tür. Dann zog sie ihren Stuhl an den Schreibtisch, dass ihre Nase unmittelbar vor Laurels schwebte. »Ich habe es herausgekriegt!«, verkündete sie dramatisch.

»Was?«

»Wieso Gabriel mich nicht mit zu sich nehmen will.« Ihre Miene verhärtete sich. »Er hat eine andere!«

»Was!«

»Es ist wahr – ich habe sie zusammen gesehen!«

Einen entsetzlichen Augenblick lang schoss Laurel durch den Kopf, dass sie Gabriels andere Frau sein könnte. Schließlich war sie ihm in letzter Zeit oft genug über den Weg gelaufen, dass halb Cheltenham sie zusammen gesehen haben dürfte. Außerdem hatte sie immer noch ein schlechtes Gewissen wegen des Vorfalls am vergangenen Samstag, auch wenn er sich lediglich in ihrer Fantasie abgespielt hatte. »Du hast sie gesehen? Wo?«, fragte sie kühl, wenn schon nicht gefasst.

»Gestern Abend, als sie aus einem Pub kamen. In Prestbury.« Stephs sorgsam geschminkte Lippen kräuselten sich zu einem verächtlichen Schnauben. »Ein billiges Flittchen mit dicken Titten und blond gefärbtem Haar.«

Laurel konnte einen kleinen Seufzer der Erleichterung nicht unterdrücken. »Nur weil du ihn mit einer Frau aus einem Pub hast kommen sehen, heißt das doch noch nicht …«

»Was soll es denn sonst heißen! Sie hat ihn mit ihren Händen förmlich verschlungen, diese Hexe!«

»O je«, sagte Laurel, hin und her gerissen zwischen Mitgefühl und Schadenfreude. Wäre sie selbst eine Hexe gewesen, hätte sie Steph womöglich gesagt, dass sie ja nun mal am eigenen Leib erlebe, wie man sich in einer solchen Situation fühle. Aber es hätte wohl keinen Sinn gehabt. Stephs Gedächtnis war schon im günstigsten Fall selektiv. »Schlecht. Ich nehme an, das gibt Krach.«

Zu ihrer Überraschung antwortete Steph: »Nein. Es heißt, dass ich die Wahrheit herausfinden werde. Also, wir beide.«

»Ich dachte, das hättest du schon getan. Und was meinst du mit wir?«

»Es könnte ja doch eine ganz harmlose Erklärung geben.«

»Aber du hast doch gesagt …«

»Ich weiß, aber man darf doch wohl nicht nach dem äußeren Anschein urteilen, oder? Was ist, wenn ich ihn anbrülle und sich herausstellt, dass er gar nichts gemacht hat? Also habe ich beschlossen, dass wir beide, du und ich, herausfinden, was wirklich los ist.«

Laurel hob abwehrend die Hand. »He, warte mal. Wieso fragst du ihn nicht einfach, was los ist?«

Steph schaute sie an, als sei sie ein bisschen zurückgeblieben. »Weil das heißen würde, dass ich ihm nicht vertraue.«

»Das stimmt doch auch.«

»Aber ich will ja wohl nicht, dass Gabriel das

weiß, oder? Ich meine, wenn sich herausstellt, dass es ganz harmlos war, hätte ich alle Brücken hinter mir abgebrochen.«

Laurel fragte sich, welche Sünden sie in einem vergangenen Leben begangen haben mochte, um Steph als Strafe zu verdienen. Sie sah einen rettenden Strohhalm und griff danach. »Gabriel ist Klient bei D&M. Ich glaube, da kann ich mich nun wirklich nicht einmischen.«

»Doch, natürlich.« Steph bedachte Laurel mit einem knallharten Lächeln. »Ich bin auch Klientin bei D&M, schon vergessen? Außerdem bin ich deine beste Freundin.«

Am nächsten Samstag gingen Stacey und Ravi groß essen. Nun ja, das Elf Burger hatte zwar noch keinen Michelin-Stern, aber bessere Seeungeheuerbällchen musste man lange suchen. Außerdem war es ein verspätetes Geburtstagsessen für Alex, und sie war gerade in einer ihrer Vegetarierphasen.

»Können wir noch einen Pudding haben?«, bettelte sie. »Bitte?«

Stacey lachte, den Mund voller Johannisbrotsoße. »Du kannst doch unmöglich noch Hunger haben nach dem riesigen Eisbecher.«

»Hunger nicht«, gab Alex zu. »Aber ich habe solche Lust drauf. Komm schon, ich werde mich auch bestimmt nicht übergeben, versprochen!«

Augenzwinkernd holte Ravi eine Zehn-Pfund-Note aus der Tasche. »Noch eine Portion Pudding klingt gut. Na los, hole uns noch eine Runde.«

»Aber meine Diät!«, protestierte Stacey, als Alex aufsprang und zur Theke ging.

»Lass die Diät sein.« Ravi leckte einen Spritzer Johannisbrotsoße von ihrer Nase. »Ich mag dich so, wie du bist.«

»Wirklich? Auch meinen dicken Hintern?«

»Wirklich. Es wäre mir auch egal, wenn er so groß wäre wie der von ... einem Troll.«

Es entstand eine kurze Pause. Stacey legte ihren Löffel fort. »Weißt du noch, was wir besprochen hatten? Also, ich habe es gemacht.« Sie holte ihr Kündigungsschreiben aus der Handtasche. »Was meinst du, geht das so? Ich habe eine Ewigkeit dafür gebraucht«, sagte sie.

Ravi zögerte kurz, bevor er den Brief zusammenfaltete und ihr zurückgab. »Der Brief ist in Ordnung, aber ich finde es eine ziemlich schlechte Idee.«

»Aber das hatten wir doch abgemacht!«

»Das weiß ich«, sagte Ravi und spielte mit seinem Ohrring. »Du warst so versessen auf die Idee, da wollte ich dich nicht enttäuschen. Aber nachher habe ich noch mal gründlich darüber nachgedacht.« Er sah Stacey in die Augen und nahm ihre Hand. »Es geht jetzt nicht mehr nur um dich und mich, weißt du.« Stacey wurde rot vor Freude. »Wir müssen schließlich auch an Alex denken.«

»Alex findet die Idee großartig, wir haben darüber gesprochen und sie hat gesagt ...«

Ravi küsste sie sanft. »Stacey, Schatz, Alex würde alles sagen, um dich glücklich zu machen.« Er schaute zur Theke hinüber, wo Alex ein Paar Papierflügel anprobierte. »Das Mädchen betet dich an.«

Der Gedanke, dass jemand sie anbeten könnte, schien Stacey völlig aus dem Gleichgewicht zu bringen. Sie starrte Ravi immer noch an, als Alex mit drei Mango-Masalas mit Sahne zurückkam.

»Dann läuft also alles, wie abgemacht?«, fragte Alex und stellte das Tablett auf den Tisch.

»Nein«, sagte Stacey. »Ravi hatte eine bessere Idee.«

Das war Ravi neu. »Ich?«

»Ja«, strahlte Stacey, »du.«

Während Ravi noch überlegte, welche tolle Idee ihm gerade gekommen sein könnte, saßen Laurel und Steph auf einer sonnigen Bank an der Promenade und fütterten Tauben mit ihren Sandwichs. Es waren ziemlich exklusive Sandwichs, und die Tauben waren offenbar ganz versessen auf die Wildbärpaté, aber Steph war zu nervös, um etwas zu essen, und Laurel war zu besorgt, was Steph als Nächstes vorschlagen mochte.

»Wanzen«, sagte Steph plötzlich.

»Wo?« Laurel schaute sich um, sah aber nur eine einsame Ameise, die sich arthritisch mit einem riesigen Krümel abschleppte.

»Wanzen! Elektronische Wanzen – du weißt doch, diese Dinger zum Abhören.« Steph wedelte aufgeregt mit den Händen. »Genau! Es muss doch hier irgendwo einen Laden geben, wo man so was kaufen kann. Dann brauchen wir sie nur noch irgendwie in Gabriels Wohnung zu schmuggeln, ein Mikrophon in einen …«

»Steph«, unterbrach Laurel sie vorsichtig, »findest du nicht, dass du ein bisschen übertreibst?«

Mitten im Schwung gebremst, sackte Steph ein bisschen in sich zusammen. »Nein.«

Laurel rückte auf der Bank näher zu ihr hinüber. »Darf ich zitieren, was du mir mal gesagt hast?« Sie wartete die Antwort nicht ab. »Zitat: ›Er ist nur ein Mann, Lozzie‹, Zitat Ende. Wieso regst du dich über einen Kerl so auf? Ausgerechnet du!«

»Tu ich ja gar nicht.« Steph schaute auf. »Oder?«

Laurel nickte. »Doch, doch.«

»Oh.«

»Ich meine, schließlich bist du nicht so wie wir übrigen Sterblichen. Du kannst jeden Typen haben, den du willst – du brauchst nur mit den Hüften zu wackeln, und schon stehen sie Schlange um dich zu ...« Sie verstummte, als sie Stephs Miene sah. »Steph?«

»Sie stehen aber nicht Schlange, oder?«, sagte Steph niedergeschlagen. »Jedenfalls Gabriel nicht. Und wenn er nicht ...«

Schlagartig kam Laurel die Erleuchtung. Steph Mihailovic war vielleicht zum ersten Mal in ihrem Leben verunsichert.

»Wenn er es nicht tut, hast du Angst, dass die anderen es auch nicht tun werden?« Steph antwortete nicht, aber Laurel sah, dass sie den Nagel auf den Kopf getroffen hatte. »Ach, Steph, sei doch nicht albern. Jede wird mal von einem Mann abserviert.«

»Ich nicht. Bis jetzt jedenfalls nicht.« Sie zerkrümelte eine Brotkruste zwischen den Fingern. »Das ist doch alles, was ich habe, Laurel. Was anderes kann ich nicht.«

»Rede keinen Blödsinn!«

»Tu ich gar nicht, es ist doch wahr. Ich habe nie was anderes gelernt, das hatte ich nicht nötig. Ich wusste immer, dass ich von einem Mann kriegen konnte, was ich wollte, indem ich einfach nur ich war.« Sie schluckte den Kloß, der ihr im Hals saß. »Was mache ich denn jetzt, Lozzie? Was ist, wenn ich passé bin?«

Laurel wusste nicht, ob sie lachen oder weinen sollte. Sie legte Steph den Arm um die Schultern. »Du bist nicht passé, das wirst du nie sein. Du wickelst die Männer noch um den kleinen Finger, wenn du hundert Jahre alt bist.«

Steph drückte fest Laurels Hand. »Hilf mir, Lozzie. Hilf mir herauszufinden, was mit Gabriel los ist.«

Und weichherzig, wie sie war, gab Laurel nach und sagte ja.

Es dauerte nicht lange, bis Laurel ihr Versprechen bereute. Am Sonntagmorgen um acht Uhr hämmerte jemand laut an ihrer Wohnungstür.

Sie stolperte im Schlafanzug aus dem Bett, am Aquarium vorbei, durch die Diele und fummelte an der Kette herum. Durch den Spion sah sie Stephs Gesicht, zur Form einer Wassermelone verzerrt.

»Wassis los?«, nuschelte sie verschlafen, als Steph in die Wohnung stürmte, dass Neil in Deckung ging.

»Beeil dich, zieh dich an! Wir gehen raus.« Steph drückte ihr einen Karton und eine Tragetasche in die Hand. »Zieh das an.«

Argwöhnisch lauerte Laurel in die Tragetasche. »Iii, das ist ja ganz pelzig, lebt es noch?«

Steph schnaubte: »Sei nicht albern, das ist eine Perücke! Ich habe dir eine rote besorgt, weil du blond bist, meine ist lang und schwarz. Wenn wir sie aufsetzen, erkennt man uns bestimmt nicht. In dem Karton sind Inline-Skates.«

»Inline-Skates! Aber ich kann doch gar nicht …«

»Zehn Minuten im Park üben, und du skatest wie ein Profi. Los, Lozzie, sonst verpassen wir ihn noch.«

Laurel brauchte ganze zehn Sekunden, um zur Besinnung zu kommen.

»Steph, du tickst nicht richtig!«

»Was?« Steph zog bereits ihre Inline-Skates an. »Sei nicht albern, natürlich ticke ich richtig.«

Laurel legte ihr die Hand auf die Schulter. »Nein, tust du nicht, du bist eifersüchtig. Und Eifersucht lässt Menschen dumme Sachen machen. Ich muss es schließlich wissen.«

Steph hörte auf, ihre Schuhe zu binden, und starrte Laurel ungnädig an. »Willst du etwa behaupten, ich sei dumm?«

»Nein, aber diese Idee ist dumm. Diese ganze Geschichte mit den Inline-Skates und Leute beschatten ist verrückt! Sieh es doch ein Steph, es hat dich böse erwischt, und es war das Erste, was dir in den Kopf gekommen ist. Setz dich erst mal hin«, schlug Laurel vor. »Wir könnten doch vernünftig über alles reden.«

Zum ersten Mal seit geraumer Zeit kam Laurel in den Sinn, dass es außer ihr wohl noch andere Menschen gab, die ihre Gefühle – und ihr Leben – nicht immer im Griff hatten. Andere Menschen, die ein bisschen professionelle Hilfe brauchen könnten. Obwohl Steph das vermutlich nie zugeben würde.

»Reden! Ich will nicht reden, ich will losgehen

und herausfinden, was da läuft. Kommst du jetzt mit oder nicht?«

»Nein.«

Steph verzog den Mund. »Du bist mir eine schöne Freundin!«

»Ja, allerdings. Ich bin eine Freundin, die dir sagt, wann du dich drückst.«

»Ich drücke mich nicht.«

»O doch. Du bist so feige, dass du lieber in einer albernen Perücke herumschleichst, als deinen Freund zu fragen, ob er dich betrügt.«

Das kam bei Steph eindeutig nicht gut an. »Jedenfalls bin ich nicht im Irrenhaus gelandet, nur weil mein Freund mal ein bisschen fremdgegangen ist.«

Das hätte ich mir denken können, sagte Laurel sich. Wochenlang erwähnt sie meinen Zusammenbruch mit keinem Wort, aber beim ersten Anzeichen von Streit zerrt sie es hervor, um es gegen mich zu verwenden. Und da wundern sich die Leute, dass ich nicht darüber reden will. »Stimmt«, sagte sie. »Weil er mit einer Person fremdgegangen ist, die angeblich meine beste Freundin war!«

»Und du warst meine beste Freundin und hast Carlos trotzdem gefeuert! Du kannst mir ja wohl keinen Vorwurf daraus machen, dass ich mir geholt habe, was mir zustand, und außerdem habe ich es nicht darauf angelegt, Jason hat es mir förmlich auf dem Silbertablett angeboten.«

Laurel schleuderte die alberne Perücke quer durchs Zimmer. »Na, vielleicht ist das bei Gabriel und dieser Frau genauso.« Sie wusste, dass es gemein war, aber es war ihr egal. Jahrelanger Groll brach sich Bahn, es war ein gutes, reinigendes Gefühl. »Vielleicht hat sie mehr zu bieten als du. Vielleicht ist das, was sie zu bieten hat, frischer«, fügte sie als letzten sadistischen Dolchstoß hinzu.

Und damit stapfte sie in die Küche und überließ es Steph, allein den Weg nach draußen zu finden.

Die rote Perücke lag anklagend auf dem Beifahrersitz, als Laurel an diesem Abend nach Painswick fuhr, und mahnte sie eindringlich, dass sie sich für einiges zu entschuldigen hatte.

Typisch, dass Steph in so einem Viertel wohnt, dachte Laurel, als sie zwischen dem Gewirr blumenberankter Cottages parkte. Dieses Cotswold-Dorf war so exklusiv, dass selbst die Spatzen erst nach einer Stimmprüfung hereingelassen wurden. Nur ein Mädchen aus einer hässlichen Doppelhaushälfte am falschen Ende von Cheltenham konnte sich so von ganzem Herzen dem Leben in der feineren Gesellschaft verschreiben.

Stephs Haus (eines ihrer Häuser) stand am Ende einer schmalen Gasse und besaß alles von Erkerfenstern bis hin zu einer alten Wasserpumpe mit Pferdetränke voller Pfingstrosen vor der Haustür. Laurel hob die Hand, um an der Tür zu klopfen, doch dann verließ sie der Mut, und sie überlegte sich tausend gute Gründe, es zu lassen. Vielleicht sollte sie die Perücke und das Eis einfach als Friedensangebot vor die Tür legen und weglaufen? Aber es zog Regen auf, und wer wollte schon eine triefend nasse Perücke und einen halben Liter geschmolzenes Eis vor seiner Tür finden?

Im hinteren Teil des Hauses brannte Licht. Laurel

ging auf dem schmalen Gartenweg an die Hintertür. Dieses Mal klopfte sie, aber niemand antwortete. Als sie auf die Klinke drückte, schwang die Tür auf.

»Steph?«

Keine Antwort. Aber sie hörte die Fernsehnachrichten aus einem der Zimmer im Erdgeschoss.

»Steph? Ich bin's, Laurel.«

Die Küche war wunderschön, fand Laurel. Von der Decke hingen Kupferpfannen und getrocknete Kräuter, es gab einen altmodischen Herd, aber auch sämtliche modernen Geräte, die man sich nur wünschen konnte, von der Brotmaschine bis zum elektrischen Entsafter.

Alles wirkte nagelneu und völlig unbenutzt. Eine einzelne schmutzige Kaffeetasse stand neben der leeren Verpackung eines Schokoriegels auf dem Abtropfbrett. Plötzlich befiel Laurel ein Gefühl der Einsamkeit, als sei dieses Haus Gäste oder Leben in irgendeiner Form gar nicht gewohnt.

»Laurel.« Steph tauchte in einem großen, weißen Bademantel in der Tür auf. Ausnahmsweise wirkte sie völlig zerzaust, fand Laurel. »Was machst du denn hier?«

Laurel hielt Eiscreme und ein Video hoch. »Ich bin gekommen, um mich zu entschuldigen.«

Steph beäugte sie misstrauisch. »Wieso?«

»Weil es mir Leid tut.«

Steph strich sich durch ihr Haar. »Es braucht dir nicht Leid zu tun, du hattest ja Recht. Ich habe mein Verfallsdatum überschritten.«

»Nein, das stimmt doch nicht. Ich habe es nicht so gemeint, ich war einfach nur gemein.« Es war ihr unangenehm das zuzugeben, aber dazu war sie schließlich hergekommen. »Ich hatte geglaubt, ich hätte diese ganze Jason-Scheiße verarbeitet, aber da habe ich mich wohl geirrt. Ich wollte dir wehtun.«

»So wie ich dir wehgetan habe?«

»Vermutlich.«

»Ich weiß, dass ich dir wehgetan habe. Was ich getan habe, war furchtbar.«

»Das ist ja jetzt Vergangenheit.«

»Aber du wirst es nie vergessen, oder? Und ich ebenfalls nicht.«

»Vielleicht. Aber die guten Dinge vergesse ich auch nicht. Und davon gab es eine ganze Menge.«

Sie schauten sich an, als rechneten sie damit, dass die andere jeden Moment explodieren könnte. Doch dann entspannten sich Stephs Schultern ein wenig. »Was ist das für ein Video?«

»*Dornröschen.*«

»Sentimentaler Mist.«

»Eindeutig. Und das Eis ist Erdbeer-Joghurt.«

Steph nahm die rote Perücke zwischen Finger und Daumen und ließ sie in den Abfalleimer fallen. »Worauf wartest du noch?«, fragte sie. »Hol uns zwei Löffel und schalte das Video ein.«

Kapitel 24

»Schnell!«, zischte Steph und zog Laurel hinter die Rasenmäher. »Bevor er dich sieht.«

Laurel rieb sich ihre beinahe ausgerenkte Schulter. »Au.«

»Psst! Sonst hört er dich noch.«

Laurel hielt das für äußerst unwahrscheinlich, da aus den Lautsprechern in voller Lautstärke Musik dröhnte. Aber weil sie nach ihrem letzten Gerangel mit Steph beschlossen hatte, die Verrücktheiten ihrer Freundin mit Geduld zu ertragen, verhielt sie sich mucksmäuschenstill.

Steph schob ihre Nase über die Elektrorasenmäher und winkte Laurel zu sich. »Da ist er«, flüsterte sie, »drüben bei den Gartenmöbeln. Komm!«

»Gabriel will sich also einen Grill kaufen?«, murmelte Laurel, als sie Steph, getarnt hinter einem Einkaufswagen voller Töpfe mit südamerikanischem Baumfarn, durch den Gang folgte. »Das weist ihn wohl kaum als den Casanova der Cotswolds aus.«

»Aber warum will er einen Grill kaufen?«, entgegnete Steph, schlich ans Ende der Reihe elektrischer Rasenmäher und tat so, als interessiere sie sich für Rasensprenger.

»Weil er gern halb rohe Hähnchen isst?«

»Weil er gern Gäste einlädt.« Sie schniefte. »Frauen einlädt.«

»Wenn du es sagst.«

Die Vorstellung, dass Gabriel Damen mit einem verkohlten Hähnchenschenkel und einer gebackenen Banane verführte, war so absurd, dass Laurel sich mahnend in Erinnerung rufen musste, wie ernst die Angelegenheit war. Selbst an diesem Montagabend war es brechend voll im Baumarkt, aber ausnahmsweise war Laurel froh, ihren Einkaufswagen durch dichtes Gedränge schieben zu müssen. Die Anonymität machte es ein bisschen weniger peinlich, Gabriel zu verfolgen. Jedenfalls wesentlich weniger peinlich als Stephs Idee mit den Inline-Skates.

Vorsichtig reckte Steph den Hals und lauerte hinter den letzten Rasensprengern hervor.

»Und?«, fragte Laurel, der Stephs Baseballkappe die Sicht versperrte. Sie sah lediglich Gabriels schwarze Jeans von hinten. Das war das Problem, wenn man Leute beschattete: Man sah immer nur ihren Rücken, wobei auch der bei Gabriel durchaus sehenswert war.

»Jetzt guckt er sich die Gasgrills an. Nein, er ... warte mal, er kratzt sich am Hintern.«

Das könnte ich doch für ihn machen, dachte Laurel, verbannte diesen Gedanken aber sofort aus ihrem Kopf.

»Jetzt guckt er sich den großen Hibachi-Doppelgrill mit dem dazugehörigen Servierwagen an«, sagte Steph.

»Ist er groß genug, um jemanden darauf zu verführen?«

»Ha ha ha.«

Steph drehte sich um und bedachte Laurel mit einem wütenden Blick: »Nimmst du die Sache jetzt endlich mal ernst? Denn wenn du nicht aufpasst, schlage ich dich.«

Laurel gab sich alle Mühe, reuig dreinzuschauen. »Entschuldige.«

Steph erstarrte. »Ich fasse es nicht – er hat noch eine!«

»Eine was?«

»Eine Blondine!«

»Wie – eine ganz andere?«

»Das habe ich doch gerade gesagt, du bist wohl schwerhörig – guck!«

»Wo?« Laurel bahnte sich einen Weg durch den Farn, um besser zu sehen. Unmittelbar neben Gabriel stand eine gertenschlanke Frau mit schickem Kurzhaarschnitt und blauem Jeansrock, der sich auch als Stirnband geeignet hätte. Sie hatte sich bei Gabriel eingehakt.

»So!« Stephs Augen leuchteten heller als die preisreduzierten Halogen-Terrassenlampen. »Jetzt habe ich ihn auf frischer Tat ertappt, jetzt werde ich die Sache mit diesem betrügerischen Kerl ein für alle Mal klären!«

Bevor Laurel sie zur Vorsicht mahnen konnte, stürmte Steph in die Grillabteilung. »So, Gabriel Schätzchen – willst du mich deiner kleinen Freundin nicht vorstellen«

Da er sich nicht zu ihr umdrehte, packte sie ihn an der Schulter und wirbelte ihn herum. »Du brauchst gar nicht so zu tun, als hättest du mich nicht gehört …«

»Sprechen Sie mit mir?«, fragte er und befreite sanft seinen Arm.

»Wer zum Teufel ist die Frau?«, fragte die große Blondine.

Es war gar nicht Gabriel.

Laurel gähnte, rieb sich die Augen und schaute auf die Ormolu-Uhr. Gleich 18 Uhr, die anderen waren schon alle nach Hause gegangen. Vielleicht sollte sie auch gehen. Die Woche war bisher hektisch verlaufen, dabei war erst Dienstag.

Sie überlegte gerade, Steph zu fragen, ob sie mit ihr Pasta essen gehen wolle, als ihre Bürotür sich öffnete und ein Auge durch den Spalt lauerte.

»Laurel?« Der Besitzer des Auges klopfte verspätet an. »Haben Sie eine Minute Zeit?«

»Sicher Stacey, kommen Sie herein.« Die Aussicht auf eine schöne Portion Pasta mit Käse und knackigem Salat wurde schlagartig zum verlockenden Tagtraum. Aber sie war sich ohnehin nicht sicher, ob sie Steph in ihrer derzeitigen Gemütsverfassung einen weiteren Abend ertragen konnte. »Ich dachte, Sie wären schon nach Hause gegangen.«

Stacey kam mit glühenden Wangen und ein bisschen zerzaust herein; der längliche Umschlag in ihrer Hand ließ deutlich die Knitterspuren nervöser Hände erkennen.

Stacey scharrte unbehaglich mit den Füßen. »War ich auch. Aber ich bin noch mal zurückgekommen.«

»Ach«, sagte Laurel und musterte den Umschlag. »Was haben Sie denn da?«

Stacey atmete tief durch und legte den Umschlag auf den Tisch. »Meine Kündigung.«

Hätte der Papst Drillinge bekommen, hätte es Laurel auch nicht mehr verblüffen können. »Sie wollen uns verlassen?«

»Ja – also, nein. Ich weiß es nicht, vielleicht. Das hängt davon ab.

»Wovon?«

»Von Ihnen.«

Laurel starrte auf den Umschlag, dann auf Stacey. »Ich weiß, dass Sie über ein paar Dinge enttäuscht waren, die ich nicht gemacht habe, aber ich hätte nicht gedacht ...«

»Es ist nicht Ihretwegen, wirklich nicht«, versicherte Stacey ernst. »Und ich weiß auch, dass es nicht Ihre Schuld ist. Es ist nur einfach so, dass ich, also, wir ...«

»Wir?«

»Ravi und ich. Wir haben uns gedacht, wenn Mr. Case Sie mit der Agentur nicht machen lässt, was Sie wollen, sollten wir besser eine eigene Agentur aufmachen; wissen Sie, und sie so leiten, wie wir es für richtig halten.«

»Ach«, sagte Laurel niedergeschlagen. »Verstehe.« Aber sie konnte ihnen keinen Vorwurf machen, sie hatten ja Recht. Wenn das Schiff D&M auf den Untergang zusteuerte, hatte es keinen Zweck, mit ihm unterzugehen.

Eine zweite Gestalt erschien im Türrahmen. »Darf ich auch reinkommen?«

»Ravi!«, rief Laurel. »Ja, sicher. Aber was machen Sie hier?«

Er zog sich einen Stuhl heran. »Stacey möchte

eigentlich gar nicht kündigen«, erklärte er. »Und eigentlich wollte ich auch nie kündigen. Wir haben immer gern hier gearbeitet.«

»Und wir mögen Sie«, fügte Stacey hinzu.

»Aber als Sie hier anfingen, dachten wir, Mr. Case wäre endlich zur Einsicht gekommen, und es würde sich einiges ändern.«

»Aber dem war nicht so.«

»Nein«, bestätigte Laurel. »Es ist nicht so, dass ich es nicht versucht hätte, aber er hört gar nicht zu – mir jedenfalls nicht. Ihn interessiert nur, dass alles so bleibt, wie es immer gewesen ist.«

»Ohne Computer zum Beispiel«, sagte Stacey. »Und mit diesen blöden Bakelit-Telefonen.«

»Am Geld kann es nicht liegen«, seufzte Laurel. »Er erlaubt nicht einmal, dass ich meinen eigenen Laptop mitbringe.«

»So kann es nicht weitergehen«, sagte Ravi. »Jedenfalls nicht immer und ewig. Die Agentur wird einfach eingehen.«

»Ich weiß.«

Er erwärmte sich für das Thema. »Aus diesem Laden ließe sich so viel machen. Nehmen Sie nur die jüngeren Klienten – ihnen gefällt der persönliche Service, aber sie wollen auch moderne Technik, sie wollen eine interaktive Website und die Möglichkeit, via Mail mit ihrem persönlichen Vermittler in Kontakt zu bleiben. Und denken Sie nur, wie viel Zeit wir für persönliche Gespräche einsparen könnten, wenn wir sämtliche Kundendaten in einer einzigen Datenbank speichern könnten.«

»Sie haben völlig Recht«, nickte Laurel.

»Wir könnten uns mit ähnlichen Agenturen in

anderen Teilen des Landes vernetzen, damit die Leute Partner und Freunde in anderen Gegenden finden könnten«, fügte Stacey hinzu. »Und viele unserer Klienten hätten gern lebendigere gesellige Veranstaltungen und Ausflüge. Außerdem könnten wir für ältere Leute eine richtige Freundschaftsvermittlung aufbauen – das ließe sich aus dem Bereich Brieffreundschaften entwickeln. Viele von ihnen interessieren sich zunehmend für das Internet, das könnten wir also online anbieten.«

»Und all diese Ideen wollten Sie in Ihrer neuen Agentur umsetzen?«, fragte Laurel.

Ravi und Stacey schauten sich an. »Ja«, sagte Stacey. »Ravi kann wirklich gut mit Computern umgehen, und ich habe ein Händchen für Klienten, glaube ich. Wir hatten vor, in meinem Gästezimmer anzufangen.«

»Aber?«

»Aber wir würden es lieber hier machen«, sagte Ravi. »Im Rahmen von D&M. Aber ich fürchte ...«

»Was?«

»Ich fürchte, Sie würden mich nicht wieder nehmen, selbst wenn Sie die Änderungen verwirklichen könnten, die Sie machen möchten.«

»Aber das kann sie nicht machen«, warf Stacey ein und fingerte an dem Umschlag auf dem Schreibtisch herum, »weil Mr. Case sie nicht lässt. Nicht mal, wenn es einen Monat voller Sonntage gäbe.«

»Wissen Sie was?« Laurel nahm Stacey den Umschlag aus der Hand, warf ihn Richtung Papierkorb und landete einen Volltreffer. »Genau da irren Sie sich.«

Stacey bekam große Augen. »Wie meinen Sie das?«

»Vertrauen Sie mir«, antwortete Laurel. »Mehr kann ich im Augenblick nicht dazu sagen. Aber ich verspreche Ihnen, dass sich hier einiges ändern wird.«

»Die Tauben werden unglaublich fett«, stellte Laurel fest, als sie und Steph an der Promenade saßen und Früchtekuchen zerkrümelten. »Die da drüben sieht aus, als bekäme sie gleich einen Herzinfarkt.«

Steph brummte etwas und schnippte eine Rosine über den Bürgersteig.

»Ist dir klar, dass das allmählich zum Ritual wird?«, fragte Laurel. »Wenn wir weiter in jeder Mittagspause herkommen, wird die Stadtverwaltung bald eine blaue Plakette und Hängepflanzen an uns anbringen.«

»Hmm.«

»Ach Steph«, stöhnte Laurel, »diese Sache mit Gabriel macht dir doch nur Kummer. Warum gibst du es nicht endlich auf?«

»Ich kann einfach nicht«, antwortete Steph. »Noch nicht. Nicht, bevor ich sicher weiß, was da eigentlich läuft.«

Bette war nicht dumm. Sie mochte zwar laut, herrisch und extrem allergisch gegen Romantik sein, aber völlig unsensibel war sie deshalb noch lange nicht. Als Stacey ihr erzählte, dass Ravi wieder bei D&M arbeiten sollte, zählte sie daher zwei und zwei zusammen und ahnte, was Laurel vorhatte. Nun ja, was Edwin nicht wusste, konnte ihn auch nicht heiß machen, oder?

Ich wünsch dir alles Gute, Laurel, dachte sie, als

sie aus dem Bett schlüpfte und Jack schnarchend wie ein dickes Flusspferd in seinem gestreiften Schlafanzug zurückließ. Ich wünsche dir alles Gute dabei, dass du deine Frau stehst und dich gegen Männer wehrst, die sich in dein Leben einmischen wollen. Gut für dich, dass du nicht so bist wie ich. Sie hatte mit sechzehn geheiratet und sechs Jahre und drei Kinder später gemerkt, dass Jack in Wirklichkeit gar nicht stark und schweigsam war, sondern nur deshalb schwieg, weil er gar nichts zu sagen hatte. So war es nun seit über dreißig Jahren, die ihr bitter klargemacht hatten, dass materielle Sicherheit die schlimmste Falle von allen war. Manchmal verachtete sie sich dafür, aber die bittere Wahrheit war, dass man sehr viel Jack für die Chance auf einen Gewinner im Gold Cup aushalten konnte.

Das Haus lag im Halbdunkel, da sich über den Hügeln der Umgebung die erste Morgendämmerung zeigte. Irgendwo in der Ferne wieherte ein Pferd. Bette schlurfte in Pantoffeln in die Küche, nahm ihr Handy von der Arbeitsplatte und wählte Edwins Nummer.

Er antwortete sofort, wie sie es sich gedacht hatte. Männer wie Edwin Case verschwendeten keine Zeit mit Schlaf, wenn sie Geld verdienen oder Waisen auf die Straße setzen konnten.

»Case.«

Sie schlug den strahlenden Ton an, mit dem Laurel bei Problemkunden Wunder zu bewirken schien. »Rate mal, wer hier ist.«

»Bette! Also, wie komme ich zu der Ehre?«

»Wie wäre es mit einem langen Wochenendausflug – nur wir beide?«

»Du freche kleine Schlange.« Sie hörte ein amüsiertes Schnauben am anderen Ende der Leitung. »Du willst mir doch wohl nicht erzählen, dass dein grässlicher Ehemann dich tatsächlich ein paar Tage von der Leine lässt?«

Edwins verächtlicher Ton ärgerte sie. Gut, Jack mochte als Ehemann ein völliger Versager sein, aber das zu sagen stand nur ihr zu, sonst niemandem. Dennoch gelang es ihr, weiter zu strahlen, schließlich ging es hier um das Wohl der Agentur, nicht um sie und schon gar nicht um Edwin.

»Hast du am Wochenende des 20. schon was vor?«

»Mensch, Bette, ich dachte, du wolltest mich auf den Arm nehmen!«

Ungeduldig trommelte Bette mit den Fingern auf die Arbeitsplatte und hoffte, dass Jack nicht ausgerechnet heute Morgen einmal früh aufwachen möge. »Am 20., Edwin: Ja oder nein? Jack hat eine Eselausstellung in Wales.« Das stimmte zwar nicht, aber bis dahin würde sie schon dafür sorgen, dass er beschäftigt war.

»Also, ja, ich glaube, das Wochenende ist noch frei. Warte mal – an dem Wochenende ist der gesellige Abend von D&M.«

»So?«

»Ich kann unmöglich einen unserer geselligen Abende verpassen, ich gehe immer hin. Das weißt du doch: Muss die Truppe ein bisschen im Auge behalten. Die Jungs aufmuntern und so.«

»Aber Edwin«, schnurrte Bette und kramte alles hervor, was sie aus Marilyn-Monroe-Filmen gelernt hatte. »So eine Chance bietet sich uns wahrscheinlich monatelang nicht wieder – vielleicht sogar jahrelang. Und ich bin sicher, Miss Page kommt auch ohne dich zurecht.«

»Hmmm. Ich weiß nicht.«

»Außerdem kommt sowieso kaum jemand, oder? Stell dir doch nur vor: ein diskretes Hotel, nur wir beide.«

»Verlockend ist es schon«, gab er zu.

Sie spürte, dass er schwach wurde, und versetzte ihm den entscheidenden Schlag: »Ich könnte den versauten Lederzügel mitbringen, den du mir geschenkt hast ...«

Wie hätte er einem solchen Angebot widerstehen sollen?

The Eviscerated Cow, die ausgeweidete Kuh, war ein Gloucestershire-Pub wie aus dem Bilderbuch. Die Kneipe lag versteckt in einer schmuddeligen Gasse hinter dem Busbahnhof. Die gespenstische Leuchtreklame ließ Touristen schreiend den nächsten Irish Pub suchen, und die Totenmaske der Red-Rum-Reklame fand ihre passende Ergänzung in einem Wirt mit elf Fingern.

Wie Laurel und Steph an einem Freitagabend hierher geraten waren, konnte sich niemand erklären.

»In Ordnung«, verkündete Steph und rieb den eingetrockneten Schaum vom Rand ihres Glases, »ich gebe auf.«

Ein Engelschor sang Hosianna in Laurels Kopf. »Du meinst, du hörst wirklich auf, Gabriel durch ganz Gloucestershire zu verfolgen?«

Steph nickte.

Laurel strahlte. »Du meinst, ich kann mir die Lippen wieder mit Lippenstift anmalen statt mit verkohltem Kork?«

»Sei vorsichtig«, knurrte Steph, »ich gebe nur auf, weil mir die Ideen ausgehen.«

»Schon, aber wir haben ihn jetzt tagelang beschattet«, erklärte Laurel, »und er hat rein gar nichts Interessantes gemacht. Nichts, was nicht total langweilig gewesen wäre.«

Das entsprach durchaus der Wahrheit. Es konnte kaum etwas Langweiligeres geben, als in einem Auto zu hocken und jemanden dabei zu beobachten, wie er 25 Liter weiße Wandfarbe und einen Schraubenschlüssel kaufte.

»Und was jetzt?«, erkundigte sich Laurel munter. »Wirst du ihn jetzt rundheraus nach dieser mysteriösen Blondine fragen?«

Steph öffnete den Mund, um zu antworten, doch in diesem Augenblick bemerkte sie eine auffallend schillernde Gestalt, die draußen am Pub vorbei ging. »Das ist sie!«, rief sie, sprang auf und stieß dabei ihren Stuhl um. »Das Flittchen mit dem falschen Busen!«

»Na und?« Laurel hielt ihr Glas gegen das Licht und betrachtete verwundert die trüben Wolken im Bier. »Du wolltest doch aufgeben, schon vergessen?«

»Zum Teufel. Ich habe nur gesagt, dass ich aufhöre, Gabriel zu beschatten. Von ihr habe ich kein Wort gesagt.«

»Aber ...«

»Komm schon, Lozzie, beeil dich, sonst holen wir sie nicht mehr ein!«

Die Blondine mit dem falschen Busen war nicht einfach zu beschatten.

Zum einen verstand sie es, selbst mit hohen Absätzen schnell zu gehen. Zum anderen hatte es geregnet, seit sie in den Pub gegangen waren, und der Bürgersteig war rutschig.

»Komm schon, Steph«, drängte Laurel, die nur mit Mühe Schritt hielt, als die Blondine um die Ecke bog. »Sie entwischt uns.«

»Schon gut. Ich. Gehe. So. (Keuch) Schnell. Ich kann (Keuch).« Steph schnaufte bis zur Ecke, wo Laurel wie gärender Rhabarberkompott auf der Stelle hüpfte.

»Das war schließlich deine Idee«, erinnerte Laurel sie.

Steph bedachte sie mit einem Blick, der mehr sagte, als Worte es vermocht hätten – zumindest höfliche Worte. »Wo. Ist. Sie. Hin?«

»In die Richtung.« Laurel deutete auf eine ferne Gestalt auf der Hauptstraße. »Meine Güte, du bist aber schlecht in Form. Ich dachte, Sex hält fit.«

»An einigen Stellen bin ich topfit!«, protestierte Steph.

»Ich frage nicht, an welchen Stellen. Mist!«

»Was?«

»Sie steigt in den roten Porsche. Ich schätze, jetzt müssen wir aufgeben«, fügte Laurel hoffnungsvoll hinzu.

»Bestimmt nicht!«, erwiderte Steph. »Guck, da drüben ist ein Taxistand.« Sie marschierte zu dem ersten Taxi in der Schlange, riss die Tür auf und sprach den Satz, den sie schon immer einmal hatte sagen wollen: »Folgen Sie dem Wagen da drüben!«

Laurel und Steph standen seit gut einer halben Stunde im Nieselregen.

»Steph«, bettelte Laurel, »können wir bitte irgendwas machen? Zum Beispiel nach Hause gehen?«

Steph schaute mit finsterer Miene zu dem hell erleuchteten Fenster im ersten Stock des umgebauten Stalles hinauf, dessen gelbliches Licht sich grell gegen die Dunkelheit abhob. »Sie ist da drin. Mit ihm.«

»Das wissen wir doch gar nicht so genau«, wandte Laurel ein.

»Lozzie, er wohnt hier, das hat er mir erzählt. Und wir haben sie hineingehen sehen.« Ihre Miene verfinsterte sich noch weiter. »Mich lädt er nicht zu sich ein, aber sie hat einen eigenen Hausschlüssel!«

»Ja, aber wir wissen nicht mit Sicherheit, ob sie zusammenleben.«

Steph schaute sie mitleidig an. »Ach komm schon.«

Laurel musste zugeben, dass die Sache nicht gut aussah. »Okay, vermutlich ist sie mit ihm da drin, und vermutlich spielen sie nicht Monopoly. Aber hier draußen im Regen zu stehen, bringt auch nichts, außer dass wir uns eine Lungenentzündung holen. Also lass uns doch einfach …«

»Du hast Recht«, fiel Steph ihr ins Wort und schüttelte sich die feuchten Haarsträhnen aus dem Gesicht.

»Wirklich?« Gott sei Dank, dachte Laurel und holte ihr Handy aus der Tasche, um ein Taxi zu rufen. Aber Steph hatte andere Vorstellungen.

»Ja. Komm, Lozzie, wir gehen rein.«

Steph schoss geradewegs über die Straße wie eine Rakete. Laurel folgte ihr zögernd. »Steph, es ist nach Mitternacht, du kannst doch jetzt nicht einfach da reinplatzen.«

»Doch.«

»Lass uns doch lieber morgen wiederkommen.«

Steph schüttelte Laurels Hand ab und stürzte zur Haustür. »Nun komm schon«, knurrte sie mit zusammengebissenen Zähnen, während sie mit der Türklingel Morsezeichen in die Nacht schickte. »Komm von der Frau und mach auf, du Mistkerl.«

In der Diele ging das Licht an, und Laurel hörte die Türkette klirren. Als die Tür aufging, hielt sie den Atem an und wartete auf den Aufprall von Faust auf Nase.

In diesem Fall tauchte aber zuerst eine Brust auf, gefolgt vom Rest der Blondine, die sie verärgert und vollständig bekleidet anfuhr: »Hört mal, Kids, ich habe euch schon mal gesagt, wenn ihr ...«

Sie brach ab und starrte Steph an. Steph starrte zurück. Laurel wand sich.

»Wer zum Teufel sind Sie?«, fragte die Blondine.

Steph hielt sich nicht mit Formalitäten auf. Sie schob sich an der Besitzerin des Busens vorbei ins Haus. »Wo ist er? Wo versteckt sich dieser Mistkerl?«

»He!«, protestierte die Blondine und lief hinter Steph her die Treppe hinauf. »Da dürfen Sie nicht rauf!«

Aber Steph war schon oben.

Gabriel sah ohne Kleider sogar noch besser aus, obwohl Laurel wünschte, sie wären ein bisschen früher auf der Bildfläche erschienen, bevor er das Kissen vor seine Lenden hatte ziehen können.

»Steph!«, rief er und wich zurück, bis das Schlafzimmerfenster seinen Rückzug bremste und er der gesamten Marriott Street sein nacktes Hinterteil präsentierte.

»Egal, was du sagst, es wird nicht reichen, also würde ich an deiner Stelle den Mund halten«, sagte Steph eisig.

Die Brüste der Blondine kamen angaloppiert. »Was denken Sie sich eigentlich dabei, in mein Haus einzudringen?«

Steph wirbelte herum. »Ihr Haus?«

»Minette«, wimmerte Gabriel, »sag ihr, sie soll den Kerzenständer wegtun.«

Minette schaute ihn verzweifelt an. »Gott, bist du jämmerlich.« Sie ging an den CD-Spieler, der auf der Frisierkommode stand, und schaltete *In the Navy* aus, was Laurel eine merkwürdige Untermalung für eine Verführung fand. Aber die Geschmäcker waren nun mal verschieden. »Ja, Ladies, mein Haus. Wenn Sie jetzt bitte so nett wären, den Kerzenständer wegzustellen und mein Haus zu verlassen, dann bräuchte ich nicht die Polizei zu rufen.«

In der unvermittelt eintretenden Stille ließ Steph widerstrebend den Kerzenständer sinken. »Was redet sie da?«

Gabriel schlich zum Sessel und schnappte seine Kleider. Laurel konnte nicht umhin zu bemerken, dass er am ganzen Körper eingeölt war. Es brachte seine Muskeln gut zur Geltung – und was für Muskeln.

»Das Haus gehört ihr, ich bin ihr Untermieter«, sagte Gabriel.

Stephs Augen verengten sich zu schmalen Schlitzen. Diese Ausrede hörte sie nicht zum ersten Mal.

»Steph, sie ist meine Managerin, zum Teufel noch mal!«, platzte er heraus. Trotz seiner Sonnenbräune wurde er rot.

»Und wer ist das?«, erkundigte Minette sich eiskalt.

»Meine ... ehm ... Freundin.«

Minette wirkte keineswegs erfreut. Ihre Lippen kräuselten sich sichtlich. »Was – alle beide? Du bringst ganz schön viel Energie auf.«

»Sei nicht albern! Nein, nur Steph.«

»Deine Managerin?« Laurel war völlig verdutzt. »Wozu brauchst du eine Managerin? Du bist doch Anstreicher.«

Minette lachte. »Hast du ihnen das erzählt?«

»Ich bin Anstreicher!«, protestierte Gabriel. »Jedenfalls meistens.«

»Und was sonst noch?«, fragte Steph.

»Gabriel ist ein erotischer Performance-Künstler«, schnurrte Minette. »Ein sehr talentierter obendrein. Sie sollten seine *Top-Gun*-Nummer sehen.«

»Was ist er!«

Gabriels Röte wurde einen Ton dunkler. »Ein Stripper«, murmelte er. »Ich bin ein männlicher Stripper, okay? Als ihr hier reingeplatzt seid, habe ich gerade meine neue Nummer probiert.«

Steph schaute Minette argwöhnisch an. Laurel musterte Gabriel verwundert. Minette stand mit verschränkten Armen da und tippte mit dem Fuß auf den Boden.

»Ist sie wirklich deine Managerin?«, fragte Steph.

»Ja.«

»Nur deine Managerin?«

Gabriel und Minette tauschten Blicke. »Ja«, sagte Gabriel betont, gleichzeitig sagte Minette: »Nein.«

»Was denn nun?«, fragte Steph.

»Wir hatten mal was miteinander«, räumte Gabriel ein. »Aber das ist schon Jahre her. Und es war nie was Ernstes.«

»Was!«, protestierte Minette.

»War es doch auch nicht! Wir sind nur ein- oder zweimal ausgegangen, und es war die reinste Katastrophe.«

»Und was ist mit dem heiligen Band zwischen Managerin und ihrem Protegé?«

»Heiliges Band? Ja, zwischen dir und deinen zehn Prozent! Und wo wir gerade davon reden«, zu Laurels Enttäuschung band er den Gürtel seines Bademantels zu, »mir vorzuwerfen, ich würde jede Frau nageln, die ich angucke, und dies sei für die Karriere eines Strippers nicht gerade förderlich.«

»Ich schütze dich lediglich vor sexueller Ausbeutung!«

Gabriel ließ den Kopf hängen. »Jetzt verstehst du, warum ich dir nichts von ihr erzählt habe«, sagte er.

»Ich verstehe einiges«, antwortete Steph. Sie bückte sich und hob mit Daumen und Zeigefinger ein zerknülltes Stück Stoff auf. »Meine Güte, Lozzie, ich bin mit einem Mann ausgegangen, der Tangas aus falschem Leopardenleder trägt.«

»Nur zur Arbeit«, wandte Gabriel ein.

Kapitel 25

»So«, erklärte Bette, als sie am Montagmorgen in Laurels Büro marschierte, »ich will nicht lange um den heißen Brei herum reden. Ich schaffe Edwin Case am 20. über das Wochenende aus dem Weg, damit er seine Nase nicht in alles steckt, was Sie für den geselligen Abend planen.«

Es dauerte ein Weilchen, bis diese Neuigkeit durchsickerte. »Wie meinen Sie das, Sie schaffen ihn aus dem Weg?«

Bette steckte die Hände in die Tasche ihrer wattierten Weste. »Ein langes Wochenende in einem diskreten Hotel, er und ich.«

Laurels Hirn arbeitete angestrengt. »Sie und Edwin Case?«

»Wir haben ... ein langjähriges Arrangement. Schauen Sie mich nicht so an«, fügte Bette streitlustig hinzu. »Ich mag zwar alt sein, aber ich gehe immer noch über die volle Distanz.«

»Ich habe nie behauptet, dass Sie das nicht können.«

»Außerdem mag er zwar ein alter Knacker sein, aber er ist kein Klepper wie mein Jack.« Bette musterte Laurel eindringlich. »Während ich mich für England opfere, sollten Sie jedenfalls die Gelegenheit nutzen, verstanden?«

Laurel schob ihre Teetasse beiseite. »Warum tun Sie das?«, fragte sie erstaunt. Der Gedanke, dass jemand ein liederliches Wochenende mit Edwin Case ertragen konnte, hatte ihr den Appetit auf Kekse verschlagen.

»Für die Agentur. Und weil ich Betrüger und schlechte Verlierer hasse.« Bette zog sich einen Stuhl heran und setzte sich. »Ihnen ist doch wohl klar, dass er Ihnen nicht die ganze Geschichte erzählt hat, oder?«

»Was für eine Geschichte?«

»All dieser Blödsinn, dass er aus rein sentimentalen Gründen D&M genauso weitergeführt wissen will, wie seine Mutter es getan hat.«

»Ich habe das schon immer ein bisschen komisch gefunden«, gab Laurel zu. »Ich meine, ich hatte nie den Eindruck, dass er der sentimentale Typ ist – aber welchen Grund sollte er sonst haben?«

»Den Einzigen, der für ihn eine Rolle spielt: Geld. Ich vermute, er hat Ihnen nichts vom Testament seiner Mutter erzählt?« Bette sah an Laurels Miene, dass er es nicht getan hatte. »Also, als sie starb, stellte sich heraus, dass Edwin den Rest ihres Vermögens nur erben würde, wenn er D&M ein ganzes Kalenderjahr in ihrem Sinne weiterführen würde. Und glauben Sie mir, wenn ich Vermögen sage, spreche ich nicht von ein paar Hundert Mäusen in einer Keksschachtel.«

Laurel hob die Augenbrauen. »Deshalb reagiert er also so allergisch auf Computer und orange Aktenschränke?«

»Genau. All dieses Gerede, den Geist seiner Mutter lebendig zu erhalten, macht mich ganz krank.«

»Und warum leitet er den Laden nicht einfach selbst?«

»Weil er sich dazu zu schade ist, deshalb. Er hat D&M immer gehasst, und das wusste seine Mutter. Wissen Sie, wie er die Klienten nennt?« Bette beugte sich über den Schreibtisch. »›Jämmerliche Idioten und Versager!‹ Und das sagt er, wenn er sich höflich ausdrückt.«

»Meine Güte!«

»Als er von einer wirklich guten Managerin erfuhr, die unbedingt aus der dot-com-Industrie in eine Branche wechseln wollte, in der die altmodischen persönlichen Kontakte noch zählen …«

»Da wollte er mich sofort einstellen.«

»Genau. Und um sicherzugehen, dass Sie zu seinem bescheidenen Gehaltsangebot ja sagen, versprach er, Ihnen die Agentur zum Schnäppchenpreis zu verkaufen, wenn Sie ein Jahr lang machten, was er wollte.«

Der Groschen war gefallen. »Aber hinter dem Rücken hat er dabei die Finger gekreuzt, das wollen Sie doch sagen?«

»Wie ich ihn kenne, verkauft er einfach an den Meistbietenden, sobald das Jahr vorbei ist. Hat er Ihnen irgendwas Schriftliches gegeben?«

Seufzend lehnte Laurel sich zurück. »Natürlich nicht. Wir haben es mit Handschlag besiegelt. Dieser Gauner.«

Bette stand auf. »Sie lernen schnell.«

»Ich danke Ihnen, Bette«, rief Laurel hinter ihr her, als sie aus dem Büro ging und einen schwachen, erotischen Pferdegeruch hinterließ. Im Stillen fügte Laurel hinzu: Danke, dass Sie mich in meinem Entschluss bestärkt haben.

Es gab noch mehr im Leben als Gabriel. Wesentlich mehr. Gut, es war nicht einfach, nicht von Gabriels verlockenden Muskeln zu träumen, aber inzwischen zeichnete sich durch den Nebel in ihrem Kopf etwas noch Stärkeres ab: ein neues Ziel. Selbst ihre Mutter hatte in ihren Mails einen neuen Tonfall herausgehört und warf ihr vor, ein geheimes Sexleben zu führen.

Aber nicht Sex war der Grund, dass es ihr so gut ging. Es war ihr alter Geschäftssinn, den sie verloren geglaubt hatte. Edwin Case würde nicht wissen, wie ihm geschah.

Natürlich konnte sie nicht 24 Stunden am Tag Unternehmensstrategien entwickeln. Deshalb machte Laurel Power-Yoga auf ihrem Wohnzimmerteppich, während Neil im Takt zur Walmusik von der CD mit der Schwanzflosse zuckte.

Leere deinen Kopf, sagte sie sich. Nein, ich sagte, leeren, nicht an Gabriel denken! Aber nachdem die Schleusen einmal geöffnet waren, kam sie nicht umhin, sich zu fragen, ob Steph und er sich wohl wieder vertragen hatten. Hatte Steph sich mit Gabriels künstlerischer Nebenbeschäftigung abgefunden? Gab er ihr jetzt Privatvorstellungen?

Doch eigentlich spielte das für sie keine Rolle. Gabriel war Geschichte; nein, nicht einmal das, da er ohnehin nur eine Fantasie war. (Und zwar eine Fantasie, die sie mit den meisten Frauen von Cheltenham teilte, nach allem, was sie inzwischen über seinen wahren Beruf erfahren hatte.) Ich sollte mir einen Mann für mich allein suchen, beschloss sie. Vielleicht sollte ich einfach aufs Geratewohl mit einer Nadel in Stephs schwarzes Büchlein stechen und es noch einmal mit einem Blind Date versuchen. Vielleicht aber auch nicht.

Nachdenklich schlang sie einen Fuß um ihren Nacken. Ihre Gedanken schweiften ab, entfernten sich aber nicht sonderlich weit von der Vorstellung, wie Gabriel in seinem Leopardentanga Pirouetten drehte …

Au!

Als sie das zweite Bein anhob, geriet sie aus dem Gleichgewicht, kippte zur Seite, stieß den Couchtisch um und verrenkte sich den Nacken.

»Wag es ja nicht zu lachen!«, warnte sie Neil. Zu spät: Das Wasser in seinem Aquarium brodelte vor Gelächter.

Zum Glück hatte Laurels Chiropraktiker bereits früh morgens Sprechstunde, dennoch war es fast zehn Uhr, als sie am nächsten Vormittag zur Arbeit kam.

Als sie mit immer noch schmerzendem Schiefhals die Bürotür öffnete, landete eine gelbe, mit Bohnen gefüllte Ente zielgenau auf ihrer Nase.

»Verflucht, es tut mir wirklich Leid.« Kathy lief herbei und holte die Ente aus Ravis Eingangskorb. »Stimmt was nicht mit Ihrem Hals?«

»Nein, ich laufe immer so rum.« Langsam und unter Schmerzen machte Laurel den Kopf gerade. Aus dieser Perspektive sah zwar alles nicht mehr so schief aus, aber im Büro wimmelte es nach wie vor von Kindern. Als sie ihre Sprache wiederfand, brachte sie lediglich heraus: »Da sind Kinder! Überall!«

»Wir haben unten eine Überschwemmung in einer der Toiletten«, erklärte Kathy und befreite geschickt den Kopf eines Kleinkinds aus einem Papierkorb. »Stacey hat gesagt, wir könnten ein paar von den Kindern vorübergehend heraufbringen.«

»Es ist nur für eine Stunde oder so, bis die Eltern sie abholen«, warf Stacey ein und wischte Bananenbrei von ihrem Telefonhörer. »Sie stören bestimmt nicht.«

Kathy war realistischer. »Ich weiß, es ist nicht gerade ideal, und es tut mir auch wirklich furchtbar Leid. Ich meine, ich weiß, dass Mr. Case nicht begeistert wäre, wenn er es erführe.«

»Sicher nicht«, überlegte Laurel. Plötzlich grinste sie breit. »Machen Sie ruhig weiter, Kathy. Kein Problem. Bleiben Sie, so lange Sie wollen.«

An diesem Nachmittag kam Laurel an Staceys Schreibtisch. »Viel zu tun?«

»Nicht so schlimm«, antwortete Stacey. »Ravi und ich haben die Rückstände bei den Anmeldungen von letzter Woche fast aufgearbeitet.«

»Gut«, sagte Laurel, »ich habe nämlich einen kleinen Job für Sie. Erinnern Sie sich an die Tanzband, die Sie im Auftrag von Mr. Case gebucht haben?«

Stacey rümpfte die Nase. »Diese grässlichen alten Herren mit den Strohhüten? Er engagiert sie jedes Mal, kein Wunder dass kein Mensch kommt. Der mit der Tuba spielt immer falsch. Was ist damit?«

»Ich möchte, dass Sie den Manager anrufen und absagen.«

Stacey blieb der Mund offen stehen. »Absagen! Aber warum?«

»Sagen Sie ... sagen Sie einfach, Mr. Case hätte

beschlossen, es dieses Mal mit etwas anderem zu versuchen.«

»Mr. Case hat es sich anders überlegt?« Stacey war verdutzt. »Er ändert nie seine Meinung!«

Laurel tippte sich an die Nase. »Das wissen Sie und ich, aber diese Herren wissen es nicht. Und so lange Mr. Case nicht herausfindet, dass wir seiner Tanzkapelle abgesagt haben, ist es doch wohl egal, oder?«

»Aber was machen wir denn, wenn wir keine Tanzband haben?«

Laurel strahlte: »Wir amüsieren uns.«

Während Stacey nachmittags die Klienten anrief, um ihnen zu sagen, dass der gesellige Abend von D&M in diesem Jahr unter dem Motto »Achtziger Jahre« stehe, grub Laurel ihr altes Adressbuch aus. Es dauerte nicht lange, bis sie die Telefonnummer gefunden hatte, die sie suchte.

»Dawn Fraser, *Cotswolds Today*.«

»Hi, Dawn, hier ist Laurel. Laurel Page.«

»Laurel! Meine Güte, das ist ja eine Ewigkeit her! Wo hast du bloß die ganze Zeit gesteckt?«

Da Laurel nicht gut sagen konnte: »Ich habe mich vor der Welt versteckt«, antwortete sie schlicht: »Ach, hier und da. Du bist also immer noch bei derselben Zeitung?«

»Ja, ich schreibe zu meiner Schande immer noch Wirtschaftsberichte. Ich habe versucht, dich über InterPosy zu erreichen, aber man sagte mir, dass du nicht mehr da bist.«

»Du weißt ja, wie das ist. Ich brauchte mal eine Veränderung. Jetzt leite ich eine Heiratsvermittlung.«

»Wow, das ist mal was anderes! Und, knackige Typen?«

»Na ja, einer oder zwei. Übrigens, ich hatte überlegt – hättest du Lust, mal mit mir zu Mittag zu essen? Ich lade dich ein.«

»Das Geschäft mit der Heiratsvermittlung muss ja gut laufen.«

»Sagen wir, es gibt da bald eine Veranstaltung, über die du vielleicht gern berichten würdest …«

»N'Abend, Stan, n'Abend Jenna, n'Abend, Mark.«

Alles in allem hatte Laurel eine recht anstrengende Woche hinter sich und war reif, für ein bisschen Freizeit. Was gab es da Besseres als eine Partie Dart gegen die Feathers?

»N'Abend, Laurel«, antworteten alle im Chor. »Verdammt, Mark, du lässt sie doch wohl nicht heute Abend spielen? Die Frau ist tödlich.«

»Ging nicht anders, Leute. Terry ist mit einer Panne auf der Autobahn liegen geblieben, und Lin lässt sich ihre Krampfadern operieren.«

Es ging ein hörbares Raunen durch die Reihen, als Laurel an den Start ging. Es war schwer zu sagen, wer sich mehr Sorgen machte, das Feathers Team oder ihr eigenes. Alle zogen die Köpfe ein, sobald sie ausholte und den ersten Pfeil warf.

Als er mitten ins Schwarze traf, hielten sie es für reinen Zufall. Nach dem dritten Volltreffer in Folge wussten sie, dass die Ursache entweder schwarze Magie oder etwas in ihrem Bier sein musste.

»Alan«, sagte Stan und stellte sein halb leeres Bierglas auf die Theke. »Den Rest hier kannst du wegkippen. Gib mir dasselbe, was sie hat.«

Kapitel 26

Es war eine militärische Operation, die höchste Präzision und sekundengenaue Abstimmung erforderte. Ein winziges Zaudern und alles wäre verloren – wenn schon nicht alles, so doch zumindest eine Fingerkuppe.

Killer starrte wütend aus seinem Aquarium im Büro von D&M. Die Zähne glitzerten in der Sonne, bereit, allen zu trotzen, die ihn lebendig holen wollten. Auf der einen Seite stand Ravi in Lederjacke und Motorradhelm und hielt ein Stück rohes Steak verlockend in einer Grillzange. Auf der anderen Seite stand Lothar, der Mann von der Zoohandlung: bewaffnet mit Taucherbrille, Teflon-Handschuhen und einem Ding, das aussah, wie der verstärkte Drahtkorb eine Fritteuse.

»Das normale Fischnetz ist für diese Spezies nicht gut«, erklärte Lothar mit starkem deutschen Akzent. »Ihre Zähne können Stahlplatten durchbeißen, wissen Sie.« Ravi zog sich noch einen Schritt weiter zurück, sehr zum Missfallen von Killer, der sein Mittagessen nur ungern in weiter Ferne verschwinden sah. »So, komm mein Fischchen, komm zu Papa, ja?«

»Kann ich irgendwas tun?«, fragte Laurel und wunderte sich, dass jemand den Wunsch hegen konnte, Killers Papa zu sein.

»Sie können meinen Job haben«, bot Ravi an. Seine Stimme klang erstickt unter dem Helm.

»Bitte das Steak schwenken – nein, nein, näher an das Glas«, drängte Lothar. »Wir müssen ihn verrückt machen, damit er nicht merkt, dass ich mich anschleiche, ja?«

Pflichtschuldig wackelte Ravi mit dem Steakstück. Der Fisch beäugte ihn, dann das Fleisch, und verzog sich schmollend in eine Ecke seines Aquariums, um an seinem Stein zu knabbern und dabei grauenhaft knuspernde Geräusche zu machen.

»Na, das ging ja schon gut«, stellte Laurel fest.

»Keine Sorge«, versicherte Lothar. »Wir haben viele wissenschaftliche Methoden.« Er zog einen braunen Plastikfisch aus der Tasche und reichte ihn Ravi. »Bitte wackeln Sie damit verführerisch.«

Das Telefon klingelte. »Es ist für Sie, Laurel«, rief Stacey. »Graeme Lillee. Soll ich ihm sagen, dass Sie zu beschäftigt sind?«

Laurel spürte eine warme, rosige Woge der Zuneigung. »Schon gut, stellen Sie das Gespräch durch in mein Büro.« Als sie aus dem Raum ging, hörte sie Ravi sagen: »Woher soll ich bloß wissen, wie ein sexy Fisch aussieht?« Sie schloss die Tür und nahm den Hörer ab. »Graeme?«

»Laurel, hi. Tut mir Leid, dass ich mich nicht schon früher gemeldet habe, aber der Blauwal erwies sich als kniffliger, als ich gedacht hatte. Er war grauenhaft zusammengesetzt, und du kannst dir gar nicht vorstellen, womit er ausgestopft war.« Er lachte. »Aber du willst sicher nichts von meinem wackeligen Wal hören.«

Doch, dachte Laurel zu ihrer eigenen Verwunderung. »Ist er denn jetzt fertig?«

»Fast. Aber ihnen hat meine Arbeit gefallen, und jetzt haben sie mich an einen schiefen Elch gesetzt.«

»Ach«, sagte Laurel. »Du bleibst also noch da?«

»Eine Weile, ja.«

»Na ja.«

»Zu dem geselligen Abend von D&M bin ich auf jeden Fall wieder zurück.«

»Bestimmt?«

Er lachte. »Was ist das mit dem Achtziger-Jahre-Abend? Ich kann gar nicht fassen, dass Mr. Case euch so was ... Modernes machen lässt.«

Als Laurel gerade sagen wollte: »Erzähle es niemandem weiter, aber das tut er auch gar nicht«, hörte sie einen Schrei und lautes Platschen aus dem Hauptbüro. Hastig verabschiedete sie sich und steckte den Kopf zur Tür hinaus. Mitten auf dem Fußboden lag Ravi auf dem Rücken und schlug wild um sich; der psychotische Fisch hatte sich fest in das Visier seines Helmes verbissen.

Ravis erstickte Schreie wurden immer lauter. »Holt ihn weg! Holt ihn von mir weg!«

»Der kleine Bursche ist einfach aus dem Aquarium gesprungen«, kicherte Lothar. Er hakte Killers Zähne aus den Überresten des Visiers, steckte ihn in den Drahtkorb und anschließend in sein neues verstärktes Reiseaquarium. »Was für ein kleiner Rabauke, was? Ich glaube, er hat sich verliebt!«

»Möchte jemand noch Pizza?« Alex reichte die Schachtel herum, und alle bedienten sich.

Es war vielleicht nicht das nobelste Abendessen,

aber die Gesellschaft war gut, und in Staceys gemütlichen, kuscheligen Sofas saß es sich gut. Außerdem sollte es ein Arbeitsessen sein.

Ravi warf einen Kartoffelchip in die Luft und fing ihn mit den Zähnen auf. »Ich habe mit dem Partyservice gesprochen«, sagte er. »Sie hätten gern zwei Tage vorher eine ungefähre Angabe zur Zahl der Gäste.«

»Hmm, na ja, wir können es versuchen«, antwortete Laurel. »Aber eigentlich wissen wir nicht genau, wie viele kommen werden, bis sie tatsächlich da sind.«

»Oder nicht da sind«, warf Connie ein.

»Connie, du Unke«, schimpfte Stacey und zwängte sich in die schmale Lücke zwischen Ravi und der Sofalehne. »Sei doch nicht so pessimistisch!«

»Das ist nicht erlaubt«, stimmte Alex zu und nahm sich das größte Stück Peperoni von Ravis Pizzaecke.

»Ganz richtig«, pflichtete Laurel bei. »Dieser Abend wird ein Erfolg, und wenn es mich umbringt.« Dazu bedurfte es wohl keiner sonderlichen Anstrengungen, denn das würde Edwin Case vermutlich höchst persönlich erledigen, dachte sie. Die Hauptsache war, dass er nichts erfuhr, bis es zu spät war. »So, und was ist mit den Ballons?«

Stacey schaute auf ihre Liste. »Rosa und silbern, sechs Dutzend, fertig aufgeblasen. Sie geben ein paar glitzernde rosa Herzen umsonst dazu.«

»Verstärkeranlage?«

»Das Hotel, wo wir den Saal gemietet haben, hat ein paar Leute, die die Anlage für uns aufbauen.« Ravi biss in seine Pizza, dass geschmolzener Mozzarella in langen Fäden von seinem Kinn hing. »Aber die neue Band bringt vielleicht ihre eigene Anlage mit.«

Ach ja, die alles entscheidende Band. »Sind Sie absolut sicher, dass sie kommen?«

»Auf jeden Fall«, nickte Ravi. »Ihr Manager hat es versprochen.«

»Sofern ihr Flug aus Aberdeen keine Verspätung hat«, gab Connie finster zu bedenken.

Laurel warf Connie über Staceys Couchtisch hinweg einen strengen Blick zu. »He, positiv Denken, schon vergessen?«

»Entschuldigung.« Connie straffte den Rücken. »Die Macht der Gewohnheit. Es läuft alles zu glatt. Ich denke die ganze Zeit, irgendwas müsste unheimlich schief gehen.«

»Das lassen wir nicht zu!«, erklärte Alex und nahm ihr Glas Orangensaft. »Stimmt's, Tante Stacey?«

»Bestimmt nicht«, lachte Stacey. Alle stießen auf den Erfolg an.

Donnerstags hatte Bette normalerweise ihren Bridge-Abend, aber heute hatte sie beschlossen, eine Ausnahme zu machen. Wenn sie ganz ehrlich zu sich war, hatte sie mit diesem albernen Kartenspiel ohnehin nur angefangen, um einen Vorwand zu haben, für ein paar Stunden von Jack fortzukommen.

Sie wartete schon im Schankraum des Merry Hind, als Connie eintraf und sich nervös umsah. »Was ist los mit dir, Kindchen?«

Connie schlich sich an Bettes Tisch und setzte sich ihr gegenüber. »Ich verstehe einfach nicht, wie du allein in Pubs gehen kannst«, sagte sie vorwurfsvoll. »Das ist doch nicht schön, eine Frau ganz allein!«

»Meine Güte!« Bette kippte ihren doppelten Gin hinunter. »Hör auf, im Mittelalter zu leben, und entspann dich.« Sie stand auf. »Gin? Martini? Bloody Mary?«

»Ich will nichts trinken, ich will nur, dass du mir sagst, was ich hier soll.«

»Also dann einen doppelten Brandy.« Connie öffnete den Mund. »Halte den Mund und höre ein Mal im Leben auf deine große Schwester.«

Kurz darauf kam Bette mit einem großen Glas Brandy zurück. »So. Trink das und hör mir gut zu. Erstens: Es tut mir Leid, dass ich dich neulich im Büro so zur Minna gemacht habe. Nicht wegen der Arbeit, das hattest du verdient, ich meine wegen, wie heißt er noch gleich: Joe!«

Connie bekam große Augen. »Du entschuldigst dich?«

»Ja, ja, schon gut, ich entschuldige mich. Du brauchst nicht gleich so ein Theater deshalb zu machen.« Ausnahmsweise wirkte Bette ehrlich verlegen. »Zweitens: Ich habe dich herbestellt, um dich in Bezug auf dein Liebesleben zur Vernunft zu bringen.«

Das war nun wirklich lächerlich. »Ausgerechnet du willst mir deswegen eine Predigt halten!« Connie schnaubte. »Jetzt reicht's.«

Bette biss die Zähne zusammen. »Nur weil ich mein Leben versaut habe, brauche ich noch lange nicht tatenlos zuzuschauen, wie du das Gleiche machst. Und wenn du so weitermachst wie bisher, mein Kind, bist du auf dem besten Weg dahin.«

»Was soll das heißen?«

»Das soll heißen, dass du ein Mal in deinem Leben aufhören sollst, so zögerlich zu sein. Dieser Typ, dieser Joe ...«

»Bevor du noch ein Wort sagst: Ich habe ihm schon gesagt, er soll mir nicht mehr schreiben. Du hast also erreicht, was du wolltest, oder?«

Bette seufzte. »Ja, aber vielleicht habe ich mich geirrt. Du schmachtest immer noch nach ihm, oder? Sag nicht nein, dir ist hundeelend, seit du ihm einen Tritt versetzt hast.«

»Was redest du denn da?«

»Trink deinen Brandy und sei still. Ich sage, du sollst aufhören, so zu zaudern, und endlich etwas unternehmen. Wenn du ihn willst, sag es ihm. Triff dich mit ihm. Geh mit ihm ins Bett, wenn du willst. Entweder es wird die Romanze des Jahrhunderts oder nicht. So oder so hilft es dir, ihn dir aus dem Kopf zu schlagen.«

»Und was dann?«, fragte Connie.

»Dann kannst du dein Leben weiterleben.«

Die ganze Woche hatte Don sich innerlich darauf vorbereitet, es zu tun. Aber am Freitagnachmittag hatte er immer noch ebenso viel Angst davor wie am Montagmorgen, also sagte er sich, dass er es besser gleich hinter sich bringen sollte.

»Ehm, hi, Connie.« Er dachte daran, verbindlich zu lächeln, und hatte sogar sorgfältig darauf geachtet, ausreichend Deo gegen den Angstschweiß zu benutzen.

Sie schaute auf, als er die Fahnen der neuen D&M-Broschüren auf ihren Schreibtisch legte. »Sie haben sich ganz schön Zeit gelassen«, sagte sie. »Ich warte schon seit Montag.«

Normalerweise hätte ihm das den Wind aus den Segeln genommen, aber heute war Don fest entschlossen, die Sache durchzuziehen. »Jetzt sind sie ja da. Wie finden Sie sie – ganz schön, oder?«

Sie warf einen flüchtigen Blick darauf. »Nicht schlecht«, erklärte sie und sortierte weiter Fotokopien in rosa Aktenordner. »Was wollen Sie, einen Preis oder was?«

Innerlich heulte Don auf und hätte sich am liebsten mit eingekniffenem Schwanz aus dem Staub gemacht, aber nein, dieses Mal würde er sich nicht so einfach abspeisen lassen. »Die Wettervorhersage für das Wochenende ist gut«, sagte er mit einer Handbewegung auf die Sonne, die durch das Bürofenster schien.

»Ja?«, antwortete Connie abwesend.

»Haben Sie am Montag schon was vor?«, fragte Don.

»Montag?«

»Montag ist Bank Holiday.«

»Was?«

»Montag. Es ist Bank Holiday.«

Zumindest schaute sie kurz zu ihm auf. »Ja? Ach ja, stimmt.« Sie war eindeutig mit ihren Gedanken anderswo. Da er aber nun schon mal so weit gekommen war, hatte es keinen Sinn, aufzugeben.

»Ich habe überlegt …« Tief durchatmen, allen Mut zusammennehmen, an dich glauben. »Ich habe Ihnen doch von meinem kleinen Sohn Callum erzählt? Seine Mutter ist vor ein paar Jahren gestorben, ich kümmere mich also jetzt allein um ihn.«

Connie knurrte.

»Würden Sie am Montag mit uns einen Ausflug machen? Ich habe ihm versprochen, dass wir an die See fahren und vielleicht ein Picknick machen. Oder so.«

»Schön.«

»Er ist ein lieber Junge, er wird Ihnen bestimmt gefallen ...«

Er brach ab, als Connie mitten im Satz aufstand und in Laurels Büro verschwand. Bevor sie außer Sicht war, rief sie ihm noch zu: »Lassen Sie die Tür offen, wenn Sie gehen, hier drin ist es furchtbar stickig.«

Vielleicht sollte ich ins Büro gehen und Post sortieren, überlegte Laurel. Sie saß in einem Straßencafé an der Promenade und spielte mit ihrer Haselnuss-Milch. Oder die Blumen gießen, den Fisch füttern oder etwas in der Art.

Es war sinnlos: Die Blumen brauchten kein Wasser, die Post konnte warten, und Killer schwamm in seinem neuen dreifach starken Aquarium in der Zoohandlung Animal Experience. Du machst nur Ausflüchte, Laurel, schimpfte sie. Meine Güte, es ist August und Feiertag! Entspann dich, iss noch ein Stück Erdbeertorte und lass die Welt an dir vorüberziehen.

Mmm, er sieht nett aus. Ein Mann Anfang dreißig in blauer Freizeitkleidung schlenderte vorbei, das Jackett lässig über die Schulter geworfen. Automatisch hakte sie alles auf ihrer inneren Checkliste ab: groß, blond, schlank, verschmitzte graue Augen: gebont; kein Ehering: gebont; himmlische

Muskeln, gebont; keine Ausgabe von *Gay Times* unter dem Arm ...

Sie drapierte sich künstlerisch in ihren Sessel, lächelte und zeigte ein bisschen mehr Bein. Aber sie war nicht mit dem Herzen bei der Sache, und als er vorbeiging, ohne auch nur Hallo zu sagen, war sie beinahe erleichtert. Komm schon, Loz, drängte sie sich: Die sollst dir einen Mann suchen, schon vergessen? Da draußen laufen jede Menge herum, und der letzte war einfach ...

Perfekt.

Aber so vollkommen war er nun auch wieder nicht, oder? Keiner war vollkommen. Nun ja, viele besaßen all die Dinge, die sie sich von einem Mann zu wünschen glaubte, aber wenn sie die Augen schloss, drängte sich unweigerlich Gabriels Bild auf.

Es war ungeheuer ärgerlich und vor allem völlig sinnlos. Sie war über Gabriel hinweg. Drüber weg!! Besonders seit sie von seiner geschmacklosen Nebenbeschäftigung wusste. Wie konnte ihr an einem Mann liegen, der sich mehr um sein Äußeres kümmerte als sie? Leider hatte das niemand ihrer Libido gesagt. Und wie sollte ein anderer Mann bei ihr eine Chance bekommen, bevor sie ihn sich nicht ein für alle Mal aus dem Kopf geschlagen hatte?

»Und noch was«, jammerte Connies Vater, als er aus dem Garten kam und die Tür hinter sich zuschlug, »wann renovierst du endlich mein Schlafzimmer?«

»Bald«, antwortete Connie und zählte innerlich bis zehn. »Ach Dad, musst du den Matsch überall hintragen?«

»Das ist kein Matsch, das ist guter, sauberer Kompost. Und du sagst immer bald, und dabei bleibt es dann. Das sagst du schon seit Adam und Eva, aber passiert endlich mal was? Nein!«

Aus zehn wurde zwanzig. Sie wollte sich nicht schon wieder mit ihrem Vater streiten, nicht gerade jetzt, wo sie etwas Wichtiges zu erledigen hatte und fürchtete, dass sie kneifen würde, wenn sie es nicht sofort täte. »Ich hatte so viel Arbeit, Dad, das weißt du doch. Außerdem muss ich die Hausarbeiten für meinen Kursus machen.«

Ihr Vater schnaubte verächtlich. »Keine Ahnung, warum du dich damit überhaupt abgibst, du schmeißt nur Geld zum Fenster raus, das du für ordentliche Tapete ausgeben könntest. Du warst schon als Kind dumm und wirst es bleiben, bis du stirbst. Deine Schwester ...«

»Entschuldige, Dad, das muss bis später warten.« Connie zwang sich, ihren Vater nicht darauf hinzuweisen, dass Bettes gute Schulnoten völlige Verschwendung waren, da sie nie ihren Lebensunterhalt hatte verdienen müssen. Bei Dovecote & Marsh arbeitete sie nur, um aus dem Haus zu kommen und ihren nervigen Ehemann nicht sehen zu müssen. Aber es hatte keinen Sinn, mit ihrem Vater zu streiten: Was Bette anging, war er einfach blind. »Ich muss dringend was an meinem Computer erledigen.«

»Scheißcomputer«, knurrte er, als sie die Treppe hinauflief und zwei Stufen auf ein Mal nahm. »Ständig sitzt du vor dem Ding, statt dir in der Zeit mal endlich einen anständigen Mann zu suchen, wie deine Schwester es getan hat.«

»Ja, Dad.«

»Und wann kriege ich jetzt meine neuen Tapeten?«

»Bald.«

Sie schloss die Tür, um sein ständiges Gejammer nicht mehr zu hören, schaltete den Computer ein und sagte sich vor, was sie schreiben wollte. Trotzdem zitterten ihre Finger, als sie die Mail an Joe tippte.

Hi, Joe, vermisse dich sehr, finde, wir sollten uns treffen. Wie wäre es mit dem Achtziger-Jahre-Abend von D&M am 20.? Treffen wir uns da? C.

Sie wartete ein Weilchen, bis die Antwort aufblitzte.

Ich vermisse dich auch. Die Verabredung gilt. J.

Kapitel 27

»Ja, gut. Bis dann.«

Nachdem Laurel abrupt aufgelegt hatte, schaltete Steph nachdenklich ihr Handy aus. Irgendetwas stimmte nicht mit Lozzie, das merkte sogar sie. Fragte sich nur, was es dieses Mal war?

»Noch einen Champagner, Madame?«, fragte der Kellner, der wie aus dem Nichts neben ihr aufgetaucht war.

»Was? Ach ja, bitte. Wieso nicht.«

Die blassgoldene Flüssigkeit perlte in die Sektflöte, die vor Kälte außen beschlug. Steph grübelte über dem großen Laurel-Rätsel und malte Kreuze auf das Glas. Liebe, ach ja, Liebe. Man sagte, die Liebe hielte die Welt in Gang, und in Stephs Leben hatte sie in den vergangenen gut zwanzig Jahren sicher eine herausragende Rolle gespielt. In letzter Zeit war ihr allerdings aufgegangen, dass es eher Lust als Liebe war – vielleicht aber auch von beidem etwas. Sie hatte es schon immer schwierig gefunden, beides auseinander zu halten. Bis jetzt.

Sie dachte lange angestrengt nach, trank viel Champagner, und als ihr die Erleuchtung kam, war sie so verdutzt, dass sie völlig vergaß, mit dem Mann zu flirten, der zwei Tische weiter saß und seit einer halben Stunde ein Auge auf sie geworfen hatte. Zugegeben, Steph war nicht gerade berühmt für ihre schnelle Auffassungsgabe, aber sie war alles andere als dumm. Manchmal nahmen ihre Gedankengänge lieber die verschlungenen Seitenwege, aber letzten Endes kam sie immer an. Dieses Mal wünschte sie jedoch, sie wäre nicht angekommen.

All diese steifen Gespräche, die sie mit Lozzie über Gabriel geführt hatte. Der Streit in dem Weinlokal, als Steph ihr erzählt hatte, dass sie mit ihm ausging. Lozzies widerstrebende Einwilligung, zu der Doppelverabredung zu kommen und Steph bei seiner Beschattung zu helfen. Und als sie ihn nackt im Schlafzimmer überrascht hatten, war sie puterrot geworden. Liebe. Sie kaute auf dem Bügel ihrer Fiorelli-Sonnenbrille. LIEBE! Mein Gott, dachte sie, das kann doch nicht sein. Oder?

Lozzie hatte doch ihre Wutanfälle bestimmt nicht wegen Gabriel bekommen. Nein! Nicht Lozzie Page, die Männer für immer aufgegeben hatte … und Gabriel? Aber alle Anzeichen deuteten darauf hin. Sie hatte sogar jeden Blickkontakt mit ihm vermieden.

Du meine Güte, dachte Steph, als sie sich an Laurels eiserne Willenskraft erinnerte, die Sache ist ernst. Wenn Lozzie beschließt, etwas nicht zu tun, macht sie es auch nicht. Wenn sie zulässt, dass sie sich auch nur ein winziges Bisschen in Gabriel verguckt, dann muss es sie wirklich schlimm erwischt haben.

Bei jedem anderen hätte eins und eins vielleicht nicht vier ergeben, aber in Mathe war Steph noch nie gut. Und plötzlich ergab alles einen verdrehten Sinn.

Donnerstags hatten die Geschäfte in Cheltenham lange geöffnet, und an diesen warmen Augustabenden vermittelte es ein gewagt kontinentales Gefühl, nach 18 Uhr einen Einkaufsbummel zu machen.

Laurels kostspieliger Geschmack trieb sie letzten Endes in die Wäscheabteilung von Seuss & Goldsmith, Cheltenhams ältestem und exklusivstem Kaufhaus. Immer wenn Schokolade als seelischer Trost versagte, stellte Laurel fest, dass es wahre Wunder wirkte, sich neue Dessous zu kaufen. Im Laden war es ruhig. Laurel war völlig in die Entscheidung zwischen Liebe-Mädchen-Schlüpfer, Böse-Mädchen-Tangas und viel versprechenden Pobacken-Liftern vertieft und merkte gar nicht, dass noch andere Kunden in der Abteilung waren. Als eine Verkäuferin fragte: »Kann ich Ihnen behilflich sein?«, schaute sie auf und stellte überrascht fest, dass sie gar nicht gemeint war. Als sie den anderen Kunden erkannte, ließ sie fast ihre provozierenden Dessous in die Sonderangebotskiste fallen.

»Haben Sie diese auch in Rot?«, fragte Gabriel und hielt ein winziges pinkfarbenes Höschen hoch, dessen schmetterlingsförmiges Vorderteil aussah, als sei es gerade erst aus der Larve geschlüpft. Laurel lauerte fasziniert hinter einem baumelnden Gewirr von Wonderbras hervor. Höschen! Gabriel kaufte Steph sexy Höschen! Ihr Sexleben ließ also doch nicht so zu wünschen übrig, wie Steph sie hatte glauben lassen.

»Tut mir Leid, Sir, diese gibt es nur in Schneeweiß, Apricot und Pflaume. Aber unsere Séductrice-Reihe haben wir in Karmesin, Scharlach und Magenta. Trägt die Dame lieber Slips oder Tangas?«

»Tangas«, antwortete Gabriel.

Das ist mir neu, dachte Laurel und erinnerte sich an Stephs angewiderte Miene beim Anblick von Gabriels Stripper-Outfit. Aber vielleicht mochte sie Tangas nur an Männern nicht. Außerdem waren solche Höschen ohnehin nicht dazu gedacht, sie lange anzubehalten.

»Möchte der Herr auch den passenden BH dazu?«

»O ja, auf jeden Fall. Haben Sie den Roten in Größe 85F?«

Das Fragezeichen auf Laurels Stirn wuchs zur Größe des Eiffelturms und kippte um. 85F? Entweder hatte Gabriel sehr bizarre Vorstellungen von Stephs Oberweite oder er kaufte den BH für eine andere. Und wie viele Frauen in Cheltenham brauchten 85F? Auf Anhieb fiel Laurel nur eine ein ...

»Ich glaube ja, Sir«, lächelte die Verkäuferin. »Wenn Sie bitte einen Moment warten würden, dann schaue ich im Lager nach.«

»Danke.« Gabriel lehnte sich an die Kasse, während die Verkäuferin durch eine weiße Schwingtür mit der Aufschrift *Nur für Personal* verschwand. Er starrte geduldig ins Leere, als Laurel ihn ansprach. »Hallo, Gabriel. Du kaufst ein?«

Er fuhr auf, als hätte ihn gerade etwas gestochen. »Laurel! Ich habe dich gar nicht gesehen!«

»Nein, ich weiß. Aber ich habe dich gesehen.«

»Ich wollte gerade ...«

»Ein Geschenk für Minette kaufen?« Laurel sah an Gabriels erschrockener Miene, dass sie den Nagel auf den Kopf getroffen hatte. »Du magst sie in roter Unterwäsche?«

Gabriel wurde unter seiner wettergegerbten Sonnenbräune sehr blass. »Ach Scheiße. Hör mal, sie hat Geburtstag, okay? Ich kann ihr ja wohl ein Geburtstagsgeschenk kaufen, oder?«

»Weiß Steph, was für Geburtstagsgeschenke du einer ... Vermieterin machst?«, fragte Laurel. Gabriels gequälte Miene zeigte, dass sie es nicht wusste.

»Nun warte doch mal.«

»Nein, erzähl mir nicht, dass mich das nichts angeht, Steph ist schließlich meine Freundin. Und offensichtlich verbindet dich mit Minette ein bisschen mehr als nur ein Mietvertrag.« Wäre Laurel nur eine Spur gemeiner gewesen, hätte sie vielleicht gedacht: »Geschieht Steph ganz recht.« Aber so dachte sie lediglich daran, wie sehr es Steph kränken würde. Und Laurel wünschte niemandem, das durchmachen zu müssen, was sie durchgemacht hatte.

Gabriel sackte unglücklich in sich zusammen und fuhr sich durch sein dunkles, glänzendes Haar. »Behältst du es für dich, wenn ich es dir sage?«

»Ich verspreche nichts.«

»Na gut, also vielleicht war – ist – was zwischen uns. Ich versuche seit einer Ewigkeit, Schluss zu machen, aber sie lässt mich nicht.«

»Das wundert mich nicht, wenn du ihr weiter rote Wäsche kaufst.«

»Du verstehst das nicht. Minette und ich, wir wohnen schon ewig zusammen, aber jahrelang waren wir nur gute Freunde. Dann wurde es mehr, und als ich Schluss machen wollte, wurde sie furchtbar besitzergreifend.« Seine dunklen Augen bettelten vergeblich um Mitleid. »Du weißt ja nicht, wie sie ist – das Geschäft läuft schlecht, und ich schulde ihr Geld. Sie zwingt mich zu der Stripperei, um die Miete zu bezahlen. Dann macht sie mir die Hölle heiß, wenn ich eine andere Frau auch nur anschaue.«

Laurel traute ihren Ohren nicht. »Du bist ein erwachsener Mann, Gabriel! Wieso ziehst du nicht einfach aus?«

Er überhörte ihre Frage. »Mit Minette läuft es auf ganzer Linie schlecht. Und dann hat mein Kumpel Don mich überredet, mich bei der Agentur anzumelden, und ich habe Steph kennen gelernt und dachte, das kriege ich schon geregelt, ich kläre die Sache.«

»Aber das hast du nicht getan, oder?«

Er schüttelte bekümmert den Kopf. »Noch nicht. Aber ich arbeite dran.« Wieder trat Panik in seine Augen. »Laurel ... das hier ... du erzählst doch Steph nichts davon?«

»Weil sie durchdreht, wenn sie es erfährt? Tut mir Leid, Gabriel, ich verspreche dir gar nichts.«

Gabriel packte ihren Arm. »Du musst verstehen, dass Steph für mich was ganz Besonderes ist.«

»Ja, so besonders, dass du sie mit Minette betrügst. Und Minette gegenüber ist das auch nicht fair.« Sie stockte. »Hör zu, Gabriel, falls ich mich darauf einlasse, Steph nichts davon zu erzählen, dann nur unter zwei Bedingungen: Erstens machst du Minette ein für alle Mal klar, dass Schluss ist.«

Ein Hoffnungsschimmer trat in Gabriels Augen. »Und die andere Bedingung?«

»Du lässt dir ein Rückgrat wachsen.«

Als sie ging, verspürte sie eine überwältigende

Erleichterung, als sei sie einem weitaus schlimmeren Schicksal als dem Tod entronnen. Ja, endlich hatte sie den wahren Gabriel Jouet kennen gelernt. Und der wahre Gabriel Jouet war ein Jammerlappen.

Um sechs Uhr abends war es selbst im Sydney Vodka House ruhig, was ausnahmsweise einmal zu Stephs Stimmung passte.

»Noch eine Bloody Mary?«, fragte Brent. »Sie könnten aber auch unseren neuen italienischen Wodka mit Basilikum und Oregano probieren.«

»Einfach nur Wodka on the rocks.« Steph schob ihr leeres Glas über die Theke.

»Ärger mit Männern?« Brent griff nach dem Glas.

Steph nickte trübselig. »Woher wissen Sie das?«

»Bei Ihnen ist es doch immer der Ärger mit Männern.«

»Mein Gott, bin ich so katastrophal?«

»Nicht katastrophal.« Er grinste und ließ Eiswürfel in ihr Glas fallen. »Ich sehe es mehr als Abenteuer. Wie eine Achterbahnfahrt, wenn Sie wissen, was ich meine.«

Das wusste Steph durchaus. Und so, wie sie sich im Augenblick fühlte, hätte sie die Achterbahn gern gegen einen gemütlichen Ponyritt am Strand eingetauscht. »Es ist wegen Gabriel«, seufzte sie. »Ich glaube, er und Laurel sind, Sie wissen schon …«

Brents mit Glanzlichtern aufgehellte Augenbrauen schossen unter den strohblonden Ponyfransen hoch. »Wie – Sie meinen, die beiden treiben's miteinander?«

Steph zuckte unter Brents Ausdrucksweise zusammen. »Nein, nicht so. Ich glaube nur, dass sie, Sie wissen schon, dass sie was füreinander empfinden. Ich bin verdammt sicher, Laurel hat was für Gabriel übrig.« Sie kippte den Wodka fast in einem Zug hinunter. Je länger sie darüber nachdachte, umso wahrscheinlicher fand sie es, dass Gabriel so wenig sexuelles Interesse an ihr gezeigt hatte, weil er mehr für ihre beste Freundin übrig hatte. »Aber sie sagt nichts davon, weil sie meine Freundin ist.«

»Ach, jetzt verstehe ich«, nickte Brent. »Die alte Dreiecksgeschichte.«

»Genau. Wissen Sie, ich habe das Gefühl, dass ich ihnen im Weg stehe. Wenn ich nicht wäre, könnten sie zusammenkommen, oder?«

»Vermutlich.« Brent knabberte eine Hand voll Macadamia-Nüsse. »Aber, sagen Sie mir ruhig, wenn ich mich irre, aber Sie wollen ihnen den Weg nicht frei machen, oder?«, er tätschelte Stephs Hand. »Weil Sie hinter Gabriel her sind.«

Steph nickte elend. Selbst das Wissen um Gabriels Nebenbeschäftigung hatte sie nicht abgeschreckt. »Es hat mich schlimm erwischt«, gab sie zu. »Ach Brent, Sie sind doch ein Mann. Sagen Sie mir, warum ich mich in den einzigen Kerl verlieben muss, der nicht ganz versessen auf mich ist.«

Bent zuckte die Achseln. »Vielleicht ist das ja der Grund. Eben weil er nicht verrückt nach Ihnen ist. Vielleicht ist das die Herausforderung.«

Vielleicht liegt es aber auch an seinem Hintern, dachte Steph. Jedenfalls hatte Gabriel eine Saite in ihr zum Klingen gebracht, deren Existenz sie schon fast vergessen hatte. Und nun das. »Was soll ich bloß machen, Brent?«, jammerte sie.

Brent polierte mit dem Saum seines T-Shirts eine fleckige Stelle der Theke.

»Keine Ahnung«, antwortete er. »Vielleicht sollten Sie sich zuerst überlegen, was Ihnen wichtiger ist: der Kerl oder Ihre beste Freundin.«

Kapitel 28

Don zog sich einen Stuhl heran und schlug seine Unterlagen auf. »Das habe ich mir für die Pressemappen überlegt. Was halten Sie davon?«

Laurel war ehrlich beeindruckt. »He, brillant. Das sieht wirklich professionell aus.«

Er wurde rot vor Freude. »Ich mache nur, wofür ich bezahlt werde.«

Laurel blätterte die Fahnen durch. Presseerklärung, Broschüren, künstlerisch gestaltet, traditionell und zugleich frisch – und das Ganze in einer eleganten D&M-Mappe in Pink und Silber. Es vermittelte genau die richtige Botschaft: Kuschelig, aber effizient. Jetzt konnte sie nur noch hoffen, dass die Presse zu ihrem wichtigen Achtziger-Jahre-Abend tatsächlich erschien …

»Perfekt, wirklich.«

»Dann kann ich es also drucken?«

»Auf jeden Fall.« Es klopfte leise an der Tür. »Ja, herein. Ach, Kathy, hi!«

Kathy kam ein paar Schritte ins Büro, bemerkte Don und wollte sich zurückziehen. »Entschuldigen Sie, Laurel, ich wusste nicht, dass Sie Besuch haben. Soll ich später noch mal wiederkommen?«

»Nein, seien Sie nicht albern, wir sprechen nur über Broschüren und so. Don, das ist Kathy – sie leitet die Krabbelstube unten. Kathy, das ist Don, unser Grafikdesigner von gegenüber.«

»Nett, Sie kennen zu lernen, Kathy.« Dons Mundwinkel verzogen sich zu einem freundlichen Lächeln, das sein Gesicht mehr denn je wie eine zerknitterte Papiertüte wirken ließ.

»Hi. Sie sind also der clevere Bursche, der die ganzen Poster und das Zeug macht?«

»Ach, da ist nicht viel dabei. Heutzutage haben wir Computer, die alles für uns erledigen. Es ist keine richtige Arbeit wie Ihre, eher so ein Gebastel.«

»Basteln können wir auch«, versicherte Kathy ihm. »Sie sollten mal sehen, wie es bei uns aussieht, wenn wir im Sandkasten kreative Spiele gemacht haben. Stimmt's, Edward?«

Ein kleiner blonder Junge tauchte hinter Kathys gelbem Rock auf.

»Komm raus und sag Tante Laurel guten Tag«, fordert Kathy ihn lächelnd auf.

Er musterte Laurel und Don argwöhnisch, als rechne er damit, dass jeden Augenblick eine gefrorene Plazenta auftauchen könnte. »Hallo, Tante Lowwel«, lispelte er.

»Hallo, Edward.«

»Und jetzt gib ihr die Blumen. So, das ist lieb von dir.«

»Lilien!«, rief Laurel. »Danke, Edward. Womit habe ich das verdient?«

»Es ist nur ein kleiner Dank, weil Sie uns in Ihrem Büro aufgenommen haben, als die Toilette überschwemmt war. Weiß Gott, wie lange Sie hinterher gebraucht haben, alles wieder aufzuräumen.« Kathy fügte flüsternd hinzu: »Was hat eigentlich Sie-wissen-schon-wer dazu gesagt?«

Laurel grinste. »Mr. Case? Er weiß nichts davon, und wenn, wäre es mir auch egal.«

Während Laurel und Kathy sich unterhielten, erkundete Edward unbemerkt Laurels Büro. Sie wurden erst aufmerksam, als Don plötzlich einen Satz in Richtung Aspidistra machte, die Edward gerade auf den Kopf zu fallen drohte.

»Nein!«, schrie Kathy und stürzte vor.

»Schon gut, ich hab sie. Ist ja nichts passiert. Er ist wie mein kleiner Callum, heckt ständig was aus.« Don richtete die Pflanze auf und sagte zu Edward, der prompt in Tränen ausgebrochen war: »He, was ist los mit dir, Großer?« Er ging in die Hocke, um auf Augenhöhe mit dem Jungen zu sein. »Willst du mal einen kleinen Zaubertrick sehen?«

Edward nickte schniefend, aber feierlich.

»Guck, was ist denn da hinter deinem Ohr? He, ein Zehn-Pence-Stück! Wo kommt das denn her?«

Edward hörte auf zu schniefen.

»Meine Güte, und was ist das?« Mit gespielter Verwunderung zog Don ein Gummibärchen aus Edwards Tasche, gefolgt von einem zweiten und einem dritten. Edward kicherte begeistert.

»Guter Gott«, sagte Kathy und strahlte Don an. »Kann man ihn engagieren? Wir könnten ihn unten gut brauchen.«

Gabriel stand auf einer Leiter an der Rathausfassade und schliff den Rost von einer Regenrinne, als er unten jemanden seinen Namen rufen hörte.

Er schaute zwischen den Sprossen nach unten

und sah Steph. Sie trug das grüne Seidenkostüm und die Pumps mit den hohen Absätzen, die sie bei ihrer ersten Verabredung getragen hatte, und sah darin genau so sexy und dominant aus wie damals.

»Gabriel«, wiederholte sie, »wir müssen reden.«

Er schaute skeptisch auf die Uhr. »Hat das nicht Zeit?«

»Nein.«

Widerstrebend stieg er, vor Roststaub rieselnd, die Leiter hinunter. »Was ist? Wenn es anfängt zu regnen, bevor ich die Grundierung gestrichen habe, kriege ich Ärger.«

»Es dauert nicht lange«, versprach Steph. Sie hoffte, ihr Lächeln möge nicht allzu spröde wirken. »Es hat Spaß gemacht, Gabriel, nicht wahr?«

»Ich weiß nicht, was du meinst.«

»Uns«, sagte sie. »Du und ich, wir hatten Spaß zusammen.«

»Ja«, bestätigte er. »Ich hatte überlegt, ob wir nicht am Wochenende ...«

Sie legte die Hand auf seine. »Nein. Dieses Wochenende nicht.«

»Dann am nächsten Wochenende?«

»Auch am nächsten Wochenende nicht.«

Er runzelte die Stirn. »Worauf willst du hinaus, Steph?«

Ausnahmsweise wünschte sie, er würde schneller begreifen. Das würde es ihr einfacher machen. »Es ist vorbei, Gabriel.«

»Was!«

»Wie gesagt, es war schön, so lange es gedauert hat, aber das war auch schon alles, oder? Ein bisschen Spaß?«

Gabriel schluckte. »Du willst mich abservieren?«

»Das ist keine nette Art, es auszudrücken.«

»Was hat es für einen Sinn, es nett auszudrücken«, antwortete er. »Egal, wie du es sagst, willst du mich doch abservieren.« Er setzte sich schwerfällig auf eine umgedrehte Plastikkiste und strich sich durchs Haar. »Ich fasse es nicht, das kann doch gar nicht sein.«

»Es tut mir Leid, Gabriel, aber es muss sein.«

»Wieso denn?«

»Du weißt doch, wie ich bin«, hauchte sie. »Das habe ich dir doch gesagt: Heute hier, morgen da, ich bleibe nie länger als fünf Minuten bei einem Mann. Ich langweile mich schnell, Gabriel, es ist nichts Persönliches, so bin ich einfach.«

»Und das war's dann?«

»Das war's dann.«

»Und jetzt?«, fragte er.

»Jetzt steige ich da drüben in das Taxi, fahre zum Zug und verschwinde – irgendwohin. Ich habe mich noch nicht entschieden, wohin, aber es wird bestimmt amüsant.«

Sie drehte sich um, ging zu dem wartenden Taxi, stieg schnell ein und fuhr davon, ohne sich noch einmal umzusehen.

Sonst hätte Gabriel vielleicht gesehen, dass sie weinte.

Zum Glück kam der Zug pünktlich. Als Steph die Beine im Erster-Klasse-Abteil ausstreckte, legte sich ihr Herzrasen allmählich.

Es war schrecklich, einfach furchtbar. Wenn sie nicht den Verdacht gehabt hätte, dass Gabriel sie früher oder später ohnehin wegen Laurel fallen lassen würde, hätte sie sich beinahe gefragt, warum sie sich das alles zumutete. Aber jetzt hatte sie es hinter sich, und wenn sie noch länger weinte, bekäme sie ganz verquollene Augen. Zumindest konnte sie in dem Gefühl schwelgen, das Richtige für Laurel getan zu haben. Ausnahmsweise. Es erinnerte sie an damals, als sie (mit sechs Jahren) ihr Taschengeld für Waisenkinder gespendet und allen erklärt hatte, sie wolle Nonne werden. Daran war größtenteils *Die Trapp-Familie* schuld. Aber wer wollte schon werden wie Maria von Trapp? Sieben Millionen Kinder und ein Kleiderschrank voller Dirndl? Nein, das Single-Dasein ist für mich das Richtige, sagte Steph sich bestimmt. Ich nehme mir eine kleine Auszeit, in der ich einfach nur ich selbst bin.

Sie hätte die Zugfahrt verschlafen, wenn nicht das Schulterband ihrer Vuitton-Tasche harmlos in den Mittelgang des Abteils geragt hätte. Als der Zug zehn Minuten hinter Kemble durch eine Kurve fuhr, verfing sich ein großer Mann im Paul-Smith-Hemd in dem Lederriemen, und das Schicksal warf ihn ihr buchstäblich in den Schoß.

»O Gott, entschuldigen Sie, habe ich Ihnen wehgetan?« Triefend von seinem verschütteten Kaffee rappelte er sich auf und fing an, die Tomaten- und Schinkenstückchen seines Sandwich von Stephs Bluse zu pflücken.

»Nein, überhaupt nicht.«

Er musterte prüfend seine Arbeit. »Ich mache alles nur noch schlimmer, was?«

Sie schaute ihm in die haselnussbraunen Augen

und ließ ihre Zunge über ihre schimmernden Lippen gleiten. »Oh, viel schlimmer.«

Die braunen Augen schauten in ihre. »Ich mache es wieder gut – ich, ehm, bezahle die Reinigung.«

»Ich mache Ihnen einen Vorschlag.« Steph nahm ihre Handtasche und stand auf. »Am Ende des Wagens ist ein Restaurant. Fangen Sie doch sofort mit der Wiedergutmachung an und laden Sie mich zu einem Drink ein.«

Steph war bei ihrem dritten Archer's, als ihr Handy klingelte.

Sie holte es aus ihrer Handtasche. »Ja?«

»Steph, ich bin's.«

O nein, Gabriel. Das hatte ihr gerade noch gefehlt. »Entschuldigen Sie einen Moment, schlechter Empfang«, sagte sie zu ihrem in Kaffee gebadeten Begleiter, und ging außer Hörweite. »Was ist?«, fragte sie.

»Ich muss den wahren Grund wissen, Steph.«

»Ich habe dir doch den Grund gesagt.«

»Nein, ich glaube dir nicht, da muss doch mehr dahinter stecken.«

»Nein, bestimmt nicht. Ehrlich. Hör zu, Gabriel, es ist alles gesagt …«

»Du meinst, du hast alles gesagt, ich bin ja kaum zu Wort gekommen. Ich möchte, dass wir in Ruhe darüber reden.«

»Ich nicht.« Steph zerrte in ihrer Tasche an einem Taschentuch, biss es zerriss.

»Aber was soll ich denn jetzt machen?«

Das war nicht schwer. »Willst du mir sagen, dass

dir das noch nicht aufgegangen ist? Meine Güte, Gabriel, geh und sprich mit Laurel.«

»Laurel?«

»Ja, mit Laurel. Ich denke, ihr beiden habt einiges zu bereden.«

Kapitel 29

Als Laurel an diesem Abend nach Hause kam, blinkte das grüne Licht ihres Anrufbeantworters: eine neue Nachricht.

Sie drückte auf die Play-Taste und ging Neil begrüßen. Während sie versuchte, ihn mit ein paar getrockneten Shrimps aus seiner Plastikburg zu locken, ertönte Stephs Stimme.

»Lozzie, hi, ich bin's. Habe ganz vergessen dir zu sagen, dass ich für einige Zeit wegfahre.«

Weg?, dachte Laurel. Wohin? Und wieso klingt ihre Stimme so komisch schrill?

»Ich dachte, ich sollte dir und … und Gabriel ein bisschen Raum lassen. So ist es das Beste, du wirst sehen. Bis dann, alles Liebe, tschüssi.«

Laurel spielte die Nachricht dreimal ab, kam aber nicht dahinter, was das sollte. Also rief sie Steph über Handy an, erreichte aber nur ihre Mailbox. So blieb es den ganzen nächsten Tag.

Es war fast, als wollte Steph nicht erreicht werden.

So sehr Stephs seltsames Verhalten Laurel auch beschäftigte, hatte sie doch keine Zeit, lange darüber zu grübeln. Es waren nur noch fünf Tage bis zum 20. August, und es gab dringende Dinge zu erledigen.

»Madonna oder das Mädchen von *Altered Images*?«, fragte Stacey und hielt Laurel zwei blonde Perücken hin.

Allmählich bereute Laurel, dass sie den Achtziger-Jahre-Abend als freiwilliges Kostümfest angekündigt hatte. »Keine von beiden«, sagte sie. »Ihr Haar sieht gut aus, wie es ist.«

Stacey wirkte enttäuscht. »Aber sich zu verkleiden ist doch der halbe Spaß! Außerdem ist das bei Ihnen was anderes, Sie sehen doch aus wie Debby Harry, ohne dass Sie sich auch nur Mühe geben müssen.«

Verwundert betrachtete Laurel sich im Spiegel über dem Kamin in ihrem Büro. »Wirklich?«

»Sicher, Sie sind unheimlich schick. Ich sehe einfach nur aus wie ein blonder Pudel. Also, welche soll ich aufsetzen?«

Laurel war so erstaunt, mit einem Sexidol verglichen zu werden – wenn auch mit einem veralteten –, dass sie immer noch über eine Antwort nachdachte, als Connie aufgelöst den Kopf zur Tür hereinsteckte.

»Wenn es schlechte Nachrichten sind, will ich sie nicht hören«, warnte Laurel.

»Dann gehe ich wieder.«

»Na los, raus damit«, stöhnte Laurel. Sie hatten schon mit einer Terminüberschneidung mit der jährlichen Tanzveranstaltung des örtlichen Cricket-Clubs zu kämpfen gehabt, ganz zu schweigen von den Vertuschungsaktionen, die nötig waren, um die ganze Sache vor Edwin Case geheim zu halten. Was mochte nun wieder schief gegangen sein?

»Es ist wegen Mr. Case«, sagte Connie. »Bette sagt, er hat es sich anders überlegt und will doch nicht übers Wochenende wegfahren.«

Die Tage flogen hektisch dahin, und ehe Laurel sich versah, war bereits Donnerstagnachmittag.

Laurel fand nie heraus, womit Bette Edwin überredet hatte, es sich noch einmal zu überlegen, aber es musste schon beeindruckend gewesen sein. Denn als Nächstes hörte sie, dass er ein romantisches Wochenende zu zweit in Prag gebucht hatte. Lieber Bette als ich, überlegte sie, als sie ihre Ansprache zum x-ten Male an diesem Tag umschrieb. Mit Edwin Case das Bett zu teilen, lag so weit jenseits jeden Pflichtgefühls, dass es sicher eine eigene Postleitzahl brauchte.

Na gut, wenigstens lief endlich mal etwas glatt.

Das Telefon klingelte. »Dovecote & Marsh, was kann ich für Sie tun?«, meldete Laurel sich.

Ein breiter schottischer Akzent drang durch die Leitung. »Hi, Milo McGee hier – der Manager von Diamond Ice. Ich rufe nur an wegen Samstagabend.«

Instinktiv hielt Laurel den Atem an. »Sie kommen doch, oder etwa nicht?«

»Doch, doch. Jedenfalls vier von ihnen.«

»Aber es spielen doch fünf in der Band.«

»Na ja, Lenny hat ein kleines Problem.«

»Was für ein Problem?«

»Er hat sich den Arm gebrochen. Sie kennen nicht zufällig einen anständigen Drummer?«

Am Freitagnachmittag stand Laurel vor ihrem Terminplaner im Büro und zwang sich, ruhig und tief durchzuatmen.

Alles lief gut, sehr gut. Wirklich. Die Wellesley Suite im Regency Hotel war gebucht, die Ballons sollten am nächsten Morgen zusammen mit den Hähnchenschenkeln geliefert werden, Edwin saß sicher im Flugzeug nach Prag, Laurels Ansprache war so fertig, wie sie nur sein konnte, und Ravi hatte sogar einen Schlagzeuger gefunden, der für Lenny einsprang. Es gab wirklich nichts, worüber sie sich Sorgen machen müsste.

Na gut, eines vielleicht: Was wäre, wenn niemand käme? Sie bemühte sich, nicht zu dem jämmerlich kleinen Stapel von Antwortkarten in ihrem Eingangskorb zu schauen. Zwölf feste und ein halbes Dutzend vage Zusagen waren wohl kaum geeignet, ein rauschendes Fest und knisternde Romantik zu garantieren, zumal vierzehn von Frauen stammten und Laurel Getränke und Essen für hundert bestellt hatte.

Laurel war so in ihre Gedanken versunken, dass sie gar nicht merkte, als Connie hereinkam.

»Keine Sorge«, sagte sie. »Die Leute füllen nicht gern Formulare aus. Sie kommen bestimmt.«

Laurel schaute sie an. »Versprochen?«

Connie lächelte zuversichtlich und versteckte ihre gekreuzten Finger hinter dem Rücken. »Versprochen.«

Der Samstagabend kam mit der Unausweichlichkeit eines Steuerbescheids.

Mein Gott, dachte Connie, als sie in die Hotelbar

des Regency Imperial ging. Was habe ich bloß gemacht? Was mache ich bloß?

Mit pochendem Herzen holte sie sich ein Glas trockenen Weißwein und flüchtete sich in die dunkelste Ecke, die sie finden konnte. Die Wanduhr zeigte Viertel nach sechs. Eigentlich müsste sie Laurel und den anderen bei den letzten Vorbereitungen in der Wellesley Suite helfen; vielleicht sollte sie diese lächerliche Eskapade einfach aufgeben und sich ihrer Arbeit widmen.

Nein. Laurel brauchte sie nicht vor sieben, und außerdem wäre das der einfachste Weg. Sie hatte schon zu oft gekniffen, dieses Mal würde sie sich endlich mit Joe treffen.

Der Gedanke, dass er sie tatsächlich sehen sollte, ließ ihren Magen vor Aufregung knurren, auch wenn ihr Treffen im gnädigen Dämmerlicht der Wellington Bar stattfand. Ihre Finger tasteten unwillkürlich nach ihrem Gesicht, das sie stundenlang zurechtgemacht hatte. Es wirkte einigermaßen glatt, aber Connie kannte jedes Fältchen, jeden Krähenfuß, jede Furche, die sich vertiefte, sobald sie sprach oder lächelte. Vielleicht hatte sie es deshalb in den letzten Jahren aufgegeben, zu lächeln.

Was wird er bloß von mir denken, quälte sie sich und drehte ihr Glas in Händen. Er erwartet eine Frau, die 15 Jahre jünger ist als ich. Was ist, wenn er mich gar nicht erkennt? Und warum habe ich bloß vorgeschlagen, mich an diesem Abend mit ihm zu treffen? Wenn alles grauenhaft schief läuft, erleben meine sämtlichen Kollegen es mit, es wird furchtbar demütigend für mich. Sie zwang sich zur

Ruhe und erinnerte sich, wie liebevoll, einfühlsam und sexy Joes Mails waren. Alles würde gut gehen, schließlich hatte er es ihr versprochen. Außerdem würde er gleich kommen. Es hatte keinen Sinn, sich so aufzuregen; sie musste darauf achten, dass sie sich Joe von ihrer besten Seite zeigte.

Don war in der letzten halben Stunde bereits 50-mal an der Tür der Wellington Bar vorbeigegangen, brachte aber immer noch nicht den Mut auf, hineinzugehen.

Er brauchte nicht auf die Uhr zu schauen, um zu wissen, dass er zu spät kam, viel zu spät. Um Viertel nach sechs war er mit Connie verabredet, und jetzt war es fast Viertel vor sieben. Kein Wunder, dass sie jedes Mal, wenn er einen Blick in die Bar warf, ein bisschen trauriger und verzweifelter wirkte.

Es war alles nur seine Schuld.

Er wusste nicht mehr, wieso er überhaupt auf diese blöde Idee gekommen war. Welcher 35-jährige Idiot mit einem Kind und einem Magengeschwür zog schon zehn Jahre von seinem Alter ab und gab sich als frisch gebackener College-Absolvent aus? Ein Idiot wie ich. Ein Idiot wie Joe. Aber Connie war die erste Frau, die ihm seit dem Tod seiner Frau überhaupt aufgefallen war.

Er ging noch einmal an der Tür vorbei und wusste, dass er nun hineingehen musste. Sobald er die Schwelle überschritten hatte, fiel es ihm leichter als erwartet, zu Connies Tisch zu gehen, aber er spürte jeden Schritt wie einen Stich ins Herz.

»Hallo«, sagte er.

Sie schaute zu ihm auf. Er sah, wie die Hoffnung

aus ihren Augen schwand, als sie ihn erkannte. »Don. Ach.«

»Genießen Sie die Ruhe vor dem Sturm?«

»Was?«

Er deutete mit dem Kopf in Richtung Wellesley Suite. »Der Achtziger-Jahre-Abend«.

»Ach. Das.« Connie hob ihr Glas und trank den Rest Wein aus. »Nein, eigentlich warte ich auf jemanden. Aber er ist nicht gekommen.«

Die Zeit schien stillzustehen. Beinahe hätte Don ihr alles gestanden. Doch bevor die Worte ihm auch nur in den Kopf kamen, wurde ihm klar, wie sinnlos das wäre. Ja, sogar grausam. Und so sagte er schlicht: »Das ist hart.«

Sie schob ihren Stuhl zurück und stand auf. »Ja. Na ja. So ist das Leben. Ich denke, ich gehe jetzt besser Laurel helfen.«

»Vermutlich.«

»Kommen Sie heute Abend auch?«

Er zuckte die Achseln. »Ja, Laurel hat mich eingeladen. Deshalb das neue Hemd. Gefällt es Ihnen?«

Connie beäugte die roten Rüschen. »Es ist grauenhaft.«

»Oh.«

»Also, dann noch einen schönen Abend.« In Connies Ton lag eine resignierte Bitterkeit. In seinem ganzen Leben hatte Don sich noch nie so schuldig gefühlt.

Er schob die Hände in die Hosentaschen. »Das bezweifle ich.«

Connie warf ihm einen letzten Blick zu. »Ja, also, Sie müssen das von der positiven Seite sehen. Wenigstens hat Sie niemand versetzt.«

Als das Telefon im Happy Nappy klingelte, sprang eines der Mädchen aus Oxford hin und nahm ab. »Es ist für dich, Kath«, rief sie. »Eine gewisse Laurel.«

Kathy schaute von der Windel auf, die sie gerade wechselte. »Ach, Mist, sag ihr, ich bin beschäftigt.«

»Sie sagt, das bist du nicht, so leicht kämst du ihr nicht davon, was immer das heißen soll.«

»Sag ihr ...«

»Sag es ihr selbst.« Das Mädchen aus Oxford drückte Kathy das Telefon in die Hand. »Schon gut. Ich mach das hier.«

»Hi, Laurel«, sagte Kathy.

Musik und Gelächter zwangen Laurel, lauter zu sprechen. »Ich habe ein Hühnchen mit Ihnen zu rupfen, Fräulein. Wieso sind Sie nicht hier?«

»Ich weiß, dass ich gesagt habe, ich würde kommen, aber es geht hier ein bisschen drunter und drüber. Ich glaube nicht, dass sie auf mich verzichten können.«

»O doch, können wir!«, riefen die anderen Mädchen. »Geh schon und amüsier dich.«

»Sie haben es gehört«, sagte Laurel. »Wenn Sie in einer halben Stunde nicht hier sind, schicke ich einen Suchtrupp aus.«

Laurel steckte ihr Handy weg und wandte sich wieder der Party zu, denn es entwickelte sich wahrhaftig zu einer richtigen Party, bei der die Leute lachten, aßen, sich unterhielten und tanzten. Es waren sogar Paare da, die sich durch Dovecote & Marsh kennen gelernt und geheiratet hatten. Wie durch ein Wunder hatte Laurel das erreicht, was sie immer hatte tun wollen: Sie hatte Menschen glücklich gemacht.

Auf eine derart positive Resonanz hätte sie nie zu hoffen gewagt. Die örtliche Presse war hinreichend vertreten, und die Band Diamond Ice hatte bisher sogar darauf verzichtet, ihren grässlichen neuen Hit zu spielen. »Ich kann es gar nicht fassen, es müssen über hundert Leute da sein«, sagte sie zu Ravi.

»Eher hundertfünfzig.« Er klopfte ihr brüderlich auf den Rücken. »Gut gemacht, Chefin.«

»Bis jetzt habe ich ja noch gar nichts gemacht.«

Er schaute auf den Entwurf der Rede, den sie krampfhaft in der Hand hielt.

»Aber gleich.«

Sie schluckte, aber der Kloß in ihrem Hals wollte nicht weggehen. »Sie halten mich für verrückt, oder?«

»Völlig.« Er schenkte ihr Wein nach und hob seine Bierflasche zu einem Toast. »Auf Sie – und uns, was, Stacey?«

Staceys blaue Augen funkelten vor Glück. »Ach, gucken Sie mal, Laurel – Mr. Coxon tanzt mit Gemma Brodie! Sie müssen wieder zusammen sein. Ist das nicht romantisch?«

Der Anblick der Menschen, die Hand in Hand unter zwei riesigen rosa- und silberfarbenen Tauben tanzten, versetzte Laurel einen unerwarteten Stich. Menschen zusammenzubringen, darum ging es bei D&M. Fast alle hatten jemanden, gingen zu zweit durchs Leben wie die Tiere in der Arche. Stacey und Ravi, Mum und Dad, sogar Gemma Brodie und Mr. Coxon.

Alle außer mir, dachte sie in einem Anflug von

Selbstmitleid. Weil ich mich nicht auf Zweierbeziehungen einlasse, oder? Ich dachte, ich wollte es nicht, und jetzt, wo ich weiß, dass ich es doch will, ist es vermutlich zu spät.

Ohne besonderen Grund dachte sie an Graeme. Er hatte fest zugesagt, zu kommen, fiel ihr ein. Aber er war nicht da. Komisch, dass mir das so viel ausmacht, obwohl er mir doch eigentlich gar nichts bedeutet. Nur ein Freund. Nein, nicht einmal das; schließlich kenne ich den Mann kaum.

Noch merkwürdiger war, dass sie Gabriels Abwesenheit bisher nicht bemerkt hatte. Und nachdem es ihr nun aufgefallen war, machte es ihr auch nichts aus.

Connie kam herüber und legte Laurel eine Hand auf die Schulter. »Es ist bald Zeit«, sagte sie. »Gleich kommt die Preisverleihung für die Kostüme, danach können Sie Ihre Rede halten.«

Laurel schaute sie an. »Alles in Ordnung? Sie sind so blass.«

»Ja, ja. Ich bin nur Ihretwegen nervös.«

Nicht halb so nervös wie ich, dachte Laurel. Zum Teufel. Sie musste es riskieren.

Kapitel 30

So weit, so gut. Zumindest hatte bisher noch niemand mit Tomaten nach ihr geworfen.

»Ich gehöre der Dovecote-und-Marsh-Familie noch nicht lange an«, schloss Laurel, »aber sie bedeutet mir schon jetzt sehr viel, und ich weiß, dass sie auch Ihnen allen viel bedeutet.« Zustimmendes Gemurmel ging durch den Saal. »Und deshalb haben wir beschlossen, diese aufregenden Änderungen einzuführen – um sicherzustellen, dass wir auch in hundert Jahren noch da sind.«

Alle applaudierten. Ein Reporter vom *Cheltenham Courant* hob die Hand. »Sind Computer nicht das genaue Gegenteil dessen, wofür D&M steht?«

»Keineswegs. Wir verwandeln uns nicht in eine Online-Vermittlung«, betonte sie, »dem Geiste nach bleiben wir durch und durch traditionell. Wir bleiben D&M, wie wir es immer waren – nur ein bisschen effizienter.«

»Habe ich dann immer noch meinen persönlichen Vermittler?«, fragte eine ältere Dame besorgt.

»Selbstverständlich. Die einzige Veränderung, die Sie bemerken werden, ist, dass unser Service besser denn je sein wird. Wir planen sogar eine neue …«

»Stammt die Idee zu diesen Veränderungen von

Mr. Case?«, fragte ein Mann in Pringle-Pullover mit Rautenmuster.

Laurel strahlte über das ganze Gesicht. »Mr. Case steht hundertprozentig hinter allem, was das Unternehmen stärkt.«

»Interessant«, sagte der Mann. »Ich bin nämlich einer der Treuhänder des Vermögens seiner Mutter und laut Testament ...«

Bevor Laurel etwas erwidern konnte, kam Unruhe in die Menge.

»He, passen Sie doch auf, Mann.«

»Gehen Sie mir aus dem Weg.« Eine große, dunkle Gestalt schob sich nach vorn, stieß Ravi mit dem Ellbogen in den Magen und stürmte geradewegs zum Mikrophon. »Du hast es ihr erzählt, stimmt's?«

Der Schreck traf Laurel wie ein Eimer eiskalten Wassers. »Gabriel!«

Gebannte Stille senkte sich über die Menge.

»Du hast es ihr gesagt, du Biest.«

»Was habe ich wem gesagt?«

»Steph!«, knurrte er mit wutsprühenden Augen. »Wem denn sonst? Nachdem du mir versprochen hattest, den Mund zu halten, bist du hingegangen und hast ihr alles über mich und Minette erzählt.«

Laurel war entsetzt. »Ich habe ihr kein Wort gesagt!«

»Ach, und du erwartest, dass ich dir das glaube? Wenn du es ihr nicht erzählt hast, wer denn dann? Und wieso gibt sie mir den Laufpass, und als ich sie frage, warum, sagt sie mir, ich soll mit dir reden?«

Er kam auf sie zu. Zum ersten Mal bekam Laurel Angst. Er war groß, stark und sehr wütend. »Warte mal, Gabriel.« Sie wich zurück bis an den Bühnenrand. »Können wir uns nicht einfach hinsetzen und in Ruhe darüber reden?«

Im Zuschauerraum blitzten Kameras auf. O nein, das hatte ihr gerade noch gefehlt. Sie sah die Schlagzeile schon vor sich: AGENTURCHEFIN IN LIEBESVERSTRICKUNGEN. Ihr einziger Trost war die Wirkung, die das auf Edwin Case haben würde. »Gabriel, mein Gott!«

Eine andere Stimme schaltete sich ein. »Gabriel, du verdammter Idiot, beruhig dich!« Es war die siebte Kavallerie in Gestalt Dons. Noch nie hatte Laurel sich so sehr gefreut, einen Menschen zu sehen, dem sie Geld schuldete. Er legte Gabriel beruhigend die Hand auf die Schulter. »Komm schon, Kumpel, lass das Mädchen in Ruhe, egal, worum es geht, es ist keinen Streit wert.«

»Rühr mich nicht an!« Gabriel wirbelte mit fliegenden Fäusten herum und traf Don genau zwischen den Augen. Blut floss aus seiner gebrochenen Nase, und Don krümmte sich, vor Schmerz heulend. Erschrocken kramte Gabriel nach einem Taschentuch, um das Blut zu stillen. »O Gott, Don, das wollte ich nicht.«

»Lass ihn los, du blöder Klotz!« Kathy eilte zu Dons Verteidigung und legte ihm schützend den Arm um die Schultern, ohne auf die Blutflecken auf ihrem neuen weißen Oberteil zu achten. Sie nahm ihm das Taschentuch ab. »Gib her. Don, Schatz, alles in Ordnung?«

Er stöhnte Blutblasen. Kathy bedachte Gabriel mit einem vernichtenden Blick. »Sie armseliger Wicht, Sie!« Gabriel schrumpfte um mindestens

20 Zentimeter. »Männer wie Sie schlagen andere doch nur, weil Sie nicht mal zwei Hirnzellen im Kopf haben.« Die Erinnerung an ihre Kindheit wallte siedend heiß hoch, und plötzlich waren ihr Vater und Gabriel ein und dieselbe Schreckensgestalt. »Kommen Sie her Don, lassen Sie uns mal nach Ihrer Nase schauen.«

»Sie hat mich angelogen«, protestierte Gabriel und zeigte auf Laurel.

Kathy befühlte Dons Nase und gab ihm das gefaltete Taschentuch, damit er den Blutfluss stoppen konnte. »Reden Sie keinen Mist. Wenn Sie glauben, jemand wie Laurel würde sich damit abgeben, einen unbedeutenden Wicht wie Sie anzulügen, dann zeigt das nur, dass Sie noch dümmer sind, als Sie aussehen.«

»Danke, Kathy«, sagte Laurel. »Ich hätte es nicht besser sagen können.«

Leider hatte Laurel keine Gelegenheit, Gabriels gedemütigte Miene zu genießen, denn die Pressemeute, die sich bislang mehr für die Wurstbrote interessiert hatte, hatte nun Blut geleckt und bestürmte sie.

»Miss Page, möchten Sie einen Kommentar zu ...«

»Stimmt es, dass Sie und Mr. Case ...?«

»In welcher Beziehung stehen Sie zu diesem Mann?«

Laurel parierte jede Frage mit einem knappen Nein, aber so leicht ließen sich die Journalisten nicht abspeisen. Einen solchen Eklat hatte Cheltenham nicht mehr erlebt, seit in der Gold-Cup-Woche das Guinness ausgegangen war. Jetzt hast du es wirklich geschafft, sagte sie sich, als sie rückwärts zur Tür der Wellesley Suite zurückwich, und sich als einzige greifbare Waffe eine angegessene Schweinepastete anbot. Case würde ihr nicht nur die Agentur nicht verkaufen, sondern sie obendrein auch noch feuern.

»Wir halten sie auf, so lange wir können«, zischte Stacey Laurel zu, als sie zur Tür hinaus schlüpfte.

»Laufen Sie«, drängte Connie.

Aber sie hatte keine Ahnung, wohin sie laufen sollte. Sie hätte nicht die geringste Chance gehabt, zu entkommen, wäre in diesem Augenblick nicht Graeme aus dem Aufzug gekommen.

»Graeme!«, keuchte sie.

»Mein Zug ist liegen geblieben. Was ist los?«

»Ich muss mich verstecken, ich erkläre es später.«

Sie lief zum Aufzug, aber er schüttelte den Kopf. »Hab eine bessere Idee.« Er griff in den Aufzug und drückte auf den Knopf für den achten Stock. Die Türen schlossen sich, und sie standen draußen. »Hier entlang.«

Er nahm ihre Hand und zog sie um die Ecke, öffnete eine Tür und schob sie hinein. Als er die Tür zuzog, hörte sie Schritte auf dem Korridor. »Wo ist sie hin?« »Keine Ahnung.« »Muss den Aufzug genommen haben – kommt!«

Die Schritte entfernten sich.

»Danke«, raunte Laurel.

»Nicht der Rede wert.«

»Wo sind wir?«

»In der Kammer, in der die Zimmermädchen ihre Putzsachen aufbewahren. Hier habe ich mein Werkzeug untergestellt, als ich den Uhu repariert habe.«

»Gibt es irgendwas in Cheltenham, was du noch nicht ausgestopft hast?«

»Würdest du das bitte anders formulieren?«

»Es ist furchtbar dunkel hier drin.«

»Soll ich das Licht anmachen?«

»Nein.«

Irgendetwas sehr Komisches geht mit mir vor, dachte Laurel. Ich bin in einer Besenkammer eingesperrt, verpasse meine eigene Party, muss eine Krise meistern und werde vermutlich gefeuert, und woran denke ich? An Graeme.

Okay, er ist vielleicht nicht mein Typ, überlegte sie; aber Jason und Gabriel waren mein Typ, und was war daraus geworden? Graeme war immer da, wenn ich ihn brauchte, er hat mich immer im richtigen Moment gerettet. Wenn Dovecote & Marsh mich eines gelehrt hat, dann wohl, dass nicht alle Helden wie Brad Pitt aussehen.

Vielleicht ist es an der Zeit, dass ich mal etwas riskiere, bei jemandem etwas riskiere ...

»Nein«, wiederholte sie und schmiegte sich in der warmen, duftenden Dunkelheit an ihn. »Lieber nicht.«

In der Ferne spielte die Band *Oops Upside Your Head*. »Was war denn eigentlich los?«, fragte Graeme.

»Nicht viel.«

»Und warum verstecken wir uns dann in einer Besenkammer vor einer wilden Pressemeute?«

Gute Frage. »Also, wenn du so fragst ...« Laurel schilderte ihm etwas verworren die jüngsten Ereignisse. Er muss mich für verrückt halten, dachte sie. Völlig verrückt.

»Eines muss ich sagen: Mit dir wird das Leben nie langweilig, Laurel Page.«

»Nein«, bestätigte sie.

»Das habe ich vermisst.« Die Worte klangen eine Weile nach, dann fügte er hinzu: »Ich habe dich vermisst.«

»Wirklich?«

»Ehrlich.«

Laurel war froh, dass er ihr Gesicht nicht sehen konnte; sie war sicher, dass sie rot wurde. »Ich finde es auch schön, dich wiederzusehen«, strahlte sie. »Nicht dass ich dich im Augenblick sehen könnte, aber ...« Sie schnupperte. »Hier drinnen riecht es.«

»O Gott, Laurel, es tut mir wirklich Leid, ich dachte, ich hätte alles gut abgewaschen ...«

Sie zog sein Gesicht zu sich herunter. »Es riecht nach Bohnerwachs, Graeme. Zum letzten Mal: Du riechst nicht!«

»Bist du ganz sicher?«

»Hör auf und küss mich.« Und genau das tat er.

Epilog

Ein Jahr später in einem Cottage in Winchcombe

Steph nahm noch eine Trüffelpraline aus der Schachtel auf dem Couchtisch und blätterte die Seiten des Fotoalbums um. »Das ist vielleicht eine Fotosammlung, dagegen sehen meine Urlaubsschnappschüsse geradezu langweilig aus, und das will was heißen.«

»Einige habe ich aus der Zeitung ausgeschnitten. Schließlich löst nicht jede beinahe einen Aufruhr in einer Heiratsvermittlung aus.« Laurel grinste über das Bild von Kathy, die Gabriel gerade kräftig gegen den Knöchel trat. »Ach, guck mal, da ist eins von Stacey und Ravi an dem Tag, als Alex' Mutter begnadigt wurde. Sehen die beiden nicht glücklich aus?«

Steph schniefte. »Sie sehen immer glücklich aus, sie sind wie zwei Teenies, die beiden. Noch schlimmer als Kathy und Don, und die laufen jetzt schon seit Monaten strahlend durch die Gegend.« Es war erstaunlich, dass zwei Menschen sich in der Notaufnahme eines Krankenhauses hatten finden können. Natürlich war es recht hilfreich, dass Kathy sich auf Anhieb gut mit Dons Jungen verstanden hatte. Nun hatte sie die Familie, die sie sich immer gewünscht hatte, und Don hatte seine Fixierung auf ältere Frauen endlich überwunden.

»Du bist nur eifersüchtig.«

»Auf Kathy und Stacey? Schätzchen, das glaube ich nicht. Und was Connie angeht ...«

Ach ja, dachte Laurel, Connie. Auf der nächsten Seite des Albums war ein Bild von Connie und ihrem Dad vor ihrem Haus: vor dem frisch angestrichenen und renovierten Haus mit der modernen Küche und dem nagelneuen Wintergarten. Laurel wunderte sich immer noch, dass Connie und Gabriel zusammengekommen waren, weil ihr Vater in einer Annonce einen *guten Anstreicher, aber billig*, gesucht hatte. Mit einer Frau von Connies Entschlossenheit hatte Gabriel es endlich geschafft, seine Beziehung zu Minette zu beenden.

Selbst angesichts der Tatsache, dass Gabriel und Connies Vater sich auf Anhieb gut verstanden hatten, fand Laurel ihre Wahl recht merkwürdig. Aber vermutlich hatte selbst ein Mann wie Gabriel es verdient, von einem Menschen geliebt zu werden, überlegte Laurel, auch wenn dieser Mensch launisch war und einen ständig nörgelnden Vater hatte. Vielleicht machte ja gerade das den Reiz aus: Offensichtlich ließ er sich gern anmeckern.

»Connie hat sich gut gemacht«, sagte Laurel.

Steph blieb der Mund offen stehen. »Was – du meinst, wegen Gabriel?«

»Mein Gott, nein! Also ... ja, in gewisser Weise wohl schon. Jedenfalls scheint es ihm zu gefallen, dass sie ihn herumkommandiert, und ihr Vater vergöttert ihn geradezu.« Sie schüttelte den Kopf. »Ich kann immer noch nicht fassen, dass du ihm den Laufpass gegeben hast, weil du dachtest, er und ich ...«

»Aber du warst doch verknallt in ihn«, erinnerte Steph sie.

»Ja, aber das war, bevor ich gemerkt habe, wie er wirklich ist. Aber was ich eigentlich sagen wollte, Connie hat sich gut gemacht, seit sie kommissarisch die Leitung von D&M übernommen hat. Sie ist ein Organisationstalent.«

Steph zog die Schuhe aus und legte die Füße auf den Couchtisch. »Du hast mir immer noch nicht erzählt, wie das mit dir und dem alten Case genau gelaufen ist. Ich meine, wie kam es, dass er dir erst mit der Polizei drohte und D&M dann von einem Augenblick zum nächsten eine neue Besitzerin und obendrein noch ein Computersystem hatte?«

»Bette«, antwortete Laurel. »Sie steckte dahinter. Sie hat mir zwar nicht die ganze Geschichte erzählt, aber es hatte etwas mit Schlafzimmerfotos zu tun, die er lieber nicht auf der Titelseite des *Courant* sehen wollte.«

»Du meinst, Bette hat ihn erpresst, die Agentur an dich zu verkaufen?« Steph hob anerkennend ihr Glas. »Auf Bette.«

»Außerdem war es ja nicht so, dass ich ihm wirklich in den Rücken gefallen wäre. Er wusste, dass die Veränderungen geschäftlich sinnvoll waren, und es gefiel ihm, sich das Verdienst an diesen Ideen zuzuschreiben. Wir mussten die Sache nur für ein paar Monate hinausschieben, bis das Jahr vorbei war und er die Millionen seiner Mutter erben und mir D&M aufhalsen konnte.«

»Was für ein gerissener Bursche«, sagte Steph. »Klingt ganz so, als wäre er mein Typ.«

»Steph, praktisch jeder Mann ist dein Typ«, sagte Laurel. Das vergangene Jahr sprach jedenfalls dafür. Steph hatte sich durch die halbe Welt und wieder zurück geflirtet und wirkte unverschämt glücklich dabei.

»Stimmt. Ich möchte die armen Kerle doch nicht berauben, indem ich mich nur auf einen beschränke, oder? Jung, frei und single, so bin ich eben. Na ja, jedenfalls so jung, wie ich mich mit Botox halten kann.«

»Pass lieber auf.« Laurel tätschelte ihren dicken Bauch. »Das passiert, wenn du dich mit Männern einlässt: Zwillinge! Und dabei hatte ich geschworen, nie so zu enden wie meine Schwester.«

»Du bist ganz anders als Jools! Dieser ganze Barfuß- und Schwangerschaftsmist kommt doch für dich nicht in Frage, Laurel, du bist eine Stütze der hiesigen Geschäftswelt. Einen Tag nach der Entbindung gehst du schon wieder ins Büro wie die verwitwete Mutter von Edwin Case.«

»Ha, ha, ha«, schnaubte Laurel. »Bestimmt nicht. Ich kenne da jemanden, der was dagegen hätte.«

Steph drehte sich um und rief in die Küche: »He, du bessere Hälfte, wo bleibt der Tee, den du uns vor einer halben Stunde versprochen hast? Du hast ihn nicht sonderlich gut erzogen, Lozzie«, stichelte sie.

Graeme kam mit einem Teetablett ins Wohnzimmer. »Der Tee kommt. Entschuldigt, dass es so lange gedauert hat, aber Lord Ryecroft hat angerufen.«

»Und?«, fragte Laurel und balancierte einen Teebecher auf ihrem ausladenden Bauch. Seit Graeme an der großen Doku-Soap im Naturkundemuseum, *Moths and Mammuths,* mitgewirkt hatte, wollte sich anscheinend jeder auf der Welt etwas von ihm ausstopfen lassen.

»Sein tasmanischer Tiger muss wohl aufgefrischt werden. Ihm fallen sämtliche Haare aus. Keine Sorge, das schaffe ich an einem Wochenende.«

Als Laurel ihn anschaute, erfüllte sie eine warme Woge von Glück und Stolz. Es fiel ihr immer noch schwer zu glauben, dass zwischen ihnen alles so schnell gegangen war und dass ein impulsiver Kuss in einer Besenkammer zwei Menschen die Tür zu einem völlig neuen Leben hatte öffnen können.

Keiner von ihnen war vollkommen, das verstand sich von selbst. Aber vielleicht war gerade das der Schlüssel zu ihrem Glück: Sie ergänzten sich hervorragend in ihrer Unsicherheit, ihren Schwächen und Stärken, Hoffnungen und Ängsten. Wie zwei leicht angeschlagene Puzzleteile passten sie zusammen, als seien sie nie getrennt gewesen. Und wenn es nach Laurel ging, sollte das auch so bleiben.

Weiß Gott, wie es uns geht, wenn die Zwillinge uns die ganze Nacht wach halten, dachte Laurel.

»Auf uns.« Graeme zwängte sich zwischen Laurel und Steph auf das Sofa, hob seine Teetasse zu einem Toast und nieste prompt den Inhalt durchs Zimmer, dass der arme Neil beinah aus seiner Plastikburg flog.

»Der Arme hat sich ein bisschen erkältet«, sagte Laurel und wischte den Tee mit einem zerknitterten

Taschentuch auf. »Wahrscheinlich hat er sich einen Bazillus eingefangen.«

Graeme lachte und küsste seine frisch gebackene Ehefrau auf die Stirn. »Stimmt, einen ganz schlimmen Liebesbazillus. Aber eines steht fest: Ich habe nicht vor, mich je davon zu erholen.«